EL GUARDIÁN

DE LA

FELICIDAD

Victor Manuel Martín Requena

Quiero exponer desde el corazón la gracia de contar con una luna que sonríe, la familia y unos amigos que confían en la tinta que esparzo, a los que te añado amigo lector.

Capítulo 1

Bostezo sin búsqueda de humo que, presencial, pone su cortina con la tela de vapor sobre mis ojos; crudo invierno y pesados pies que no acampan. ¿Desde cuándo? El tiempo está encantado, eso es. Blancos mantos apilados en laderas de cemento, montañas de edificios coronados por antenas y satélites para proporcionar una información sesgada a la que acudo, pero en forma de papel; desgrano como al café cada artículo y las etiquetas «involuntarias» que tiznan cual ceniza a unos y otros. La bufanda corta, en parte el viento serrado que pretende rebanar mi garganta en, cuando menos, una gripe, aunque resguardo mi sistema de ventilación con guantes, un abrigo al que denomino de triple piel por lo grueso que resulta y que, aunque cómico a la vista, es útil para mermar la fuerza del frío. Las botas esculpidas con reductos de la nieve cuajada pisan fuerte para evitar un costillar al que no podré echar bocado; las verjas del parque están vencidas, no solo por los juegos dementes del clima, sino por la locura mayor de jóvenes ensimismados incapaces de crear, solo de desvencijar aquello que funciona; las farolas están tuertas, y en los arboles hay sangrados con mensajes tales como «Te quiero y te follo», verdadera ilustración de los malos poetas de este siglo; atravieso el malogrado parque y dejo atrás un columpio que tiene en su haber los balanceos de este adulto.

El rótulo del bar no promete algarabía, aunque está presente; no convence por la clientela que desfila por la variedad intrínseca entre clientes y trabajadores del establecimiento, pero es un buen sitio; uno de los que restan, bombillas rojas sobre fondo verde, Bar de Balada Triste, extraño título para un establecimiento al que acudes en busca de desahogo, quizá en vasos de amarga bebida o alargados cristales, en los que el licor domina tu interior. El humo, un complemento de tiempos pasados, ha quedado relegado a congelarte el culo si quieres dar una calada; suerte la mía, que no conservo ese vicio, aunque tengo el alcoholismo controlado. Amago una risa en mi disertación sobre mi persona, pues es lo que un adicto a la droga dice, y yo bromeaba con ello, una broma del destino. En las ventanas hay verjas que atrapan a los clientes, y ubicarte en el interior es problemático si no eres asiduo, pues aquí respetan la antigüedad y la fama de buen bebedor. La puerta abierta con la madera tachonada de clavos y herrumbre, a los que dicen pondrán remedio no este mes, sino el siguiente; una cortina de macarrones de plástico blanco es el umbral para el interior; mesas tumbadas unas con otras en precario equilibrio; servilletas bajo sus patas en número circense habitual; paja del respaldo y del asiento de las sillas roído en apariencia por cuchillos, aunque inculpemos a los metales antes que a los roedores sin pruebas; arrejuntada la comunión variopinta de instrumentistas que tocábamos en antítesis al título del bar una sonata alegre con nuestros brindis por reclamos tan peculiares como «Por Anselmo y la madre que lo parió», «Encarna y sus cachas», «Don Benito y su champa al dominó», cualquier excusa era buena para chocar los líquidos que nos disponíamos a tragar de jarras u otros recipientes. Un ventilador con las aspas rotas dominaba el centro con la correa de su accionamiento chamuscada por un encendedor al que nadie pone propietario; la tele funciona en una franja dictada por el dueño, el Sr. Eustaquio, que pone las noticias «para enterarse de lo que *paza* en *er* mundo», según sus propias palabras. El gracejo en su habla está reñido con un carácter peliagudo si tocas temas futbolísticos y arremetes contra los árbitros, porque él lo fue y «*ez* fácil llamar *hijodeputa* pero *to er* mundo falla, los *delanterios* fallan mil *quinientis vezes*, pero nadie *dise na*». De estatura mediana y cabello negro con un flequillo que tapa la frente cada vez más adelantada al cabello, su edad es un misterio mayor que el de las pirámides, aunque por las arrugas debajo de sus ojos marrones diría que está en la cincuentena. Siempre con un delantal, como los charcuteros, ya que según él mismo, es un «ejemplo de *puscritus*», la mano derecha está plagada de lunares y disimula una cojera con saltitos cual saltamontes beodo. Su nariz compite con los filos de la mesa en cuanto a afinación, y los labios están cubiertos por un bosquejo irregular que es mal llamado bigote, un imberbe que pone un camino de hormigas sobre sus labios. El Sr. Eustaquio es un perfecto pacificador y conoce las triquiñuelas para sacar raciones a un cliente no decidido, y tiene en su cabeza los gustos de cada habitual. Nos saluda por el primer apellido, como hacían los antiguos, y si estás al cerrar sobre la barra en estado lamentable, ocupa su tiempo en dejarte sano y salvo en casa. Las patatas bravas, albóndigas y ensaladilla están sobre la barra de toda la vida, no en esas americanas; un pequeño tablón de madera que separa por una portezuela la entrada y salida de Eustaquio además de la de los miembros del *staff* técnico del bar. En la pared adyacente a la barrera de personal del bar y clientes, hay un sinfín de objetos religiosos en tronos individuales con macetas a sus lados en pequeñas estanterías diseminadas de izquierda a derecha en una altura de unos dos metros aproximadamente.

Entré formulando un saludo extensivo a toda la parroquia allí congregada, Eustaquio me anunció con voz aguda: «*Er* maestro *der* sorbo *grandi é* único, Antonio», las risotadas aclamaron mi llegada. Me senté solo con el periódico dispuesto sobre mi mesa reservada, nunca tenía ni un segundo levantada la mano porque Encarna llegaba con el té caliente y mi bocadillo de jamón antes de que mi mano ascendiera y mi culo tocara la silla. La mujer respondía a las vulgaridades con la indiferencia, el cántico de «Encarna, qué cachas tienes» era credo repetido día tras día, pero tenía la sensatez y la calma de una joven asentada, de rostro agraciado, con unos coloretes propios de una aldeana y unas curvas dignas de nuestro himno. Tenía una bella caligrafía, ya que a pesar de los avances prefería las notas porque eran personales para ella, no sonreía a los clientes, quizá su maleducado novio se las estaría haciendo pasar canutas con sus deslices que, aunque relatábamos para que lo dejara, ella negaba, cegada por la venda de un amor indigno. Tras tocar mi taza y dispuestas mis hábiles tenazas para abrir el sobre de azúcar, vi la marca, la señal pidiéndome ayuda; no era mi letra capital, ni siquiera parte de mi denominación por Eustaquio, una «V» de «visita la victoria», pues así tomaba mis casos, como paseos a una conquista segura. Engreído tal vez, pero mi estadística de aciertos daba buena prueba de ello. Solté el dulce sobre él té, sorbí para calmar el cálido brebaje; un par de mordiscos al bocadillo lo dejaron tiritando mientras pasaba las hojas del periódico con la parsimonia de estar con la cabeza en otra parte, como ahora permanecía. Miraba inquisidor a posibles contratistas de mis servicios, pero un ojo entrenado distingue al que teme solicitar, lo necesita y finalmente pide. Encontré a muchos con la angustia en sus rostros disfrazada por la ingesta de alcohol que creían engañar sus intenciones, pero entre la clientela no estaba el dibujante del símbolo.

Terminé el desayuno aún cavilando sobre los lados de la moneda, pues tenía un funesto presentimiento, porque la cara, en otras ocasiones, era mi aliada, pero lancé el dinero al aire y tuve el resultado esperado, una cruz que ponía el frío en el corazón y no solo en la piel, como hacía este invierno. Mucho rumorean sobre mis actividades, aunque desconocen mi oficio; algunos opinan que soy carpintero por el buen trato que doy a la madera; otros que lidio con la mar como pescador, por mi paciencia con el sedal y mi maña en la pesca; contable podría, por la habilidad de despachar riquezas en mi beneficio, pero en realidad soy un honrado «resuelve entuertos» al que acuden personas con todo tipo de necesidades, aunque acepto solo urgencias y de un tipo especial. Noto en mi muñeca el paso del tiempo, pero lo han estropeado, va mal. No porto reloj, pero aun así veo las agujas fallando en su conteo. El camino a casa es largo, cogeré el atajo entre la calle Segundina y la Orpedial del barrio de Pedrete de Madrid. Gran ciudad, pero desconocido barrio en el que me afinco podría vivir cerca de La Moraleja con sus esplendorosos chalés, pero estaría expuesto y prefiero el anonimato de mis actividades, porque, aunque benignas, tienen sus sombras. Los pasos parecen cloquear como las gallinas a las vecinas de la calle Segundina, que compiten con las de Orpedial en ordinariez, concurso de chanzas por suciedad de partes íntimas y soledad en ese bosque son perlitas lanzadas con regularidad; estrechos callejones con ropa tendida en balcones que están suspendidos por cuerdas en fino equilibrio gracias a las pinzas en las que destaca el rosa, mundo femenino arriba; abajo, a pie de calle, en los portales de los edificios, chanchullos de camellos y pandas de niñatos en este desequilibrado mundo masculino. A pesar de la aparente inseguridad, es un camino que relaja y pone en orden mis ideas, porque lo absurdo de sus diálogos calla sus voces cual megáfono sin pilas en la boca. Un pequeño parque infantil con un columpio acordonado por un candando en una tropelía de aquellos jóvenes organizados tenía por objeto el pago por su uso, apostados algunos en los toboganes intentaban el mismo fraude por un uso público, pero ningún padre dejaría a sus pequeños bajar ante tal extorsión, por lo que padres e hijos acudían a otros más recomendados por su uso y disfrute gratis en zonas menos candentes de la ciudad. A punto de llegar a mi barrio dejando atrás el peligroso pero silencioso terreno de Pedrete, estaba la tienda de chucherías custodiada por «Rashamov» un pitbull ruso como su dueño, Andréi, afable pese a la ferocidad del rostro de su mascota y el suyo propio, pues sus buenos días parecían llegar cargados de inhospitalidad al igual que el saludo del perro, que mostraba los dientes pero era manso al conocerlo. Pasé por delante del cánido y palmeé su cabeza dándole un par de toquecitos a modo de saludo, y lamió mi mano en respuesta, un saludo hosco salió de la tienda y devolví el «*Buernos diias, Antonognio*» con una inclinación de cabeza seguida de un guiño.

Entré en Oldrido, un barrio contrapuesto a la modernidad, con bancos de piedra en las aceras, ventanas de madera y fachadas de inmaculado blanco en su totalidad, catorce pisos enfrentados en ambas partes de su calle peatonal llamada Linde del rey; un pequeño quiosco con la notoria ausencia de tabaco y revistas, pues disponía de periódicos en su mayor parte deportivos y los más renombrados de otros sectores. Blas, el dueño, pasaba de las colecciones, jamás vi una expuesta; recorrí la zona izquierda de la calle para llegar a mi finca, la tercera. Saqué las llaves tras quitarme los guantes y calenté las manos con el metal entre ellas; no sufría por fundir el metal, pero agradecí el desahogo del vapor de mi boca caliente. Introduje las llaves y caminé hasta el quinto piso sin utilizar el ascensor, una manera de fortalecer las piernas, ya de por sí robustas con las caminatas acumuladas en ellas. Abierta la puerta de mi casa, me descalcé con el método de lanzar cual balón de fútbol en direcciones opuestas, como si los rincones fueran porterías al uso, con lo que conseguí un desastre provocado, porque a mi alrededor se imponía el orden: libros apilados en estanterías con una separación respetable entre ellos, la despensa calificada por productos de uso cotidiano y atemporal, una mesa de madera de roble con los destrozos típicos de una borrachera mal gestionada en la que caí sobre los cristales dejando un rompecabezas a medio empezar; juraba cambiarla cada inicio de semana y continuaba haciéndolo al principio de la siguiente. Los bordes romos por una lijada para evitar daños era la reparación ocasional que terminó siendo duradera. Una silla con un mantel de cuadros tapando el asiento junto a un sofá mullido en el que dormitaba cual marmota en vez de en la cama con el somier nuevo y la almohada de plumas de ganso, ergonómica por supuesto, a la que no acudía; un armario plagado de abrigos de pana, pantalones de seda y chaquetas de ante, mocasines, camisas de seda y corbatas a juego con guantes negros era el total de mi mobiliario. La cocina, con un lavaplatos sencillo de dos velocidades, una lavadora de cuatro funciones separada en la galería, un cuarto de baño con bañera con el lujo de chorros cuasi termales formaban la guarida de este resuelve entuertos. Era la hora de agenciarme de conocimiento. Puse música clásica en mi tocadiscos mientras sacaba el libro de esgrima junto al de defensa personal del estante, releía consejos y practicaba movimientos con mi florín. El arte de la espada, blandí el metal en el aire con gracilidad, esquivando y atacando al tiempo, estoque, parada en alto, proyecciones del cuerpo, saltos, puñetazos y patadas propinadas a un enemigo imaginado para la defensa personal ilustrada con técnicas de diversas artes marciales; el sudor avinagraba mi camisa y los pantalones tenían el tono grasiento de un taller. Momento de ducha, pero antes de eso pinché la melodía apropiada, la novena sinfonía de Beethoven dejaría que la piel fuera rociada con el regadío artificial. Las notas subían mientras me deshacía de la ropa con el vertiginoso clamor, y la caída del agua vino con la primera pausa, sordo al líquido elemento y oyente a las notas pusieron el rompecabezas de mi mente en funcionamiento, un repentino estremecimiento me hizo golpear las baldosas que estaban junto al grifo. El compacto punto de inflexión del paso de un momento a otro estaba cayendo por los resquicios mismos de la realidad; la piel gritaba, el corazón oía y el oído enmudecía ante el cambio previsto. Salí apresurado cual incendio en casa, empapado de agua y miedo. La toalla secó las gotas de agua, pero el terror estaba inmerso más allá de la piel. Quité el disco de Beethoven y Bach tomó su lugar con «Tocata y fuga», un preludio de lo que acontecía, dolor, dolor y dolor por el tocar de un corazón en repetición; miré mi muñeca para seguir el curso de las agujas invisibles y habían sido aceleradas, no podía permitir el cambio.

El sofá será la tumba de este emperador, el descanso del guerrero, la pacificación del aliento. Me tumbo sobre él. Ralentizo el efecto, aunque el sol está cayendo deprisa por el invierno y apenas me queda tiempo. Caigo dormido.

Despierto y noto el revuelo de clavijas en el aire, almizcle de piel y pimienta olfateadas; no he podido detenerlo pese a que creía retener su salida. Camino despacio al baño y me miro, el canje efectuado. El espejo da el reflejo de un hombre joven con los ojos agudos y un verde apagado, liso sin arrugas el rostro, nariz recta, la boca ampliada con dientes perlados, el pelo es una mata de fuego cobriza; el cuerpo rejuvenecido por el vigor de la juventud, aunque mantiene los signos de una vejez que no oculta la máscara impuesta por la noche. Sufro esta rocambolesca alteración en cuanto el sol cae en picado; mi verdadera cara queda oculta y adquiero la fuerza de un jovenzuelo; mi cara en el reinado del limón alzado es un amasijo de carne en que los pliegues de los ojos apenas dejan ver dos chinchetas de un color ambarino, mi nariz esta desviada cual sinuoso camino, los labios apenas bordean la redondez, aspecto rudo y serio tornado en atractivo y afable. Un par de piezas de armario remendadas para la ocasión servirán para ocultar esta transgresión de mi físico; escondido bajo las camisas negras, corbatas y las chaquetas de pana está la muda de este mi otro yo; blanco sustitutivo de negro en las primeras prendas y una chaqueta de lana marrón acompañan a una gorra con cuadros rojos y negros, pantalones vaqueros azules y unos zapatos deportivos con esta modalidad *casual* tan cómodos. Antes de traspasar la puerta, me aseguro de que ningún vecino pueda ver salir a este nuevo joven, pues las preguntas cogidos por sorpresa tienen respuestas de mentira difíciles de recordar. Atisbo desde la ventana, una ojeada por la mirilla y directo a recoger un par de panfletos publicitarios, en caso de ser una mirada curiosa contemplarían cómo una vez más se ha colado en el edificio un repartidor pese al cartel de grandes dimensiones en el que pone «NO SE ADMITE PUBLICIDAD». Rápido, bajo las escaleras y tengo claro hasta dónde llevar mis pasos: el cementerio.

Un lugar alejado, tranquilo, perfecto lugar de reuniones al que no acudían en demasía para la ofrenda de flores, pues peninsulares y extranjeros llevaban sus difuntos a sus lugares de origen. Este poblado lo tendría por desierto de no ser por la docena de tumbas de antigüedad denostada en sus lápidas que, como fecha próxima a este siglo, tenían el año 1923. Muros de piedra caliza y ningún mausoleo particular, pasillos estrechos entre reposos, gravilla como pavimento, una estatua en el lado izquierdo como pieza distintiva del emplazamiento, un ángel custodio pisando el cuello de un demonio subyugado a su espada llameante; diseminados en las cuatro calles principales, cipreses de tamaño mediano que otorgaban sombras minúsculas, incluso en el momento álgido del día. Estaba sentado en el único banco de madera adjunto a una de las tumbas situadas en la segunda fila de la izquierda, una temeridad de construcción, pero un alivio para la espera que intuí corta. No sufrí la exasperación de una numeración mental de los segundos como acostumbraba por los tiempos vacíos de sonido cuando unos pies arrastraban las piedras y parte de la arena del camino del cementerio. Un rápido vistazo huidizo para volver a una postura de normalidad hizo que diera con mi objetivo, al que califiqué de no conocido. Las pesadas botas negras sin cordones llegaron hasta mí y vi a un hombre de unos cuarenta años, de cabellos ralos de color negro, con unas cejas espesas como selva, los ojos encerrados en unas gafas de doble cristal de color dorado, nariz redondeada con un lunar de forma estrellada en el final de su tabique, labios morados y una boca cansada, apenada por el paso de los años. Vestía un abrigo acolchado de algodón grisáceo; las manos callosas quisieron un apretón al que renuncié y volvió a enfundarlas en sus bolsillos del pantalón azul marino. Esperaba una voz grave, pero la flauta de su garganta tenía demasiados orificios abiertos; chillona como un niño en una rabieta, dijo:

—Soy Calvino...

Frené cual *stop* sus palabras agudas e indiqué:

—No necesito tu título personal, ni medidas, solo el motivo para que acudas a mí; exponlo sin fisuras, no quiero bucear entre mentiras pantanosas ni agarrarme a una incertidumbre. Prosigue, Calvino.

Su expresión mudó del acongojamiento a una tensa espera por rescatar del baúl de su mente la definición exacta, y sin dilación continuó:

—El tiempo está perdido y la sincronización del mundo aboca a un funesto final.

Sentía en mi propia piel el escalofrío en la garganta sin comer helado a velocidad inadecuada, tensadas mis cuerdas vocales como guitarra en afinación; estaba en lo correcto, las agujas no marcaban el compás adecuado, el baile de horas, minutos y segundos descompuesto, pero la información para esa ardua tarea necesitaba de un hilo fino del que tirar, un sedal con el anzuelo propicio daría con el *tic tac* de nuevo. Adopté la faceta de investigador con el cambio del semblante, mis ojos irradiaban las preguntas antes de formularlas y dirigía presión en cada cuestión.

—Necesito datos concretos, una pista que seguir; el delito es claro y no quedará impune, me hago cargo del caso; desvélame esa túnica que guardas en tu bolsillo izquierdo del abrigo.

—¿Cómo? —dijo Calvino.

—Tu repetido prensar en el fondo del abrigo revela que tus manos aprisionan cual caja fuerte un objeto que permanece oculto tras una lámina de seda, un pañuelo tal vez.

La observación es madre de la deducción, y con los ojos abiertos a los cambios, los acontecimientos son películas visionadas para uno solo en los que puede observar todos los detalles. Movió sus gafas doradas con la mano derecha alzando el caballete para auparlas en su nariz circular, la boca apenada atisbó una apertura por la sorpresa producida, y la mano izquierda salió con lentitud de su bolsillo del mismo lado. En efecto, un pañuelo de seda rojo cuyos bordes vislumbraba a través del puño cerrado. Ante su reacción, espeté:

—Deja las desconfianzas para los actores de fechorías, mueve los dedos despacio y déjame ver el contenido.

Mi advertencia cambió su mirada hosca por una serena, y el amarre de su mano al pañuelo disminuyó acercando las partes de un objeto a su visión total. Poco a poco aparecieron filos de oro en tubos, ruedas dentadas, un muelle, y Calvino habló:

—El águila del reloj temporal ha sido robada.

—Querrá decir el *Cuculus canorus*, el cuco común; es inaudito que haya un águila en tal aparato. No suena el tiempo con sus *cu cu*; si conoce la historia de esta ave, sabrá que el polluelo cuando, quiebra el huevo, comienza la siega de los rivales parasitados con los que convive porque su madre pone el huevo en un nido ajeno entre los de una especie diferente; no sería lógico atar las coordenadas con un ritmo y dejar en manos de un fuerte guardián el tiempo.

Los ojos tras los cristales respondieron a mi entusiasmo por los detalles junto al conocimiento de un campo no tan divulgado como las aves y sus acepciones respecto del contador de madera expuesto en innumerables hogares, e inquirí a este respecto diciendo:

—Su espontaneo tono de alborozo sugiere que es guardián o conoce la localización de aquel que tiene respuestas. El reloj funciona con pesas, ya que la cuerda seria endeble para una labor tan importante; la maquinaria seguirá el curso del día y deberán subirse las pesas de hierro fundido una vez durante la jornada de trabajo para que no se vea retrasado ni adelantado, como ocurre. El águila no es el único elemento robado, ¿verdad?

Apresurado por la veracidad de mis conjeturas, Calvino respondió:

—Soy el guardián, y el águila es vital por su graznido, que nivela las franjas horarias, el despertar del sol o la salida de la luna. Un avistamiento a destiempo del queso entre las estrellas provocará subidas del mar y cambios difíciles de prever en los humanos, aunque la locura por la falta de sueño será el primero. El gong y el péndulo son objeto de robo, por lo que no habrá sonido ni balanza; es usted la última esperanza.

Ante tales palabras, quedé trastocado porque la veracidad es sucinta a sus palabras y no gorgotea en mar de negra falacia. Quedaba un aguijón clavado con disimulo, una cuestión a tratar por mi seguridad:

—Nadie conoce mis actividades, y la forma de contactarme no consiste de ninguna manera en convertir en zona de guerra mi patio de paz, el Bar de Balada Triste; soy meticuloso y la camarera no depositó el sobre de azúcar marcado con la señal, ni tampoco el dueño. ¿Cómo supo que me llegaría el mensaje, si quien recibía la señal no era yo mismo? —Descuidado en sus pretensiones, desgrana cual migajas de pan las pistas que podrían evocarnos a peligros—. Sea sincero, como hasta ahora.

El hombre del lunar estrellado en la nariz, gafas de montura dorada, manos endurecidas por trabajos forzados compuso una sonrisa cómplice en sus labios morados y respondió:

—¿Quiere que desvele parte de su yo o prefiere el anonimato de su truculento negocio para cambiar? No añadiré más para que los oídos que pretenden ser sordos no atisben el inicio de una historia conocida por pocos; tenemos compañía y no es grata.

Mientras quitaba el capote de una embestida sobre mí, localicé sombras de pies inquietos aguzados a la escucha, apreté mi cuerpo contra el de Calvino y en nota menor a un susurro dije:

—Una emboscada traída por su imprudencia. No separe sus pies de mí y tendremos una oportunidad.

Surgidos tras los recovecos a los que no alcanza la luz, perfilados para rescatar un botín y no dejar testigos, eran la personificación de los asesinos a sueldo, pero con errores de bulto en uno de ellos, pues su constitución no era masiva ni portaba gafas oscuras. Iba ataviado con un gorro de lana negra y una braga que cubrían el rostro a juego con pantalón deportivo, chaqueta, guantes y zapatillas del color de la noche. Proclive el primero a ejecutar la acción, el que asocié a un puesto mayor en esa pequeña sociedad de eliminadores tenía el rostro descubierto, ojos azules ennegrecidos en una composición de color que lo asemejaba a un gato zampón por su gruesa cara y gordos labios, una barriga satisfecha con curvas indicadoras de que el azúcar glaseado es la cúspide de su pirámide alimenticia, el pelo rubio con media melena y una coletilla postiza en la base de la nuca; vestido con una chaqueta de *tweed*, mocasines negros y una pajarita negra. El cabecilla señaló nuestra posición con el índice y le dijo a su compañero:

—Recupera el resto del mecanismo, no dejes testigos.

El encubierto por la falta de luz y enmascarado en ropa negra corrió hacia nosotros, escasos metros nos separaban; ladeé mi posición y dejé a Calvino tras de mí para cubrirlo en caso de necesidad; el guardián forcejeó hasta ponerse junto a mí para enfrentar al asesino que recortaba distancia cual velocista. No grité ni empujé a mi compañero para no dar por sentado la nula compenetración existente, un puño lanzado desde la cadera del asesino iba dirigido a la garganta del relojero, pero un bloqueo nada torpe paró el ataque y pude contraatacar con un derechazo a la mejilla, ya que esquivó la trayectoria a la barbilla que habría fundido sus plomos. El furtivo aniquilador me propinó una patada frontal en el estómago, que le sirvió para tomar distancia. Seguí con la vista los movimientos del líder del ataque, que desaprobaba los métodos usados, y comenzó la carga de la muerte rápida, las balas caían en el revólver. El llamado rubí Modelo 32, la versión de lujo denominada *Olímpico* pero con la variación en su calibre al 9 × 19 mm Parabellum, un artilugio de metal que detonaría a los caballos de plata en una persecución difícil de eludir; servidora de muerte con un grabado en su empuñadura y cañón, un sendero de clamidias con unas huesudas manos que sostenían los tallos. Un codazo en las costillas de Calvino lo preparó para presentar nuestra mejor baza: ante el ataque, una retirada. Estiré mi mano en su bolsillo apresando con su consentimiento la rueda dentada y los muelles del reloj temporal; un cabeceo rápido fue toda respuesta necesaria, y concebimos el plan para el escape. El esbirro que atacaba era una diversión, un contratado para asestar un golpe y cargar contra él en cualquier circunstancia adversa. Patadas y puñetazos lanzados cual lluvia de granizo en abril sobre nosotros; bloqueábamos y nos propinaba aciertos en el cuerpo hasta que lo asimos en una tenaza de cuatro brazos, dos hombres apresando una esperanza de vida. Pese a su pericia en el combate, no podía competir contra el instinto de supervivencia de dos hombres aliados por tal causa mientras el incitador del ataque sonrió mirando su revólver y dijo:

—Polluelos, pronto saldréis a volar.

La carrera en direcciones opuestas es martirio de uno y salvación de otro; espero equivocarme, pero la detonación de truenos sin tormenta calló toda opción de no ser acertado por rasguños o recibir en el corazón la coz de la pólvora. Caigo con el desvencijamiento del edificio de mi cuerpo, pesadas losas dan de bruces con una lápida y parece que bañaré con mi sangre mi propio epitafio; asfixiado por la falta de aire, acongojado por el miedo a morir, herido de gravedad con la mano derecha taponando la herida que no me atrevo a mirar, escucho los pasos de un perro de presa y su visión no es nítida por el arroyo rojo que baja en mi piel, pero aun mareado distingo que es el esbirro y no el jefe quien tengo ante mí. Un consuelo banal, porque moriré apaleado en vez de por un balazo acertado; a través de su braga, escucho una risa por la diversión que le espera, y me desmayo.

CAPÍTULO 2

Una venda comprime la herida del muchacho, arañazo de acero que no ha perforado órganos vitales; el trébol le ha regalado una de sus cuatro hojas. Desconcertado, vocea, pero es ininteligible, un galimatías de espuma y lamento, aunque repite con asiduidad: «Renuncio, nooo renuncio». Mientras está tumbado en la cama, vierto agua en su boca porque lleva horas con la boca seca y sin probar bocado; la habitación es sencilla, de un blanco cremoso, el gotelé da rugosidad a las paredes a las que debo dar una mano de pintura en breve; su lecho es un colchón ajado por un incendio, y el canapé es un asiduo a quebrar una de sus maderas como si de un ciempiés se tratara, intentando no sufrir una rotura con un esguince agudo en noventa y nueve de sus patas. Bajo la luz cenital de una claraboya que pintaba sus últimos detalles de claridad, meditaba la forma de salvarlo. Atravesar las calles a cuestas con él era una estupidez, porque estarían merodeando en nuestra busca; el hospital, por lo tanto, descartado. Un reguero de sangre que empapa las vendas despierta la acertada decisión, aunque difícil de lograr: tengo que llamarla. Salgo de la habitación sin cerrar la puerta, entro en la habitación contigua, de color marrón claro al igual que la tierra seca, con una cabina de teléfono en el centro, no como adorno, pues es totalmente funcional, aunque no de manera convencional. Una bombilla de luz potente da luminosidad a la fabricación telefónica, metal bruñido en bronce, cristales opacos de azul celeste; abro la portezuela y pongo los dedos en el teléfono. La línea mental establecida, los botones marcan un nombre, pues en cada tecla hay una letra en vez de los números. Una corriente en el cerebro y lista la comunicación. Escucho el sonido de su voz hablando con otra persona y su excusa para atender mi llamada. De pronto, mi interlocutora dice:

—Calvino, has usado esta conexión segura. Debe de ser grave para que acudas a la que desprecias como sanadora.

—Amanda, no pisemos terreno resbaladizo, es historia carcomida y removida por ti; aún creo que podrías haberla salvado, pero no te odio; quizá en aquel momento sí, pero no ahora. Te pido disculpas y el pago será generoso, no en metálico ni atrasando la hora para alguna sanación, pues el dinero no es tu recompensa, porque la tachas de burda descortesía, y la segunda es un error que no volveré a cometer; te ofrezco la riqueza que pides a tus salvados.

Un silencio prologando en la mente produce lapsos incluso en las conexiones de neuronas ajenas; si la duda asoma en esas cabezas, altera el estado de ánimo que puede, a su vez, interrumpir o desbaratar una comunicación; calmo mis nervios y vuelve su voz:

—Bien, guardián del tiempo, cometerás tres buenas obras de valía. Ahora, indícame tu nuevo escondrijo antes de que el paciente empeore.

Transmito las coordenadas en mensaje cifrado, pues dudo que ande por allí algún telépata, ya que una tirita a tiempo cura la infección de una mente ávida de información; después barreré su rastro desordenando de mi sistema neurológico. Conozco demasiados casos.

Salgo de la cabina especial y entro en la habitación donde el chico languidece, espero que solo metros separen a Amanda de mi nuevo refugio; cambiar de madriguera es un deber para el guardián del tiempo, y más después del último robo perpetrado. El sudor cae del chico en manantial salado, seco su frente y le pongo vendas nuevas para taponar la salida del riachuelo de sangre que tiñe el blanco de los paños. Las últimas luces de la claraboya sucumben, y por un momento la oscuridad toma la habitación. Me dirijo al interruptor al lado de la puerta y un tubo fluorescente parpadea como el ojo humano, dando de nuevo blancura a la estancia. Suenan unos golpes de nudillos en la chapa metálica que esconde una puerta trasera desdibujada; ni el mayor sabueso daría con el pomo, porque solo puede abrirse por dentro. El ruido rítmico de tres palmas y un puño, la contraseña escogida; abro hacia dentro. Amanda entra sin saludar, corriendo hacia el nuevo paciente al que debe salvar. Su aparición es la de una bella mujer que sana con solo mirarla por las hermosas facciones que te envuelven en la seguridad de sentirte a salvo y relajado; los ojos marrones te anclan a la tierra, la melena negra con felinos bucles que están revueltos como en una selva, los labios son mermelada de frámbuesa, y su silueta ha sido esculpida para el placer; en sus manos, la cura es total si el tiempo no toca su *gong* final, y la muerte ha reclamado con anterioridad a su llegada el cuerpo.

La sanadora examina la herida sin hurgar en ella y me pide ayuda para que le demos la vuelta y poder así observar el orificio de salida; el cuerpo joven resiste los envites aun en semiinconsciencia, porque desvaría de nuevo. Ella desaprueba los delirios negando con la cabeza, mientras dice:

—La trayectoria de la bala es limpia, una buena noticia, aunque el cuerpo joven acelera el impulso de la sangre por salir, nada halagüeño, porque supone la expansión de la infección; será complicado...

El joven estremece su cuerpo zarandeado por manos invisibles, la piel muda a la antigüedad no como la serpiente, los ojos se achican en diminutos recovecos de color ambarino, la nariz tuerce su rectitud, los labios adoptan una compostura seria con líneas sin curva y el pelo devuelve el fuego a la ceniza en su lugar. La piel envejecida aún en su anterior cuerpo joven es lo único que permanece; la herida, ese caudal abierto, deja parte de su fuerza porque ocupaba un cuerpo con menos circulación. Al igual que un atasco de coches, la obstrucción de venas y arterias en pleno funcionamiento brinda una ventaja para la curación. Amanda pone sus manos sobre la incisión del rayo de acero usando como único bisturí la imposición de sus palmas; pese a haber visto el mismo espectáculo en varias ocasiones, no me acostumbro a la habilidad de la sanadora. La sangre emite como si cortara el grifo, la respiración agitada es bálsamo inspirador, los dedos pulsan en una cruz imaginaria a lo largo de la espalda, pero aunque milagroso, ella sufría; desviar un río de su nacimiento y virarlo a otra salida provoca una ceguera temporal, pues sus bellos ojos café han perdido la viveza para competir con el blanco cristalino, en las órbitas, el iris o la pupila sin color, ahogada por el esfuerzo y constreñida en un puño sobre el corazón al que inunda sumergiéndolo como un buceador sin escafandra.

La sanadora recuperó el tono de sus ojos junto a un ritmo pausado de latido y respiración. Aunque debilitada, esperaba el pago con una mirada febril en sus ojos. Estimando una hora, vimos al otrora joven despertar con los achaques de la edad. Estabilizaba la visión intentando asir con las manos el viento, un ejercicio de equilibrio del paso de la inconsciencia a la recuperación de la mente activa; estuvo a punto de caer sobre el colchón, pero las manos de Amanda lo sostuvieron para colocarlo semitumbado, la espalda con el cabecero usado de respaldo y una almohada como reposacabezas. Temí que el impacto de la bala hubiera desbaratado su cerebro al que en sus desvaríos pareciera que lo exprimieran cual limón, un gemido siguió a una consonante:

—G...

Amanda le convidó a no acometer esfuerzos, pero su mano cogió la de la sanadora y vi en sus ojos el lapso, el nacimiento del sol bañando sus ojos, el vuelo de una corriente electrificando sus dedos; apartó poco a poco el frágil contacto de una unión férrea aunque instantánea para hablar mirándonos por turnos a ambos, aunque no es difícil saber en quién detuvo la mirada durante más tiempo:

—Gracias por salvarme, os debo la vida.

Me acerqué a él y poniendo mi mano en su hombro respondí:

—Ni tus piernas fueron rival para una bala, tuve suerte y debía salvarte cuando menos por aceptar un encargo de tal valor. No malgastes energías, te dejaré descansar. Hablaremos largo y tendido; debo salir a canjear un pago.

Salí de la habitación y comprobé que el hecho de dejarlo con la sanadora no era para él ningún castigo sublime, sino una sanación de mayor envergadura para su corazón; los ojos chispeaban y el inicio del fuego no tardaría en quemar su ánimo curando sus heridas, aunque esperaba que no obtuviera nuevas, que nadie podría sanar porque ella sería la causante.

Capítulo 3

Aquella mujer escudriñaba mis ojos en busca de una fiebre que no existía, tocaba mi pulso extrañada por un latido que calaba sin auscultar; mi respiración cual locomotora exhalando vapor, rápida y exaltada, como mi conducta, la de un anciano que tenía la ilusión de un niño; experto en indagar, ni yo mismo comprendía lo que sucedía, pero ella sacudió mis sensaciones al abrir su boca:

—Soy Amanda. Relájese, señor, está alterado y no es bueno para su salud.

Reí con franqueza meditando sobre la última vez que ese gesto había decorado mi rostro, recordé que solo en mi faceta joven tenía una sonrisa, pero a buen seguro no de este tipo que ahora experimentaba.

—Puede dejar las formalidades, el usted es para la vejez, y como ha comprobado, estoy en un intervalo en el que resulta difícil establecer las normas de protocolo que usaría con una persona mayor. Llamémonos de tú. Soy Antonio Fernández Cautivo.

Contentado con un esbozo, recibí el dibujo de una sonrisa que derrocaría la supuesta belleza de las siete maravillas del mundo; la Gran Pirámide de Guiza perdía con su enigmática mirada; los Jardines Colgantes de Babilonia no contenían en toda su flora ni un asomo de su hermosura; el Templo de Artemisa en Éfeso no era edificación capaz de contener su figura; la Estatua de Zeus en Olimpia, «el erigido dios de dioses», no podía siquiera considerarse divino a su lado; el Mausoleo de Halicarnaso ni soñaría con tener entre sus piedras su cuerpo; el Coloso de Rodas caería cual diminuto ante su encanto y el Faro de Alejandría no alumbraba más que su mirada. Extraño encantamiento ante una mujer desconocida que movió la boca:

—Muy bien, Antonio, espera aquí un momento sin movimientos bruscos; prepararé un brebaje y luego dormirás para terminar con el tratamiento.

—¿Es totalmente necesario cerrar los ojos y dejar de verla?

No respondió al ímpetu de mi voz, que publicaba cual periódico una noticia de una fuente consultada aún sin conocer; escabullida de una respuesta, vi un destello de rojez en su tez.

Capítulo 4

Envalentonado, cumplí mi quehacer, tres mal llamadas «buenas obras» estaban cumplidas para efectuar el canje. Vi salir a la sanadora con un destello antiguo, el rojo de unas mejillas arreboladas por el estupor de un halago al que además añadió un nuevo toque cuasi lumínico entre sus pupilas. ¿Brilla la ilusión en los ojos que contemplan tan diversas emociones?

Dejé las cavilaciones internas para posteriores interrogatorios a mi persona; ella avivó el paso hacia mí, recuperada, o eso creía ella.

—Calvino, conoces de sobra el proceso, busquemos una sombra alejada para no ser objeto de habladurías y tener una consulta externa sin margen para la privacidad.

Un escondrijo es aquel lugar que pareciendo abierto a todos es mural opaco al que nada asoma. Encontramos el escogido tras la puerta desdibujada de un callejón, un almacén abandonado y su patio interior. Tejas galvanizadas de óxido que daban el acabado de un esmalte de uñas sin probar; ventanas por las que un gigante entraría holgado; cristales circulares, pues alguien había limado los bordes para poder entrar; pared de arenisco con carteles publicitarios en los que apenas destacan unas palabras como rótulos apagados. El patio acomodado al cemento quebradizo dejaba entrever briznas de mala hierba y vinagretas, los signos de una vegetación cual pelo ralo de anciano; ahí, bajo la luz del mediodía, devolvería el favor de un resurgimiento. Extendí las palmas de las manos mirando hacia arriba, ella cogió el índice de la derecha y el pulgar de la izquierda; musitaba palabras, un salmo de barítono entonado con desconsuelo. Afligida por la herida infligida por sí misma, la expulsión de la herida fatal la consumía. Los ojos orbitaron fuera de su ruta, blanca mirada y un tembleque similar a un terremoto son los indicios propios del cambio de mi no moneda; la voz abrupta aunque esperada me hizo dar un respingo, pero sin separar mis extremidades, pues habría cortado la negociación:

—Calvino, examino tus acciones y son provechosas. Dinero gastado en consideración al corazón, mano accesible al necesitado y leo una promesa de renombre con el hombre que yacía postrado; esta última es un pago a plazo, porque aún no has tocado el tema con él. Afirma esta decisión en mi estado actual, ya que la mentira no escapa de mi vista.

—Terminada esta reunión, sí me haré cargo, y puedes comprobar que no existe vacilación en mi voz ni duda en mi propósito.

Asentí con la cabeza para darle mayor brío a mis palabras. La sanadora ladeaba por convulsiones de tránsito entre acciones por llegar y, cual banco que recibe un ingreso generoso, mostró una sonrisa; devolvió a sus ojos los candiles de marrón claro, y su postura quedó estable pero, a diferencia del director de la sucursal, no vislumbrabas falsedad en sus acciones por un juego con tu inversión, pues de antemano salvaba tu vida, no como el afamado jefe que juega con tu vida por unas monedas. Amanda volvió a su no locuacidad, pero su despedida, aunque escueta, fue tan jugosa como un titular:

—Antonio tiene una metamorfosis que el pánico descontrola, sufre la pérdida del tiempo cual cicatriz sin cerrar; ayúdale, porque él servirá de buen grado. No le alimentes con la esperanza de volver a verme, porque ambos sabemos que no es posible... de momento.

Una pausa dice tanto como una frase sin acabar; los vacíos entre pronunciación, el énfasis en su nombre; la llama prendida de un hilo con el fuego mantenido que no sucumbiría. Sin tener clarividencia, marqué con una x mi resultado favorito, la victoria del calor contra el frío. No aduje a su pérdida de reflejos la tensión palpada en la espera de mi respuesta porque había puesto en juego, sin expresarlo, un sentimiento. Renuncié a una tensión innecesaria:

—No juego ardides, soy patrón generoso; no te preocupes, puedes irte con la tranquilidad de una verdad contada.

Tocó el sol su cabello y quemó su visión el espíritu. Difícil tarea convencer al antes moribundo de que las vicisitudes de la sanadora no le permitirían encontrarla. Desconocidas eran para mí sus opciones, pero un atisbo le mostraría el momento oportuno. Pasos pequeños y cortos la alejaban del almacén y, cual espejismo, desapareció tras una esquina de este. Volví sobre mis pasos para mi último resguardo de ladrones cuando le vi; Antonio, con el pomo en la mano y mirando en todas las direcciones para seguir el rastro de Amanda. Quise que aceptara por sí mismo la huida de la sanadora, por lo que demoré el regreso con un caminar lento en exceso. Justo a su altura, le aferré del brazo que asía la puerta y procuré que resbalara en mi voz la ternura:

—Vuelve adentro, los enemigos acechan. Ella no volverá —medité, una pizca de la pimienta denominada «crueldad no excesiva»; le haría entender— porque terminado su trabajo desaparece, los años la traen y la devuelven a lugares remotos; dudo que puedas verla de nuevo.

La ilusión de un niño desenvolviendo su regalo desapareció de su rostro y tomó la tristeza del abandono temporal en una guardería. Una leve sonrisa borró la aflicción con lo que dictó su locución con esperanza:

—Volverá. Sé que volverá.

Entramos en la estancia. La luz del sol desfiguraba la antigüedad en una sobriedad de pobreza. Dejé abierta la puerta de la habitación de la cabina y la pregunta de Antonio no tardó:

—¿Por qué tienes una cabina telefónica en una casa? ¿Eres un raro coleccionista?

—Antonio, aún no has recobrado la perspicacia, tu consciencia niega lo extraordinario, aunque eres un espécimen en ti mismo. Permite que te explique un encargo prometido; toma asiento, lo necesitarás.

Capítulo 5

Adornaba su falta de impunidad con unos ojos cerosos, distintos de un chiste o quimera parlante; volcaba en mí, su herido ayudante, la mirada del que entabla un armisticio más que duradero. Encogió sus hombros para prepararse y comenzó:

—No es fácil diseccionar una verdad que atañe a mi posición como guardián, pero te has granjeado mi confianza. Estudié tus cambios de rostro, el viejo y el joven, dobles entes de una misma personalidad que no cojea en valor ni en buenos sentimientos. Rastreé viejos encargos solucionados y no vi en tus resultados ni una moneda en tus manos además de clientes bien seleccionados. Conozco tu pasado funesto, pero no lo sacaré a relucir por el daño que ocasionaría; te encargarás de enterrarlo tú solo si la ocasión lo permite.

Contraje el rostro. Saber que a uno lo siguen lo deja en una posición inferior, debajo del escalón; humillado, el investigador al que lo encasillan en un caso ajeno siendo él mismo el foco de indagación. No haberme percatado de tal maniobra hizo que mi rostro mudara con un enfado mohíno, puesto que me enfadé. Calvino midió los tiempos para aguardar la continuación; resoplé consternado y siguió:

—La trama que clausura este acto es de vital importancia, atiende cual alumno, no es un sermón ni catecismo avanzando, son paradigmas de un misterio que te son revelados. Para entender la tesitura, debes conocer cómo ingresé en la orden, sus componentes y un suceso que cambió la norma.

Sus pulgares cerraron la visión, los párpados aleteaban cual mariposa por volver a disfrutar de cielo abierto; descompuso una vocal con el ímpetu del viento y relató:

—La Orden de los Guardianes del Tiempo es una sociedad secreta que acierta en hacer coincidir el flujo temporal para la normal convivencia de todos los seres vivos, los segundos del vuelo de una libélula, el lento andar de la tortuga, la velocidad de una estrella cayendo; todos los componentes deben ser alineados respecto al reloj del tiempo. Ordenados cual caballeros, sus miembros juran servir con el deber y la obligación de una vida al servicio de la orden. A los veintinueve años, según conseguía mi propia relojería por la delegación de mi jubilado padre, tuve una visita en la tienda que truncó mi vida normal. Un hombre con un vigoroso pelo negro, cual purasangre, y mezcla de canas entró con un chubasquero puesto. Los ojos diluidos entre las capas de tela y la sombra interpuesta de una bombilla a medio apagar eran impedimento para ver con claridad el rostro, salvo el cabello descrito. Sacó las manos de los bolsillos y depositó en el estante de la relojería un ejemplar de aguilucho; un pequeño rapaz de ojos brillantes cual fuego y garras tan afiladas como un cuchillo jamonero. Pertrechado bajo tal atuendo, pedí con cortesía que descubriese su rostro, porque quien atendía el establecimiento era relojero, no veterinario. No accedió a mi demanda, pero sí dijo:

—Fíjese bien en el animal antes de que salga de aquí compungido por encontrar un cabestro y no un elegido.

Puse atención a su fisonomía. Con sumo esfuerzo, comprendí la verdad oculta; pese al disfraz de naturalidad, nada de animal tenía ante mí, sino un complejo sistema de mecanismos, engranajes, tuercas y tornillos destinados a encerrarse en aquel depredador del cielo. Un reloj de sistema intrincado. Ante mi fascinación, el hombre, de súbito, palmeó sus manos encantado con mi descubrimiento.

—Mira en los ojos del mecanismo y dime, Calvino, ¿qué esconde el parpadeo?

Avizor cual ave, detuve el subir y bajar de mis ojos hasta dar con la tecla resolutiva. Contesté:

—Guarda las manecillas y giran en un sistema que nunca antes había visto.

Descubrió el rostro. Vi el hundimiento de una edad demasiado avanzada, precipitado a una muerte que no llegaba, con arrugas por doquier cual mapa de montañas, los ojos de un verde cromado por una ceguera que me hizo visible al tropezar en la entrada y a su tanteo en la oscuridad, una ilustre conocida para él. Empleó una voz sincera para pedir:

—Calvino, ven conmigo, tu padre me sugirió que no te lo pidiera porque quiere una vida normal para ti, pero el talento demostrado indica que debes servirnos. ¿Quieres ser guardián del tiempo?

No tuve un día de reposo para diluir una respuesta, en escasos segundos me aproximé a él y le estreché la mano. Hay una especie de conexión entre los llamados a ser guardianes. Establecí contacto con el simple apretón, sus conocimientos pasaron a mí como imágenes de una nebulosa girando en el espacio. Un agujero negro en mi mente absorbía todos y cada uno de los detalles que aquel hombre dejaba en mí como sedimentos para un futuro nuevo guardián.

Al día siguiente, con un petate como maleta al hombro, tomé rumbo al centro de organización del tiempo, un gran establecimiento en la Estación del Mediodía de Madrid a la que *a posteriori* conoces con el nombre de estación Puerta de Atocha. En 1851 fue un embarcadero en el que las mercancías eran su único pasajero. Durante la construcción de sus túneles, un socavón intencionado, un agujero ocultado entre cemento y boca de túnel sellada por insalubridad además de los efectos nocivos para su uso diario, fueron el escaparate perfecto para la organización de este gremio de relojeros guardianes. Hoy en día queda un testigo en el testero de la Estación de Atocha, situado encima del mecanismo del tiempo: una rueda con alas. Muchos equivocan el significado y le otorgan la imagen del ferrocarril y su progreso, una artimaña que si no escucharas de mis oídos dudo que nadie conociera. Mis días de aprendizaje no empezaron siquiera, porque la transmisión de mi maestro en la relojería acarreaba todo lo necesario respecto al funcionamiento y mantenimiento de las instalaciones. Aunque la custodia o la labor física de seguridad sí debía ser adiestrada. Bajo las vías, ese carril cortado adquirió los elementos propios de una estación, pero sin ser lugar de paso, sino residencia. La campana adornaba el dintel de la puerta, un andén con un reloj exacto del vivir; dentro, la cosa cambiaba: habitaciones tras las puertas con letreros de W. C. que no tenían el lavabo, sino amplias zonas de estar con un cómodo sofá de un blanco impoluto, al igual que las paredes, costumbre esta de utilizar el susodicho color que en todos queda grabado como un tatuaje cromático por la preferencia de esta gama no descrita en el arcoíris. Las taquillas y sus empleados eran instructores que te imprimían en un billete la hora para las clases de combate, leías en tu recibo línea 4 salida 5, y guiado por ello te dirigías allí caminando sobre metal donde una nueva parada ocultaba un gimnasio diferente para cada alumno por lo especial de cada uno. Mis lecciones consistían en la práctica del tiro y una suerte mental que te pasaré a modo de relevo generacional, pero antes de ello debes conocer a quienes fueron mis compañeros de clase: Alberto Buendía Chicón y Ernesto Zagualde Ortiz, elegidos el mismo día que yo, a los que pude ver por vez primera en mi inauguración del centro de tiro. Lámparas de araña en el techo para el interior de la falsa estación, la verdadera aula de acondicionamiento para «guardianes del tiempo expertos en armas de fuego y dotes paranormales» conocida con las siglas AGEAFP, una pulcra entrada desprovista de taquilleros ni sillones al uso sumando las colchonetas en la zona izquierda donde estaban batiéndose cual jabatos varios alumnos. Un instructor llamaba por el nombre obviando el apellido para guardar con celo algo de nuestra intimidad entre nosotros mismos; al entrar en sus instalaciones, recibías un decálogo con las normas de los guardianes del tiempo. Justo al pasar la puerta de entrada, el duro educador, de unos cincuenta años, con una papada sólida como un caparazón de tortuga, barbilla afilada de risco puntiagudo, ojos saltones y una boina castrense que no ocultaba mechones de pelo negro lacio nos las relató con advertencias sucintas:

—Os identificaréis con vuestro nombre; extinguid los apellidos y recuerdos, pues serán endeblez para vuestra labor.

No alberguéis amistad en estos muros u otros sentimientos, pues son expulsión inmediata de la circulación. Este círculo no es una agradable reunión familiar ni esto una guardería, tenéis en vuestras manos un poder que supera cualquier concepción. La vida de un alumno perecido por la falta reiterada de estos principios es un pago que asumimos. Delatad cualquier violación de maniobra o acción en contra del tiempo de vuestros compañeros. Haremos de ustedes guardianes del tiempo. Guarden bajo llave en el cerebro, escondan junto a un candado en la lengua el talento que desarrollaremos en cada uno, porque variará en función del carácter y otras especificaciones; son su arma individual más poderosa y el punto débil flagrante en cada uno de ustedes. La salida de estos muros está prohibida bajo cualquier concepto, menos en caso de práctica en el exterior, y serán escoltados por un superior. El no ingreso después de dichas actuaciones será motivo para tacharlos de traidores con orden expresa de matarlos; no hay renuncia posible en estos muros ni fuera de ellos, el esfuerzo no los redime y la no consecución de puntuaciones elevadas los relegará a personal de limpieza, cocina o cualquier otro menester necesario para las instalaciones; además, perderán la ventaja de volver a la superficie como los agentes de campo. Los fallos acumulados en misiones los devolverán a la casilla inicial y tendrán que examinarse de nuevo si lo consideramos necesario. El punto más importante y crucial consiste en que si juegan a dominar el tiempo, tendrán que pagar las consecuencias de una manera tan cruel que exponerla les haría mojar la cama en su primer día.

Tras el martilleo y bombardeo a las neuronas de temor, excitación y nervios, uno asentía consciente de estar preso bajo tierra a no ser que fuera un alumno aventajado. Esa idea tañía nuestras mentes como una herradura a un caballo, listos para correr en pos de un conocimiento que nos hiciera libres. Empezaba a lamentar un mero choque de manos con un anciano, pero la voz del instructor me despertó de mi entierro prematuro:−Calvino, a la zona de tiro. Diríjase a la derecha, toque a la puerta junto a la máquina de refrescos y entone: «Fuego y acero para el enemigo».

Mientras pasaba por el pasillo central dejando a mi espalda los gritos, las narices tumefactas, los ojos a la virulé y las colchonetas con un carmín de labios partidos, observaba la nula distribución de muebles, solo un mostrador a modo de quiosco con libros de artes marciales, montaje, distribución y mantenimiento de armas. Allí, un repetidor con mirada cansina repartía los libros seleccionados entre los pipiolos entusiasmados por probar una valía que él había desechado. Junto a la dispensadora de jarabe edulcorado, agua carbonatada o gas destilado en latas, imprimí con mi puño la fuerza suficiente en un repique propio de campanas y solté mi garganta:

−Fuego y acero para el enemigo.

Un atisbo de claridad, el retorcer de un pomo, la cabeza del maestro de tiro parapetado tras unas gafas oscuras. Parecía un coronel incendiado por la cantidad de medallas que adornaban sus hombros (aunque la milicia no era nuestro punto de partida, seguíamos sus métodos de jerarquía) y el bigote rizado en tono rojizo al igual que el cabello; un hombre de fuego que dijo:

−Adelante, Calvino, avance hasta el mostrador, tome su arma, muéstreme que es capaz de disparar. La dificultad irá *in crescendo* hasta que detenga el vuelo de una mosca con el roce de la bala en su fuselaje.

Entré cabizbajo, ansiando distraerme en ese quehacer. Las advertencias nada veladas, prohibiciones y una soga de muerte nos convertían en jugadores del ahorcado con la cuerda atenazando ya al muñeco porque desconocíamos el lenguaje empleado. Apresuró su ritmo para indicarme que tras el mostrador, un fino tabique sin pintar del renombrado blanco, estaba el campo de tiro. Tras la pobre edificación, una mesa ajada por el tiempo, de color negro, sin barniz ni adorno, contenía las amigas de la funeraria, los artilugios de guerra, las pistolas, los revólveres; la munición la sostenía el amo de llaves de aquel juego de pólvora y fuego. Tomé una pistola Star de la serie S con el aluminio como caparazón, esa aleación con un elemento menos pesado disminuía el peso en la mano, con 15 cargas mortíferas y la posibilidad de doble acción, que al igual que el revólver me permitía disparar sin cargar el arma; estas características las supe *a posteriori*, en aquel entonces, la americanización de estrella grabada en su acero la hizo apetecible. Un avispado compañero que regía los aposentos de una silla contra el tabique miraba con el aire de suficiencia de comprobar *in situ* la mala elección de todos cuantos entraban, pues además de vigilar que depositáramos a las musas de la no vida, las mimaba con cariño y limpiaba con sumo esmero con un trapo con mayor negrura que mucha de la pintura utilizada en las pistolas. Ante mi elección guiñó un ojo; me sentí afortunado, cruzó cinco palabras conmigo:

—No se atasca, buena esa.

La sala de tiro constaba de una pared insonorizada y unas dianas repartidas por metros hasta el kilómetro; blanco y negro cual código de barras plantado para el agujereamiento de gusanos de metal. Una línea roja pintada en el suelo franqueaba la posición de tiro, y los turnos no podían superar las cuatro personas disparando, todas en el mismo nivel pese a la destreza o falta de ella de alguno de los integrantes. Con los pies y la línea imaginaria puesta en el objetivo, cargué la munición que el instructor con el pelo facial rojo me entregaba. Repartí una quincena desde los cien metros como un repartidor de periódicos, diana tras diana en una revisión de Robin Hood; nos indicaron los doscientos metros y obtuve el mismo resultado, los trescientos y los quinientos no cambiaron ni un ápice. Rebasé los ochocientos en soledad porque el desastre de mis compañeros fue visionado, los sacaron de la sala de tiro para no entorpecer mi concentración. El jefe de sala, el coronel que conducía a los aspirantes dentro y fuera del recinto, tuvo palabras de elogio para mí:

—Gran demostración, esa pistola queda registrada bajo tu nombre, ningún torpón descalibrará tu punto de mira. Preserva este don y serás pronto asignado al exterior.

Salí del complejo de «artes de combate y muerte a larga distancia» para volver a mi habitación en la línea tres, primera puerta de W. C. de la estación subterránea, andén principal y el más próximo a la salida. Observaba a los afortunados en sus escapadas subir una escalera de mano y los perdía en las alturas. A pocos pasos, sonó a mi espalda un golpeo de suelas de zapato en los raíles de la vía; sin girarme, supe que dos alumnos me seguían como unos guepardos al antílope. La falta de aire no me sobrevino al instante, aunque no alargó demasiado su aparición por mi inadecuada preparación física. Todo lo que tenía de puntería lo perdía en capacidad pulmonar, muscular y todo tipo de esfuerzo que conllevara un ejercicio a un ritmo superior al de un paseo. Palidecí por las palabras que volvían a mí como un mantra desaprobatorio: «No hagáis amigos, denunciad a vuestros compañeros». Los pies no llegaron ni a polvorosa cuando unas voces cercanas al oído dijeron:

—Para, chico, que somos alumnos nuevos como tú, no temas.

Una voz sobria, seria pero serena, una pincelada al viento que amainó mi carrera no superior a un trote de tortuga. Recuperé una pizca de aliento, como los dedos pellizcando la sal, y hablé:

—Lo siento, es mi primer día; tanta novedad y la excitación de una persecución me han hecho montarme una novela de espías en la cabeza. Perdonad, soy Calvino.

El chico taciturno pero de tono tranquilizador dio un paso adelante; un porte elegante casi aristocrático, unas gafas de pasta negras con unas patillas de plata, el flequillo abocado al lado derecho, una nariz que apenas sostenía el caballete, los ojos de un negro oliváceo y la boca en perpetuo signo de «O» apretando las mandíbulas por un reflejo involuntario. Se presentó:

—Me llamo Alberto Ocaso Chicón. No me importa la regla de no fraternización que nos han dictado con tanta amabilidad —sonrió con picardía—. Este de aquí a mi lado es Ernesto Zagualde Ortiz, y ambos somos de la misma opinión. Deposita en nosotros tu confianza y seamos la familia que nos arrebatan aquí dentro.

Ernesto, de complexión atlética, un robusto tronco cincelado por músculos y un rostro de pan almidonado que destrozaba la visión de animal salvaje que sus ojos sí contenían, dos ojos marrones con la crudeza del barro reseco; la sonrisa cambió de nuevo tras un primer examen, pues observé nobleza, fino labio superior y un ligero grosor en el inferior; una melena desbarajustada que necesitaba un corte por lo descuidado y unas orejas de soplillo que le daban un tono humorístico que evidenció con su voz:

—No te preocupes, yo seré el hermano mediano, pero espero que entre nosotros no tengamos a la hermanita camuflada, ¿verdad?

Reímos, y la camaradería extinta en aquel paraje fue instaurada en ese primer día. Alberto expresó lo que todos conocíamos:

—Nos reuniremos a espaldas de los demás, nadie sabrá de nuestra nueva y pequeña familia. Despidámonos con un apretón de manos.

Todos tomamos parte en el ritual de saludos y cambiamos el rostro por la fuerza prensora de Ernesto, ya que tras su efusiva ceremonia Alberto y yo nos soplábamos la mano por el dolor que nos recorría en cada dedo.

El hastío de las lecciones no llegaba a mi mano sedienta de pólvora humeante; no obstante, los músculos arreciaban por quedar en cama cuando los golpes caían como una tormenta de granizo. Ernesto, campeón de las diversas clases, batía sus técnicas cual gladiador, formulaba estrategias tan complejas como la de la batalla de Waterloo y repetía hasta la saciedad sus «batallitas», para él la confrontación y superación en otro individuo era todo su universo. Alberto no destacaba, pero cumplía el mínimo establecido; parapetado tras la sombra de un buen tirador y luchador, ocupaba su tiempo en largas reflexiones en solitario. Lo descubrimos varias veces en el andén balanceando las piernas con las manos bajo la barbilla, sopesábamos que entonaría alguna canción o emitiría algún sonido, pero el silencio lo absorbía y él engullía al mutismo a su vez. Nos justificábamos como compañeros de un juego que tomábamos por serio y lo dejábamos estar.

Pasaron años de lúdica diversión por la novedad hasta que quedó establecida la aburrida rutina, limpiar el cañón, engrasar la vaina, desobstruir la suciedad; mi Star relucía como astro nuevo, y depuré mis movimientos para tener superioridad contra los no entrenados. Ernesto agigantaba su currículo de victorias al igual que con el paso de las hojas del calendario obraba en su cuerpo una escultura propia de Miguel Ángel; esculpido a base de esfuerzo y lucha continua, pero con el narcisismo elevado a la máxima potencia. Alberto y yo creíamos que si los espejos le devolvieran su reflejo el tiempo suficiente podría enamorarse de sí mismo. Sus ojos comenzaron a variar con mayor frecuencia que la de las radios en sintonizar, de alteración y rabia, a benevolencia y cordialidad. Alberto, obstinado en tomar la posición del uno en el reloj debido a su abandono de la sociedad, mostraba un carácter huraño y evitaba las reuniones. Un punto de inflexión marcó nuestra separación: la misión.

Capítulo 6

Fuimos llamados al orden, recibimos de los taquilleros el triple uno, línea, vía y parada. Justo debajo de la Estación del Mediodía (conocida ahora como la de Atocha), un complejo palaciego; dos águilas en pleno vuelo adornaban la fachada junto a un portón de hierro para la entrada principal, balcones con banderas ondeando relojes alados y la tapa de un reloj con su cadena de oro que hacía las veces de torreta de vigilancia además de escotilla, porque para subir a la superficie la estructura majestuosa tapaba los escalones que daban ese ascenso deseado. Una decena de hombres apostados como la caballería con pistolas amartilladas y los brazos en equis formaban la primera línea de seguridad; tras ellos, dos más a cada lado de la entrada principal junto a las manivelas que accionaban las puertas. El filtro inicial consistía en pronunciar el nombre sin titubear y no caer en la provocación de afirmar la falta en alguna de las reglas por preguntas inquisidoras. Respondimos, por ejemplo, con un rotundo «¡No!» a la pregunta de si conocíamos el apellido de nuestros compañeros y sus habilidades. Mentimos a medias, porque el nombre de familia llegó el día de nuestra presentación, y el celo respecto a nuestra debilidad nos hizo ocultarnos unos a otros ciertos trucos de ámbito extraordinario.

Antonio medió en el relato para preguntar:

—No lo mencionaste. ¿No dijiste tus apellidos, Calvino?

Pícaro sabueso, olisquea una falta de información para enterrar un embuste. Sonreí por su sagacidad.

—Cierto, obvié ese detalle para ellos también. Mi apertura hacia mis compañeros no fue tan total como la que tuvieron conmigo. Preferí una cortina que cubriera la vida pasada, pues una amistad puede ser truncada. Vuelvo enseguida, debo mojar la garganta, que la raspa amenaza con arañar mi voz.

El de momento joven resopló, conocedor de la traición, y aprobó mis reservas. Un vistazo hacia atrás y comprobé que me seguía con la vista; a pesar de la salvación de su cuerpo, guardaba las distancias porque el hierro de la desconfianza impregnaba su vista. Tomé el pasillo, abrí la puerta contigua situada a la izquierda, un cremoso blanco sin apenas descolonización del tono asiduo para un fregadero de hierro con cero adornos, cajones junto a él sin rastro de dibujos, una nevera pequeña en la que la inclusión de tres botellas la convertía ya en bodega. Saqué del obsoleto mobiliario un vaso de cristal y escancié cual sidrero el agua, y derramé un poco fuera, pero el gesto siempre me devolvía una sonrisa. Bebí con avidez y volví con Antonio, que cambió su postura; la pierna derecha estirada y el pie izquierdo tocando el frío suelo, una toma de contacto con la tierra para evadir la inmersión en mi historia.

—Tras las preguntas, los dos centinelas posteriores accionaron la manivela. Las puertas se abrieron hacia dentro para dejarnos ver una escalera de caracol, y justo ante ella, una mesa con el maestro de llaves de la fortaleza galardonado con tantas medallas que costaba encontrar un hueco sin ellas. El erigido jefe, nuestro «señor Sótano», como era conocido y se hacía llamar. Apenas un retaco, un pedazo de alcornoque serrado por lo frágil de su complexión, pero que tenía a su vez la fuerte raíz en unos ojos verdes acuosos, la marea diluida en una mirada hosca de perro rabioso; unas manos alargadas con dedos prensiles como los de un orangután, cejas gruesas y un entrecejo sin despoblar; la boca, una hoja arrugada por el fuego, y la nariz, igual a un ganchillo de costura. No parpadeó durante varios segundos, y siguió nuestros movimientos nacidos de la inquietud. Una mano golpeaba el pantalón, y el radar activado desviaba sus ojos a la maniobra efectuada; tosió con brevedad.

—Caballeros, me conocen como el señor Sótano. No soy amigo de chanzas ni adulación, por lo que ruego se abstengan de peloteo extremo. Su llamada en concreto responde a la necesidad de comprobar su valía, el entrenamiento será fructífero dependiendo de los resultados. No quiero, asimismo, espolearlos con gloria o defenestrarlos a una pérdida repentina, en sus habilidades y decisiones queda su fortuna. La vigilancia dependerá de ustedes mismos, no contarán con un ojo espía tras sus espaldas, ni por lo tanto con apoyo si algún contratiempo los encuentra. No hay turno de ruegos y preguntas después de que les comente su misión; presten atención, porque mis palabras morirán al vocalizarlas una sola vez, la pérdida de hilo o concentración ahora será un quebradero de cabeza futuro.

Su voz quebrada como si un vaso hubiera cortado la melodía de un ángel para dejar una cacofonía grotesca se exasperaba ante una escucha duradera, y la falta de preguntas dolía igual que un puñetazo en la boca del estómago. Ernesto, contrariado en una mirada bovina, preparaba la carga de un derechazo; Alberto, divertido con la lanza de pullas listas para salir, las contuvo mordiendo su labio.

—Encontrad la arteria de la ciudad y adivinad los secretos de los bajos fondos, la venta de información, los puntos cardinales de la venta sumergida; esta es la suborden, los pormenores, la principal consiste en localizar y eliminar a los que traten de alterar el tiempo de cualquier forma o modo. Si encontráis un desertor, le dais pasaporte, pero antes confraternizad con él para que desvele el escondite de otros, a los que ofreceréis el mismo trato preferencial. Tomad estas fotos que os entrego, una para cada uno; tras un vistazo, destrozadlas a mi vista.

Leímos los rasgos distintivos, memorizamos los apuntes llamativos, hicimos trizas los retratos de la cámara en blanco y negro con las manos estiradas para que no cupiera duda sobre la destrucción. El señor Sótano asintió con brevedad, dio un respingo en su silla y caminó hacia nosotros palmeando nuestro pecho como una estocada.

—Guardianes del tiempo, fluctúen en el sentido de las agujas del reloj, nunca a la inversa; buena suerte, caballeros.

Nos indicó la escalera de caracol. Lo dejamos atrás con la misma rapidez con que volvía a su mesa, ajetreado en un papeleo entre el que distinguí nuevas fotografías y nuevos alumnos. Las conversaciones superfluas sobre el carácter endemoniado de nuestro jefe o una sorna no salieron a la luz; cabizbajos y con una predisposición a obedecer, subíamos como un buceador a punto de quedarse sin aire. Al final del tramo de escalera, hallamos una peculiar escotilla, una tapa de alcantarilla que Ernesto retiró sin problemas. El aire nos golpeó por turnos al ocupar no una vía muerta, sino un patio de mansión. Embellecida por el manejo lustroso del paño y jabón de las amas de casa que al vernos subir no sufrieron el menor cambio en sus labores, éramos para ellas cucarachas invisibles a las que tenían que soportar por un beneficio tan sustancioso a su patrón que toleraba nuestras excursiones. Un color ocre bañaba la parte posterior con un muro que evitaba fisgones para las incursiones, una construcción de mármol en su totalidad con pequeños apliques de cemento y madera. Extraña combinación para un señor de la casa que frotaba sus manos mientras acudía a nuestro encuentro; la fricción entre el dorso y las palmas producía un ruido exagerado por la reiterada potencia que imprimía con la asociación de un tic nervioso palpable en su ojo izquierdo. Una casaca roja como chaqueta antigua, unos ribetes en puños y cuello de volantes dignos de la Inglaterra medieval, zuecos de madera negros usados como botines, unos pantalones de lino púrpura y vestigios de una camisa de seda oculta por lo cerrado de la prenda de abrigo constituían su vestimenta. Calvo de ojos azules tintados de avaricia, una boca que abría como un besugo con la evidencia de que «Ratoncito Pérez» había acaudalado una fortuna a su costa en su madurez, y unas orejas de gran pabellón auditivo; hacia oscilar los hombros en turnos ascendente y descendente mientras sus tics del ojo nos relataban en morse lo que pronto tendría que decirnos:

—Bienvenidos a mi mansión, caballeros. Salgan por la puerta de atrás. Cuando vuelvan, golpeen ese mismo pórtico cinco veces canturreando un chotis, y abriremos; de no ser así, los tomaré por extraños y no volverán, con las terribles consecuencias que ello tiene. La estancia no está permitida, busquen lugar en pensiones u hoteles, así mantenemos la discreción; buenas tardes, señores. Ahora, marchen.

Capítulo 7

Miradas de rapaz con ojos acusadores en búsqueda de una carne pronto muerta. Ernesto, con la furia propagada con la tensión en sus músculos; Alberto, en cambio, poseía una sonrisa maliciosa igual que un niño a punto de cometer una travesura. Quiero creer que tenía la calma bajo mi mano, pero al igual que ellos, un gusano devoraba mi ánimo. La manzana de rojo reluciente bajo mi pecho estaba siendo carcomida por la obligación de arrebatar la vida. La luz de la calle en nuestros ojos, tras nosotros aquella mansión de extravagancia supina; deslumbrados, utilizamos las manos como sombrillas ocasionales. Plena ebullición en la calle atestada de vida ajetreada. Los maletines en manos de un jardín de trabajadores en pos del negocio rentable, en vez de parar y disfrutar del día a día. No hubo discurso de ánimo para los valientes ni epopeya al honor por mi parte, pues conocía de sobra las trivialidades de este ejercicio; la madurez tocaba con fuerza en nuestro ser, y la muerte franqueaba el paso. Trasiego al afrontar amargo trago. Nos despedimos ubicando nuestra localización durante la misión para futuras ayudas o reencuentros para mejor fin, Ernesto a la Puerta del Sol, Apolo tiraba de aquel mastodonte, el Oso y el Madroño, una buena fábula para el experto en el combate mano a mano; Alberto, a la Puerta de Alcalá, entrada y salida de la villa de Madrid, centro neurálgico en el que podría acechar cualquier indicio de falta y efectuar su represalia con esa soledad a la que no falla. Mi paraje, el Retiro, el parque que cobija al lúdico, la sonrisa de los niños y que es emplazamiento de alegría que contrasta en grado sumo con lo que reptaba en mi corazón.

Los vi marchar por separado, Ernesto a grandes zancadas, deseoso de entrar en acción, Alberto rumiando por lo bajo un plan astuto, mirando al suelo y alternando con la vista al cielo. Memorizamos todos las fotos, ellos con menor soltura y yo sin el menor esfuerzo, pues los rostros que debía abatir eran de sobra conocidos, aunque desconocía los parámetros de sus misiones en las imágenes servidas; en las mías, dos líneas para cada uno servían de advertencia. En la del guerrero, ponía «Inestable furia localizada, vigilar en su trabajo y cuando culmine ejecución»; para el solitario rezaba «Indicio claro de rebelión, sigue sus pasos con cautela y a la menor oportunidad líbranos de él». Alfileres pendidos del pecho, heridas sangrando de una camaradería puesta en peligro por unas órdenes sin discusión, aunque la observación sería mi piedra de toque.

Inadvertido para Ernesto, seguía su carrera a duras penas, resuello y piernas agarrotadas la recompensa a una persecución con ritmo vertiginoso; no lo veía reparar en nada ni nadie, de pronto, paró en seco y miró en derredor. La entrada del astro aglomerada de gente, y mi espalda contra el oso que, aupado sobre sus patas, intentaba comer del madroño; lo veía escrutar un enemigo con la ira cabalgando en su sien en forma de vena hinchada. Rápido, dejó la labor de detective para centrarse en la de velocista. Lo seguía, pero con mayor disimulo, ocultándome tras dorsos ajenos. La noche portaba el abrigo del sigilo de ambos, pues Ernesto abandonó la celeridad por paseos meridianos, de punta a punta, sin dejar la puerta del rival de la luna. Un traspié delató que había puesto la lupa sobre el objetivo, comenzó la hostigación lenta de un individuo de grueso abrigo de blanca lana, sombrero de ala ancha negro, pantalones grises y náuticos marrones. Acorraló a su presa sin tener consciencia ella de que guiaba sus pasos; el hombre, un anciano, evitaba la confrontación y buscaba un lugar alejado para dar esquinazo al que supondría un ladronzuelo; asistí en prima fila a la embocadura del trágico final, apoyado en la pared, oculto al amparo de la falta de iluminación; empujó contra los barrotes de una verja al sospechoso. En esa calle cerrada al tráfico tuvo lugar la terrible paliza. Entre golpe y golpe escupía sobre el endeble, pero no preguntaba por nadie más, escuché a Ernesto decir:—Diviérteme, muestra resistencia, débil miserable. Ponme a prueba, levanta tu culo. ¡Tienes una oportunidad!

Una masacre. Cual cerdo en el matadero, propinaba puñetazos y patadas que bien podrían ser cuchilladas por la aceptación que tenía su cuerpo en ser arma blanca; asistir a tan grotesca función deja en uno el sabor de una pipa amarga, ese regusto del que intentas deshacerte pero que solo el agua aparta, la saliva hizo las veces del líquido elemento. Separé el cuerpo del muro para contemplar con expectación su próximo movimiento; sorpresa, no volvió para el punto de reunión o buscaba un hostal. La sed de sangre deleitada recrudeció la caza al por mayor, sus ojos catapultados de una posible presa a otra; vi un relámpago en sus ojos al distinguir a un boxeador entrenando, el *gong* marcaba el asalto final; corrió hacia él sin miramientos, fuera la máscara de estar a cubierto, cero preocupaciones; en los puños de Ernesto, hirviendo la rabia; el púgil azorado miraba al símil de toro que lo embistió, cayeron. El cazador encima y la lluvia ausente fue granizo de manos cerradas de las que surgían gotas rojas. Tan instaurado en su locura estaba, que no cerró su retaguardia ni escuchó pasos tras su espalda. Dejé volar el acero y su cabeza se desplomó sobre la acera, embadurnando al practicante de boxeo con otra sangre que no era la suya. Ni rastro, ni testigo, porque al caer Ernesto sobre él no me vio, por lo que libré a la muerte de un nuevo huésped.

Caminé despacio con ningún rastro de alarma en mi rostro, nula preocupación por la aparición del cadáver, pero con un pesar al reivindicar que Ernesto era un guerrero fuera de control, un perro de guerra que contrajo la rabia, muerto el... Pero un mordisco ardía en mi pecho, furia y dolor anegaron mis ojos por la ruindad de un amigo. La Puerta del Sol vacía con la excepción del sereno a punto de una ronda, vi su farolillo y aparté mis pasos de él. Tras varios giros, pude poner pies en polvorosa. Al acelerar, el viento rozó mis mejillas, y las lágrimas que caían convertí en granizo para mi corazón. Una placa de hielo por el peaje; aparte, una cerilla dispuesta a seguir el encargo.

El Retiro aguardaba con grupos no recomendables en una lúgubre hora; amantes del licor con el tanque a rebosar, amigos de lo ajeno asaltando, chulos y putas traficando con la mercancía de la piel. Es curiosa la variopinta multitud que establece su puesto al cobijo de las sombras. Por una vez sentí que me unía al círculo como asesino. Paseaba sin varar de lado a lado portando una botella o con el punto fijo en una esquina de la que apenas me separaba con la correa puesta por un proxeneta; carril central para mí hasta la barandilla que separa el agua de la tierra con un puente. Bajé unas pequeñas escaleras para prestarme un barco al que nadie negaría mi abordaje por la hora intempestiva; cabizbajo, a punto de poner un pie en la embarcación, una sonrisa a bordo turbó la noche, el cielo y mi cabeza.

—Calvino, llegas muy tarde, ¿eliminaste a tus objetivos?

La suposición de contar a más de uno podía rebatirla al no compartir fotografías, tampoco al memorizarlas cruzamos las miradas, ni en los ojos ni sobre el papel.

—Único y primario, trabajo realizado.

Una sonrisa perversa cruzó el rostro de Alberto. ¿Leyó mi incongruencia? ¿Cometía un craso error, acaso, al usar un tono tan formal? ¿Dibujaba sin borrones la duda en mi rostro? Enarcó una ceja, sacó la lengua en un gesto de desaprobación.

—No quiero un informe, amigo. Tomemos un descanso. Coge los remos, demos un paseo tranquilo.

—Claro, Alberto, hazme sitio, pero no creas que será una regata de Oxford contra Harvard.

Finas líneas turbias en una mueca que pretendía ser sonrisa ante mi comentario nada grácil, al que no acostumbraba. Comprendí que mi tufillo por tapar estaba siendo olisqueado. El crucero en la barcaza fue un mar de silencios ahogados, una calma falsa en la que los ojos definían palabras por surgir a preguntas no formuladas. Alberto cuestionó mi actitud:

—¿La muerte de tu objetivo es una losa muy pesada? ¿Quieres compartirla?

Frenazo al disimulo de la nula voz. Mostré una cara compungida de verdad acatando la tristeza reservada para mí al exponerla para él en ese momento; tomó nota en su cerebro.

—Tranquilo, dejaré los interrogatorios para el señor Sótano, ya sabes que puedes confiar en mí; por mi parte, abatí sin complicaciones a mi blanco y he traído conmigo la localización de cuatro de ellos más. El subterfugio que usan son los alrededores del Santiago Bernabéu, mañana iré a visitar el estadio; acompáñame y terminaremos antes, ¿estás de acuerdo?

Las sospechas esfumadas como el soplo a una vela. Asentí con la cabeza, tendí mi mano, la estrechó y pusimos un pie en la otra orilla; le despedí:

—Voy a descansar de este día arduo. Mañana, una hora antes del partido, recorremos juntos los puntos sospechosos y acabamos.

Comenzó a girarse y volvió su cabeza de pronto con un gélido «Hasta mañana, Calvino», un glaciar no helaría tanto mis venas como lo hizo Alberto. Las dudas ardieron de nuevo.

Capítulo 8

En víspera del partido, la turba con bufandas jaleaba al equipo con cánticos de exaltación a los gladiadores del mundo moderno con el cuero en las botas. Ajustan los aficionados sus gargantas para gritar el gol, aplauden a rabiar la victoria y la derrota conlleva la simulación del grito de un fantasma; el coliseo madridista amparado por la diosa Cibeles en su carro, una fuente de títulos en la que un chapuzón que trae pulmonía es bien recibido por una alegría desmedida. Observaba las gabardinas, sombreros y trajes de postín, puros exhalando sus últimos suspiros y puestos de frutos secos abarrotados por un cartucho de pipas. Alberto aún sin aparecer, raro en él. La desconfianza no amilana, sino que crece en mesura que las confabulaciones y las ideas inverosímiles trazan una tela de araña de la que no puedes salir; mis piernas atrapadas bajo el yugo, hasta que lo vi llegar con el rostro serio, preparado. El saludo cordial habituado cambiado por un afectuoso abrazo provocó un lapso en mi respuesta a su entusiasmo.

—Calvino, cualquiera diría que no te alegras de ver a tu compañero, deja tus reservas de sopor para más tarde. Encontremos la boca del lobo y demos punto final a la cacería.

—Claro, Alberto, perdona por mi actitud, pero la muerte no es un plato que quiera repetir con asiduidad. Debo aclarar con sinceridad que no me veo en nuevas misiones. Finiquitemos el asunto.

Una pausa que culminó con una punzada que taladró mi espalda, escalofrío por la mirada y estremecimiento por la risa cuando habló:

—Sí, tienes razón, no te veo en otra como esta.

Cualquiera en mi situación pediría una aclaración a esta provocación, o yo lo tomé así, pero incurriría en debilidad manifiesta, regalaría un cuchillo a un carnicero, por lo que espoleé los caballos escurriendo el bulto en un falso «Me conoces bien, Alberto».

Actuamos como dos cazadores que en vez de cubrirse la espalda buscaban que el otro ocupara la retaguardia para no darse la oportunidad de recibir un disparo «amigo». Desatendimos, pues, la vigilancia hasta que un signo claro despertó un juego de equipo momentáneo, porque los enemigos con un adversario común olvidan sus diferencias. Localizamos la madriguera, un bar anexo al Bernabéu con una clientela ínfima para día de partido; miradas nerviosas a través del cristal desde el camarero que limpiaba un vaso ya de por sí reluciente; el rótulo del bar con letras recién colocadas, «Bar Bodegón», sin signos de envejecimiento, un título reiterativo impropio de un local llamativo; la verja de cierre sin las marcas del desgaste; los cristales limpios y ni rastro de polvo en la entrada de pisadas antiguas. Entré seguido por Alberto, que tomó la delantera. Al ir en cabeza, la sensación de peligro que me acechaba disminuyó. Un solo empleado que tomaba las riendas del negocio como propietario y camarero, una difícil empresa de credulidad rayando en lo absurdo; falta de pelo facial y capilar, poderosos hombros retozando el vidrio en su mano, rostro de mandíbula cuadriculada, nariz cuasi desprovista de tabique y unos ojos temerosos de esclarecer con solo mirarlos. Apuntó al suelo en diversas ocasiones por el nervio aflorado que no conseguía ocultar anudando la corbata negra y dejando el vaso en la barra, que no contenía ni una sola tapa; apenas dos sillas para el lugar y una mesa sin indicios de que el licor la hubiera mojado en toda su actividad. Liberó las mangas de su camisa blanca, retuvo el sudor por la intranquilidad y compuso una sonrisa diciendo:

—¿Qué se les ofrece, caballeros? ¿Qué desean tomar?

Un tratamiento demasiado informal, no ofrece ningún plato o bebida, nulo vendedor y estúpida tapadera; Alberto fingió interés en entablar conversación mientras cerraba la puerta con sigilo para que nadie los molestara.

—Unas cañitas estarían de lujo, y una tortilla de patatas seria el no va más.

El interpelado mudó la cara de terror por una sonrisa plácida al intuir que fallábamos con su mediocre puesta en escena.

—Me quedan apenas un huevo y un par de patatas, iré al almacén para prepararles una comida sustanciosa. ¿Les añado cebolla?

Alberto guio su intento de huida:

—Claro, jefe; usted manda.

Salte al mostrador ágil como un gamo, con la dispensadora de fuego aferrada, un trozo de estrella americanizada en mi mano. El *clic* para percutir el arma obtuvo un resultado maravilloso; derrumbado el escaparate de una burda obra de restauración, vi cómo el no camarero desenrollaba la lengua cual persiana:

—Escapé de ese tugurio, ese túnel en el que ahogan los cerebros y exprimen vuestras acciones; vosotros creéis que sois libres, pero os engañan todo el tiempo. Cerrad este local y miles encontraréis en otro espacio. Muchos me respaldarán, comprobaréis que la alteración del tiempo está en vuestros jefes; a los que los descubrimos acaban llamándonos traidores y nos borran del mapa...

Amenazas y un pájaro cantando que acabó mudo por una bala que no provenía de mi Star. Bañado de masa encefálica y sangre, un vertido de mente vaciada por un disparo de Alberto, que relamía las gotas que caían en su boca; dirección frontal, bala incrustada en el espejo vacío de botellas.

¿Por qué Alberto detonó el silencio para un sospechoso que estaba en plena ópera? El canto del tenor tildado de mentiras presentaba incógnitas jugosas a las que ceñirnos para encajar las piezas de futuros abatidos. Furioso, espeté:

—¿A santo de qué disparas cuando estaba acorralado y escupiendo información?

Sonreía, supe su próximo movimiento, olí la pólvora; los cristales cayeron sobre mí por una rápida reacción, amartillé el disparador y mis balas barrieron el mostrador; mi mano por encima de la barra fue la única parte visible de mi anatomía tras mi agazapamiento. Oí una risa que encantaba al diablo y haría temblar a un ángel, la serpiente movía su cascabel; habló en tono jocoso:

—Amigo, sal a jugar que el tiempo apremia.

Comprendí que un centelleo lo privaría de reflejos, el escudo sobre las serpientes de Medusa; disparé a la bombilla que estaba sobre su cabeza, racimos de cristal hicieron salir la vid rojiza, la risa dispersada por un grito de dolor. Alberto lanzó su acero cual ventilador sin freno, las balas impactaron en la barra, los espejos e incluso rompió una ventana que daba al exterior. La trifulca prendía el murmullo y las autoridades no desperdiciarían un segundo pese a estar dispersadas por el partido. Asomé la cabeza para efectuar el tiro inmisericorde, pero desapareció como una voluta de humo de habano, olor de sangre por ceniza y la amargura en la boca. Lo prudencial es salir despacio, con normalidad, pero la acumulación de sensaciones desestabilizó mi mente y corrí hacia la mansión. No me paré a pensar que tenía una recompensa, pero no por forajido, sino por servidor fiel. Alberto quería cobrar con mi muerte una deuda. Un desajustado de las correas de la Organización, el solitario amparado en una rebelión de la que tomaría provecho; quería cerrar su salida y mi boca con la muerte para poder seguir con su señuelo. Nunca llegó el latido final ni una sonrisa que fulminara tras mi espalda; llegué exhausto, con la camisa mojada, blanco algodón que dejaba ver mucho mi anatomía enclenque, remangados los puños por la asfixia de una carrera sin relevo. Golpeé el número de dedos de mi mano izquierda y canté:

—*Cuando llegues a Madrid, chulona mía,*
voy a hacerte emperatriz de Lavapiés;
y a alfombrarte con claveles la Gran Vía,
y a bañarte con vinillo de Jerez.
En Chicote, un agasajo postinero
con la crema de la intelectualidad
y la gracia de un piropo retrechero
más castizo que la calle de Alcalá.
Madrid, Madrid, Madrid...».

La puerta se abrió de golpe mientras la voz rezongaba:

—Pare, pare, por Dios, que Alfredo Lara estará clamando desde su tumba por tamaña profanación.

Una vez dentro de la esperpéntica edificación a la que me aderezó con sucintas complacencias que entrañaban favores ocultos; escudriñé sus ojos azules, pero la codicia, aunque presente, estaba en segundo plano. Nos sentamos en mullidos sillones de terciopelo rojo con incrustaciones en los reposabrazos de leones de marfil. Ante nosotros, una mesa octogonal de color grisáceo y envejecida por el uso de una técnica que achaqué al mal gusto; de la misma forma, la ornamentación del suelo de mármol igual a la de la fachada externa; ostentación fuera y dentro de un hombre anclado varios siglos atrás, ataviado con su casaca roja, un pantalón nuevo de seda negro y sus náuticos marrones. Degustaba una taza de té humeante con el dedo meñique sin aferrar la taza. Sus *tics* en el ojo parecían desentramar un enigma, y la boca no abastecida de caninos y molares en gran número expuso:

—Veo su interés en mis impulsos oculares y asimismo leo la idea que cree que quiero formularle. Está en lo cierto, quiero saber el porqué de la ausencia de sus compañeros; mi motivo suscríbalo a la curiosidad malsana, es un ejercicio que adoro, al igual que la adquisición de riquezas. Antes de que responda con una frase dictada por un superior, recapacite, pues no soy tan estúpido, invente una historia si prefiere, pero debo caer en su mentira, aunque preferiría la verdad.

Aquel propietario escondía sabiduría de antaño y no solo piezas de museo destartaladas y conjugadas con su peculiar *arte*, pretenderlo estúpido no era un compendio al que pudiera apuntarme. Sus ojos quedaron inmóviles, ni un parpadeo voluntario o irracional, un desafío ante mi declaración para masajear mi lengua antes de soltarla.

Entrenado en artes de interrogatorio el anciano, cuestioné antes de lanzar verdad o mentira, porque no calculé los pormenores de las opciones.

—Eres del grupo de instigación, ¿verdad?

Respondió afirmando con la mirada fija, atrás el tic para enturbiar la visión de un hombre que confirmaba su peligro; su voz desdentada añadió:

—Aunque debo confesar que esta práctica no es habitual, solo es posible con aquellos que debemos presionar para confirmar su lealtad; los subterfugios están debajo de esta casa. Sé claro a mis preguntas y podrás volver, en caso contrario...

Una frase cortada decía lo que el cuerpo sentía, me matarían; siguió con una pregunta:

—¿Mataste a tus objetivos?

Pasé el degüello de una navaja de afeitar a un imberbe, la irritación de la piel en un campo de ortigas, el hielo fundido en el cuerpo y la picadura de una abeja en la lengua; mentir me pondría a dormir en un roble techado por una tapa cubierta de madera; dije la verdad:

—Solo a uno de ellos, el otro escapó.

Musitó para sus adentros y cerró la visión del robo del roedor infantil que había cambiado la edad de sustraer para un mayor botín; tomó un nuevo sorbo de la taza paladeando despacio el sabor de las palabras, a continuación las espiró al igual que el humo:

—Puedo confirmar la baja de Ernesto, encontramos su cuerpo y lo arrancamos de la circulación; es muy descuidado en tareas de limpieza, Calvino. Ahora cuénteme los hechos entre usted y Alberto para probar la huida de este último.

Relaté sin entorpecer una introspección a mis recuerdos, la desazón comprimía mis costillas y la apariencia de resistencia estaba desvaneciéndose. El interrogador asentía y fruncía el ceño a partes iguales, reacciones académicas de aprobación al rápido acto de muerte de Ernesto, y cual regañina de monja sacudía el índice de su mano derecha contra mí. La decepción era palpable por la no culminación de la misión, objeté el adiestramiento de Alberto y dije:

—¿Conocían su particular escepticismo en pertenecer a un grupo? Tengo entendido que nos siguen, y conforme están las cosas quieren un paria, un deleznable que cargue con las culpas en la espalda; muy bien, soy su mulo. ¿Portan los sacos para enterrarme con ellos?

Miró contrariado, y el mohín de la boca cerró la cueva de estalactitas. Una criada que despejaba la suciedad en vez de limpiarla dejó la taza sobre la mesa con un sonoro golpe, perdí de vista su cofia y los volantines de la falda. Apretó el puño dejando el reguero de sangre paralizado en su mano, estrangulando la manguera por unos segundos; amainó el descontrol de la ira. Saltó sin brusquedad su voz, pero con la autoridad ejerciendo de tilde:

—Te conviene no rebasar los límites de mi paciencia, y el embalse está a rebasar por tu desfachatez. Repartes tus tropiezos con la Organización y encaras a un superior, valiente pero estúpido, un individuo muy repetido en esta sociedad; lo criamos fuera de la lacra, nació de nuevo con un nombre y privado del pasado de sus apellidos, ¿Así paga su deuda, con fracaso y descaro? Equivoca los términos, y el castigo será ejemplar. Vuelva para no salir al mundo exterior; olvido mencionar que su amistad con los objetivos no nos pasó desapercibida, por lo que su credulidad raya en la nimiedad. Bajará con la esperanza de que el señor Sótano reduzca o no apruebe su clausura, pero le abriré los ojos: él domina la parte baja y oscura, yo la alta e iluminada.

Marche con la vergüenza y el arrepentimiento propios de un fracasado. Dejo un hueco en el subterráneo, vuelva cuando la ceguera de la rabia lo alimente para escariar a Alberto, que es quien lo mantiene encerrado bajo túneles. Soy el maestro del Cielo, así me conocen y así me llamará a partir de ahora.

Se levantó del sofá rojizo y palmeó mi hombro, me mostró el patio exterior y la salida y me indicó la profundidad. Mientras bajaba, lo miré y el tic volvió. Nuevos reclutas caerían en la trampa del dueño de la luz.

Capítulo 9

Pasé meses pidiendo audiencia con el señor Sótano, pero la denegaban por antonomasia. Recibía la correspondencia con un sobre que en su dorso indicaba como remitente al «Maestro del Cielo», y dentro una hoja de papel con un rotundo «¡NO!».

Los años carcomieron cual madera vieja mi apego a una amistad perdida en su inicio. Retiré el favor de compadecerme pensando que no era una estrategia planeada por un traidor; inspiraba odio y rezumba ira, supuse que la carta no tardaría en llegar; bajo mi puerta, tras días de intensa cólera no disimulada, despotricando por la injusticia y con los ojos ardiendo igual que mis deseos de darle muerte, la vi. El sobre lacrado, una variación; el expedidor suplido por un sello de una farola flotante sobre un cielo desprovisto de estrellas, una escenificación particular para denominar al instructor del alto paraje. Abrí y vi el contenido, una fotografía actual de Alberto con un título bajo su rostro con tinta roja: «Líder de la resistencia, objetivo: muerte»; en azul, especificaba: «No queremos que lo secuestre o le sonsaque información, encuéntrelo y destrúyalo, es su cometido». Comprobé estupefacto que las cicatrices en su cara contenían marcas mayores que los arañazos del cristal o el roce de balas, sonreía y no era visible la soledad. ¿Abandonó a su fiel compañera para establecer cordialidad simulada con otros «pseudoamigos»? Dejé la respuesta inconclusa y esparcí al viento las cenizas de la fotografía de una faz que haría desaparecer.

Colocado junto a las puertas de los dominios del patrón de la bóveda en la que nos encontrábamos, esperaba la pregunta de rigor de la vigilancia armada, pero al leer en mis ojos la determinación, me dejaron pasar sin el trámite. Permeable mi rabia, hizo que los guardias al lado del puente bajaran con rapidez las cadenas; puse los pies en los tablones hasta llegar a la mesa, y él me esperaba complacido. El jefe de la caverna, con un elegante traje oscuro para mérito de la profundidad habitada, pero que necesitaba varios como él para llenar tan fina costura, captó mi fijación en su atuendo y estiró su vestimenta; metió después las manos en los bolsillos. Falto de riqueza lo dudaba, pero sería difícil traer un sastre que no hablara después debido a la lengua desatada de estos. Opinaba que su voz atronadora y fantasmagórica no tendría el menor influjo sobre mí debido a que no sería sorpresiva. Cuán equivocado estaba, pues solo el inicio de un siseo erizó mi piel. Una mirada sibilina de su parte confirmó que atisbó el fenómeno; comenzó su discurso:

—Calvino, tiene ante sí la oportunidad de redimir sus errores. El odio está calado en sus huesos como tormenta de verano y diluvio de invierno, el resquemor en sus labios apretados me permite escuchar el rechinar de sus dientes por la rabia; conozco de sobra las ínfulas de soberano del exterior de mi compañero, pero no las tenga en cuenta, pues es aquí abajo donde vosotros, las gallinitas, cacareáis en mi corral. No debe elegir un bando, pues pertenece a nuestra Organización; nada de posicionarse a favor de arriba y abajo. Recibida la fotografía pertinente, le daré una recomendación: no vuelva si no es con una prueba de su muerte, esta vez higienice los rastros de la defunción para que quien pase por allí huela a rosas silvestres y no vea ríos de sangre vertida en nuestro bello Madrid. ¿Comprendido?

—Sucinto, todo atado a mi mente. No tengo interés en acogerme a una facción, sino de volver aquí con el trabajo realizado. ¿Puedo pedir algo, en caso de eliminar al objetivo?

Rumiaba por lo bajo una blasfemia atragantada, aunque los ojos de marisma con algas agitadas convinieron a seguir con mi petición.

—Cuando vuelva con la aniquilación bajo el brazo, ¿podré volver al exterior sin necesidad de una vida bajo túneles angostos, claustrofobia adherida a paredes de granito y un aire viciado por la falta de cielo abierto?

—Derroca al líder, sin miramientos, y podrás establecer tu labor fuera de estos muros que no te agradan; falla y cavarás un agujero hondo para ti mismo. Márchate ahora. Regresa con la primera opción, es un buen consejo.

Me despedí con una reverencia forzada, un cabeceo cuasi oriental, desviando una mirada directa a mi interlocutor; los pies subían la escalerilla de caracol y un funesto presentimiento me golpeaba. Alcé la escotilla y el aire me dio su añorada bienvenida. La mansión ante mí, pero ni rastro del cacareado gallo de las alturas; en su lugar, una criada me indicó que su amo estaba fuera por negocios y añadió palabras de su patrón: «Vuelve con la cabeza de tu enemigo y la razón de tu odio». La pobre sirvienta tartamudeó al utilizar un lenguaje que ella no estaba acostumbrada a usar, pero que bien conocía de oídas. Me indicó la nueva contraseña tres golpes y desvelar el secreto de vista del señor pues sería él mismo quien abriera, pasados cuatro días a partir de entonces sin retraso alguno ni adelanto. No podría acogerme a su hospitalidad hasta la fecha prevista. Pidió que le repitiera las instrucciones para asegurarse de que no desfiguraba el plan por las prisas y los nervios. Salir de un enclaustramiento obligado es sentir el vuelo en la ropa por la acción del viento rastreando e incluso oler los efluvios mezclados con colonia cara, porque para mí eran una fragancia a husmear con mesura. «La estación del Mediodía» proyectó cambios novedosos en las líneas modernas no solo para mercancías, sino para pasajeros encantados con la capital. No vislumbraba a un transeúnte con el entusiasmo que la modernidad portaba porque al abrir el periódico *ABC* comprobé que los comprometían al pago de una fortuna por un error en la profundidad, porque debían pasar por debajo de Atocha. Siguiendo con buenas noticias de ironía sobrada en *La Libertad*, año XV, número 4042 - 1933 marzo 3 (03/03/1933), un titular sobre el discurso de Hitler y la desgracia de Japón con aquel terremoto. En aquel entonces, poco atisbaba sobre aquel canciller que publicaba en todos los puntos cardinales, que orientaba su política a una radicalización extrema que conseguiría convencer a tanta gente con la represión y el terror. Bajo el paraguas de España, lo que acontecía como Segunda República, se abrían unos grandes vestigios de cambio que no llegaban a puerto por una crisis financiera que desalojaba las ciudades por el desempleo para migrar al campo. Allí, en medio de la urbe, meditaba que era un buen momento para cometer un asesinato y salir impune debido a la ausencia de un público masivo. Calmé la sed en un bar cercano a la estación, un café cargado que sabía a pura achicoria, pero que degustaba por ser un sucedáneo pasable al haber saboreado con anterioridad bajo aquellas calles mejunjes de mucha peor calidad. Contuve la respiración para saquear un alimento sólido, mis rápidas piernas y hábiles manos prendieron un bocadillo de jamón que desaparecía con fruición en medio de mi carrera. Con un rostro desfigurado por el altercado de pólvora y cristales, seguí la única pista sólida su sonrisa aparecida; debía indagar en la corriente de sus nuevas alianzas, de tenerlas o acercarme a sus acólitos.

Hora del papeo, y nada mejor que entrar en el restaurante Casa Paco, donde las filigranas de tapas e ibéricos riñen con el paladar, porque vianda te decantarás a devorar. Entre bocado distraído y ensoñación gratuita, relamiendo el ausente bigote, reparé en un anuncio clandestino sobre la próxima obra a estrenar de Federico García Lorca, *Bodas de sangre*, el próximo ocho de marzo de ese año. Poco se sabía del argumento, solo el tema a tocar: la lucha entre la vida y la muerte con el amor como salvador. Acuciado por un pinchazo en el espinazo de la intuición, quiso la voluntad darme aplomo para una caminata de antología, cercana a la hora el duro trajín de rodillas y pies que arrastré por los adoquines mal pertrechados. Frente a mí, el teatro Infanta Beatriz, paradigma de la opulencia y parada obligatoria por la próxima obra del maestro. Cerrado para inri de un servidor. Observaba en busca de un recodo en su estructura, una junta yuxtapuesta con endeblez, acero mal derretido o cortinaje en pésimo hilvanaje. Pese a mis loables esfuerzos, parecía una rata acorralada en un laberinto con el fuego intentando hacer de mí rastrojos; acervado por la incompetencia, deambulaba con la mano en la barbilla rascando en el ingenio la manera de entrar, hasta que un sonido del interior, impropio por sus características, empezó una letanía. Aguzado el oído, di con un hueco, una puerta con el cerrojo disuelto por el ácido. Caldeaba el líquido corrosivo, por lo que era reciente la entrada del intruso; añadí mi presencia sin pagar el tique, una visita gratuita para desmenuzar la cadencia. A oscuras, no atinaba a distinguir lo que suponía espacio de arte, pero en cuanto traspasé las puertas batientes, los focos iluminaron la escena, y los pasillos tintinearon con una luz que crecía como el sol en un albor no madrugador. Unos finos cortinajes de rojo en la tarima cubrían al actor principal, que tocaba una pieza que tardé en reconocer pero cuyo ritmo y tempo invariables la acercaban a mi memoria. Su melodía obsesiva fue el conejo de la chistera, el *Bolero* de Ravel. Corridas las túnicas colgantes que cubrían su rostro, vi a su intérprete, Alberto. La pieza musical que despertó el comentario de «al loco, al loco» para un enajenado que, desfigurado el rostro, tenía una sonrisa distinta y temerosa ante mí. Corrí entre las butacas para conseguir atraparlo, pero él seguía inmerso en su concierto preparado. Escuché su voz por encima de la música:

—Calvino, por nuestra antigua amistad deja que termine la pieza, no voy a escapar, puedes acercarte cuanto desees.

Pasados quince minutos, tocó las piezas finales. Subí a la tarima del escenario, me dirigió una mirada advenediza y preguntó:

—¿Vienes a darme muerte, perro fiel?

—Tenlo por seguro, Alberto; los informes aclaran tu desprecio por la humanidad, desgranan al tiempo a tu beneficio. Aceleras momentos desagradables y aumentas los oportunos. Entiendo tu salida misteriosa de aquel bar, avanzaste en el tiempo desfragmentándolo, ese es tu poder. Tú podrías poner el equilibrio, pero al conocer tu habilidad la usaste en tu favor.

Miró en mi dirección, consternado por mi supuesta necedad; levantó su cuerpo del piano y se acercó hasta mí en un visto y no visto, una estrella fugaz sin parpadeo. Justo tras de mí en un instante, sentí el cuchillo hundido en mi hombro izquierdo. Puse mi mano derecha para tapar la herida mientras saltaba en dirección opuesta a la de mi adversario. Alberto reía diciendo:

—Tenemos un potencial para exprimir y no ser fruta insípida como los humanos anodinos en una cárcel de la que no pueden salir. ¿Te gusta tener la correa estrechada sobre el gaznate de tu existencia? Yo no seré un lacayo que sirva órdenes ciegas de aquellos que callan sus hurtos. ¿No percibes nada raro en los que dominan el cotarro, Calvino?

Malherido por una punción, lo miraba de hito en hito, catalogando el abanico de acciones en el radio de mi nula defensa, ya que podía tomar mi punto ciego en un despiste. Aflojarle la boca me daría una oportunidad:

—Alberto, son restrictivos, pero no veo nada que considere sanción grave en sus acciones. Tu soledad trastocó tu mente, ¿o fue algún suceso que nunca comentaste?

Su rostro con aquella sonrisa afable engañaba, porque con un vistazo a contraluz desvelaba una tristeza que manchaba su cara con restos negros debido a la hendidura de sus lagrimales, provocada por mis disparos y los cristales que, cual rocío, bañaron aquella faz para dar forma a esta máscara de cicatrices que tenía ante mí. Anulada la irrigación del dolor, expulso su rabia:

—Desluciste mi porte y no me ayudaron a controlar esta fuerza que nace de mí después de usarme para ajustar unos desaguisados. Escoria sois, bazofia inmunda que anuló mi vida por una asolación de mi persona. Al desatar mi potencia interior, me despojaron de todo.

Tenía en la línea de salida una frase para devolverlo a una lentitud necesitada para mi supervivencia, pero descargó un puñal sobre mi brazo izquierdo, centímetros por debajo del hombro maltrecho; una carambola de azar por incisiones cercanas. Abatido por el acero frío por segunda vez, no reprimí un grito de dolor.

—Aaargh.

Retomaría la palabrería fútil en lo referente a ser herido de nuevo. Di una comparsa lenta que aproveche para calmar el arroyo de sangre que tendía a lago extenso en aquel momento. Observado por un rictus descompuesto de piedad, secas las piedras oscuras de sus ojos, rezumaba ira; apunté la irrupción de su inestable estado para moldear una salida al conflicto, tensaría su rabia para que tomara un riesgo, tropezaría con su ansia. Cavilaba Alberto con la mirada deleznando mi súplica, apreté las clavijas de su inquieta cordura:

—Pretendes culpar al mundo de tu desastre personal, estás vacío y, en consecuencia, actúas como tal. Escurres el bulto a la responsabilidad y asumes que tus delitos son la carga de quien cuidó de ti. Tú, un andrajo solitario, carne muerta en un espíritu igual.

Vi asomar su navaja, la deslizaba por sus dedos con la velocidad de un cometa, destellos plateados por el rápido cambio entre agarre de nudillos. Su risa tenebrosa hizo eco en todo el teatro, la función a representar: la muerte; supuse que la luna estaba consternada pese a su aflicción por la pérdida de una vida. No importa vencedor o vencido, sino ver mermada la población que la adoraba como estandarte de magia y amor. Sus dientes rechinaban por la fricción, sin castañeo por el frío, y la espuma de rabia propia de sus cánidos no dulcificaba su rostro. Murmuraba para sí hasta que, chispado, desvaneció su cuerpo para hundir de nuevo el metal en mi carne. Fracción de segundo, parpadeo controlado, objetivo conocido; un giro hizo que desgarrara la chaqueta que portaba. Perplejo, agarré su mano para evitar su traslado repentino, y el acero estrellado atravesó su cuerpo. Disparo efectuado, misión concluida, pero antes tuvo que arrimar su rostro junto al mío, buscó reposo en mi hombro, que no le negué; arreció su verdad en mi oído:

—Lamentarás mi pérdida cuando el cónclave desintegre sus cabezas visibles, no destaques sobre el poder establecido e ignora las travesuras que conoces de tus dueños respecto al tiempo. Uuuuuh. —No podía aguantar el dolor y estallaba en aliteraciones al ululato—. Piensa en los fundadores, ¿no sospechas que hay tregua para alargar una vejez demasiado lozana? Mira su actividad, no actúan como ancianos.

Volvió a sus aullidos de agonía y dijo:

—Quizá loco para ti, pero no comprendido para el supuesto cuerdo.

Toda la frustración de mi angosta estancia. La furia almacenada exigua por el cese de una vida propiciada por mí. Las convulsiones dejaron un suspiro que portó el viento con su respiración y mi inducida cólera. Yermo como la hierba, seco el regadío de su sangre que manchaba mi ropa. Cayó mi congoja en lágrimas sobre su rostro, que le dieron la manifestación perdida del dolor a sus lagrimales secos. Apoltronado en la tristeza, no olvidaba una limpieza para dar presto servicio a aquellos en los que veía humo rancio, contaminado o no por el traidor. Sus pensamientos rozaban el malestar del poder, una idea arriesgada a pagar con el asesinato. La pregunta subió a flote en mi mente. Si descubren que desconfío de su liderazgo claro e impoluto de transgresiones al tiempo, ¿me harán perecer? No necesitaba una respuesta afirmativa de otro que no fuera yo mismo, porque conocía la respuesta: ¡sí!

Capítulo 10

Con el asilo de la noche, repté por la ciudad cual serpiente. No ignoraba la traición a un ideal justo, por escamas tenía piel y una lengua bífida que contenía el veneno de la Organización escanciado en diversas jerarquías, con el sabor de una falsa sensación de vigilar y proteger el paso de los días. Viré con el cuerpo a cuestas dispuesto a enterrarlo bajo el puente de la Culebra, en la Casa de Campo; una víbora no podía soterrar en mejor término, estilo barroco con evocación italiana, placas rojizas en sus hombros, granito para su cabeza y, a modo de sombrero, sus pretiles adornados con diez pináculos de piedra. En lugar de zarzas, el arroyo de Maques daba lágrimas a unos ojos vacíos. Este enterrador impío, asesino de obra y confesión, abandona el cadáver bajo el cubil. Barro que adorna los jirones de chaqueta, pantalones de tierra mojada, marrón la camisa, mi rostro y los zapatos enfangados. Un camino pesado con el sonido del agua que deploraba mi marcha funeraria.

Presentarme en cualquier restaurante o bar sería una temeridad, acapararía miradas indagatorias, las voces cuestionarían mi excursión y el objeto de ella. El estómago discutió con sus lamentos durante la localización de un hospedaje de dudosa reputación. Los cables rojizos de los que pendía ropa tendida con vistas a la calle me procuraron una muda necesaria; tiré el montón de lodo envuelto en tejido bajo una alcantarilla. Aunque holgada, mi nueva vestimenta podría permitir mi paseo sin despertar sospecha. Un letrero con un gato negro desdibujado por la acción de la lluvia de varias estaciones y una pintura de baja calidad llamó mi atención; pocos recursos y acceso total a variopintas clases de individuo ofrecidos por el escaso precio. La luz de la linterna de un sereno desbarató la búsqueda de nuevas opciones. Entré apresurado, giré el pomo y casi me di de bruces con la rentadora; una maraña de pelo grisáceo cual musaraña alocada; un lunar demasiado abultado, con pelo; verruga en su cuello, nada terso, con las marcas de una edad que ponían lonas bajo sus ojos marrones; gruesos agujeros nasales y tabique abultado; la muñeca adornada con una pulsera de un cristo crucificado con eslabones dorados demasiado ancha; firme su mano frente al dintel de la puerta con el pie ejerciendo de tope por lo encima que estaba de la madera. Emitió con voz grave:

—Por *adelantao*, no fiamos ni al *señó*. La plata *moztrada* te dará la entrada.

Gracejo andaluz que ejercía pareados, no tenía tiempo de discutir con la elegancia de un léxico rico, así que revelé lo que consideraba necesario. Ante la visión del metal en mi palma, la anciana soltó:

—Estas horas de la noche son *mu* perras, ladronzuelos *suertos* que no quiero cobijar, pero si *manseña* otro par, lo dejaré pasar.

Guardé para mí el ingenio que de ella rebosaba, un fogonazo de linterna avivó sus ojos con la única consecuencia sensata de mi parte, doblar la cantidad. Esbozó una sonrisa.

—Tome refugio en mi *humirde* morada; cuando cante *er* gallo, deberá salir sin esperar una tostada. No arme jaleo, bienvenido al Hostal de la Puri.

Pasé el dintel de la puerta entonando un recargado «Encantado, señora Puri»; la mujer no percibió mi dosis de impaciencia. Tomé el pomo de la puerta y cerré a mi espalda. Dejó la monserga que tenía en el filo de la lengua preparada y me mostró un camastro tras recorrer tablones roídos, ventanas que no obstruían ni el soplo que das a una vela y un suelo pegajoso con el perfume del orín. Dejó en mi mano una llave que era simple adorno, pues abríase sin necesidad de introducir la pieza bruñosa con forma de felino. Encaje era el término correcto para el ajuste del acceso a mis reducidas instalaciones; una bombilla que otrora diera luz pendía con el cristal colgando cual migajas de pan; el lecho, con manchas cuya procedencia no quise suponer, y una ventana minúscula con vistas a ladrillo; un consuelo, por lo menos no pasaría frío en mi estancia. Dormí a pierna suelta pese a las comodidades, pero el despertar del cacareo mostró a mi cuerpo las ventajas de tan mullido colchón, tortícolis y un lumbago prematuro de corta duración, pero persistente durante algunos días. Vi a Puri recogiendo puntual las llaves de los otros clientes, paró en mi puerta y exigió la mía. Soltó escueta:

—La mañana ha *llegao*; *er* gallo, *cantao,* y el servicio, *despachao. Vuerva* pronto sus *moneas,* serán bien *recibías.*

—Adiós, señora —di por respuesta.

Quedaban tres días para poder regresar a la mansión, un periplo fastidioso que no podía romper, aunque la certidumbre de conocer que tramaban algo escamó mi piel, la propia convicción de desacatar, y al corazón. Dirigía mis pasos a la construcción que nos daba cobijo en aquellas alturas cuando divisé tras una esquina al Maestro del Cielo sin su casaca roja, libre de la peluca con bucles grises. Vestía una gabardina marrón que dejaba ver la punta de sus botas negras, guantes negros de cuero enfundados y una maleta blanca asida con la mano derecha. Cruzaba la calle sin respetar el semáforo, a punto estuvieron dos coches de colisionar por su intromisión. Cegado con la cabeza baja, esquivaba transeúntes. Escocido por las palabras de Alberto que lamían la herida de mi desconfianza, le seguí. No levantaba la vista y seguía un itinerario fijo que no conocí, aunque pronto comprobé que estaba repasando mis paradas. Pasó el restaurante Casa Paco a la carrera y se detuvo frente al Teatro Infanta Beatriz. No tardó en comprobar la reciente apertura, escurrió su figura al interior. Dejé una distancia prudencial para no delatarme de antemano. Pasos lentos fisgoneando en butacas, cortinas y el mismo telón del escenario; recreó mi escena con Alberto con tal similitud que tuve que ahogar la expresión de sorpresa, lanzaba sus estocadas y dio incluso mi disparo fatal. Observaba en el suelo el rastro de posible sangre, pero sonrió ante su ausencia. Apresurado, marchó en busca de la sepultura mientras corría en pos de él; advenedizo fue por no percibir mi seguimiento, pues con un giro brusco habría dado conmigo, porque apenas doscientos metros nos separaban. No dejé aumentar la distancia, ya que mantenía un mínimo cordón de seguridad que impedía que me diera de bruces con él en un frenazo. Le veía colocado sobre las escamas del reptil e indagando en las fauces, cual veneno cercando el agua pantanosa; revolvía la tierra excavando con las manos como un perro, azotado por el sudor y con una mirada que doblegaba el fango en busca del cuerpo. Conseguí colocarme tras las fauces, en una viga anclada al suelo, sosteniendo la estructura; el perfecto enclave para desgranar el motivo de aquella profanación de tumba. Sus manos tocaron carne mojada, pálida y acartonada, debido a la falta de respiración junto al orificio de bala como cuenca vacía. Miraba la mortaja volteando cada pliegue. Le privó de la chaqueta. Hurtando en sus bolsillos, sacó un frasco de cristal con un papel cual pergamino en botella introducido en el fondo; destapó el tapón de corcho, desplegó la hoja y vi en sus ojos lectura buscando un dato concreto. Esbozó una sonrisa despectiva al cadáver y escupió sobre él. A hurtadillas, me posicioné tras él con la pistola encañonando su cabeza, hablé raudo para causar la sorpresa:

—Paraje de vuelos bajos para el que es considerado por sí mismo halcón. Despacio, entrégueme el documento que sostiene en la mano izquierda y no deshonre al muerto con otro desprecio o tendrá su mismo final.

Iluso por mi parte, vislumbré que mi incursión estaba telegrafiada, ni amago de asombro en sus ojos. Miró por encima de su hombro y puntualizó:

—Un ratón que despacha una serpiente por el factor suerte figura en un escalafón inferior al del ave rapaz que elimina la competencia porque divisa los movimientos, planea con anterioridad y es dueña de los cielos. Aparta tu arma si no quieres un funeral temprano al que asistirás como invitado de honor. Contempla tu absurda prerrogativa, tengo hombres apostados encima del puente, tras el terreno abrupto e incluso en el transcurso del río.

Una manifestación concisa de tiradores situados en lugar de privilegio, pero al precisar sus posiciones los sentenció. Golpeé con la culata al pajarraco quitándole la hoja y durmió sin voluntad encima del fallecido. Comenzaba la dentellada del roedor. Incluí en mi lista a los mejores tiradores en un repaso mental; para mi vanidad, ninguno de ellos sobrepasaba mi capacidad. Los disparos desde arriba del puente revelaron con sus fogonazos las primeras víctimas, sendos tiros en la cabeza, dos caídos. Escuché improperios que acallé con el vuelo del metal, tres secuaces agonizaron con la incrustación en el pecho del acero; sobre el montículo de tierra, cero oposición. Una carrera pregonada con el ruido del continuo salpicar desveló al último; disparó primero, trastabillado con su equilibrio desnivelado por el apresurado movimiento en el torrente; lancé mi estrella para volverla fugaz, la garganta perforada, un sueño irremisible.

Oteé en busca de refuerzos, pero mi intuición no varió, el último había caído. Leí el trozo de papel que cambió mi faz por una ira incontenida, agarré de la solapa de la gabardina al plumífero, golpeé con el dorso de mi mano su rostro con fuerza y grité de rabia en su oído:

—Un informe completo de tus delitos, tu tiempo expiraba y calculaste la proporción gradual que te conservaría joven. Añadiste al agente encubierto que te proporcionó la nada desdeñosa ventaja, Alberto. ¿Querías limpiar tu crimen arruinando su vida? Torciste su rumbo, cabrón.

Reía con las gafas empañadas de lodo, la boca rezumaba sorna:

—Completas tu misión con éxito, pardillo; no calibré este cambio, pero tengo una advertencia: mátame y tu vida será un continuo vistazo a través del retrovisor, la espalda descubierta por posible traición, las sospechas pronunciadas en voz baja para la inquietud de tus oídos; márchate y te daré por desaparecido. Bien, Calvino, ¿qué elección tomarás?

Él todavía reina en el cielo.

Capítulo 11

Estaba atolondrado, desviado por el reflejo de un hombre que ofrecía la mitad de su vida en un relato apasionado sobre la amistad perdida por un orden jerárquico militarizado, en el que un interés privado desmoronaba una sociedad por una dictadura. Rasgueó su jefe el tiempo en un cronómetro que, como el viento, soplaba a favor. Calvino, con los ojos pesarosos, la lágrima encendida en candil nuevo, solicitaba con la mirada una petición, acusé el recibo de su misiva con el asentimiento de mi cabeza. Alargó los brazos antes reposados en las rodillas para extender sus palmas, los pulgares en pausa y el resto en invitación a mis manos para descansar sobre ellas en un estrechamiento; poco a poco descendían sin temblor. Calvino anunció:

—Crucial este momento en que te paso el relevo, mi intención es clara, otorgarte el testigo para que corras este maratón contra los mal denominados guardianes del tiempo. ¿Aceptas mi levantamiento?

Pausó la espera de mi respuesta con una sonrisa del todo sincera, aseveración de una alegría connotada por una ayuda prestada. Acepté el pacto de manos dejando caer mis muñecas, que fueron apresadas al instante. Acorde a mi acción, espeté:

—Calvino, estoy contigo, verdad ocupa tu voz, auténtico es tu pasado; déjame arreglar este presente para un mejor futuro. Mi cuerpo es una amalgama de falta de sincronización en el reloj de vida. Tu confianza depositada no será en balde.

Cangrejo de mar con tenaza cerrada sobre los nudillos, rayo cual lombriz transitando neuronas, fibras y piel. Sucumbí a un terremoto inaudito, una montaña de electricidad sin paradas. Los ojos parpadearon enloquecidos junto a unos punzones que, clavados en el pecho, dificultaron mi respirar, pillado por la sensación del abordaje e incapaz de pedir explicación. Calvino, ante mi falta de voluntad, expuso:

—Es el traspaso de poder. Te desvelo la capacidad que no podré disfrutar nunca más, la puntería dimensional, atravesarás todo espacio, materia o forma con el lanzamiento de cualquier proyectil. Fui capaz de acertar en el disparo a mi amigo Alberto gracias a esta habilidad, él viajaba con su cuerpo en aceleraciones y deceleraciones de la franja temporal, desviando su masa orgánica, lo que provocaba el fallo de cualquier agente menos el mío; cruel destino ser la pieza clave del asesinato de un amigo que a la postre tenía razón. No corrijas el rumbo de tu propia vida tratando de postergar o anteponer sucesos que acontecerán en su justo momento. Buena suerte, Antonio.

Capítulo 11b

Una ráfaga de energía implosionó en mi corazón, la sangre se agolpó en las tuberías azulgranas a punto de explotar, el oxígeno se tornó solitario por el sobreesfuerzo del pulmón izquierdo; los ojos quedaron sin color gracias a una vuelta de noria atípica, y fui incapaz de hablar, ya que el terremoto convulsionador ejercía la presión de un punzón en mi corazón. Entró la recuperación focalizada en pulsación, aire y movimiento. Dilucidé mediante la visión la postura de media joroba de Calvino, la saliva reseca y... su falta de respiración. Recobradas mis facultades, presté ayuda a la integración de la inspiración y espiración de mi compañero, lo tumbé sobre la cama que sirvió para mi vuelta de entre los muertos. Apliqué el masaje cardíaco, insuflé a Eolo, pero no conseguía el regreso. Di vueltas en la habitación tratando de encontrar una solución, salí para recobrar el coraje y entreví la cabina telefónica. El pavor huyó por la intromisión del coraje salvador; sin entender por qué, descolgué sin depositar moneda. Aclaré la voz y dije:

—Amanda, te necesitamos; Calvino está herido.

Silencio al otro lado de la línea; mudo, pienso en la frase y una respuesta llega a mi mente sin el filtro del sonido: «Antonio, iré enseguida». Vuelvo a la habitación auspiciado por la reaparición de ella, escucho el fragor de la batalla, las balas chocan contra la chapa metálica de este ahora mal denominado escondrijo; recuerdo el giro del pomo como un huracán furibundo, las voces entrecortadas por el fogueo de la expulsión del acero de la pistola.

Una estrella en mi mano en préstamo involuntario de Calvino confrontaba los disparos rivales, trajes y corbatas negras entrando en tropel, buscando a mi cliente y salvador. Abatí seda cara, abrí nuevos orificios en cabeza y corazón, pero la irrupción era demasiado numerosa; salté adelante acribillando a cuanto entorpecía mi camino para no quedar en una ratonera. Esperé la salida de los invasores, pero las detonaciones cesaron; entré aguzando el sentido de la puntería, pero ni un blanco al que acertar; asaltantes y guardián desaparecidos.

Atemorizado y pávido de horror, comprobé que la sangre dibujaba un rastro tan elocuente como un puñado de nieve en la cima de una montaña. Desamparado en la comprobación de cuán lejos me permitiría llegar, obvié las preguntas respecto del suceso. Sin control, medía cada centímetro con el miedo a una aparición improvisada, un «amigo» del disparo no invitado; apuré cada rincón del asilo. Desmarcada la casilla de nuevas intromisiones, obstiné mi vista en seguir un sendero corto, pues conté escasas gotas dispersas por una prisa mal conducida. No daba pábulo al desaliento y entré en la cabina. ¿Estaría en línea? Emití en las neuronas el mensaje del pensamiento: «Amanda, cuidado, esto es zona de guerra, tienen a Calvino». Su respuesta no se demoró: «No puedo acercarme, pues soy presa que apetece el orden. Sal de ahí y conduce tus pasos tras él, volveré a ti cuando la necesidad apriete». Alterado, reprendí su no llegada: «¿No es un momento crucial el secuestro? ¿Qué tiene que ocurrir que te haga perder la calma?». Respondió con brevedad: «Esta farsa desde luego no». Noté el colgar de la transmisión. El silencio reinó con mi oído pegado al teléfono.

Un truculento negocio entre verdad y mentira. La balanza en equilibrio precario de parte de Calvino, pues admito que la subjetividad con favor a Amanda es peso doble en mi afirmación de que posee la auténtica vía de acceso para desvelar el misterio. Dudaba, sin embargo, de su escapismo cual maga en el clamor del bullicio; una tercera idea contemplé con asombro, un engaño de ambos. Salí del lugar por la fábrica abandonada, con el rostro tapado por la chaqueta de lana marrón cual antifaz cubriéndome la boca, estrechando asimismo el gorro de cuadros rojos y negros sobre los ojos; sospechoso quizá, pero no reconocible. Anduve ligero con las deportivas. Una pequeña carrera para dejarme traspasar un callejón y la cara desprovista de disfraz simulado. De vuelta al inicio, tocaba una visita relámpago al Bar de Balada Triste, repasar el comienzo da signos de una continuación no prevista.

El recorrido libre de tribulaciones mentales o físicas. A su puerta, escuché tonadillas andaluzas, el quejido del genio Camarón en su apogeo: «Y comoooo el aguuuua, comoooo eeel aguuua»; una nube de voces concordando el fuera de juego, penalti justo; los dedos habilidosos sorteando la vista de ojos cansados, unos guiños en jugada de mus, pero no hubo bienvenida para el Antonio actual, pues era el anciano quien pisaba con asiduidad su suelo. Eustaquio puso mirada de *cowboy* al ver un forajido sobrepasando los macarrones de plástico blanco que representaban la fina línea de entrada, don Benito continuaba con el hado en su partida de dominó, y Encarna correteaba ajetreada con jarras de cerveza y la tristeza anegando un rímel descolorido al que nadie prestaba atención.

Una mesa libre, raro ejercicio pero bien acogido. Rodeo a los contendientes apoyados en la barra que disputan la mayor ingesta de cacahuetes dando que hablar al contrario para que el otro extienda su charla y tomar mayor bocado. Tomo asiento, espero un descanso en la apretada agenda cervecera de Encarna y acude con la libreta barruntada de aceite y tachones por igual; esgrime un boli, que mordisquea, y pregunta:

—¿Qué tomarás, mozo?

Un alcohólico estable como me considero después de las peripecias acontecidas tiene por buen haber beber un buen licor para bajar la impresión. Elijo mi pedido:

—Whisky sin hielo, doble carga para este viajero.

Consternada por una familiaridad remota, cuestionó:

—Vuelve a menudo, porque creo reconocer su rostro en las calles de esta ciudad, ¿o me equivoco?

—Astuta y de memoria fotográfica; sí, regreso con asiduidad a esta nuestra bella Madrid.

—Buen gusto. Le serviré con unos roscos, que invita la casa a un hijo prodigo que tiene tan buen gusto.

—Muy amable, señorita. ¿Puedo hacerle una observación?

Tornando su faz de dicharachera a curiosa ante mi interpelación, acarició sus cabellos y tamborileó con los dedos en los labios para aprobar:

—Adelante, caballero.

—No quiero entrar en berenjenales ajenos, pero puede explicarle a un extraño la razón de su llanto.

Sorpresa sonora en la caída de su libreta, que recogió con rapidez; la dejó sobre la mesa y, en voz baja, confesó:

—Un desconocido capaz de afrontar la intriga de las lágrimas de una mujer. Me siento cómoda con usted por algún extraño motivo. Le cuento: rompí con mi novio por la mala vida que me daba; él no está preso de ninguna congoja, más bien al contrario, lo celebró con un nuevo desliz que no puedo reprochar, pero aún duele. El tiempo dará y quitará razones; Antonio me aconsejó bien.

Expuesto a mi nombre, fue difícil no sonreír ante la denominación de uno mismo como salvador; salvé el trance diciendo:

—Ese Antonio es sabio, y usted también. Retomará los hilos del amor pronto, pretendientes no le faltarán por todas las miradas nada disimuladas del respetable.

Sonrió y, marchando por mi comanda, dijo:

—Gracias por los ánimos, buen hombre.

Mordía con avidez los roscos dejando mayor rastro que Hansel y Gretel, mi gaznate subía y bajaba en ascensor de harina tostada y licor fresco; una riada alcohólica que desmenuzaba un pensar tan aletargado como el cuerpo que lucía en ese momento. Apoyé los codos en la mesa para formar una base sobre la que sostener mis viajes mentales, Calvino, Amanda, guardianes, Alberto, tiroteo y esta nueva capacidad de disparar sin errar. Podría presentarme a los próximos Juegos Olímpicos y abochornar a cuanto campeón quisiera. Bajo la lluvia del líquido transparente cubriéndome boca y mente, perdí la noción de cuantas gotas derramaba. Destripé la bolsa del aperitivo para dar con un sobre de azúcar con una «V», un nuevo contacto de manera irregular, azaroso ni de coña; repasé uno por uno los jugadores de dominó, incluso a la cándida Jacinta y al amable Eustaquio en una renuncia a su personalidad. Una elucubración trinchada en mi mirada divergente, mesa a mesa, paseé los ojos en una panorámica que dejó al rabillo una presencia destacada, junto al cristal, una capucha roja. ¿Caperucita viene a ver al lobo?

Un rápido alzamiento y el apresuramiento en la localización prometían dejar escapar a la dueña de la cestita. Vi alejarse su silueta poco a poco del cristal. Reparé en una marca de vapor en la ventana, una seña que perdía consistencia pero que todavía destacaba la inicial del abecedario. Justo quien no esperaba aparecía a su capricho, sus condiciones marcaba en un registro propio al que nadie accedía; taimadas sus palabras, además de ciertas. Alejado el peligro de un ataque en cuanto a la inminencia por un lugar tranquilo, dictando la pausa por la cotidiana rutina en un cuerpo diferente, ella otorgó su evidencia. Amanda fue quien contactó conmigo por primera vez, su caligrafía coincidía. Levanté el cuerpo joven cuasi etílico cruzando piernas en tijeras involuntarias, mareando al ventilador inmóvil y mirando doble igual que el whisky bebido. Atravesé la cortina del bar para recibir en el rostro un bofetón, pero no del clima cálido, sino de una mano caliente. Aferró mi mano y me llevó a un aparte, bajo un árbol, ataviados con sombra y lejos de curiosos, ante la sonora muestra de indignación por mi fanatismo de alcohol. Desperté de la somnolencia causada por los efluvios gracias al *gong* de una mano que estaba situada en jarras en su moldeada figura; su pequeña nariz arrugada la asemejaba a una fierecilla mostrando una risa que no producía; sonreí ante la imagen puesta en mi cerebro y espeté:

—Te salvas de morir en una emboscada y tu mejor opción es apartarte a una zona habitual y emborracharte. Tu agudeza pierde en cuanto tu cuerpo rejuvenece, Antonio.

Seguía con la mirada turbia, pero el brillo de sus ojos nada tenía que ver con el fenómeno túnel que producía en mí; aislé el mundo a su regañina y los sonidos para centrarme en una mirada abocada en un intento de aproximarme a ella. De mi boca surgió:

—Tú me encargaste el trabajo, distingo tu letra; viniste a mí y nunca te has ido. Perjudicado o no, veo algo que intentas tapar entre los dos.

Conseguir perturbar el equilibrio de una persona serena es un logro a considerar cuando estás inundado de un bamboleo regado con alta graduación. Amanda no pudo esconder un temblor impropio de una seguridad que fingía; acortó la vía de entrada:

—Concéntrate, Antonio; te prometo que hablaremos de ello, pero necesito que me escuches.

Afirmé en un cabeceo exagerado, una reverencia repetida en demasiadas ocasiones que a punto estuvo de marearme con el siguiente desalojo de las viandas del día. Tragué la amargura del punto seguido. Ella continuó:

—Necesito tu peculiar don para que atajes esta fuga del tiempo, el escape producido tú lo sientes en tus carnes. Desconozco la pugna entre los poderes, no valoro la participación de Calvino de un bando u otro y puedo confirmar que estoy de tu parte.

Achispado pero bajando la neblina para nada sobria, pude hablar sin desatino:

—El plan de huida de las agujas tiene un fin concreto; estudiaré todas las variables, pero necesito información sobre el origen no por boca de uno, sino de varios. Confío en ti,

Amanda. Creo que es tiempo de volver a casa, voy a dormir la mona.

Intenté desasirme con levedad, pero el contacto de ella no aflojaba. Apretó su hombro contra mí cargando mi cojera desigual en un andar circense, apoyado en una muleta hermosa, sin hierro y con una carne deliciosa. Acercó su boca a mi oído y desveló su intención:

—Te acompaño, pero no a tu casa; estarás vigilado, descansemos en la mía.

Recuerdo que el paseo tendría una duración aproximada de veinte minutos a lo sumo, pero para mí fueron horas; sí, quizá con el puntillo desinhibido del alcohol, pero la alegría vertida no respondía ni mucho menos a esta ingesta. Comenzaba a germinar un sentimiento.

Capítulo 12

El recorrido observado no fueron losas, cemento mal pavimentado, árboles con copas vacías; no ingeridas por mí, claro está, sino que escalaba el muro de su rostro, incrustaba el pico en la clara piel y quedaba en el abismo de los terrones ovalados de marrón claro. Pétreo cual estatua, demolido por la maza de un golpeteo sincronizado, anduve bajo sus labios, las víctimas propicias para tomar mi pasión, que pugnaba por salir de un cuerpo narcotizado por la ingesta de esta adicción bien considerada.

Aprecié la inclinación tomando una barandilla para no caer con la cogorza escalones abajo, el sonajero de llaves en la cerradura, una solitaria luz cercana que fue acompañada por otras lejanas, el suelo de cuadrículas no uniformes en una separación artificiosa, ya que suponía un desequilibrio el corte de baldosas grises, porque a mis ojos beodos constituían un pantano cenagoso en el que no quería quedar atrapado. El mobiliario exiguo de un sofá al que catapultado caería por unos brazos frágiles que me sujetaban con firmeza, la mecedora junto a una ventana orientada al exterior para el acontecer de los días. Atravesamos el comedor con tal escasez para adentrarnos en la cocina; mientras me sujetaba asido a sus hombros, abrió el grifo del fregadero y salpicó mi cara cual rana en estanque. Recibí los flechazos sobre mis ojos, incapaces de cerrarse del todo ante la lentitud de mis reacciones. Desperezó mi musculatura con el aspersor manual. Pasamos de largo del sofá, cavilando tal hecho adivinaba dos habitaciones o, cuando menos, dos lechos para mi regocijo, y sorpresa, mis dotes de adivinador fracasaron, pues vi una solitaria cama en su aposento. Acompañó mi cuerpo igual que un embalaje frágil. Abrazado a su cuello, resbalaba en su cara y toqué con mis labios los suyos, no reprimí un beso que, aunque fugaz, valía el esfuerzo o la consecuente bofetada, que no apareció. Depositado en el lecho, me percaté de algo más que de la decoración, su sonrisa irradió con fuerza.

Levanté mi cuerpo de una rigidez extrema junto a la boca pánfila con el escozor de una garganta inflamada rezando la no orquestación de un concierto de ronquidos y demás instrumentos de viento. Miraba a mi alrededor buscando la sirena de voz cálida y su mensaje benigno a mi lado; cautelosa, no durmió a mi lado, el contacto me desvelaría. La luz apagada, las ventanas cerradas e incluso la puerta entreabierta para una vigía que aunaba cuidado y reposo para su invitado a partes iguales. Un pequeño tocador demostró mi cambio nada afortunado, la tez del anciano devuelta como una máscara indeseada por un vigor renacido. Ningún cosmético a la vista, lo que recalcaba la belleza natural de mi anhelo. El pillo detective ubicado en mi mente pedía revolver la habitación en busca de un signo de no compromiso por su parte, pero ni fotos ni sortijas de ningún tipo lanzaron el dardo al corazón. Escuché sus pasos y fingí levantarme atándome los cordones de las zapatillas. Giró el pomo diciendo:

—¿Estás visible, puedo pasar?

—Pasa, Amanda, todo despejado.

Examinó la habitación en una milésima y descubrí en su radar la localización de mi fallo, un cajón del armario abierto en un resquicio imperceptible para una mente descuidada, pero no la suya. Mostró indignación en el fruncimiento de sus cejas, su mano señaló mi rostro y espetó:

—No dejas un alfiler tranquilo en su paja, te lo paso por esta vez. ¿Qué buscabas?

Un tajo de verdad coparía su enfado por una emoción que quise descubrir.

—Averiguar si está ocupado tu corazón.

Cual tuerca, enroscó sus piernas para darme la espalda.

—Eeel desayuno está listo.

Titubeó, una prueba circunstancial, pero con la suficiencia de un interés despertado por mí. La fracción de la palabra, un signo de nervios; la incomodidad ante una respuesta directa, una buena señal.

Al aproximarme al comedor, observé una mesa ovalada y la mecedora junto a ella, el mantel opaco con dibujos de fruta, un ánfora con leche sobre él además de tostadas untadas con mantequilla, y un vaso de barro. Puse la mirada en el exterior y me cegué por la claridad, avancé hasta la ventana abierta observando la calle, revelé mi paradero en una pregunta dirigida a Amanda:

—¿Por qué estamos a pocos pasos de la fábrica abandonada junto al escondrijo anterior?

Respondió con suavidad enseñando la lección a un alumno perezoso:

—Adentrarte en el cubil del lobo es de insensato; en las fauces, una locura, pero camuflarte a su alrededor es una posibilidad que el animal descarta.

Asentí ante la lección. Voraz, tragaba casi sin masticar el desayuno para darles energía a las neuronas adormiladas; recuperaba en cada sorbo la suavidad de una voz que utilicé al terminar la primera comida del día:

—Repasados los antecedentes propios y de Calvino, somos emboscados en las dos versiones de mí, me revela detalles subjetivos de su misión desmenuzando su vida en migajas. Catalizas tú misma el encuentro con él en ambas ocasiones y el robo del tiempo como fondo que aprovechan dos facciones que en principio pueden alcanzar cotas mayores. Amanda, puedes esclarecer un poco el embrollo contándome algo.

La observaba dilatar una explicación por el taconeo sin cesar junto al acto de refregar sus manos sobre sí mismas. Aludida por mi interpelación de ojos, cesó en sus movimientos y comenzó:

—Conocí a Calvino gracias a mi labor y cierta reputación ganada en ámbitos locales que no quiero extender a una masificación, porque impediría mi normal desarrollo como persona. En un caso conocido, la multitud enloqueció a una compañera. No me granjearé yo misma una locura elevándome como ella al estatus de divina. Elijo a los que curaré mediante un estudio de la necesidad y del bien que aportarán al mundo, me equivoco porque existen actores desconocidos para el gran público que bien merecerían la estatuilla por sus mentiras y la vida que les rodea. Mi habilidad no es hereditaria ni soy un caso extraordinario de especie desarrollada, gané este don por un apretón de manos; suena inverosímil, pero así fue.

Corté la explicación:

—Calvino me contó lo mismo, la casualidad no raya en este tablero. ¿El hombre que traspasó su don no tendría el pelo entrecano, un rostro envejecido con surcos de la depresión de un río y unos ojos del color de la hierba, pero que nada veían?

—El mismo, pero no es posible, porque su cuerpo marcaba la muerte igual que las manecillas largas del reloj marcan la una.

—Tengo unos pequeños comentarios que hacerte acerca de la vida de Calvino.

Intenté desgranar cual café sin perder el aroma de la veracidad, recabando en mi memoria todos los detalles; Amanda asentía y, confundida, negaba en ocasiones; terminé mi repaso para que volviera su voz:

—Sigo. Entré en la Orden de los Guardianes, pero a diferencia de los antiguos, están las dos facciones contrapuestas, Cielo y Tierra, comandadas por aquellos que debieron expirar a un ritmo natural y una que niega los principios de estas dos, Mar. En esta última, tomé la instrucción sin opresión enclaustrada o secuestrada en seguir órdenes de por vida al aire libre. Liberaron mi interior para el continuo aprender de mi poder. Una vez controlado, puedes tomar parte de alguna de las facciones por completo o volver a tu rutina, pero con sigilo, no alardeando de «especial» en demasía. Terminados mis estudios, nada usuales, retomé la vida pública. Calvino entró en mi vida por la enfermedad de su mujer, Aurora. Ella fue contagiada por la picadura del cangrejo, el signo zodiacal y su aguijonazo mortal. Afectó la enfermedad a su vejiga, pero las células cancerígenas encontraron el modo de repartir el mal por todo el cuerpo. En su primera visita, eludió el pago de mis servicios, pues aunque no recibo metálico, exijo buenas obras, pero comprobé su estado de nerviosismo y una ira que no podía contener; sabía que el trueque no sería posible, ya que necesito el cambio de las energías para poder actuar de modo beneficioso sobre el cuerpo. Adujo tristeza y rabia contra la lacra que tiraba de su mujer, pero leía sus mentiras. No acepté el encargo y le pedí ver a su esposa. Él la trajo y constaté la falta de musculatura y la debilidad física. Sus ojos pedían el descanso, no toleró la sanación, quería su muerte. Intenté por todos los medios salvarla, pero ella misma abocaba su final. No volví a saber de Calvino directamente, pero mediante cartas lacradas me dispuso a encontrarte, dejé el sobre con la «V» marcada por tu protagonismo en los casos. Eres famoso por tu *modus operandi* además del número de casos cerrados con éxito. Tu particular metamorfosis me fue avisada y consideré que serías el que balanceara este desnivel de tiempo.

Remaba en boga, conocido de antemano, aparte la bruma de encanto de Amanda para centrarme en las incongruencias de las historias de Calvino y ella misma. No tardé en soltar el clavo de mi boca:

—Los sobres lacrados también son la seña de los guardianes cuando Calvino dice aborrecer las prácticas. ¿Fingió en su lugar alguien su contacto? ¿Está en activo aún, y bajo qué bandera? Incógnitas de difícil resolución, pero volveré a la base, pasaré por el inicio, necesitaré tu ayuda, Amanda. ¿Estás conmigo?

Rezumó confianza y la expresó con autoridad en una voz no desteñida de su dulzura:

—Te ayudaré en todo lo necesario.

Capítulo 13

El entramado no era una pugna fácil, sino que podía trastocar con gravedad el principio de equidad de poder. Calculé al milímetro las diversas opciones del plan que iba a ejecutar y el que daría lugar en breve marchaba según lo acordado. Dejé sendas cartas con el sello lacrado bajo la alcantarilla que en aquel año 1933 estaba más próxima a la Estación de Atocha (conocida como Estación del Mediodía por aquel entonces) gracias al estudio intensivo en la Biblioteca Nacional. Subí sus escalinatas encarando al rey Alfonso X el Sabio e igual que conocía su labor trayendo el ajedrez sabía que la partida contra la documentación será igual de adversa que la jugada del coronado. Discurrí entre tuberías, desagües, cortes en la salida de aguas, túneles cerrados *a priori*, hasta dar con el emplazamiento correcto. Para la imitación del lacrado de las misivas, nos limitamos a pegar con destreza las abiertas por Amanda, pues el encargo a un imitador, un tercero en discordia, podía poner sobre aviso a unas redes cuyo alcance desconocemos. Redacté el siguiente mensaje: «Deponga las hostilidades y entregaré los mecanismos del reloj temporal que obran en mi poder, le cito a las ocho de la tarde en la iglesia de San José».

Un centro religioso poco visitado, pero la ubicación respondió a lo concurrido de la intersección de la calle Alcalá con Gran Vía; al bullicio lo fustigaría el orden policial en un parpadeo. Las cartas arriba para una partida abierta. Un modelo del barroco con la fachada mezcla de ladrillo y mera piedra, una escasa vistosidad de puertas para fuera, pero desenmascarada en su interior por la riqueza de antaño, aunque deslucida por un incendio que encubre mi presencia en las sombras; igual que en el siglo xix en época de carnaval, acudí disfrazando mis facciones para sentarme primero entre los asientos sin simular las plegarias, porque rezaba para seguir en pie después de provocar en ellos una leyenda distinta de esta iglesia. Cambié la historia fantasmagórica del inglés y la chica que conoce en la fiesta, de la cual se despide con el anuncio de su muerte, al día siguiente tiene el funeral en el mismo lugar, revivo un recuerdo distinto para atormentar a mis próximos invitados. Sonaban las campanas que ofician la puntualidad de la hora y la celebración de una boda, la congruencia de público desconocido, pero afín sin ser conocedor de ello. El párroco oficiaba la misa. Entraron los invitados a mi espectáculo.

Calvino entró escoltado por un hombre de frente cuadrada, cabeza ovalada, pelo negro ribeteado de gris en los laterales y restos de ceniza ocupando también la nuca; ojos negros de órbitas en continuo recorrer por la irrupción del globo ocular hacia fuera, nariz golpeada en vértices inconexos del uso del boxeo que no ocultaban sus nudillos apretados con pintura roja recién pintada de un bote impropio; vestidos ambos con traje marrón, corbata lila, camisa entallada,

EL GUARDIÁN DE LA FELICIDAD

pantalón de tono arenoso y zapatos de charol con un brillo tamizado. Los vi recorrer en vistazos rápidos la iglesia en busca del remitente del sobre con la exasperación nada disimulada, pasé tras ellos y logré escuchar la conversación de Calvino con su guardaespaldas:

—Concéntrate en ubicar la amenaza, debemos neutralizar cualquier fuga de información, Ricardo.

—Calvino, mía es la parte izquierda, tuya la derecha; un barrido suave sin despertar sospechas, sonrisa cómplice a quien encuentres para ganarte su confianza. En cuanto localicemos un sospechoso, nos lo hacemos saber con dos cabeceos, un cuestionario rápido respecto a su conocimiento, y pasaporte.

Calvino es agua turbia, aunque no reparo en el interés y el encargo por su parte dejándome una parte del reloj temporal, analizaré con las pruebas que demostrarán si son fecales de su alcantarilla o yo las contamino. Bajo el pórtico, con un minuto de retraso, otros dos invitados. Un heraldo de guerra, una fortificación de músculos aferrados a la piel, la camisa blanca abierta dejando ver el comienzo de un fuerte torso, líneas marcando los brazos en riego sanguíneo aprisionado, una cadena de eslabones dorados con un crucifijo por encima de tan corta prenda, pantalones grises largos con zapatos de montaña mostaza. Está definido por unas mejillas capaces de engullir el resto de su rostro, ojos marrones, nariz porrona y unos labios tensados cual cable de acero. Su compañero, el líder de mi primera emboscada, orondo de buen comer, rostro esférico, su media melena rubia con el simulacro de torero falso, ojos azules mezclados con la oscuridad; elegante con un frac negro, pantalones anchos, pajarita y mocasines del mismo color. Interés sumo en la reacción de los participantes. Ocupé su espalda captando sus impresiones:

—Apresurémonos en dar con el chivato, Pablo, recuperar el artilugio y destruir toda resistencia —dijo el cabecilla.

—No fallaré ni jugaré con la comida del diablo, Esteban.

La proximidad a mis fichas era posible gracias a mi profesión fingida de fotógrafo con peluca rubia; teñí el vello facial y las cejas complementado la nueva identidad con la cámara pegada al rostro en todo momento y disparando el rayo cegador con asiduidad. El centro del señor tenía un gato y dos ratones, ¿cuál sería la reacción de los roedores al trastabillar mordiendo en el queso y caer en la trampa?

Calvino cruzó la estancia hacia la derecha y se dio de bruces con Esteban, el frívolo tropezón de las mentes agudas que pronto tuvieron sus espaldas tapadas por Ricardo y Pablo. El intercambio de hostilidad amortiguada se debía a la no implicación en un escándalo. Determinaron un canjeo de opiniones en un reservado mirando a la salida de la iglesia; apresuré la salida continuando la chanza con la excusa de dar una calada, entre inhalación y espiración del humo, cortaban el aire; las voces acusadoras surgieron primero de mi otorgador de poder:

—De nuevo los asaltantes al poder. Esta farsa para robarme es un ardid de inepto, aunque no contabais con mi traspaso al chico. Vuestra incursión llena de audacia casi acierta, pero os vi huir con el rabo entre las piernas por la puntería de mi aprendiz. Dadme las piezas restantes y os dejaré salir con vida; recuperaré la otra por mi cuenta, ya que sois incapaces de hacerlo vosotros.

Esteban dejó ver sus incisivos para espetar:

—El depósito en el chico fue una maniobra ágil, pero tenemos la sartén por el mango, el mecanismo casi en su totalidad; arrancaremos de sus manos muertas el resto. En cuanto a ti, ¿creías que la tradición y el respeto frenarían a mis hombres?

Quise cambiar la postura bélica y catapultar sus lenguas en una desenfrenada caída de telones, salpicando así sus planes futuros con la aparición por sorpresa, pero mostrar ahora el mínimo atisbo de mi persona los confabularía. Evadido por el miedo a una represalia común, seguía la refinada lanza de puyas alteradas con ese alegato de guerra. Calvino posó la mirada en la acera vecina, fusilando a un coche que con demasiada brusquedad frenaba junto a la entrada de la iglesia, el hombre seguro, un mentor avispado mostraba el aguijón con su ¿último veneno?

—Ejército y rangos policiales patrullan en silencio, pertrechados en periódicos antiguos; mire a su derecha —dijo señalando a Esteban—. Amigos del vil metal untados en el papel del poder me respaldan, mientras tú traes sendos matones que no encajan en una operación encubierta como la mía. Observa la diferencia entre sutil y chapucero.

Esteban se volvió gris, la papada tornó violácea debido a la humillación consternada; daba bandazos en una cuadrícula de cemento; punta, talón, punta, talón. Rebuscaba en los bolsillos y la mente una réplica de temor, pues salir huyendo en el vehículo mancharía de cobarde su nombre. Acató una postura recia y profirió:

—Mantener la compostura es su negocio, pero no el mío. ¿Quieres un baño de sangre? Veamos cuántos de tus camaradas sobornados responden al fuego. Rellenarás los informes falsos de una actuación extralimitada con las declaraciones de mis amigos, que atestiguarán una violencia inusitada y pertrechada por un elenco policial sin orden ni concierto sobre civiles desarmados, ya que todos apareceremos sin un arma después de vaciar el cargador.

—Bravata de caprichoso, intento de gánster, bufón mafioso...

En el clima, los gatillos apretados, las manos sudorosas cavilando el descenso del percutor, la pólvora carcomida por una salida veloz; embrutecida la atmósfera con la proclive violencia, amarrados los nervios por liberar la tensión en el rugido de acero, pero un díscolo ríe en lo alto de una terraza cortando la voz de Calvino. Una risa estentórea, caduca creíamos, fantasmagórica quizá debido a las historias pasadas. Surgía de entre el velo de un luto ufano, apolillado el rostro con surcos de heridas sanadas; bramó el viento bajando a nuestros oídos la declaración del revocado:

—Bonita reunión familiar, viejo amigo, cabecea para mí como el *gong* de la campana.

Un estallido de voces llegó tarde a la operación cardíaca provocada en Calvino, depositada en él una bala; borboteaba sangre, pero acudió en una última llamada su voz para delatar a su asesino:

—Albertooo, aargh.

Moribundo, acuciado por la Muerte, que segaba su sangre vaciando su cuerpo. Ricardo acunaba a quien debía proteger con el semblante desfigurado por el sorbo de la ineficiencia y la pérdida. Sacó su pistola y disparó al cielo, sembrando un caos no necesario, pues Alberto profería carcajadas por el corto alcance del arma contraria. Obtusos Esteban y el resto de los invitados de su particular comuna, intentaban sin éxito puntualizar el foco del fuego enemigo, porque la visión del aparecido fue translúcida, momentánea, un suspiro quebrado.

Contuve la respiración amparado bajo el dintel del centro eclesiástico, desconcertado por la *reentrée* de un espectro diezmador de problemas de cuya diana, por lo relatado por

Calvino, podríamos ser todos blancos. ¿O no? Indeciso, miraba la confraternización del fusilamiento al edificio contiguo, la pared verde roída cual gruyer, pero un hilo de cordura atado a los sobornados plantó una tregua momentánea para terminar con el pistolero renacido. Del vehículo aparcado surgieron los secuaces de Esteban, que corría junto a Pablo; Ricardo emprendió la persecución del fugado momentáneo con solo un tercio de los policías y alistados en el ejército corruptos, un claro ejemplo de que el dinero no compra la lealtad. Intenté abrir la puerta de la iglesia compitiendo con el miedo de los feligreses, empujé a un monaguillo, que cayó, y cerré tras de mí. En cuanto uno de mis pies tocó el bastidor, pilló mi otra extremidad; reprimí un insulto al creador reajustando la abertura para sacar por fin mi curiosidad a flote junto a mi cuerpo.

Capítulo 14

Desfigurado el apremio por la información, canino de probar la intrínseca relación entre venganza auspiciada por el rencor y la favorecida nacida en la destrucción de un sistema encallecido, obsoleto y maligno, golpeaba la fusta de madera que cubría mi pistola de 1933, una Colt Government ungida con el nombre de National Match, ideal para concursos de precisión como al que estaba sometiendo a los precursores de una situación catastrófica a la que solo un atisbo del pasado como yo tanteaba en busca de una solución bautismal de fuego y pólvora. El calificado de eficaz pistolero sucumbido por el mal ubicado en la locura; él dejó que lo contaminaran con el aire viciado de los pensamientos de la cloaca y las ideas de un mal nombrado cielo con ventilación cenagosa. Verlo caer satisfacía mi *vendetta* personal no por una traición más allá de la obligación al deber de unas normas de nula flexibilidad, sino por la ruptura de una amistad no impuesta que creí sincera hasta que vi sus ojos caer en los mismos vicios de sus superiores. «Cielo», edificio de babel elitista aglomerado por corrupción e interés en el poder público, y «Tierra», enjambre de lindezas de la mala calle, ¿unidos para cazarme a mí? El chico disfrazado de reportero tiene algo que ver con esta reunión no planificada, aunque su rostro, al derivar en muerte, lo ha trastocado sobremanera. Oigo las irrupciones por los escalones, un vocerío calmado entre empellones, muelles estirados y recamaras ahuecadas. Percibo la humedad del sudor nervioso, la incontinencia en apabullar con una descarga de munición; novatos a la par que mentecatos que ordenan un asalto sin conocer las características del enclave. Situado en el edificio Metrópolis, que fue concebido al ver perecer la conocida Casa del Ataúd, un pináculo de muerte para mis huéspedes. Seis plantas de laberinto intrínseco gracias a mi habilidad en el manejo de las sorpresas, dos sótanos cerrados cual jarrón de cerámica con la pequeña incisión para permitir mi vapuleo, escarnio y deflagración de estos insensatos, que son como trenes de vapor resollando, anunciando su posición cual humo esparcido por el ambiente. La cúspide de oro clavado, el torreón esférico con un material elemental de la profesora, una pizarra. El estilo Pompier recuerda al sombrero de los rescatadores del fuego, pero no salvará este edificio ni a quienes arderán en él. Entramado dispuesto para las estatuas salpicadas con la evocación de la compra y venta, la siembra y recogida, la fabricación y distribución, además de la excavación de materiales. El sol está tocando su capitulación, y la luz proyectada pertenecerá a la difusión artificial de doscientos cinco reflectores, un centelleo que ofuscará al igual que la noche a quien pase bajo el dintel. Dejé un muérdago sobre la puerta, pero será un beso de la muerte el que recibirán los que atrincheran esta cuna.

Situé mis pies sobre la cornisa aferrado a las alas del ángel oscuro con los brazos abiertos igual que yo mismo, idealicé mi persona con el cargo del cielo, pues aunque bendecido con un poder, fui oscurecido por un mal mayor; situado justo debajo del relieve de la moldeada relación de Calvino y yo mismo, apoyados en una mesa con la Justicia presidiéndola. Bajé hasta allí y en la oreja del figurado amigo/enemigo situado a la izquierda, musité: «Pronto convocaré a tu lado a los que el miedo te impidió juntar, cenarán junto a ti».

Vi tras la cornisa el desastroso zapateo corriendo entre piso y piso. Retomé la posición del topo. Anquilosados al movimiento justo en el primer piso, los miembros policiales y los militares discutían acerca de su implicación; soterrado, capté la no obligación del dinero, los vi marchar con los reproches de Ricardo, un gorrión inflado de testosterona que piaba con la última gota del bebedero. Atravesé muro, pared y cemento armado; tocó su último graznido al percibir el frío impacto del metal primero y el incendio hurgando en su corazón después; leí en sus ojos el pavor, una incongruencia, me veía a mí, el «dado por muerto». Hundí la cabeza cual avestruz en el segundo sótano, huidizo en los pasillos; el estruendo del disparo alertó a los otros contendientes, aplastaría la superficie del suelo para volverlos fango. Esteban y Ricardo, enfervorecidos por la nada sutil deflagración, estallaron las metralletas contra ventanales y puertas; astillas de madera, cristales e incluso un ruido sordo de inocentes fueron las víctimas de un ataque no estudiado. Escuché la diatriba de los oficiales al mando:

—Ricardo, desplomemos el edificio si es preciso, pero descuajaremos al que ataca la raíz, la existencia de los guardianes, sea el bando que sea: él nos emboscó aquí y las preguntas arrancadas con tortura no son siempre fiables, fuego a discreción a la menor oportunidad.

El oyente apretaba contra sí su Kalashnikov AK-47, acucié el oído situándome justo bajo ellos, en aquel segundo piso; toda la resistencia conflagraba allí. Apreté el muelle, mi dedo en el percutor y efectué un disparo de mi Colt. Ellos, presos de la cadena aferrada a sus cuellos sin saberlo, abrieron fuego contra la nada; oculto entre una de las puertas del primer piso, calculaba la falta de munición. No fallé el cálculo, escuchaba la preparación de las recargas, pero acabé con ellas antes de iniciarse; fulminados por disparos a la cabeza, aplaqué la resistencia, solo dejé lisiado a Esteban para enviar un mensaje. Goteaba su sangre contra la esquina lateral derecha, junto a la ventana, abocado a un abrazo no deseado; pateé su arma y propiné un puñetazo en su rostro para que se cerciorara al culpable. El postizo de su coleta atado en un cristal y los ojos manchados de rojo con el estallido de las venillas del globo ocular. Vertí en su oído:

—Cuéntale a tu líder que las rencillas quedan desanudadas, su nombre figura el primero de mi lista. Abogar por una paz quedó de cobardes cuando trató de asesinarme. —Pegué mi boca al pabellón auditivo—. Su tiempo expira, eminencia.

Bajé los escalones con naturalidad, trasladándome de estancia a estancia vacía con el porte de la gallardía ajustada y la violencia en forma de armas soterradas en el subsuelo. No miraba a la muerte a los ojos porque ella no se atrevía a mirarme. Aquellos gansos desplumados por equivocar a la presa con el cazador pintaban de rojo magenta marcos y paredes; deslicé mi mano en el bolsillo del pantalón para dejar caer el foco de un incendio que propagué con el roce de la llama sobre un papel mojado de gasolina. Columnas de nubes opacas con débil consistencia rodeaban al edificio. Pocos metros antes del primer escalón que daba a la calle, me dieron la oportunidad de cambiar el gesto al del aterrorizado viandante que tropezaba con la masacre. Di la voz de alarma en un lastimoso «Es horrible, una matanza, acudan a por los heridos, ayúdenme». Cual palomas ávidas de pan, acudió la muchedumbre fisgoneando primero la mayoría, y solo uno de cada tres prestaba un servicio útil. Retraía la mirada directa, marqué una dirección en mi mapa cerebral y me retiré del lugar cual aparición.

Atrás Gran Vía con la plaga de curiosos, apilados en torno a policía y bomberos junto a un mensaje de indios extendiendo lenguas que corroían papel y madera por su alta temperatura. En la espalda, la distracción; justo a mi vera, la prerrogativa, una alcantarilla no encajada con el grado de apertura óptimo para un deslizamiento en tierra de roedores y aguas fecales. Mi salida. Miré en derredor apuntillando posibles testigos de la escapada. Un vahído no reprimido constató la estampa del fustigador partícipe en la reunión no diseñada por ellos. El falso vello facial, su cámara pegada aún al rostro no engañaba a un ojo vigía de altura y superficie. Repasé en su atuendo las arrugas propias del vestir, ningún bulto premioso ocultaba arma o señuelo; fijé mi mirada en sus ojos y liberó el escudo del material fotográfico, dejándome ver en él su discurrir. Negué ante su rueda de reconocimiento visual. Reduje el espacio. No abandonó a la carrera ni acortó distancia como un animal al que invaden el territorio; una calma en su actitud que me desconcierta.

Capítulo 15

Héroe o villano, una etiqueta fácil en la que encasillar a un individuo. Valoraba él mi quietud mientras yo ponía puntos en mi sinapsis, los hechos acaecidos y los relatados por el difunto Calvino. Aquel hombre olía a muerte, no a la sangre reseca o al moho pegado a las ropas, sino al desgaste de la vida; una alarma golpearía la sien de quien molestara su turbia calma. Sin falta de arrestos, pronuncié su nombre:

—Alberto. Calvino te mató.

Obtuso, expectante de una ira que daba por servida en forma de plomo o cuchillo vengador; en vez de ello oí graznar su risa:

—Jajaja. Eso le hice creer, cambié mi esbelto cuerpo de otrora por un aprendiz de la guardia en un descuido de su diana.

Congelados los miembros, aterido por un espanto superior, empequeñecida mi figura por el encogimiento de las manos sobre las orejas cubriéndome de la carcajada antinatural; avistó rápido mi fugaz estrechamiento, aunque recompuse en gran medida una postura no cobarde o así pretendí cuando habló:

—Los nuevos miembros sois asustadizos, aunque me descoloca que tú fueras el organizador de tan manida piara. En segundo plano, acechando las pausas para colarte en sus conversaciones, provocando la irrupción de una chispa que si miras en el cielo yo he prendido por ti. Me conoces y apenas tengo tiempo para restituir una coartada, sígueme y ajustaré tu perfil. Si logro ubicarte en una posición que no me desagrade, te tomaré por un entrometido útil; la otra opción no necesitas oírla porque la conoces.

No esperó respuesta, tomó mi muñeca con la presión de una llave inglesa sobre un clavo. Arrastró mi extremidad mientras por mi parte acallaba un gemido lastimoso de dolor, propinó un puntapié a la alcantarilla retirando en parte la tapa; sacó su Colt y me apuntó para que terminara la labor por él. Gruñidos de roedor y ojos rojizos pugnaban por salir, tomé las escalerillas; desvergonzado, intenté vislumbrar su rostro, pero una venda lo tapaba casi por completo, dejando los solitarios reductos de aceitunas negras y los labios propensos a la sorpresa con la fuerza prensora de la mandíbula por un gesto involuntario. Cerciorado de mi inspección gratuita, dijo:

—Continúa, no mires directo a la gente sin permiso.

Angosta circunvalación de un techo abogado a cumplir con el oficio de nube negra para el sol. Exiguo el aire que constituía un ejercicio de autocontrol el respirar lo nauseabundo; chapoteaba en aguas de una procedencia útil como abono. Escupí por el desagrado en la boca y me reprendió de nuevo:

—Añadir suciedad es la lacra de esta sociedad, ¿un montón de basura rejuntada fuera del contenedor te da el derecho moral a introducir otro elemento igual? Supera esta asfixia, que no sucumbirás por tan poco.

La visión meridiana en atisbos de luz nos conducía por túneles plagados de risas de roedor. Examiné la pared rugosa de ladrillo y la utilicé cual símil del bastón, miré atrás y a pocos metros andaba Alberto encorvado, percibiendo mi ojeada de cotilla y olvidándola en el acto. Silbó de pronto tarareando la marcha militar número uno de Schubert. Repasé en mi mente la Revolución francesa, la gendarmería del país, la bayoneta, y el olor de pólvora reciente resarció la filigrana dibujada en la memoria. La oscuridad menguó en alto grado y puso al alcance de mis ojos una puerta de acero cromado, fortificada por diversos cerrojos y con un orificio triangular con la cúspide en ligera ventaja sobre el resto de los lados inferiores. Frené ante el obstáculo, recibí un palmeo en el hombro pidiendo el paso con un respeto desmesurado. Alberto sacó del bolsillo de su pantalón negro la llave con la forma geométrica, giró una vez a la izquierda y dos a la derecha; escuché el primer cerrojo romper su oposición a la obertura, golpeó con el hombro el metal del pórtico hundiendo el picaporte, volteó en las agujas del reloj y a su inversa en tres ocasiones. Vencida la resistencia, entramos en la estancia.

Una sala de estar cómoda, elegante aunque sombría por la falta de claridad en número de claraboyas, y espejos que reflejaban poco. Cerró tras de mí por la nada formal recomendación de Alberto, girando la muñeca y alertando de la clausura inmediata. Reparé en un sofá *vintage* granate con borlas plateadas en los reposabrazos. Mostró mi *anfitrión* la acción de sentarme, accedí con gusto a descansar las posaderas en tela mullida, pese a la humedad. Alberto, aún de pie, pasaba el peso de una pierna a otra, pulsó un interruptor casero de un tendido eléctrico y arrancó un alternador. El ruido del motor era apenas un murmullo, la habitación amplió su horizonte. Localicé una pequeña nevera de la que sacó dos cervezas, arrastró con la espinilla una pequeña mesa auxiliar desplegada y plantó en ella la bebida. Frente al sofá, una librería sin títulos. Sacó un bloc de notas con un lápiz afilado de un pequeño cajón situado a la derecha del sofá. Después del paseo cognitivo, lo retraté como un conocedor de viejas costumbres afincado en la clandestinidad, un predador que estudiaba cada rincón de la ciudad con la ayuda de mapas colgados en la pared blancuzca. Ubicó su postura al asiento en un sillón frente a mí, me tendió el licor, estiré la anilla, tragué un largo sorbo espirando un «aaaaah» satisfactorio. Complacido por mi desajuste, inició la conversación:

—Explica con veracidad tu papel en este juego. No formularé preguntas, prefiero escuchar. Detectaré el nervio previo a la mentira, la sudoración fría, los ojos vagando en la altura, la falta de control en el movimiento de gestos y manos. Si pretendes falsear tu testimonio, no terminarás. Empieza, chico, por tu nombre.

Declaración de agente federal, interrogador pasivo a espera de azotar el porrazo a la sien. Vi en sus oscuros ojos que no vacilaría en caso de pillarme, proferí mi verdad:

—Me llamo Antonio Fernández Cautivo.

Raudo, se levantó del sillón y extendió su mano, la estreché mientras me decía:

—Encantado, soy Alberto Buendía Chicón.

El simple gesto de camaradería repercutió en mi explicación, pues destrabó mi lengua. Reincidí en aspectos que tacharía de mórbidos en relación con Calvino, porque la muerte ablanda las ideas preconcebidas. El desagrado paso por su cara en mi relación con el que denominé contratante perfiló su boca en acritud y expresó:

—La caída de un hombre, sea cual sea la razón, debe contemplarse como una desgracia personal, el desliz del espíritu. Tú mismo consientes acercamiento por el fallecimiento y lo niegas con una etiqueta imprecisa. Calvino merece una memoria digna; si lo tuviste como amigo, igual que yo, acéptalo.

Igual que un martillazo en el *gong*, redoblando las campanas, o un coro de cuervos graznado entre sí, contemplaba un asesino concienciado que emitía juicios de valor, calmado... Solo en apariencia, porque pronto rompió a llorar farfullando:

—No, no, no, esta agonía de nuevo, mi cefalea de lágrimas.

—Calma, Alberto, sosiegue, respire hondo. —Gesto de valentía e inteligencia calmar al depositario del arma.—Absorberé el dolor con la esponja del resarcimiento. Su vida echaba el cerrojo esclavizado. Lo liberé. Te eligió, por lo tanto, tienes esa extravagancia molecular, una aptitud no razonable, ¿Qué te hace especial, Antonio?

—La anomalía de mi cuerpo... ¡Aaaargh!

Cauterizaba el sol su lamento por su despedida, el anaranjado pobre, un óxido a medio extinguir. Adelantado de nuevo el cambio, la transición curvando la espina dorsal, la piel con tendencia a la muerte rejuvenecida solo en el rostro, el tono del cobre en el pelo, el verde oscurecido al igual que el día en los ojos, las marcas de la vejez visibles debajo de la chaqueta y ostentosa en los pliegues de las manos. Destrocé el postizo del vello facial con mis manos en la mutación. Expuesto en las dos formas, toqué mi cabeza para tirar un cable a la tranquilidad después del trastorno sufrido.

Alberto confería a sus ojos un asombro especial, una ingrata sorpresa por su rictus serio. Encolerizado, hundía sus manos cual garras en el cuello para no expresar; apartó la trampa de sus extremidades golpeando a continuación con las palmas su cabeza. Miraba nervioso, retirando la vista por temor a que descubriera su inquietud. Terminó su manejo de maracas y la percusión soplando en imitación a un vendaval. Cogió su cerveza y en el aire solicitó el brindis. Chocó la botella de cristal exclamando:

—¡Aliados reales!

Fulmina la oposición en una cacería con todo en contra, muestra condolencia superior a cualquier enemigo y confía en mí con la única prueba de mi testimonio. No tengo un don de gentes tan agudo. Pregunté:—¿Por qué tiendes un puente a mi dirección? Solo dicté los pasos hasta aquí. ¿Cuál es tu próximo acto?

—El poder sobrenatural aúna y la verdad solo decayó cuando negaste tu amistad con Calvino. Estamos destinados bajo la misma rebelión, queremos el ritmo natural del tiempo. Puedo ayudarte a tomar control de tu cuerpo y ambos rescataremos de las manos inapropiadas el marco temporal adecuado. Me encamino a la destrucción del puesto fronterizo, pero primero debes ser adiestrado. Amanda te enseñará.

La sola mención de su nombre coloreó mi cara, Alberto sonreía por la reacción de mi rostro. Ella unida al movimiento revolucionario. Indagaría en los pensamientos, averiguaría las razones de la coalición con este hombre al que no consigo ubicar en mal o bien.

Guardó su instrumento de caza en un bolsillo interior de su gabardina, estiró sus hombros en un movimiento circular mientras apoyaba sus manos en el sillón. Erguido a la altura de mis ojos, indicó:

—Fin de la prueba inicial.

Capítulo 16

El aire colmando el pesar de un encierro; las ráfagas escalando edificios, sesgando huecos de madera y cemento; los torbellinos removiendo el polvo amontonado y una brisa ligera pasando por el rostro de ambos. Alberto puso su mano en mi hombro sin mostrar aprensión, veía el inicio de la sonrisa bajo sus vendas.

—Camarada, tu apariencia es llamativa no solo por tu juventud bien escampada en el rostro, sino por los arrestos que diriges contra todo. No soy, quizá, el indicado para revelarte que tienes en la mirada la furia ciega. Exorbitado por calmarte, quieres un rápido desahogo, la solución acelerada, un segundo y resuelto. Antonio, aprende y déjate enseñar. Tu puntería rayana en lo imposible es un regalo envenenado, tenderás a glorificarte, mostrarás un ego superfluo y te convencerás de que solo tú tienes la razón en cualquier asunto. Tu manera de arreglar las cosas, disparo, muerta la pregunta, acabada la respuesta. Ven conmigo al centro de reclutamiento, el maestro te espera, perderás contacto con... bueno ya lo averiguarás.

Podía restituir las críticas adversas por elogios duraderos, callé con tal propósito. Atravesamos verjas, parques habitados por la noche buscando el local de adiestramiento. Imaginaba una zanja, el túnel ocupado en una trinchera abandonada, un edificio grandioso otrora recuperado en su interior y abandonado en el exterior para el despiste, quizá un suntuoso palacio o una casa particular. Topé con un letrero conocido de oídas, el culpable de un maullido daba forma a la pensión; sin lugar a equívoco, estábamos en el Hostal de la Puri. Avejentado, roído con la ineficacia de los felinos domésticos que holgazaneaban en las tejas. Ni siquiera una mano de pintura negra ocultaba los desconchones de la humedad. Local superviviente de la zona; alrededor la nada; hierba buena y mala repartida, pero sin cruzarse; margaritas a medio abrir y piedras diseminadas tapando entrada o salida a cualquier vehículo. Cero vecinos en su haber y en él deben multitud de aparatos electrodomésticos desperdigados en una chatarrería descontrolada, una factura descompensada con pérdidas notables.

Alberto me adelantó y paró junto al dintel de la puerta, golpeó con los nudillos tres veces, pateó el suelo con la izquierda, la diestra y ambas a la vez, acabó el repertorio de la extraña contraseña con tres gruñidos cual cachorro de tigre. No esperó que abrieran la puerta o contestación desde el interior. Volvió junto a mí e indicó:

—Si le caes bien, dormirás dentro. Podría aconsejarte, pero me oiría y actuaría del modo contrario solo por fastidiar. No te muestres en exceso temeroso o verá en ti falta de coraje, presenta valentía sin desmesura o te mirará como arrogante, alterna palabras y silencio para que no te tilde de embaucador o necio. Buena suerte, Antonio.

—Debo decir gracias, supongo, aunque la intemperie no es mi hotel favorito. ¿Volveré a verte, Alberto?

—No depende de mí, lo intentaré, es lo más que puedo prometer.

Quedé en soledad, la primera campanada, la única franja del mediodía enfrente de una puerta sin atisbo de apertura. Tosí por hacerme notar, imprudencia corregida por un gorgoteo de una boca negando en un símil al no, no, no. Descontracturaba la tensión afligida por la espera, rodaba los hombros, ladeaba el cuello apoyando la palma en la barbilla y la frente. Comencé un taconeo de insulso flamenco, una infructuosa emulación con nula acción del habitante del hostal. Indagué en busca del ocupante dejándome ver en todas las ventanas clausuradas, estrechando mi ojo contra las persianas cerradas; ni una actividad. Imité la postura del pensador junto a las escaleras de la entrada perfilado para una posible inspección del interior. Quedé igual que un espantapájaros, una estatua de carne inmovilizada, ninguna acción, y el reloj del día seguía moviéndose.

La noche taloneaba con pudor; los susurros de grillo; el cantar del gato; las citas del viento; en todas las versiones de la oscura hora temía esta, el abandono. El mar corrió por vez primera en Madrid gracias a mis mejillas, arrastrado por un dolor calcado sin papel carbón. La evasión de un lastre del pasado tiznado por el refriego de las manos contra los ojos. Sollozó convulso, dialecto de lágrimas que ni podía ni quería controlar. Rebasad el embalse de mi prisión voluntaria, escapad y dadme la...

Un gato negro paseaba desafiando al resto, doblegando la inercia del combate, amedrentando el mínimo desafío, pero sin mostrar fuerza excesiva. Su pelaje no erguido, el tono vocal sencillo, nada de alaridos. Recorría entre la mirada de sus congéneres cada porción del terreno, encaramado a una lavadora, bajo la madera podrida o en plena hierba con el andar del confiado. Presté silencio y atención al controlador del ambiente. Acepté la situación actual con sosiego, creyendo en mi capacidad. Un ruido del establecimiento. Ignoré la alarma del cuerpo pidiendo una carrera hacia la puerta, desoí la urgencia de solicitar ayuda, negué el impulso de entrar por la fuerza. Bajé los escalones uno por uno, sin prisas, percibiendo cada desajuste entre tablillas, notando el peso en el talón. Busqué entre aquel reino de gatos y desperdicios un hueco para mí. Encontré la madera para fabricarme un refugio, localicé un trozo de metal afilado para construir picos capaces de sentar los pilares, agujereé la tierra y senté las bases con cuatro columnas; coloqué uralita a modo de techo y manteles descoloridos para mi puerta franqueable atada a los postes, además de colcha para el descanso. Palpaba el suelo recogiendo la siembra involuntaria de piedras dentro de mi cabaña, con el puño taponaba los agujeros de mi cosecha y con los dedos estiré mi manta. La única visita en mi duermevela, el frío hasta la caída, la victoria del somnoliento y la derrota del vigía.

Un rasgón en la tela de entrada mi despertar. Azorado por la irrupción en mi territorio, reculé arropándome y tanteando en el aire la forma de la pistola, a punto de calibrar el peso de la muerte en la mano, vi una cara sonriente portando un cúter en la diestra. Perdí de vista su rostro porque levantaba su cuerpo guardando el pseudocuchillo en un pantalón abombado de color azul con cadenas enganchadas al tejido en siluetas de calavera, palomas y una nota musical «LA». Retrocedió para permitirme la salida sin obstruir. apoyé las manos en tierra radiografiándolo, melena negra desordenada, levantada con gomina en diversos puntos sin coordinación, sus ojos glaciales sopesando la caída de la Antártida, ecléctico en emoción porque su boca daba el calor de una vela recién inflamada, nariz con fosa nasal izquierda casi cerrada y abierta la derecha en demasía. Su vestir nada selecto, camiseta interior para cubrir el torso y la prenda que cubría la mitad de las piernas, sin calcetines y botas altas militares. Indeciso, trabé la lengua y sonreí de igual modo que mi *hospitalario* huésped. Intensificó su mirada y devolvió la curva bucal, pero exagerando a modo de payaso. Probé a saludar con la mano; arisco como perro guardando el territorio, mostró los dientes, colocó su barbilla contra el pecho y alzó las manos en garras. Desanduve el avance.

—Soy Antonio, vine acompañado por Alberto. ¿Podría cobijarme en su hostal?

No correspondió de manera verbal, pero demostró su negativa dándome la espalda; ante su rechazo, escupí mi protesta:

—Esperé paciente, no molesté con golpecitos a medianoche y no me vio enloquecer por la falta de casa ante la noche, incluso fabriqué este refugio. ¿Qué tengo que hacer para complacerte?

Giró despacio y se adentró entre los aparatos viejos, los abandonados eléctricos, ayudantes de la labor doméstica que dormían sin dueño. Revolvía con las manos en uso de pala, apartando arena igual que el desenterramiento de un hueso; paró la excavación y amontonó la tierra con el pie. Salió de entre los electrodomésticos acabados con una vara metálica extensible, pensé en un dogma de sangre por el insulto y palpé mi hierro escupebalas. Llegó junto a mí sin levantar el arma, agachó la cabeza y escribió su respuesta con trazo suave: «Tiendes a la ira con el comodín de tu acero, a la mínima provocación que tu mente entiende, aunque no sea así, muestras falta de respeto y consideración. Inflas tus logros y te mantienes cerrado. Nada es la respuesta, nada». A cada palabra surcando la arena le dediqué un refunfuñamiento. Oía mis dientes apretar la mandíbula para no agravar la impresión errónea de aquel tipo. Releí la frase completa y entendí una cosa, otra noche al raso. Borró con las botas el mensaje, despacio, lanzó una mirada pétrea escudado en el hielo de sus ojos y sonrió con sorna. Mi rostro contrajo sus facciones jóvenes del rostro y las viejas del resto del cuerpo. Denosté mi orgullo pateando el suelo en una acción infantil; ante esta chiquillada, me dejó ver su espalda adentrándose en el interior del hostal a paso lento.

Tiempo soleado, propicio para el ocio en este latifundio de ninguna parte, aunque un aserto nublado por las opciones de cuadrar un pasatiempo. Motivé a mi cuerpo con una carrera continua, el trote respirando por la nariz expulsando por la boca en sincronización de sirenas olímpicas. Escuché trajín en el interior del edificio, ruido de ollas entrechocar, silbido de vapor. Apreté el paso e irrumpí en el cementerio de cachivaches, sorteé laceraciones de los cantos afilados, evadí el torcerme los tobillos con saltos continuos cual campo de obstáculos. Arribé al fondo de la perdición del menaje olvidado. Una campanilla de mayordomo sonó alta y clara, volví al *sprint* hambriento con la esperanza de un manjar digno de un atleta, carbohidratos como la pasta o el arroz. Salivé sin plato expuesto ni cubierto sobre un mantel improvisado, ralenticé el ejercicio, pero no parando para dar normalidad al latido. Aquel individuo disparó mi bombeo cardíaco con su sola aparición, en sus manos un trozo de pan y una botella de agua, ni un mísero puchero, nada caliente o con proteínas. Su sonrisa al ofrecer la surtida selección de alimentos crispó mis nervios, taladré con los ojos su figura exigiendo una comida digna. Me acerqué a recoger mi banquete con la hostilidad sin medir, amplió la marca de felicidad y la puso en mis brazos colocados cual canasto. Mostró con su índice el final de las escaleras, bajé seguido de él, formuló sus preguntas en la superficie. «¿Adivinas mi mudez o la confundes con falta de habla?». «Estás molesto por la comida cuando no ganas nada y te la ofrezco gratis. ¿Pretendías que al verte correr pensara que mejoras tus modales, de verdad te crees merecedor de un premio?».

Fusta dialéctica escrita en el barro a mis oídos, un buen golpe a la sensatez. Respondí:

—No sabía que no podías hablar...

Un golpe del artefacto metálico resonó en la tierra. Contrariado por la inoportuna e insensata calificación a su persona, rectifiqué:

—Ignoraba tu no expresión oral. —Mostro sus dientes, contento—. Gracias por la comida, perdona mi impertinencia.

Escribió para decirme: «Buena lección».

Mordisqueaba el pan, asustado por la rápida consumición. Pasé ralentizando la molla y la corteza en bocados llenos de suspense, elevación de los molares superiores y descenso pausado, además de recorrer con la lengua cada miga adherida. Absorbía el agua cubriendo el tanque bucal con los mofletes hinchados, dejando a la manguera salpicar gota a gota por la presión de los labios y la lengua. Servido, quise algo de higiene y limpieza corporal, tomé mi camiseta azul mojada aireándola en un tendero de trozos de cuerda anudados a los postes de mi cabaña. La no asistencia del viento no evitaba un posible resfriado. Asentí para mí, aceptando lo que conllevara aquel castigo. Repetía el prolegómeno de una buena conversación cuando la puerta emitió el sonido del descerrajo, clic metálico y rastrillar de la madera contra la entrada de la puerta. Salió sin esa mueca alegre, vino rápido, decidido, a mi punto de encuentro con la cabeza mirando el suelo y los puños bogando al pecho con su inseparable lápiz férreo. Formó vocales y consonantes: «Entra para ducharte y sal después, no mendigues una estancia larga o cerraré el grifo, ¿entendido?».

Formé un círculo con el índice y el pulgar con el resto de los dedos sin cerrar, estirados, seña no verbal del «de acuerdo». Seguí el paso corto del anfitrión, la sonrisa de nuevo enmarcando su rostro y la temperatura bajo cero de su mirada.

La cascada artificial humeando daba a mis pensamientos la textura de las nubes, saltaba de una a otra como un alpinista desgajando al hielo en intervalos cortos para no caer. Descomprimí la tensión; dejé que el agua llevara consigo entuertos y miradas esquivas al pasado; pasé el jabón por el cuerpo, abrazándome en mi propio consuelo; medité con los ojos cerrados y no por culpa del champú. Salieron cual manchas a desinfectar los regueros de muerte a los que he asistido. Intermediario en cada deceso, pero parte asimismo. Coagulé en la memoria la información contradictoria de un lado hacia otro, descompensando verdad, inquina, mentira e incluso amor. Tomé el último apunte al respecto y la memoria, el recuerdo no borrado; la estampa de su figura abrió los nubarrones de mi mente, ella, Amanda. Vaticinaba un reencuentro cercano. La proximidad del cuerpo, la coyuntura que nos haría dar un avance en la casilla deseada. Motivaba el engranaje de nuestra unión con un marco, el destino. Nunca un sentimiento tomó piel y adquirió tal poder en mi corazón. Ansiaba verla más que al amanecer. La idea de dormir al raso junto a ella no era terrible, ya que podría escanciar en sus labios mi beso. Puse las manos contra las frías baldosas con motivos de acuario, repasé la visita salvadora, la mirada cual aguja epidérmica agitando el corazón. La desenvoltura de mis sentimientos abrió las alas en un vuelo planeador, la veía en su totalidad, bella y presa de una cadena.

Toc, toc, toc, sonido de expulsión del baño. Sequé la piel con la toalla mientras el corazón permanecía mojado con la emoción. Un rápido vistazo al espejo del lavabo mostró un rostro salpicado por la contracción del espíritu, sin afeitar, relajado y alerta. Constaté que mi vieja gabardina, la camisa, los pantalones e incluso los zapatos deportivos no estaban junto al bidé; en su lugar, un chándal cuasi reflectante con una bandera que contenía un cero xerografiado en su espalda. Me vestí y enfilé la salida. Encallado en el pasillo, el dueño del hostal frenó mi marcha, sostenía en su mano izquierda un bolígrafo, y en la derecha, un cuaderno. Señalando con el instrumento de escritura, dirigía mis pasos a una habitación cerrada. Ejecutando el papel de guía desorientado, abrí la estancia y descubrí el comedor, un flexo plegado junto a la lámpara de tubo halógeno, una mesa cuadrada pegada a la ventana que daba al lugar de reposo de los electrodomésticos, unas cortinas rojas raídas en la parte superior tapando el resto de las cristaleras y un diván junto a una silla de plástico blanca. ¿Listo para el psicoanálisis?

Lo veía escribir mientras me sentaba en el aposento del tratado. Él ocupaba la butaca dúctil al fuego y a un uso prolongado. Mostró sus primeras órdenes: «Túmbate y dime, ¿ves el nexo de unión, la coyuntura que nos separa y el flujo perdido del tiempo?».

Rematé los nudos de los acontecimientos siguiendo un patrón de posibilidad. Deshice la lazada para acordonar objetivos a cumplir en una lista confeccionada, pero taché los que proponía mi mente. Flexioné las neuronas y respondí:–Une la necesidad del reloj, separa el uso. En cuanto a la pista a seguir, estoy confuso; creo que debo... –Me acordé del estampado de mi atuendo– empezar de cero, sin implicaciones de una parte u otra.

Cerró el cuaderno con aplomo, levantó con rapidez el cuerpo y tocó con el índice mi cabeza; no necesité palabras escritas o formuladas para entenderlo: «Lo has captado, chico» era su frase. Conseguí la absolución de mi vanidad, ciego por entenderlo todo, no veía el nítido sendero frente a mí. Acepté el comienzo. Detenido junto a mí, paseaba cual compás dibujando signos. Mostró su mano pidiendo paciencia y adelantó su cuaderno al alcance de mis dedos. Lo así y leí: «Llámame Juan, igual que él, bautizo, aunque no en sentido literal, pues solo refresco la mente. Puedes quedarte y adentrarte en la caverna o salir fuera esquilmado de ideas propias. ¿Qué decides?».

–Me quedo.

Abducido por un impulso, Juan andaba hacia una habitación conminándome a entrar, lejos del gozne de la puerta, imprimiendo al ambiente la tensa espera. Aproximaba la mano al picaporte oscuro y blanco con un borne representando las esferas del yin y el yang. Distaba de una mera comparsa, si no de una decisión crucial. Agarrado a la aldaba, prendido al descubrimiento, franqueé la puerta.

Oscuridad girando en circunvalación multitudinaria. Escuchaba el curso temporal piando cual cucú, las voces atropellando mis oídos, el cemento subiendo y bajando con la marea negra, Juan esbozando letras, Alberto meditando en una cima con la compañía de su soledad, Calvino y Esteban malogrando el pulso de vida. Un *flash* de potencia superior a la cámara de fotos mudó la lobreguez terciando hasta la completa claridad; la visión fija, una imagen prístina, los ojos de un bebé. Miré a través de ellos, manos fuertes sostenían mi cabeza. De súbito, el revelado pierde, la humedad de unas lágrimas desfigura el rostro de mi padre. Caída en picado a la sucesión de visiones parando en Amanda, la mirada a pocos centímetros solapa al corazón de un ritmo acelerado, aunque natural. Se disipan los espejismos y tanteo en la estancia el botón de la luz. El sonoro *clic* me permite situarme, una cama rociada de sequedades de nada dudosa procedencia, la bombilla aislada de compañeras, una ventana con vistas al material de construcción. Detuve la contemplación para asegurarme, y justo lo que sospechaba, en mi mano el felino negro.

Tanteaba el proceso como una regresión de la mente, una fluctuación de la memoria por un estudio del inconsciente guiado por Juan mediante la hipnosis. Moví los dedos y cayó el gato oscuro provocando el *clinc* de la llave, un poderoso hechizo, sin duda. Opté por la inmediación, erguirme, adaptar los sentidos y salir. Desequilibrado igual que un cervatillo recién nacido, pero listo para correr, ajusté la pierna temblona cual flan para la acción. Abrí la puerta, dos pisadas y me abrí paso sujetado a la pared del pasillo utilizando la mano derecha a modo de bastón. El viento imitó mi caminar vacilante con un siseo apenas pronunciado, desconché un trozo de pintura y una voz surgió tras de mí:

—¡*Desperfesto* del *señó*, dinero *pa* el cajón!

Apoyado en el hombro, giré el cuerpo para dirigir la cabeza a la chicharra, mudé al color del yeso desprendido.

Capítulo 17

Un hostal de recuerdo narrado, la habitación detallada de un pasado y a mi vista la misma mujer que depositaba el gato negro en las manos de los huéspedes en aquel tugurio. Modificado el presente por la lozanía de la joven que acudió con las manos prestas al rescate del sonante dinero, que indicó:

—Una noche *má*, *zumando er* boquete son cinco *moneas* de *na.*

Me hurgué en los bolsillos, escarbando con los dedos el rastro del metal, pero mi tanteo resultó infructuoso. Saqué el billete azul de la comunidad europea, un efectivo del que dudé en cuanto la nervuda mirada de aquella muchacha andaluza lo cotejó desaprobando:

—*Na* de *monea* rara, quiero la plata, no *zerás* una tacaña rata. Con la Puri nadie juega, mi *mae ez* la dueña, pero aquí su hija cuida *der* negocio pidiendo la *señá*, pon la *carica* de la estatua *sentá* en mi *parma*, *añae* veinte y *estaré calmá*. *Orvidemos er* intento de timo y no me tomes por primo.

Puri, la descrita por Calvino, rozaría la sesentena; sin embargo, la recaudadora de mi ahora pasaría de puntillas la veintena. Unos ojos marrones no cerrados por el peso de los párpados, la arruga alisada y no traslúcida, el lunar verrugoso tardaría en irrumpir, porque no hallé ningún indicio de su paradero; unos agujeros grandes pero no enormes en su nariz; el crucifijo demasiado holgado en la muñeca y curvas disimuladas por lo ancho de la ropa. Unió el tono menos grave de su voz reiterando y apartando mis ojos de su figura:

—Eres un buen mozo, pero aquí *na* de pagar con arrimarte a mi pechuga, *na tocarás*, ni col ni lechuga. El *dinerico* en la mano y fuera *er penzamiento* marrano.

Aturullado por su risueña actitud y el enfado por mi falta de liquidez, temía la entrada de la policía por su llamada. Palpaba en mi chándal el distintivo sonido metálico de una moneda, aun a pesar de conocer de antemano que ni siendo adiestrado por un trilero obtendría la plata solicitada. Un compás de espera absurdo por mi parte, que crispaba a Puri con el fruncimiento de sus cejas y el ruido de la punta de su zapato en forma de timbal retumbar contra el suelo del pasillo. Un nuevo sonido captó la atención de los dos, una puerta abierta con potencia, pasos directos a la cobradora y depósito efectuado. Atónito, estupefacto, abstraído de una realidad que marcaba con lápiz en mi mente de locura. Dos cachetes en mi mejilla despejaron la incógnita del individuo que resolvió mi problema matemático. Lo miraba congraciado a la par que incrédulo. Pantalón bombacho con las cadenas retratando el cráneo fosilizado, una mensajera de la paz y la sexta nota musical, una camiseta interior y botas militares a modo de único calzado. Dio la espalda a la regente del establecimiento y punteó mi corazón, escribiendo:

«Calla y sígueme». Acordado el pago, la administradora provisional marchó soltando:

—*Er múo* y *er* sordo, bonita pareja. Mozo, luego charlemos de *dannos* placer con nuestra *pier* no vieja.

Cual guía de excursionista, dirigía mis pasos al exterior, una bocanada de aire pretendía resarcirme del estupor. Dirigí mi voz a mi salvador:

—No cambiaste nada y ella rejuvenece como tal cosa. ¿Cómo es posible? Juan, explícame. ¿De qué va todo esto?

Muestra el conteo, un solo dedo e indica el paraje. Enseguida echo en falta el cementerio de electrodomésticos, porque edificios contiguos ocupan su lugar. Paso dos, muestra un par de pulgares, posiciona su cuerpo para andar en línea recta tomando de partida la izquierda del hostal. Giramos en una plaza con una fuente marchita seleccionado la derecha, una pared caliza nos impide el paso en pareja. Un estrecho fabricado por el hombre y no por la naturaleza. La calle y los transeúntes vestidos de una época nada familiar. Acude a un repartidor de periódicos y pone en mis manos el *ABC*, edición dominical. Leí los artículos «El invierno de la carne» y «El invierno del espíritu», de EUGENIO SELLES. Aguzado por la prosa de la gélida estación, congelé la fecha. Puse un dedo a modo de marcador y constaté: 1 de enero de 1893.

Ni un solo gas tóxico de la vaharada del motor, limpio el cielo de aglomeración de nubes pasajeras de óxido de carbono, trajes de menor y mayor calidad alternos en la situación económica de los caminantes. Estreché contra mí el diario y le pregunté a Juan:

—¿Puedes darme una explicación sencilla? Propongo que nos deshagamos de nuestros atuendos, porque llamamos sobremanera la atención. La adquisición correrá de tu cuenta, ya que no tengo ni una moneda de plata.

Metió su mano en el pantalón de forma similar a revolver en un cajón, obtuvo una pluma de ave y un frasco de tinta, sentó las posaderas en un banco y, mojando la coloración azulada, garabateó la respuesta que sigue: «El hostal contiene en sus habitaciones un túnel, el pasadizo, un abrevadero para el tiempo. Es una puerta dimensional que conecta diferentes períodos significativos, usamos el que puede resetear la memoria histórica y poner un énfasis en el crono para que no pierda su ritmo natural. No modifiqué mi edad ni la tuya gracias a las respectivas habilidades que nos han sido concedidas; soy tu bastón y debes apoyar el peso de este caso sobre mis espaldas, joven».

En el trazo, igual que en la voz, pueden leerse ciertos aspectos de la conducta, pero percibí en la firmeza de su escritura una verdad sin tapujos ni reservas o marchita por una falsa apariencia. Coloqué mis pies sobre el banco de piedra apoyando los brazos sobre la rodilla izquierda, e inclinándome sobre mi supervisor, expresé:

—Mudemos el aspecto para adentrarnos en esta época sin ser apresados por la mera extravagancia.

Refunfuñó estirando sus ropas en una despedida paupérrima, escandalizó a propios y extraños en un cabeceo furibundo para depositar en mis manos, tras un repaso exhaustivo en sus bolsillos, catorce piezas de plata de Alfonso XIII. La mercancía, escasa a nuestro alrededor. Caminamos largo trecho hasta la calle de Toledo. Apocado por la antigüedad, instaurado en una observación timorata, contemplaba la plaza mayor ajardinada, lonas en los balcones sin un centímetro construido fuera del edificio, celdas al exterior tapadas con lonas y persianas cual esterillas extendidas. Meditabundo, fui presa de un empujón por parte de Juan, que me apartó del trayecto del tranvía número sesenta y seis comandado por mulas. Un rebuzno el claxon y el airbag, una coz que pude esquivar gracias a la salida de su camino. Movilizado por mi superior, encontramos una sombrerería, dos monedas del hermano intermedio del oro nos permitieron cubrir la cabeza con sendos bombines. Tras el intercambio por lana, decidimos rebajar los lamentos del estómago, que rugían en ambos por igual, en una tienda de ultramarinos. En este particular como en el anterior, me tocó arbitrar la venta con el uso de mi voz de la demanda escrita con el precio ajustado por Juan en la hoja de periódico. Al traspasar el dintel, escuchamos la campanita y entoné:

—Buenas tardes, señor. ¿Podría darnos algunos víveres a buen precio?

El tendero, con un bigote aspado, los mofletes engrosados por la ingesta de manteca frugal antes de nuestra entrada, calvo y con un delantal limpio en contraste con su rostro, dijo:

—Perdonen, estaba dando cuenta de un tentempié. —Limpió tras esta excusa su rostro con un paño de cocina—. Están en el lugar propicio: embutidos, pan, fruta, todo en variedad y calidad. Elijan el producto.

Deliberamos y concretamos la compra de pan y queso. Pregunté el precio y el vendedor expuso:

—Son siete monedas de plata, señores.

Miré a Juan asegurándome el intento de soborno; él, con la cabeza, negó en rotundo. La irrupción de visitantes con tales ropajes debió de estimular el provecho extra con la estafa en particular o con un desajuste normal del coste, para el que guste de eufemismos. Desde la barra de madera, irrumpió un descuento entre nuestra conversación:

—Les rebajo a cinco, pero son tiempos de escasez.

La tinta corrió en el diario mostrándome así la contraoferta, que formulé:

—Tres es lo máximo que podemos intercambiar; no tenemos hospedaje ni vivienda propia. Figúrese que en el camino evitamos el tranvía de mulas para abaratar la monta. ¿Me descalzo y prueba mi veracidad, señor?

Una picada de ortiga propinada en el sucinto desfalco. Rascó su barbilla con los nudillos y atusó su bigote; horadado, puesto a prueba con la comprobación de pobreza, dejó estar la disputa y accedió entonando:

—Tomen con el precio accedido. —Mientras, envolvía en papel la comida—. Sepan ustedes que esquilman mi negocio. Buena suerte en su camino y no vuelvan.

A salvo del sol, en el descanso de un edificio, degustábamos el queso en porciones alternando el pan con el producto lácteo. Comida que apremió al estómago a callar sus quejas. Recibimos las rezongas de una propietaria que, cubo en mano, lanzó agua a nuestros pies separando las migas esparcidas por el suelo. Pusimos pies en polvorosa. Reemprendimos la marcha.

Gentío ofertando y negando, los trapos en fina cuerda sosteniendo puestos en aquella plaza de la Cebada, denominada así porque era el lugar donde se separaba la cebada para los caballos del regimiento de caballería del rey. Un mercado en plena vorágine cual acciones bursátiles, crispados los tenderos, ásperos los clientes, sonrisa picarona de mujer con mantilla abaratando el precio, una mirada obscena al palmo de piel descubierto que ahora sería considerada mojigata. Un niño pequeño ataviado con chaqueta y pantalón corto marrón correteaba entre puestos, diezmando provisiones en su boca con el mayor disimulo.

Juan picó con su dedo igual que un canario en el abrevadero para que no le quitara ojo. El pequeño oscilaba entre la pillería y una inteligencia aguda, captando las fracciones de segundo en las que el mercader distraía la vista. Al observar sus maniobras, denoté en la mujer de mantilla blanca y vestido oscuro la nada casual fortuna del chiquillo al robar en los puestos por los que ella mostraba un ápice de carne. Los vi a ambos colindar el mercado de una punta a otra saliendo en diferentes direcciones. Juntarían sus pies y repartirían ganancias. Nos añadimos como perseguidores cautos fingiendo interés en el mínimo detalle de una fruta o verdura. Mi bastón de mando redactó en su pintarrajeada hoja de diario: «Compraré nuestro vestir; síguelos, es importante».

Adapté los cuartos traseros a un ritmo de maratón para alcanzarlos sin despertar sospechas. Tropecé de forma no accidental con la mujer y pedí disculpas con la fijeza en el mirar del niño a su lado:

—Perdone usted, dama, permítame que la ayude con la carga como ofrenda por el retraso en su escapada.

La mujer reaccionó al descubrimiento del pillaje con una sonrisa encantadora, y negó con un tono de voz sensual:

—Ni por asomo, caballero, es un trueque válido y canjeo el vigor por alimento. Usted ya me entiende, pedirlo con amabilidad suscitaría un disfrute que no pienso regalar. Desconfío de su buena acción. ¿Nos permite continuar?

El pequeño frivolizó con una mirada de desafío pese a su escaso tamaño, redaños grandes en una pequeña figura. Aguanté su envite aflojando la tensión. Esculpí una sonrisa sincera por el valor del chiquillo y le expresé:

—Eres diestro y no te amedrentas. Buen hijo, sin duda, que provees de alimento a la familia. Con tu permiso, ¿te brindo mi ayuda?

—Madre, no es mal tipo, puedo asegurarlo.

—Bien, tome, repartiremos la carga. Para usted el saco de harina, que es muy pesado —dijo la mujer.

Cargado cual mula sin pasajeros, debatí en el coco la necesidad de aquella amistad con un niño y una mujer. Juan nos alcanzó y los remilgos surgieron de la boca de la mujer:

—Un par de ladrones que roban a los de su gremio, no tenéis honor, somos madre y niño.

El pequeño estiró el vestido negro a la mujer obligándola a mirarlo. Calló y caminó hasta mi instructor, frenando su avance con una sonrisa e indicando:

—No te preocupes, es bueno también.

Pasados los tenderetes, desorganizados en un concierto de transporte incierto, arribamos a su hogar, modesto y pobre. Estructura cañiza en los agujeros del cemento desprovisto de ladrillo, humedad crecida de años y una puerta astillada por hachazos tachonada con clavos. El interior, con una mesa baja redonda, sendos colchones sin somier, cabecero o respaldo de tablas. Dispersamos la comida en cajones almidonados por la lluvia. Pedimos excusas para cambiarnos en una habitación contigua, en la que la pared de ladrillo anaranjada mostraba unos bocados finos por el uso de mazos en una construcción abandonada. Juan me tendió unos pantalones grises, una camisa blanca y una chaqueta del mismo valor cromático que la prenda que cubría las piernas. Segunda y tercera mano, por su perfume de sudor con manchas que discutían el dominio de la limpieza en ellas. Mi maestro mudó a una ropa de tono negro en la que la suciedad disimulaba más su impacto. Nos miramos, contentos de aparentar normalidad en la época. Bajé la vista a mis zapatos toscos con el brillo perdido en su misma fabricación y divisé los de mi instructor, iguales en imperfección y color, marrón pasajero. Traspasamos, cambiados, el marco de la no puerta, porque ni un vestigio de madera quedaba, sin mencionar los descritos. Irascible mi vejiga, pedía su liberación de líquido, miré al pequeño.

–¿Dónde está el baño?

Su respuesta, una carcajada estentórea y nada disimulada; enjugándose las lágrimas por mi no intencionada jocosidad, respondió:

–¿Le parece esto un buen barrio como en el que vive el marqués de Salamanca?

La madre, atenta al intercambio, opinó:

–Ese es un lugar apacible, repleto de nobles; las aguas menores y mayores no salen en cubos o tienen que acudir a un despoblado solar para dejarlas. Tienen agua corriente para baños y consumo, un lujo que no ostentamos, como ve. Una conocida comentó que poseen extraños aparatos que suben y bajan para que los señores no necesiten el uso de las piernas, esto último es una habladuría, aunque confío en el criterio de la mujer que me lo contó.

No reprimí las manos en los genitales ante la escandalizada señora, que esgrimía:

–Desvergonzado, carne de taberna, un poco de modales. Salga por la puerta y a mano izquierda tome la calle angosta, siga un trecho hasta ver un balcón con gardenias y, escondido en la vegetación de un solar, podrá aliviar su río amarillo.

No desperdicié el uso del saludo forzado con el rostro contraído por la urgencia. Corrí abalanzando a los pulmones a un ritmo de difícil respiración. Estrecho, flores y por fin la micción, solté el gozo en un soplido. Volví pausado, estirando las piernas. Entré en el hogar y Juan sostenía su diario ante el niño, palmeando la hoja, fomentándole la lectura, pero el chiquillo negó con la cabeza.

—No entiendo los signos, lo siento.

Me acerqué y traduje al pequeño las palabras en forma verbal:

—¿Conoces el funcionamiento de un reloj?

Raudo, empezó a indagar en cajones, revolotear papeles de periódico que utilizaba como fundas, y extrajo las piezas de un mecanismo que precisaba montaje. Dispuso engranajes frente a él, montó y desmontó el crono con suma facilidad, un juego para él. Sonreía ante los muelles, los tornillos, a los que aplicaba fuerza con sus dedos, colocando el cristal con sumo cuidado y despojándolo, acto seguido, de todas las piezas. Disfrutaba con aquel entretenimiento. Juan escribió en el periódico y me lo mostró solo a mí: «Será era el que montará el reloj del tiempo, el fundador primero. Protegerlo es nuestro deber, porque de su supervivencia depende nuestro pasado, presente y futuro».

Acepté el encargo, pero explicar tal premisa forzaría a la madre a tomarnos por majaderos y con mal augurio al niño, que nos expulsaría de su custodia. Proponía en la mente un malabarismo para contentar a ambos cuando el pequeño estiró la manga de mi chaqueta ante mi desorientación.

—Os acojo como guardianes.

Rendido a una excepcionalidad, traté de escarbar en su precognición, repetí en el pensamiento el número tres hasta que me detuvo.

—Tres.

Juan sonreía satisfecho por la habilidad del pequeño, pero la cuestionaba al no poder leer en él las palabras escritas; el niño se acercó a él y expuso:

—Al no conocer los símbolos, no podía adivinarlos, y tú los pensabas escritos, no pronunciados.

La madre, austera, esperó la primera declaración del pequeño para dejarnos, no sin dar una ojeada mientras cocinaba. Olimos y salivamos por la confección de un guiso de puerros y patatas, el sabor natural sin añadidos, una delicia de la época el comer sin aditivos. Terminamos con una manzana roja cual sangre azucarada. Juan me pidió con sus rotulaciones: «Muestra las piezas al muchacho, él memorizará cuanto pueda. Después, trataremos de encontrar la ubicación del relojero, maestro y aprendiz al mismo tiempo de este chico».

Retiré del bolsillo de la chaqueta los mecanismos; el niño nos sorprendió de nuevo acaparando su atención sobre ellos, mirando las juntas y nivelando las varillas, oscilando entre la admiración y una concentración rayana en lo inhóspito, clavando la mirada absorto, traqueteando la rosca, aplicando con tesón un conocimiento nacido con su propia existencia. Juan lo miraba extenuado, satisfecho, especulando cuán grande sería, admirado igual que mi superior. El pequeño me devolvió con reticencia las piezas, rogando:

—Una pizca más, siquiera una migaja; son bellísimas piezas.

Alboroté su pelo.

—Tenemos trabajo, quédate en casa a salvo, no salgas solo. ¿Lo prometes? Cuando regresemos, podrás mirarlas con detenimiento.

El chico, convencido, me despidió con un abrazo sin constreñir, pero con la fuerza de un adulto, firme. Miró mi rostro y me otorgó una tregua.

—No te dejes vencer; aún no, Antonio.

Me pregunté entonces, atolondrado, el conocimiento de su habilidad no solo por su parte, sino por la nuestra. El niño leyó mis elucubraciones y tendió un puente.

—Confío en ti, haz lo mismo conmigo.

Juan destensó el afluente de fe entre ambos, despidiéndonos y estirándome hacia la pared cuajada de cemento, poblada de caña y exenta de ladrillo. Al pasar el umbral, acogimos en el pecho la no solvencia de nuestros insignes conocidos; el niño, un estallido de gloria acunado para despertar con nuestra ayuda, y la madre, una superviviente del medio. Encauzamos la calle buscando un relojero, el artesano de primer nivel que emanciparía a nuestro joven con la iluminación que ambos recibirían en sus clases mutuas. Ningún local con un letrero que mostrara la mínima mención al crono. Efectuábamos paradas de emergencia en tiendas de antigüedades con la posibilidad de encontrarlo escondido, como si fuera un contrabandista del tiempo, pero ni con esas dábamos con el ansiado maestro relojero.

El fulgor naranja, la cáscara del contrapunto del limón menguaba en su iridiscencia, la tarde moría. Un sudor frío recorrió mi rostro en busca de un refugio para tratar mis sacudidas, la turbación de mi cuerpo y el cambio repentino me deshojaban con un espantoso dolor. Juan miró mi palidez calculando mi reacción. Nervioso, con los pies en polvorosa di esquinazo a mi mentor, que, preocupado, trataba de competir con mi ritmo. Alocado igual que una abeja en un panel atestado, visionaba la rendija inhabitada, el muro cubierto, el solar desocupado, pero eran oasis, porque la confluencia del mercado pululaba a mi alrededor. Impulsado por un claro, corrí en pos de él. El tráfico de personas menguó hasta focalizar un espacio reservado. Temperé la angustia, acepté el cambio y nada sucedió. Quedé petrificado, haciendo oscilar la cabeza como el péndulo del cucú, de una mano a la otra, palpando la lozanía del rostro aún presente. Juan, agotado, presionando el pecho por la exigencia al pulmón, me miraba nivelado por la tranquilidad subyacente a su persona. Estiró los dedos expresando pausa; apresurado, sacó su pluma, la ungió de tinta e inscribió su pensar: «Aquí no existen las fluctuaciones, es el caudal original aún sin trastocar por el malévolo uso. No sufrirás la mutación».

Desprovisto del peso de la anormalidad de mi cuerpo, reposé el miedo a la espontaneidad del canje, aunque aún tenía la particularidad de un rostro joven y una piel envejecida que ocultaba con la ropa.

—Juan, gracias, me exalté por parecer una extravagancia de circo.

Un visillo de nimiedad en la cara de mi supervisor que me mostró una sonrisa beatifica complació a mis preocupaciones, ahora perdidas porque él las desechaba. En mi alocado alejamiento de la turba, no fijé mis ojos en el local que tenía tras la espalda; Juan, con su índice, reivindicó el hallazgo; un tablón de madera con el dibujo del medidor del tiempo y unas iniciales talladas debajo: «E. P.». Un tocón de tronco suspendido con la ayuda de dos clavos en baja resistencia. El viento lo modulaba con la semejanza de una veleta viendo el reloj y la nada. La puerta, con cinco cencerros a modo de alarma, un escaparate visible a duras penas a través de un espejo embrutecido por una llovizna de tierra no secada; los precios escritos en papel, pero ni una sola mercancía a la vista. Pasamos al interior conteniendo el aliento, un denso clima de polvo acumulado nos impedía respirar hondo. Tras darnos de bruces con la estancia vacía, cotilleamos cada espacio que creíamos reservado. Nada en el rincón desprovisto de luz; debajo del suelo solo la hinchazón del agua por un mal desagüe; al fondo un perchero con un abrigo de lana marrón, arrugado como el papel de periódico. Intenté resistir el hurto amistoso, la ojeada simple y dejar el préstamo en el bolsillo, pero mis pasos tocaron en fango. De una puertecita tras el mostrador con la vitualla del relojero, un destornillador, una lente compacta y varios paños de grasa y libres de ella, prorrumpió el artífice de los cronos:

—Aparte sus manos de lo ajeno, joven. Dejen de marear la perdiz. ¿Qué quieren de este hombre dedicado al oficio de los tiempos?

Mirada abigarrada por la concentración en cada vocablo, los ojos cual tormenta a medio descubrir, una fase entre el negro y el blanco sin caer en el gris; el pelo negro rizado en rueda de espinas por lo afilado de sus puntas destacando el flequillo que marcaba con exactitud la mitad de su frente lisa; la boca en unidad, un barco compacto que leva anclas al usar la voz. Una calma chicha en su altivez ocultada en un cuerpo menudo. Juan maniobró para dejarme la inclusión del chico en el taller, una encerrona manipulada con la adulación en un texto en su diario: «Tienes don de palabra; úsalo».

Mostré las palmas de las manos para desentuertar el capricho de mis dedos por ver sin permiso. Expresó su agrado por mi limpieza en las extremidades. Afincado quizá en los cincuenta, recitaba cual niño mohínes de alegría o desagrado con el ímpetu propio de los infantes. Mi acceso rápido a su ubicación trastocó el primer avance para caer en la casilla de salida, cogí el dado y dije:

—Perdone los modales de estos extranjeros. Quedamos fascinados por la ocultación de todo indicio de relojería cuando así la presenta. No tome a ofensa la intriga por esos bellos numeradores del tiempo. Venimos de un lugar en que la artesanía quedó en desuso por modelos sencillos de fácil manejo y nula creatividad en la fabricación. Su tienda tiene el aroma de la enseñanza de generación en generación, el paso de mando, el relevo en carrera del atleta experto al joven. Leo en su rostro esa sabiduría que conmociona por la pasión. Ruego excuse de nuevo el atrevimiento y me permita mostrarle algo.

—Quedan caballeros que con la mirada denotan la clarividencia. Aquí cada pieza es única, distinta, sin engrosar las listas de modelos o series. Un hombre, un reloj. ¿Le arreglo su viejo reloj o prefiere una fabricación de cero?

Saqué el grueso de roscas, unos tornillos, el alambre colgador de una péndola de hoja de nogal, unos fuelles, unas cadenas de cuarzo, el juego de saetas y las pesas de oro. Ante el despliegue de la obra cumbre de la relojería, el tendero expreso:

—Faltan numerosas piezas del reloj de cuco, el péndulo, además de una figura del animal, la esfera, la flauta codorniz, lateral, trasera, con fuelles trapezoidales, pero es una delicia, un *gourmet* saciaría su buqué. El engranaje es complicado por la fragilidad y belleza del resultado final, porque la música debe ser igual que el canto. Podría darle un buen resultado, pero no excelente como el reloj necesita. Soy sincero, no le sisearé una oferta desorbitada por un trabajo que no cumpliría con el rigor y la calidad que doy a mis obras. Gracias por alegrar estos ojos con estas preciosidades.

El pesimismo abría la verja del hermético oficio.—Confío en que podrá alcanzar el cenit de su profesión trabajando estas piezas, fabricando no una réplica, sino un original. Le ofrezco un trato: usted toma como aprendiz a un joven que le presentaré y entre ambos serán capaces de la proeza.

—No mangonee mi orgullo con la inclusión de un tercero que desconozco. Cerraré el trato por nueve monedas de plata, si el chico me impresiona.

Recogí los vestigios del reloj con un paño, y con las manos anudadas realizamos el pacto.

Capítulo 18

Caminando en el empedrado, andando en la mente, un túnel ahogaba al cerebro por la necesidad del alcohol que cerraba a cal y canto cualquier asociación lógica. Efluvios de vid, espuma fermentada del trigo, calor en el gaznate y vacío en la azotea o el nido de neuronas. Juan, a mi lado, sería un estorbo para calmar la sed, una mano ordenada que no pernoctaría hundido en el licor. La parada del vaso a mi boca imaginada, mi excusa válida. Enturbiado por el abandono de mi cuerpo a desoír cualquier monserga, dije:

—Adelántate, te alcanzaré enseguida. Me llegó un pálpito, la sorpresa de un arranque de futuro. Volveré para enraizar la amistad con el relojero. Ir solo inducirá a un mejor entendimiento, contigo la situación podría tensarse. Lo entiendes, ¿verdad?

Su mirada diezmó el campo de confianza, los glaciales ojos dejaron a las claras el insulto por mi desfachatez a mentirle, sonrió con tristeza y apuntó en su diario: «Fallo grave». Al verme desnudo en la media verdad, no actué bien y rematé con la idea de visitar una botella. Simulé mudez y volví a la relojería solo. El letrero parado en seco por la inactividad del viento, la noche cubriendo la calle, el sonido de puertas cerrando para los que descansarían y la música de los locales nocturnos abriendo para acoger a mis iguales. Entré repicando en los cencerros mientras el tendero en el mostrador limpiaba de grasa las ruedas de un reloj. Avezado en la mirada, de reojo me saludó:

—De nuevo conmigo. ¿Traes al alumno aventajado?

—No, quiero mejorar el primer encuentro. Me llamo Antonio Fernández Cautivo.

—Educado, pero un retraso en la presentación no tiende a valorarse en una relación de negocios, aunque por su generoso ofrecimiento le aporto mi nombre y apellidos: Ezequiel Pondera Primero.

—Nuestro negocio no tiene que tender a un abandono de la costumbre. Reguemos el pacto con buen vino para lidiar mejor entre nosotros.

—Agradezco la oferta, pero leo en este primer acercamiento personal una excusa para saciar su ímpetu por vaciar una jarra o bidón.

—¿Borracho yo? No entiende mi postura, me marcho.

—Usted mancha su nombre adulando su falta, solo soy un chivo expiatorio. Veo que su amigo lo abandona en el azar de mancillar su cuerpo con la ingesta de bebidas nada espirituosas hasta perder el sentido. Retorne con el muchacho. Ahora vaya tranquilo.

No espeté réplica bochornosa que dejara morralla mayor. Cabizbajo y encendido, abandoné la relojería. Infundado en mi vaga memoria, tracé calles que no reconocía, adentrándome en la oscura que refulgía con el tronido del hablar pastoso, los pasos del funambulista mareado y la camaradería falsa. Taberna de la Sinfonía Alegre. El antónimo de mi bar de pila no solo en la denominación; dos antorchas pendían de piedra caliza formando un arco para la puerta de barrotes finos del color del carbón y el letrero pintado en rojo chillón; en el interior, mesas solitarias, cero acumulación de jugadores de tabas o brisca, ni asomo de dominó. Los clientes absorbían la bebida compungidos en una diversión rayana en la autocomplacencia. Busqué acomodo en una silla en la esquina izquierda frente a la barra con las tapas del día anunciadas en un tablón, callos, arroz y albóndigas. El camarero apenas podía trotar por lo pegajoso del suelo. Escuché la devolución de un abarrotado de alcohol al que desalojaron, y su marcha precipitó la entrada de un nuevo comensal. Ante mí el ayudante de mesero tomó nota de mi petición, un vino pero no aguado, fuerte. Sirvió copas del licor en decenas, quincenas tal vez; en mi estado, la matemática, ya de por sí un problema, tornó epopeya. La moneda de pago, un hurto a mi maestro. Un despilfarro del que no me arrepentía por la sensación desvaída, la nube desalojando los problemas y el apagar del momento. Libre de salvar al mundo, el deseo satisfecho con una risa sin complejos tronando en las calles y respuestas obscenas de los dormidos, a los que contestaba con más potencia en las carcajadas. El barrio cambió de pobreza a riqueza suntuosa, por un respeto inesperado bajé el tono y anduve con la cautela de un tiburón sin aleta, desorientado y sin brújula por la bebida. Dos sombras cambiaron de un lado a otro, bufones quizá por las sonrisas grotescas. ¿Payasos en este lugar, a estas horas?

Una piedra en la frente lanzada por un abyecto holograma. El golpe, duro; el hombre, borroso. La sangre batida igual que el vino en mi cabeza despertó al violento que convive en mí. Tambaleándome, conseguí orientarme, aunque en grados de alcohol es difícil asegurarlo al cien por cien. Una teja voló directa a mi centro de operaciones y logré escapar agachándome. Los hombres tenían, en efecto, el disfraz del cómico, las sonrisas coloreadas, unos mofletes e incluso la nariz redondeada. Provoqué su embestida.

—Mierdas uno a uno, sin armas.

Las risas calcadas, los movimientos a la par, los mismos payasos doblados en una línea vertical. Miré al suelo para quitarme la cogorza con el secar de un perro. Escuché la precipitación, un puño directo a mi mentón. Ladeado por la boga de este barco, respondí con un gancho de derecha que impactó en la barbilla del instruido en diversión. Cayó ante el borracho, me queda uno. El payaso dejó a su compañero chocar con el pavimento, le dio un puntapié en las costillas para recuperarlo del estado de sueño prematuro sin despertador adecuado; su compañero siguió durmiendo. Ojeé al que permanecía de pie, corpulento inmiscuido en el despiste de mi equilibrio para golpearme. El goteo de adrenalina, un estrés por la supervivencia y la sangre perdida quitaron la neblina de mis ojos. Enfoqué de nuevo comprobando la pintura del rostro de mi atacante, blanca de polvos, su cazadora moderna de cuero, botas de punta de hierro y añadía a sus puños el mismo material. Un coladero de la época moderna abierto. ¿Nos siguieron o conocen otra entrada? ¿A qué bando pertenecen?

El asaltador gritó:

—Cancela el trabajo, olvida al niño y salvarás la vida.

—Amedrentarme es tarea de hombres, y tú no lo eres.

—No me infles las pelotas, quítate del medio. Tu muerte no es necesaria. Deja que las manos adecuadas dirijan.

—¿A quién te refieres, las dueñas del cielo o la tierra? ¿Ambas, o una tercera?

—El mosquito tiene nociones de historia, aunque contadas de malos modos. El mando es del alto dominador, la altitud celeste. Hora de dar leches.

Quise ganar la posición interior para un intercambio de golpes que me beneficiaba por la estatura, él tenía la ventaja de la distancia y la aprovechó. Un *jab* de izquierda estalló en mi nariz, el grifo de sangre aumentó; tiré un cruzado al hígado que tocó el vacío, aunque gané el no comerme una derecha que preveía con una finta alejando su hombro. El mismo golpe en el ojo cerró uno de mis párpados con una súbita inflamación, lancé puñetazos a lo loco para distanciarlo y lo logré. Ganaba a los puntos, decisión unánime; una sutura necesaria para mí, él ni un arañazo del viento. Jadeaba por la respiración ahogada, miraba con un ángulo muerto a la espera del próximo ataque. Distracción al presentar la izquierda y derechazo en mi pómulo derecho, agarré en desesperación su diestra al recibir el castigo y contraataqué con el codo; abrí una brecha en su labio, ante lo que quedó perplejo, y le di una patada a su pecho convidándolo al suelo. Impulsado por sus manos en un acto gimnástico, volvió a una postura de combate e inició un baile de pies en una insulsa demostración de habilidad que quedó patente en mi rostro. Sonreía el payaso. Lo veía claro con el ojo sano, su rubio platino de punta, las columnas de gomina apelmazadas, los ojos negros entregados a la diversión; una roca muscular con elasticidad, un boxeador callejero. El polvo blanco descolorido exteriorizaba cicatrices de peleas clandestinas, un buen encajador. Malas noticias para mí.

Bailaba a mi alrededor. Me cubría ahora el rostro después el estómago y golpeaba el hueco descubierto. Probé de atraparlo, pero la misma estrategia falló. Indagó en mi posible renuncia:

—¿Abandonas al pequeño o seguimos?

Un silbato, pero no de un árbitro, detuvo la paliza; un sereno alertando:

—¡Disturbios, aquí las autoridades, aprisa!

Separados los contendientes, el artista del puño levantó a su compañero, lo montó en su hombro y desapareció entre las calles amenazando:

—Una advertencia suave, la próxima quizá no la cuentes.

El pequeño farol acercado por el apaciguador oportuno fue un interrogatorio aunque amable, como comprobé en la cuna de sus brazos resguardando mi cabeza. Sentí unas manos delicadas que ejercían a su vez una fuerza tierna. No mostró palabras de consuelo para no herir mi orgullo. Molesta demasiado ser apaleado y recibir la limosna entonada con el «pobrecito». Apoyado como en una muleta recorría las calles ahora desiertas, tuerto en parte por la aglomeración de sangre cuajada y la inflamación de los seguros moretones. Miré en dirección a mi perro lazarillo, pero me apartó la cabeza con delicadeza señalándome el suelo. Marqué los huecos en el empedrado con la vista para contemplar una empinada cuesta con una casa solitaria. Dos ventanas orientadas a este y oeste, una puerta metálica con barrotes en forma de manzana en su borde; tras esta, otra de madera con gruesos tablones y un picaporte sencillo de anilla. La fachada, blanca, con una pintura irregular que dejaba de relieve una especie de río dibujado ¿por accidente? Supuse que el ingenio no tendería a tanto. En el tejado, bailando sobre una pata, un jilguero sin canto y cojo que parecía que nos miraba. Llegamos a la entrada y el animal bajó en un picado para depositar un nido en mi cabeza sin mi consentimiento, picándome con saña. Un ligero movimiento de la mano negando en reproche lo apartó, volvió a su teja y se quedó quieto como una gárgola. Conseguimos colarnos dentro no sin dificultad por mi peso muerto que el sereno tenía que cargar. Miré alucinado la fantástica escalera de caracol exenta de barandilla que en mi estado me catapultaría al foso en un resbalón, unas velas grandes de consumo que estimé superior al mes, geranios, amapolas, jazmines, margaritas, violetas; todas hermosas, pero con la salvedad de la rosa. Las flores colgadas en macetas colocadas en el patio justo enfrente; a la derecha, un pequeño descenso, y a la izquierda, una cámara cerrada. Arrastrando el pie, tomamos la diestra con escalones alejados que entorpecieron el descenso, la sujeción de la pared apretó nuestros cuerpos como un acordeón. Agotado, no viraba con la rapidez necesaria y mi cabeza casi dio con las esquinas de la habitación si no hubiera contado con la mano suave que velaba por mí. El cuarto constaba de un baúl en la esquina derecha con la llave puesta, una cama de mantas rojas revuelta con sábanas blancas y un sinfín de libros con títulos que, en aquel momento, poco podía leer. Me dejó tumbado. Concilié el sueño tras numerosas vueltas en el catre buscando la posición cómoda para dormir, que siempre era la primera en la que me colocaba.

El trastorno del alcohol dio a mi organismo la ocasión perfecta para vomitar en cuanto mi pie tocó el suelo, nada más levantarme. Un espectáculo de lanzador de cuchillos en una diana inmóvil, el suelo. Avergonzado, traté de localizar un paño para limpiar con agua la arrojadiza; con el ojo hinchado, tanteando la pared y con pasos dubitativos. En mi pesquisa de objetos de limpieza, di con una prenda de vestir, una falda larga. Mi primera impresión en la noche otorgaba la posesión de la vivienda a un solo ocupante el sereno. Añadía sin problemas a su mujer, pero el farol con la llama apagada estaba situado justo al lado de la prenda, junto a una gorra, encima de la silla, con los demás elementos, todo ubicado en el patio rodeado de flores. Escuché el roce de unos zapatos, un andar cansado pero armonioso por la cadencia del movimiento. La cámara se abrió y la vi. Una criatura hermosa, el pelo negro arremolinado en el rostro de una luna llena, la piel de una luz que hacía inútil el uso de cualquier vela, los ojos sonriendo al igual que su boca, la silueta perfilada en las proporciones deseadas con atención en una espléndida retaguardia. Me miró risueña por mi descubrimiento y aclaró el misterio:—No es lo usual, pero relevo a mi padre enfermo en el turno de noche.

Azorado por los restos, declaré mi falta:

—Al levantarme, vomité; lo siento de verdad. Buscaba algo para limpiarlo.

—No te preocupes, enseguida me encargo. Relájate con aire fresco aquí en el patio, después te daré algo para recuperar lo perdido.

—Es demasiada molestia. Déjeme ayudarla, cuando menos. Me salvó.

—Insisto, su cara está blanca.

—De acuerdo, pero en cuanto recupere fuerzas, recuerde que le debo un favor inmenso.

—Lo recordaré.

Verla marchar afligía mi pecho, la sensación de no obtener el objeto perdido, la sustracción de la alegría por un momento. Repasé cada una de sus curvas, ella dio un vistazo atrás y me pilló en la radiografía ocular; sonrió en dirección a la cocina. El círculo en sus mejillas al mostrar la risa me trajo al corazón a Amanda, una sensación recurrida, un sentimiento expuesto en la diapositiva de mi vida. La veía sin estar presente, su perfume permanecía en mi piel y su voz resonaba en cada inspiración. Apareció con un delantal portando una taza de zumo de naranja, un mendrugo de pan y jamón cocido. El olor del desayuno retuvo la aclaración de mi voz respecto a ella, comí con un «gracias» expulsado entre mordisco y mordisco. Miraba, complacida, mi buen apetito. Ralenticé el bocado para tragar. Disolví cualquier resto con un repaso de la lengua disimulado con un falso acceso de tos que me brindó la oportunidad de pasarla entre los dientes. La vi por segunda vez, no solo con los ojos, sino con el acceso total de la memoria. Le dije sin ninguna pretensión:

—Ya te conozco, porque te recuerdo. Contando la noche anterior, me has salvado en dos ocasiones. ¿Cuál es tu nombre?

Ella repetía en silencio mis palabras en movimientos de labios que, sin pretenderlo, resultaban sensuales. Pasó una mano por sus cabellos dejando caer su melena sobre su lado derecho, almacenó en su boca «te recuerdo» y expresó:

—Es extraño lo que cuentas, pero te confiaré algo: anoche tuve la necesidad de acudir a la calle donde te atacaron, una fuerza invisible golpeaba mi pecho sin ser un ataque. Tu rostro me es tan familiar... y sin embargo jamás te vi. Me llamo Esmeralda.

Liberé el aroma del reconocimiento que disipó cualquier duda en un acto fortuito; al recoger la taza, en un roce de dedos unimos los hilos del destino. Una caricia no premeditada de mi parte y el beso que durmió nuestros ojos en total ofrenda. Sonreíamos con la mirada, apretadas las manos en un lazo corredero con los pulgares en pugna cariñosa por montar uno sobre otro. Miré sus facciones, repasé la longitud de sus pestañas, la profundidad de sus iris caramelo y el labio, que probé de nuevo. Esmeralda giró su cabeza para abrazarme con la suavidad de una sábana que arropara las preguntas vencidas de una vez por la liberación de un sentimiento. Ni un centímetro separó nuestras frentes, piel a piel, ojo a ojo. Vimos esa alegría nacer de una comisura a la otra, agrandar las bocas y el corazón en un solitario buque; navegamos ella y yo.

—¿Puedes venir conmigo a disculparme por mi insensatez de anoche?

—No me pedirás que no me separe de ti con otras palabras, ¿no?— Eso mismo, Esmeralda. Te aclararé mi turbio comportamiento por el camino.

—Me cambio de ropa y salgo. *Lapislázuli* te picará si lo ignoras, aunque presiento que hoy será más amable.

Salí de la casa mirando al tejado para saludar al jilguero cojo, abrí mi mano con un trozo de pan en un intento de ganármelo, pero reanudó su picoteo, aunque ligero, en mi cabeza. Esmeralda cerró la puerta metálica y de madera con sendas llaves. La contemplaba como a una obra de arte, parado ante cada detalle. Su vestido verde oliva dejaba ver sus hombros y parte de sus nacaradas piernas, una temeridad para la época, pero que yo agradecía. Movió los instrumentos de bailarina en un caminar lento y armonioso. Ante mi adoración, dijo:

—Un poco atrevido, pero me gusta recibir el viento y el sol en la piel.

—Y a mí ver cada centímetro de tu piel.

Sonreía avergonzada y la estreché junto a mí. Anduvimos en la parsimonia del momento, obviando comentarios, agradecidos por los silencillos que hablan y con las manos juntas, sin separarnos.

Capítulo 19

La morada del chico maravilla permaneció en silencio hasta que mi cara abombada rebasó los tachones de madera perforados en astilla y clavos humedecidos por una lluvia de la que no tuve noticias. Emergieron las exclamaciones de sus voces, la madre del pequeño, nerviosa, corría en pos de un botiquín que no tenía, cual pollo sin cabeza; el pequeño miraba a Esmeralda en una rápida ojeada, pero simulando un escozor en el ojo, girando la cabeza en cuanto averiguábamos la dirección de su mirada, y Juan rescató el periódico atiborrado de palabras para abrir todas las bocas. Me pegó con el diario con suma violencia justo en el centro de la cabeza, igual que *Lapislázuli*, aunque sin misericordia ninguna. Incliné el tronco para ofrecer mejor blanco, pero Esmeralda paró la siguiente nube de golpes de letra impresa, y airada por la recepción de mi compañero espetó:

−¿Le dan una paliza y quieres rematarlo? Cuando recupere la salud, habrá tiempo para reprimendas.

Juan no asintió, me cogió del brazo y me llevó a un aparte, solos con los ladrillos desprovistos de cementos, los agujeros calados de humedad y unas goteras aun sin secar. Apretó mi rostro con los dedos de la mano izquierda, soltó exasperado y escribió en un nuevo noticiario: «Tu maldita adicción casi te cuesta la vida; suelta la botella, Antonio, mira lo que depara ese vicio. ¿Te atacaron unos borrachos al ver tu festín alcohólico? ¿Un calentamiento de boca que derivó en ardor de nudillos?».

–Necesito ayuda. Por primera vez coincido en los antiguos consejos colados en mi oído a los que ninguneé con mis frases «solo son unas copas», «controlo la situación», «falta mucho más para enterrarme». Me asaltaron unos payasos con ropa de nuestra época, de la organización del cielo. Según sus palabras, la tunda es un mero aperitivo si no abandono al pequeño, una amenaza que duele horrores.

El hecho constituía para Juan una fatídica novedad, respiraba con el sonido de una cafetera a punto de diseminar su contenido. Nada meticuloso, carraspeó en su afonía para grabar el contenido de sus pensamientos: «Una grieta. Existen dos posibilidades: no cerramos con cuidado o abrieron un nuevo hueco a este inicio. En cualquier momento lanzarán la red para convenir el tratado del tiempo convenido a sus intereses. La desaparición del niño parece clave en sus planes, por eso debes lograr la sobriedad. Tu acompañante es un estorbo para tu obligación. Ella distraerá tu labor con su sola presencia, tu mirada dice lo que calla tu boca. Acata las órdenes para que tu castigo sea menor...».

Un manotazo desvió el trazo de su escritura, esgrimí mi lengua:– Estoy de acuerdo en la prioridad, pero no en el trato que le das a quien significa tanto para mí. Ella es Amanda. No su cuerpo, pero sí es la misma persona de una forma que no puedo explicar. No hablo de reencarnación, sino de un trasvase, una fluctuación de su espíritu a esta época. Si miraras con mis ojos, no la alejarías de mí.

Enfrentados en dos posiciones, con los rostros avinagrados por la disputa, amartillando los puños pero sin intención de usarlos, delineando con las cejas una trayectoria vertical hasta que entro la razón del desencuentro y perdí la raíz del enfado. Aplicó con un paño agua enjabonada, que pasó con sus dedos de fina perla, calmó la inflamación de las zonas púrpuras con hielo en total silencio, ignorando la pared contradictoria entre Juan y este herido. Experimenté las nociones de enfermera novata con alivio a mi dolor. Mi instructor relajó la distensión entre nosotros con una mirada comprensiva. Reparé en que las heridas menguaban a un ritmo nada natural, Juan detectó la bajada de los montes violáceos bajo mis ojos en una cadencia altísima. Extrajo una hoja y anotó: «Amanda es sanadora al igual que ella. Nunca vi la misma habilidad en un árbol genético con tantos años de diferencia. Puedo creerte, la necesitamos».

Los comensales servidos de cocido con puerros, lechuga, tomate y tocino deglutimos con la irrupción de las preguntas del niño en mi oído: «¿Cuándo me llevará con el maestro relojero? ¿Tiene miedo de la amenaza? ¿Permaneceré encerrado para que no me encuentren? ¿Los vencerá?». Respondí en una imitación del viento para no preocupar a la madre, advertí al muchacho que tras cada contestación riera para impedir el juicio de su progenitora. «Pronto trazaremos una ruta segura», «no me intimida nada ni nadie», «saldrás escoltado», «caerán». A ojos de la señora, teníamos una relación estupenda y le complacía la multitud de risas que sacaba a su hijo.

El itinerario del chico debía trazar el símbolo del infinito. Una sucesión de curvas para despistar a los perseguidores retornando a un falso principio para continuar en una calle cortada, llevándolos a un hostal apartado, conduciéndolos a todo tipo de embrollos que los detuvieran y atontaran el rastreo al pequeño. Un cuarteto de banda distinguido con Juan en el papel de director de orquesta con el dibujo de planos de la ciudad de una veracidad asombrosa; Amanda como la solista que es, figura carismática capaz de recobrarnos de cualquier herida, y a mí me tocó el batería rudo que confinaba a la muerte al enemigo o con benevolencia lo lisiaba.

Caminé con el gesto torcido, la boca masticando un pasto imaginario y escupiendo al suelo en una caricatura de un vaquero del Oeste. Juan, asentado cual búho, giraba la cabeza para cerciorarse de que no nos pisaba los talones ningún sospechoso, y Amanda vadeaba el trayecto en eses, cual borracho, desentendida de la escolta pero alegrando la marcha de todos con sus visitas al costado de cada uno. El pequeño no lanzó una murga, recto, tranquilo, asentía a las demandas de la banda en cada decisión. Encimados por el tranvía de mulas número ochenta y tres, casi perdemos al chico; los animales, espoleados mediante una fusta a la orden de «Deprisa, zopencos», por poco lo atropellan. Tras el susto inicial, esgrimí el dedo anular en respuesta y confundí a todos menos a Juan. El joven, junto a mi hombro, puso su mano contra la mejilla para preguntar:

—¿Qué significa ese gesto?

Mentirle solo traería problemas, así que resumí:

—Un gesto para simplificar una palabra vulgar, un insulto muy zafio que no puedes repetir.

—Lo juro, Antonio, no copiaré ese comportamiento.

Al cabo de un rato, lo pillé soltando el sedal del tercer dedo, encogiéndolo y extendiéndolo. No pude reprimir la sonrisa.

El tablón que anunciaba la relojería tenía picadas que informaban de la voracidad de las polillas que extendieron su domino dejando la letra «E» sin el guion del centro, agravando las señales de puntuación, con lo que leyendo desde la derecha tenías el perfecto guiño a la modernidad, el «PC». En la estancia, la vitrina con la escasez de género y los cencerros con un pequeño baño de color plateado disimulando el óxido. El ruido del acercamiento de los corderos despertó al lobo, que, masajeando su rostro, trató de espabilar. Una fina gasa contenía muelles, un péndulo de hoja de trébol e incluso pesas de cobre, sustitutivos para un ensayo en el que ocupó la noche. Ezequiel refregaba sus ojos y, atento, salía a saludarnos cuando el pequeño saltó al mostrador amontonando las piezas en un orden distinto, solicitando las restantes al futuro maestro para fabricar un reloj de cuco que puso en funcionamiento, pero que al accionarlo profirió un ruido espantoso, a medias entre un graznido y un maullido. Tiznado de rojo por la vergüenza, bajó con rapidez y escondió la cabeza como un avestruz. El relojero no mostró su aprobación ante el sonido, pero lo acogió bajo su ala diciendo:

—No mentías, es un prodigio; tengo que limarlo, pero aun así es una grata sorpresa.

Verlos trabajar a ambos constataba la dedicación a una pasión. Discutía el pequeño con acaloramiento por imponer su punto de vista, y reñía el maestro mostrándole la falla, pero los papeles variaban en apenas un segundo, siendo el aprendiz quien detectaba la equivocación emitiendo una sardónica risa. Esmeralda quedó junto a la entrada mientras

Juan recorría las calles contiguas y este novato vigilante paseaba por las alejadas.

Tomaríamos los relevos en el lapso de diez vueltas. Retorciendo la curva de la novena, me extrañó no ver al espigado Juan. Conté en las manecillas de mi mente el paso de los segundos hasta llegar los veinte minutos. Entré en posadas, tabernas y plazas atestadas, pero seguía sin aparecer. El presentimiento funesto caló como nieve en piel desnuda; sin abrigo de esperanza en una carrera disparatada recorría cada palmo de Madrid. Buscaba al instructor perdido y la idea del secuestro coló sus fauces en mi mente. Un aguijonazo que despertó el reparar en los signos de modernidad, un pantalón vaquero, zapatillas deportivas o un reloj en la muñeca, pero ni asomo entre carretas, tranvías de mulas, mantillas y trajes de época. Olvidé el reencuentro con Esmeralda. Deprisa, volví junto a ella, que, aupada a un muro, balanceaba los pies con la menor preocupación; al verme, bajó de un salto.

—Por fin te dignas a volver, no es propio de un caballero hacer esperar a una dama.

—Juan no está en su puesto, no lo encuentro en ninguna parte.

—Deambulará en alguna taberna, él también tiene derecho. No le des mayor importancia.

—Jamás bebe, y recrimina el que yo lo haga. Nunca falta a sus promesas.

Leí el desconcierto en su mirada igual que descifró el desvelo de mi mente por la ausencia de Juan en contra de su voluntad. Podría afirmar que ninguno de los dos creía que simplemente se hubiera marchado. Vuelta al ruedo en ebullición matutina, agitada por la entrada en el trabajo, la población daba giros en las plazas, calles, avenidas y caminos; pero con ninguna ovación a este matador para que sacara su estoque y trajera de vuelta a su compañero de cuadrilla.

Entramos en la tienda exacerbados, limando la puntilla de cualquier cambio sustancial en ella, pero igual que los dejamos allí estaban Ezequiel y el pequeño en su diálogo de construcción. El niño posó sus ojos en mí y acudió por lo escrito en mi mente. Repasó las líneas en mis pensamientos caligrafiando con asombro el suceso, que puso en palabras:

—¡Juan secuestrado! ¿De verdad? Tengo miedo, no dejéis que me pase nada —lloraba ahogando la voz en hipos contritos, reiterando el deseo de protección.—Quédate aquí, junto a Ezequiel y Esmeralda; no te separes de ellos. En cuanto a vosotros, no tratéis de seguirme para una búsqueda conjunta, armaos con aquello de lo que dispongáis y no salgáis hasta que vuelva. Encerraos, solo abrid si me escucháis decir «El cuco vuela con las dos patas».

El relojero buscó en la trastienda para colocar sobre su brazo el vigía del negocio, un fusil Máuser del mismo año, 1893, que cubría las lomas de toda su extremidad e incluso el pecho, dejando un pequeño hueco para la visión de la cabeza. Un tirachinas enorme que propulsa el acero en dirección a la muerte. De fabricación alemana, por una seña en el cañón apenas minúscula debida a su longitud, armado con una bayoneta larga, el rifle ofrecía un desahogo importante en cuanto a seguridad e intimidación por la desmesura entre su tamaño y la población de aquel tiempo. Retiró de un cajón del mostrador un estuche de piel que puso sobre el mostrador, me incitó a abrirlo y descubrí junto a los útiles de limpieza una Borchardt 1893. La pistola, con la empuñadura en el centro, dificultaba el agarre. Su uso era parecido a la articulación de una rodilla. Extendida, tiene el bloqueo echado; al igual que el golpeo de una pelota, tras el disparo se pliega para dejar el casquillo, y el muelle de hoja se acciona tras la pérdida de la energía del movimiento para el cierre.

Esmeralda no digería con gratitud el abandono forzado. Deslizaba el dedo pulgar e índice por sus párpados para limpiar el filo de los lagrimales. Escruté su mirada con la tristeza ahondando en mí, no titubeé para estampar un beso en sus labios, que sabían a despedida, aunque no conocía la duración de esta. El niño golpeaba mis rodillas con los puños. Alzó sus ojos hacia mí y leyó mi determinación. Alisó mi pantalón alzando la voz:

—Regresa, por favor.

Agaché mi cuerpo hasta la altura de sus ojos y apreté sus mofletes, algo que lo molestó durante un breve segundo, para calmarlo después con mi respuesta:

—La piel enrojece por la presión; duele, pero sabes que volverá a la normalidad. Me reintegraré.

Ezequiel me dejó una chaqueta para guardar la pistola. El relojero, imperando el sosiego, trataba al arma como una extensión zancuda de su brazo, confiaba en su turno de guardia. Asentimos a modo de despedida, colocó el cartel de cerrado, parapetando la entrada con muebles, interponiendo una chapa de acero, transformando el establecimiento en un búnker. Listas las trincheras, destacado del pelotón surgía un expedicionario. Colocaría la munición con aplomo.

Enfundado en la chaqueta por el enmascaramiento de la pistola, no fui señalado gracias al frío que facultaba mi ocultación. Un zigzag en el cielo iluminó la mezcla de oscuro y blanco, amenazó la lluvia con desplomar en cualquier momento e irrumpió un extraño carruaje metálico. Escuché el trueno, que no disimuló para nada esa rareza en la época;

no el coche de tres ruedas de Benz con respaldo de madera, sino la cilindrada cúbica de una moto de *cross*. El casco del piloto no se empañó por las cortinas de agua que iniciaban el descenso. Su nariz roja con la pintura blanca en el rostro. Serigrafiado el cómico con letras góticas que anunciaban lo obvio «PAYASO». Dio vueltas al manillar, aceleró en pequeños avances y elevó la rueda delantera cual furia de caballo. Viró en círculos ahuyentando a los transeúntes, que vociferaban «¡Demonios sobre monstruos, demonios!». La brujería extendida cual rumor en una peluquería nos dejó solos. Metí los brazos en la chaqueta bajo las axilas para no ostentar con una sola la intención de sacar la pistola. No entendió mi estrategia e hizo vomitar al tubo de escape con los bramidos del motor, avanzó a una rueda tumbando su cuerpo en peligrosas curvas para rodearme. Presionado por la oscilación de un péndulo que gira en torno a tu cuerpo, me agaché con la rodilla derecha plantada en el suelo y apoyado sobre la otra. Aproximaba sus ruedas como las cuadrigas, pero sin tocarme, traté de seguir con la vista un giro demasiado cerrado y noté el corte en el brazo derecho. Primera sangre para el motorista.

—Seguimos el *round* y estás en desventaja.

—Cobarde, deja el arma y ataca.

—Ni hablar, colega; la pistola es tu as en los bolsillos; el mío, el filo de este cuchillo.

El burlador de pelo engominado rubio, el boxeador callejero, no engañaba aun con la visera echada. Bravucón, pero no estúpido. Saqué el arma sujetándola con la derecha maltrecha, rio con el mismo estrépito de la lluvia que nos cobijaba a cielo abierto.—Jajaja. Obsoleta y buena para competición, pero no para un desafío como lo soy yo.

Imprimió rotación a las ruedas para dejar un rastro de humo blanco que me despistó. Alejado, comenzó a acercar la moto para darme un corte en el mismo lugar a la altura del hombro. Agarré con la mano izquierda el brazo diestro para calcular la incisión, obtuve una certeza no podría disparar con esa extremidad. Supe de la diferencia entre un lado y otro cuando acomodé la siniestra para el agarre de la pistola. El jinete motorizado pateó por la consecución de un nuevo triunfo. La empuñadura central dificultaba el disparo, pero mi habilidad no mermaba. Apunté más allá de la vista y el payaso voló tras su fallida cuchillada. Impactó mi bala en la cubierta de su neumático, vaciando el aire, y el caballo con una coz del manillar lo mandó fuera de su montura. La caída lo dejó inmóvil sobre el empedrado. Debilitado, quise cerciorarme de que no fingiera, moví con el pie su cuerpo como si fuera una escoba dándole la vuelta para que quedara bocarriba, la nula respuesta del pecho me persuadió de lo infructuoso de un interrogatorio a un muerto.

Capítulo 20

Circulé con la moto sin un propósito, rodé por pendientes para bajar a velocidad vertiginosa en una vuelta aleatoria. Paraba de pronto, accionaba de seguido, aceleraba durante kilómetros, frenaba en cada callejuela. El artista de circo parecía poseer mi cuerpo por la disparatada actuación que presenté como motorista. Agarré los manguitos para ponerme a una rueda, conseguí la verticalidad un buen trozo para caer de lado. Magullado, perdido y terco, recogí la bestia de dos ruedas para correr a fondo. La cara junto al manillar, la espalda curvada, mi cuerpo en posición aerodinámica, doblando en las curvas para no dejar la punta de velocidad y perder el equilibrio. Sin un mapa de ruta me encontré mojado junto a la puerta del hostal, quizá guiado por relacionarlo como la vivienda de Juan. No acerté con una razón lógica para entrar solo, pero así lo hice. Los faros apagados, ni atisbo de ruido de personas durmiendo, ni siquiera la dicharachera Puri. Presté atención a los oídos para captar una emboscada, pero nada. Solté la moto sin poner el caballito. Una pizca de arena en el desierto, el único sonido que llegó a mis oídos. Un maullido rompió el silencio, el gato negro, rey del cementerio de los electrodomésticos, o su antecesor en el cargo. Coló su grito animal con una extraña resonancia, difusa también su figura, que presumí por la pérdida de sangre. Danzó entre tejas de un color extraño para descender en un salto poniendo su cabeza bocabajo para darse la vuelta por sí solo. Nadie lo lanzó, pero así imitó el felino ese movimiento. La lluvia no disminuía, y corrí bajo el amparo de la entrada mientras el animal ronroneó con una risa de circo, miré en su dirección para topar con el segundo payaso. Movía el maxilar superior estirándolo hacia arriba, mostrando las encías desprovistas de dientes. Sin maquillaje, comenzó a aplaudir con dos palmadas para prolongar un silencio y retomar el compás. Los ojos negros dilatados igual que un depredador en la oscuridad con una franja en el iris, unos tirabuzones negros en la parte izquierda del pelo y en el derecho alisado. El payaso apartó la muestra de encías para otro momento mientras el gato le daba arrumacos, el primero habló:

—Un asesino de personas alegres, el terror de la carpa. No pagaste la entrada a esta realidad y quieres abandonar el espectáculo. Timador, hoy acabarás con tu boca abierta en forma de cruz, una diana inservible, porque nadie tendrá la necesidad de disparar a un fiambre.

No arrancó mi valor y localicé mi pistola. Agarré de zurda para detonar los proyectiles que terminarían la sesión nocturna, pero en cuanto intenté accionar el percutor, recibí un mordisco. Busqué al gato, pero no era el culpable. Miré mi mano y el arma era una serpiente, la tiré lejos del alcance de ambos. El cómico reía con la mandíbula desencajada, igual que el reptil para engullir a sus presas.

—Te despojas de tu ventaja; muy bien, estúpido.

El gato corría al lado del payaso y saltó con él a la vez, propinándome una patada el segundo que escocía. Un corte de garra en mi mentón, golpeé para alejarlos, pero ambos me dieron la espalda. Centré mi vista en el dibujo de un péndulo en su chaqueta, la cual se movía despacio de izquierda a derecha. Quedé mareado sin ver nada, ni siquiera el acercamiento del lento impacto de un puñetazo en mi estómago. Palpé mi barriga notando un mordisco en la zona del golpe.

—Es divertido, miau, jajaja.

Recibir hostias no frenó mi lengua.

—Pésimo comediante, basura de luchador. Tu compañero era mejor rival y no ríe ahora.

Claudiqué de nuevo ante la visión holográfica, el cristal alocado variando su posición, gato y hombre mostrándome el dorso para despistarme. Esprintando el felino con las patas traseras, impulsando el payaso con las piernas, la cola enroscada en el tobillo y su mano apresando el cuello. La mano, como correa, estrecha mi garganta. Apurado, trato de conservar el aire con desesperación, pero no consiente la mínima absorción de oxígeno. Trato de estirar sus dedos, pero la presión no cede. Mi cuello, igual que una rueda demasiado inflada; los ojos a punto de estallar. Araño con las uñas su brazo y consigo aumentar la fuerza. Mi desafío lo encabrona, sacude mi cabeza como un bolo derribado, temo que me parta el cuello y pruebo a meter una extremidad en su agarre, sin lograrlo. La mirada pierde abanico de colores, veo pintar mi mundo de blanco poco a poco; ante el rodillo, hinco un dedo en el ojo del gato y es el hombre quien recibe el daño y me suelta. Liberados los pulmones, restallan en ventiladores de aire por consumir. Aumento la absorción de estos inspirando con una velocidad lenta para asimilar mejor y no caer en la ansiedad. El yugo soltado. Momento de empatar las cartas de los jueces. Pateo al gato; como consecuencia, el payaso rueda sobre su barriga, espatarrado. Corro en pos de la Borchardt 1893, descalibrada por el golpe, graduó la mira telescópica apoyándola sobre el hombro izquierdo y anoto una desviación de unos dieciocho centímetros. El felino enrolla su cuerpo alrededor del comediante en forma similar a una bufanda, un atuendo de arañazos. Los ojos negros con la rendija tintinean igual que las luces de navidades pasadas que nunca cambian del todo. Contrae los omóplatos, los codos en ángulo recto, puños a la altura del rostro, gira sobre sí mismo por la rotación del gato sobre su cuello. Una mirada se abre por la fuerza movediza, el pestañeo de un huracán, no distingo carne ni pelo, garras o brazos, solo oscilaciones de viento, anillos blancos, guadañas que arrasan la moto tirada, arena y piedras. El mango escurre por el sudor preocupado, la mano tiembla con el posible tiro impreciso, los ojos devanan igual que los sesos el período de pausa entre torsiones del cuerpo. Un chorro a presión moja los cortes de mi cuerpo con la lluvia de un parabrisas a toda velocidad que me manda el payaso. Recuerdo una debilidad de los gatos y recojo, a modo de cuenco, con la chaqueta el agua mientras me alejo del viento furioso. Apuntaré después de mojar al felino. Saco la prenda superior de mi cuerpo para formar una bolsa de agua y lanzo el globo contra donde supongo que estará la bufanda gatuna. Obtengo la señal de parar, el vehículo de aire en rojo, suelto la rienda del acero y el maullido vaticina un golpe letal. ¿Abatidos? No veo el cuerpo del animal ni del hombre, oigo el lastimero miau, el dolor vocalizado; huelo herida de pólvora y sangre derramada, pero no observo uñada ni sendero de fuga. Concluye la lágrima del cielo y, cual pluma, un cabello canoso se posa en mi pantalón; escucho después el repicar del amuleto de hipnosis muy alejado.

Los duros combates con los cómicos colocan a mi cuerpo en la zona baja, agotado, malherido, destrozado en lo mental y lo físico. La última contienda con sus múltiples engaños adormila las neuronas que quieren tomar una merecida siesta, el resto del organismo sigue la orden de la sinapsis principal, nada de ovejitas blancas en la cabeza, para mí la palabra «DESCANSO». No fue el ascenso al Kilimanjaro, pero lo pareció; una congelación grave, el entumecimiento. Lo peor, el principio de hipoxia. Reboté como un *pinball* golpeándome con las paredes para encontrar una habitación abierta, porque no derribaría ninguna en mi estado. Las malas instalaciones me ayudaron a caer en un catre. Cerré los ojos.

Capítulo 21

Las manos en las mejillas como en *El grito*, tirando hacia abajo con potencia para imponer la vigía al sueño que luchaba con fiereza por volver. Iluminado en un solo punto, clavado el trasero al nada cómodo colchón, escurrí los pies en busca de las zapatillas, descubriendo que las llevaba puestas. La imprecisa estabilidad revelaba mi desgracia física. Toqué mi rostro siguiendo la sequía de los ríos escarlata, costras resecas que no tuvieron tiempo suficiente para tal curación, y, animado, reparé en la redondez no abultada de mi cara. Un adelantamiento extraño de la sanación. No pude dejar de pensar en cierto mutante afilando sus garras. Agarré el pomo de la puerta, abrí con un escándalo innecesario porque apoyé todo mi cuerpo con la puerta y los dos dimos con el suelo. El gracejo andaluz sonó:

—¿Torete *embistez lo* mueble como la carne? *Afortuná* tu *mujé*, pero tu *destroso* es mi gozo en un *poso. Suerta* la guita en mi manita.

El concierto desubicado, piel joven mudada a vieja, pero no en mi carne por mi trastorno, sino en la suya. Puri en la actualidad y no en el año 1873. Debí haberlo figurado si los ojos hubieran prestado atención a la bombilla que se bamboleaba por el terremoto que yo mismo había provocado. La anciana no ofrecía la menor compasión por mi dificultad para levantarme. Al mirarla, distinguí en su cara el reproche porque lo achacaba a una borrachera, lo confirmó con sus palabras:

—De *sabé* que eras un broncas, no te *arquilaba* la *habitasion*, no llamo a la policía porque pareces tener en *er* fondo buen *corasón*.

Reptando cual serpiente, apoyé la espalda contra la pared para subir centímetro a centímetro hasta una posición civilizada, aunque adopté una propia de la prehistoria, brazos colgando, boca abierta y rodillas flexionadas. La risa del principio de Puri oscureció su tono en mofa, me apresuré a sacar el dinero tirando de su mandil. Rastreé en mi bolsillo con el acecho de la encargada, que frunció el ceño cuando saqué la nada en mis manos. Vino hacia mí hecha una furia. Temía un guantazo de revés superior al golpe de un tenista o una patada en las joyas de la corona aprovechando mi falta de coordinación; por suerte, no recibí una factura de su pie o mano porque un pomo giró dejándome ver la espalda de un hombre con un sombrero y gabardina larga que interceptó el saque o la devolución de la tenista andaluza. El trato cerrado con prontitud por la deposición de monedas contadas con apremio.

—No hay *resibo* ni bofia, *zolo* una bonita cofia. Buen *pagaor*, buen *pagaor*.

Antes de perder la consciencia, me vi sujetado por un cartabón de brazos, sostenido por las axilas para cargarme en el hombro.

Abrí los ojos, pero funcionó primero la nariz; olía a rancio, una habitación cerrada sin ventilar con el tufo de sudoración nada nuevo. Las manos adelantaron a la vista formando un sillón con reposabrazos nada recargado, y las zapatillas se mojaron por un chapoteo ligero debajo de mis pies. Una lámpara dirigida a mí cegó el rostro del hombre que pagó mi cuenta. Noté la presión sobre el encendido y la tenue claridad bajando para visionar mi paradero. Una habitación bajo una alcantarilla; la puerta metálica cerrada; una escalerilla para subir al exterior, taponada; los libros amontonados en pilas sobre una estantería; una mesa baja de cristal y mi asiento de tapizado rojo; pese a algún cambio, nada notorio. El lugar habló de mi rescatador y lo delató, Alberto frente a mí con sus vendas adheridas al rostro, el sombrero agarrado con su derecha y en la izquierda una lata de cerveza de la que bebía a sorbos. Me dio un descanso breve para reprenderme:

—De no salir a tu encuentro, estarías muerto. ¿Tienes serrín en la cabeza para enfrentarte a asesinos de las alturas? No conoces la repercusión de tus actos porque en tu espalda hay una diana a la que muchos quieren apuntar. Saliste cuasi ileso gracias a ese don, pero fuerzas los conflictos en vez de evitarlos, abusas de la habilidad. Aprendiste un poco de serenidad, pero tu dedo ansía el gatillo. ¿Qué te hizo abandonar la época?

La acumulación de información, el noticiario crítico que era su voz coaguló mi lengua dándole mayor proporción y formulé un trabalenguas involuntario. Nada entendido por el emisor ni el receptor. Alberto me rodeó para agacharse junto al sillón, sentí la vaharada del frío en la piel y me tendió una bebida edulcorada de una mini nevera portátil. Tiré de la anilla mientras volvía a su silla sin respaldo. Los centímetros cúbicos de azúcar hormiguearon mis papilas gustativas y desataron el nudo de la boca.

—Me atacaron tras una noche de borrachera emplazando una paliza mayor al próximo encuentro. Sin ninguna ínfula velada, trastocaban el porvenir del pequeño alejándolo del relojero y me invitaban con cercanas represalias a no producir su unión. Llevamos a cabo el plan pese a todo, y Juan desapareció mientras vigilábamos a los asesinos disfrazados de payasos que merodeaban al acecho para cobrar el pago pendiente. Corrí en busca de mi compañero para verme emboscado. Destrozado por las peleas, caí rendido en la cama del hostal y el resto lo puedes contar tú mejor que yo.

—¿Payasos? Los erradicaron por su conducta nada moldeada, propensión a la locura y violencia extrema. ¿Seguro que el alcohol no enturbió tus sentidos?

—Al cien por cien. La ingestión del vino tuvo lugar esa única noche, pero volví a verlos sobrio.

—Debieron de secuestrar a Juan, pero es un problema horrendo el perderlo.

—Lo tengo en gran estima, pero ¿por qué es de suma importancia?

—Entre millones, él calcula la posibilidad de fracaso o acierto en cualquier acción, una especie de matemático de situaciones, por lo que es en la práctica imposible pillarlo desprevenido. No lee el futuro, sino que adapta su presente al suceso favorecedor. Una especie de trébol humano. Nunca lo vi perder un combate porque no daba el trance para que ocurriera. Pacífico y cauto. Regresaremos al mismo marco temporal a buscarlo, lo necesitamos.

—Antes de volver, ¿repararemos las brechas en el tiempo, los socavones en las puertas que les permiten entrar a nuestros enemigos?

—Sagaz, Antonio; cambiaremos la ruta de entrada para contratar los servicios del cerrajero. No conozco su rostro ni aspecto, pero sí dónde reside, en la Barcelona de 1893.

CAPÍTULO 22

Dentro del hostal de la Puri eché un vistazo a la ventana, con suspicacia, para desentrañar de los huesos del cementerio de electrodomésticos; un hallazgo. El monarca felino no maulló ni dio un paseo real por sus estancias. Los tablones crujían por el peso de nuestros pasos decididos y las bombillas cual discoteca parecían ralentizar los avances. Alberto consumía el espacio dictando el giro en el pasillo, la apertura de puertas y cierre de otras. Recorrimos todas las instalaciones dejando un total de tres habitaciones abiertas, creí que entraríamos en una de ellas con la oscuridad alimentada por el giro temporal o que descansaríamos sobre una cama apareciendo tras el sueño en la época deseada. Tuvo lugar un cambio de guion. Situados en la intersección de las tres habitaciones junto a una columna de yeso, el primer exiliado de la Orden dictó las normas:

—Cabeza pegada a la pared, los granos de pintura en la parte frontal. Clausura la visión y exalta la función del corazón, siente la onda de la vida desoyendo los latidos y ante todo no sueltes mi mano.

Superior a un vuelo transoceánico, un hormiguero repleto en el cuerpo y no solo en los dedos, ascensor de subida sin parada, la migración de carne y espíritu a otro siglo. El aterrizaje vario muchos grados porque me acostumbre a la no comodidad del hostal de Puri. Fundición de herrajes en el trasero, las palmas de las manos y por poco el rostro. Lanzados cual galgo tras conejo, pero frenados de forma brusca igual que la trabeta de un niño que ríe por una herida profunda que él mismo provoca. Nos levantamos magullados con la rojez ocasionada por la fricción a alta velocidad con el suelo. Izado el orgullo, miramos en todas direcciones simulando normalidad. Pronto esclarecimos que estábamos solos. Alberto puntualizó:

—Caminaré en la sombra por mi aspecto, de tal manera que la noche y la sombra serán aliadas para nuestras reuniones.

Piedras coloreadas de un gris ceniza jugaban una partida con la inquietud de pocas negras, unas damas bicolor. Una sirena de llegada, pero no de la gendarmería, sino de un transporte. Una vela atada al palo mayor, humo surgido de un silbato y la rueda de paletas girando cual reloj. El barco aproximándose al muelle, por lo que el salto de la esquina a Barcelona falló por el quicio de la puerta. Subí a bordo, paseé por la cubierta principal y miré a las ratas del aire, las gaviotas, recoger cual basurero cualquier resto de comida. El tubo de la chimenea de proa, similar a un cenicero de miles de fumadores por la exhalación de monóxido de carbono, y la caseta de gobierno sin patrón al mando porque mandaba a los marineros a las dignas labores de pasar trapos mojados por los vómitos del suelo de madera. Las olas chocaban en puntos de sal no óptimos para la tensión, soltaban los amarres del muelle con suma velocidad y el puesto principal fue cubierto por el capitán. Esperé un hombre de barba negra, un viejo lobo de mar, barrigón y fanfarrón a partes iguales, pero me topé con un una cabeza de pelo cano ondulado, un soñador del océano, afable y delgado. Bajó de su puesto para recomendarme:

—Usted es bravo, pero el clima... —chupó su índice para redondear el aire— empeorará, y no nos apetece mojarnos, ¿verdad? No quiero verlo bracear desesperado ni mandar uno de mis hombres a rescatarlo a nado. Espero que tenga un viaje plácido.

—Entraré en mi camarote. Me quedé prendado de la fuerza salvaje del mar como usted, lo veo en sus ojos. ¿Me permite una pregunta sobre el oficio?

—Adelante, caballero, pero rectifique oficio por pasión.

—¿Cuánto tiempo lleva con esta pasión desaforada por el gran azul?

—Unos veinticinco años, pronto celebraré con él las bodas de plata. Tocaré la sirena cuando el viento deje de molestar y arrecien las nubes para que pueda disfrutar de nuestro amigo común.

—Muchas gracias, en cuanto oiga el bocinazo, saldré.

Anduve cauto por los primeros lametones en la cubierta del océano con las manos agarradas al borde de popa para bajar a los camarotes de la zona inferior. Cavilé sobre el escondrijo de Alberto. ¿La cubierta de bodega? Demasiado manido, no. ¿Cámara de combustión o caldera? Doloroso recuerdo por su rostro, no. Escuché un golpe de nudillos desde la carlinga del palo mayor. Perdió en el escondite porque salió detrás del trozo de madera y hierro.

—Antonio, deja las cábalas para los místicos, tengo una habitación exenta de pago en el talón, una pequeña abertura en la que puedo descansar sin problemas, pero no tendré derecho a comida, birla pan por lo menos para mí. Ciento sesenta y ocho millas náuticas nos separan de Barcelona, por lo que caímos en tierra del Turia, Valencia. Un fallo en la concentración nos permitió dar el batacazo tan cerca y no en las aguas revueltas. Espera...

Un rumor de los pocos viajeros a bordo soterró a mi conversador, efectué tres golpes contra el palo mayor como despedida. Entré en mi camarote falto de lujos, una habitación blanca con caracolas colgando del techo, una red estirada para usar como alfombra y la visión del exterior a través del ojo de buey. El zarandeo desmoronaba mi inicio de sueño, por lo que me enrollé en la manta como un tornillo ajustado hasta volver a la posición de defensa, la habitual, en la que por fin dormí.

Caminé de proa a popa esquivando a los marineros que izaban la vela y ataban cabos. El capitán, con las manos en el timón, viraba sobre las olas con el rostro relajado, igual que un arcoíris de roja pasión su desmedida alegría pilotando el barco. Los pasajeros picaban pescado salado rebajándolo con jarras de vino. Apresé un trozo de pan para cuatro personas y recibí su disgusto con los improperios tildándome de goloso o zampabollos, entre otras lindezas. Bajé a las dependencias de Alberto, donde nos repartimos la comida entre polizón y turista. Masticó con lentitud para preparar un discurso en el que no tendría replica, sus ojos encendidos lo demostraron:

—Antonio, el atraque ocurrirá en dos o tres días, pero saltaremos antes. Toda precaución es poca, hurtaré un bote en la noche y nos turnaremos para llegar a la orilla. No cruces miradas con el capitán de nuevo, porque es zorro de nieve e intuirá nuestra salida precipitada. Me escondí con cautela, pero él sabe que tiene un chisgarabís en las tripas de su madera.

—Me mantendré alejado de su vista y olfato.

Mi estómago rugía por el ayuno voluntario para no dejarme ver. El anzuelo tiró de mi boca, ansioso por comer, enrollé el carrete y no sucumbí al apetito. El ocio entre extraños no suponía problema, el camarote, mi parque de atracciones. La cabeza, mi distracción. Amanda y Esmeralda venían con las olas desgastando mi fortaleza; el hecho de no verlas me daba hambre real. La desaparición de Juan, la sospecha de Alberto y ese pelo cano del payaso hipnotizador. Una batidora de pensamientos con una mezcla de consistencia que cuajó al escuchar un rítmico golpeo en la base de la carlinga del palo mayor. Acudí tras cerrar de un portazo el camarote. Alberto frente a mí, señalando la cubierta con el índice para a continuación moverlo junto al corazón, como patas de cangrejo, para indicar pasos sigilosos. La recreación de una escena bélica con la mano extendida informando «Pasa ahora», detenida en el aire avisando «Detente», girando en círculos anunciando «Vuelta de reconocimiento». El sistema de señas urdido por Alberto nos acercó al bote de emergencia sin la alarma de pasajero, marinero o capitán. Pertrechado con un cubierto como arma, solicité:

—Alberto, dame armamento útil para el combate.

Siguió desanudando los nudos del cabo y explicó:

—El ballestrinque, aunque no es un nudo marinero, lo aplican para fijar las defensas al balcón, pero el ingenio del capitán no conoce límites y amarró el bote con esta técnica. Nada de fuego cruzado, pistolero; la pólvora mojada no sirve.

Confórmate con aquello de lo que disponemos y no armes bullicio.

El roce de una cola pisando los tablones. Crujían los huesos del raposo capitán. Despojó a su boca de una flema para perderla en el mar. Los dedos hábiles de Alberto temblaron por la presión y salí al encuentro del zorro antes de que nos pillara. Atajó mi precipitado cruce poniendo su mano en mi pecho, frenando mi carrerilla, y pidió silencio con el índice en la boca.

—¿Descuartizas a mi hijo?

—Solo la barca para casos de aprieto, la dejaré en tierra con la obligación de quien la encuentre de devolvérsela. No me aprese, míreme a los ojos, observe la determinación de mi misión. No puedo darle los pormenores, pero, capitán, usted vea como lo hice yo.

Sumergió buceando en mi honestidad y cual buzo tras la descompresión necesaria tradujo su respiración agitada en palabras:

—Marchaos, tú y la rata de alcantarilla que tienes por compañero. Te honra dar la cara por ambos.

Reconcomido por la mutilación de un familiar del capitán, cambié la muda de mi ropa por el salitre de mis ojos a otra seca. El peso del barco nos obligó a precipitar la balsa al agua. Intentamos frenar el impacto agarrando los nudos hasta despellejarnos las manos, pero el raspado tensó la mandíbula, los músculos e incluso la idea de aguantar. Un *chof* de salto en bomba multiplicado por siete, el desnivel de olas nacidas por la caída del bote y los lametones de agua a la quilla del barco. Descendimos en *rappel* accidentado, la cabeza chocó con la bancada, temimos el enredo en la rueda de paletas, pero no ocurrió. A bordo del hijo, nos alejábamos del padre, que dio un golpe de timón para remover las aguas y dirigirnos a la orilla. Saludé al sol porque no podía ver al capitán, cegado pese a las gafas de dedos improvisadas. Nos turnamos los remos con el juego de los chinos, escogí par y salió impar. Bogué con ellos en agua mansa desde babor, y Alberto dirigía desde proa mis esfuerzos. Un grumete inexperto, porque la alteración de la tormenta desnudó mis faltas, pese a la fuerza de los brazos no enderecé el rumbo. Los truenos carcajearon la capacidad cero de parar el molino de madera. La marea subía al barco en volumen de más de cinco cubos; indispuesto por verme colgado desde los pies, alivié mis tripas en el mar y comencé a poner impedimentos. Avisté nuestra destrucción, negué todo rescate mutuo o ajeno soltando los remos dentro de la balsa. Alberto respondía con un puñetazo o una bronca de órdago, pero cambió el registro para evaporar el temor y desoír los cantos de sirena de mi desánimo.

−Olvida el no puedo, las inclemencias del tiempo y el rayar en lo imposible. La madera es una elongación de tu brazo y un ejemplo de voluntad, pueden mojarla e intentar arrastrarla al fondo, pero siempre sale a flote. Tú eres tu propio salvavidas.

El otorgar un papel principal al destino con tus acciones marca tu camino, elegí vivir y no rendirme. Remé a contracorriente, hui del abrazo impetuoso del océano mientras Alberto vaciaba la avidez del líquido elemento al que seguía el tirar de la cadena. La tortura duró noche y mañana, la tarde aplacó el embate de las olas. El sol no rayó todas nuestras ropas para secarlas, porque atamos las camisas y las convertimos en cestas de pesca. Menguó la paciencia en mi caso en los primeros tirones, pero Alberto fue el encargado de los siguientes capturando la carne del mar.

Desfalcamos un banco de sardinas para la subsistencia durante dos días, y al tercero llegamos a tierra.

Capítulo 23

Un desembarco agotador por el sueño no conciliado y la alimentación precaria no impidió que apretara el nudo de amarre a otra embarcación ligera, un velero. El puerto con grandes dosis de humo, trajín de mercancías elevadas con poleas a las cubiertas y gritos de «Pescado fresco» en los tenderetes montados en el muelle. Un circo de vendedor y comprador que contribuyó a nuestra entrada cual mercancía sin dueño. Negocié con el dueño del bajel la custodia del bote hasta la llegada de su legítimo dueño, no detallé el barco ni enuncié su nombre porque no figuraba en lugar alguno, sino que describí al capitán y la reacción del patrón no la pude adivinar porque me devolvió íntegra la cantidad anticipada, porque según sus palabras «Debo la vida al zorro plateado, experto marinero y leal amigo Eladio».

Abandonamos territorio marino para cobijarnos en las fauces de la ciudad, los árboles soltaron esporas a su paso que me dieron alergia, estornudé y lloré todo el trayecto de las Ramblas para ocultarme en un bar cercano sin la compañía de Alberto, que proyectaba su sombra en la oscuridad de Barcelona. El desgaste del hilo descompuso mi ropa en salitre con desgarrones por las peripecias acontecidas, por lo que busqué un sastre de bajo presupuesto para confeccionar un atuendo duradero pero nada vistoso. Pagué con el resto de la plata incendiando mis reservas hasta casi el final de la cerilla, quemándome los dedos por la falta de liquidez. La indigencia a un solo paso. El crepúsculo permitió la reunión con mi vendado compañero; a diferencia de los encuentros en el barco, tenía guantes de cuero en las manos de color negro, un traje blanco como claro de luna y unos zapatos de ante. El renovado vestuario no provenía de grandes almacenes, *boutiques* de moda o por encargo; según me hizo saber, guardaba un petate de recambio en la gabardina que trasladó de un hueco del barco a una ranura en el muelle y no del tamaño de una hucha en última instancia. Reparó en mi agujereada camisa, los pantalones trillados y los zapatos; ambas prendas combinaban con la tapicería igual que una mesa de billar, plagada de sietes. El escrutinio no dio bingo porque comencé yo mismo la línea.

—Alberto, préstame unas monedas para comida, alojamiento y sin obviar la ropa, que es pura necesidad. Pensé en cincuenta monedas por semana para andar sosegado.

Sin respuesta, calibré el plomazo. Sus dedos en el bolsillo jugueteando, la mirada en el techo descubierto, la mordida nerviosa en un moflete. Pistas notorias de una negativa.

—Afánate por tu bienestar, Antonio; confundes préstamo con beneficencia, a esta última la tomas por costumbre. Teje remiendos. Trabaja para darte lo que tú consideras necesario o vital. El capricho de pedir como primera opción lo descartarás por lo que a mí respecta.

—Me abandonas con tu traje de gala, la experiencia y las armas. Me dejas solo, una actitud digna de lo que eres.

—Cuidado, que añadirás ortodoncia a tu lista. Te advierto que en esta época son un poco matasanos.

Reprimí el acaloramiento de la discusión. Enfadado, rompí la primera reunión en la noche de Barcelona. El albor no ensalzó mi capacidad de salir hacia delante, sino que dejó en evidencia la tibia resolución consultada con la almohada, pedir para subsistir y robar con independencia del efecto que contraería sustraer en mi imagen pública y espiritual. Desamparado en mi idiotez, no ignoré cuán pésimo carterista era, al tratar de hurgar en bolsillo ajeno me pillaban o entraba en una tienda jugando al despiste para propiciarme la comida, pero me cogían. Pronto el presidio constituyó para mí un segundo hogar, porque penaban también la mendicidad, en la que no lograba ni un penique por mi cartel autoimpuesto de ladrón. El ejemplo claro de la pescadilla que se muerde la cola; ante las perspectivas nada halagüeñas de mi porvenir como prestidigitador de dedos hábiles en bien ajeno o expendedor de sonrisa por moneda sin servicio a cambio, opté por el trabajo. Los golpes de propina de la milicia o de los no alcanzados a robar me empujaron a la consecución de un oficio. Ensayé en el puerto de marinero, pero salió mal, até cabos a las embarcaciones demasiado flojos, que con la sacudida del mar abandonaron a sus dueños con mi despido; traté la carpintería, pero los puntillazos del martillo caían en mis dedos, nunca en los clavos, y por último el de limpiabotas, con el que prosperé. Mientras frotaba con grasa de caballo mi lengua mordaz, me adjudicaba una gratificación por la divertida, ingeniosa, informativa o distendida conversación. El ganarme el sustento me evitó conflictos y recuperé un respeto que perdí con las anteriores tropelías. Alberto no denotó mi cambio en las sucesivas visitas porque me dejaba un pequeño regalo, una prenda de calidad o un utensilio inservible, pero de apariencia lujosa, para seguir probando que en cuanto tenía la oportunidad aflojaba la mano como un salvador que no merecía. Mi negativa a todo cuanto me obsequió lo ponderó en sus maneras. A la luz de una lumbre nocturna, el respaldo de las estrellas y la migaja de luna que asomaba, Alberto dijo:

—Barcelona es inmensa, por lo que dar con el cerrajero tiene la vela sin arder, ya que ni el mínimo resbalón necesario de su presencia nos demuestra. Presta oídos a todo cuanto oigas y veas. Tu oficio nos puede reportar su paradero. Antonio, te muestras como un hombre honrado, como tú..., estoy orgulloso.

—Termina el como tú...

—No puedo colgarme el título de maestro, el de compañero me viene corto de medida, y el de amigo, demasiado holgado, por eso mi paréntesis; cuando lo encuentre, la finiquitaré.

—En cualquier caso, es una satisfacción contar con tu beneplácito. La calle habla por los codos, por lo que tiraré pellizcos para que alguien con un golpe de risa suelte prenda.

—Me gusta tu actitud. A veces, descuelgo del campanario, acecho entre los muros altos o te vigilo desde la altura y compruebo que te invade una tristeza repentina que con un vuelco termina en risa. ¿Puedo saber de qué se trata?

—Tan absorbido me tienen los sentimientos por dos mujeres, Alberto, que no concilio el sueño, aunque en la placidez de este me encuentro feliz. El despertar sin ellas me derrumba, y dormir nos reúne, reanimándome no solo el latido, sino el sentir mismo. ¿Conoces la existencia de Amanda?

—¿La sanadora? Nunca le conocí varón ni que emparentara con nadie. Buena pieza. ¿Conseguiste primera base, segunda o ni siquiera jugaste?

—Sigo en el banquillo, pero en el Madrid de este año conocí a Esmeralda, bateé todas las curvas, corriendo algunas carreras, aunque tengo la certeza de que son la misma persona. Tengo la convicción y no la impresión de que su alma atravesó el tiempo para juntarnos, pero de momento he perdido a ambas, eso me aflige.

—No verso en amores, pero conocí a una mujer que atravesó mi espinazo, coló cada fibra de su ser en mi esqueleto y circulo en mi corazón otorgándome amor. Escucharte hablar de esa dualidad me recuerda a las almas gemelas. No pierdas a Amanda. Os reencontraréis.

No coarté el abrazo sentido, Alberto me estrujó contra sí.

Separados por la incipiente salida del sol, atiné a preguntar:

—¿Qué fue de ella?

Una visión de perro rabioso, tristeza demacrada y paz no conseguida formó un *collage* en el rostro de Alberto que respondió en dos palabras mientras trepaba por una escalera para desaparecer en las azoteas en Barcelona:

—La asesinaron.

No pude contener la impresión. Los bronquios pugnaron por salir de mi boca, el aire escaso lo retuvo mi propia mano sobre nariz y boca. Un acto de desesperación, un afligimiento incomprendido porque no existía relación de esa mujer conmigo. Erré por las calles en busca de una posada nueva, porque me negaba a ser asiduo de una en concreto; así esparcía racimos de plata por toda la ciudad y ganaba adeptos a mi oficio. Me asocié al disfrute único de la duermevela, aunque en esa noche gocé contando rebaños. Al albor del día, cogí mis pertenencias con un bártulo reducido que contenía una muda de ropa además de mis trapos, gamuzas, aceites y grasas para mi jornada de trabajo. La marabunta copó rápido mi aposento alejado del puerto junto a las Ramblas. En un banco de madera, repasé la limpieza del calzado cambiando impresiones con los clientes, cuando el del siguiente turno expresó:–Lustre bien las botas, joven, para que deslumbren en el Liceo.

–No defraudo, caballero, y conociendo la ocasión especial recibirá una doble pasada en el calzado. —Repetía la artimaña con asiduidad, con la vista puesta en los oídos inquietos para que cada cliente pensara que le daba trato de favor—. Si es tan amable, ¿podría indicarme qué evento se celebra en tan magna construcción?

–Sus palabras exquisitas y su trato de favor le permiten conocer del baile privado de máscaras del conde no nombrado, un aristócrata con título sin reconocer, de gran prestigio.

Fingí conocer al susodicho para ganar escalafón en su confianza.

–¿En serio acudirá? ¡Qué privilegio! Le aplicaré una tercera capa con total dedicación. Me esmeraré, pues el acaecimiento lo merece. Lo envidio sin inquina, claro está; el azar tiene dedos sabios.

–La fascinación que muestra debe ser recompensada. Aportaré una alegría a su vida desdichada.

En mis manos, una entrada para el baile; dibujada en su cara, una máscara de carnaval, y en su dorso, con tinta, señalado el precio de seis pesetas. Una hoja talada sin la conversión de la celulosa, porque aun la corteza bordeaba los cantos. Estiré el fragmento para mirar a contraluz para tratar de hurgar en una marca de agua igual a los billetes o descifrar un mensaje de tinta china. Me miró condescendiente y aclaró:

—Tiene el ejemplar auténtico, la extravagancia del anfitrión afecta tanto a su aspecto y maneras como a las invitaciones. La de cinco pesetas no permite el acceso a la balconada, solo al patio exterior, una burda mentira de plañidera para consolar al que no desembolsa el importe real. La que le entrego le da vía libre para moverse en el palacio.

La inclusión en la fiesta abotonaba, por fin, el cuello de la camisa, ajustaba el cinturón y acordonaba los zapatos de la averiguación del paradero de nuestro cerrajero. Esgrimí una sonrisa de logro tal que el cliente repitió en numerosas ocasiones que no merecía tales muestras de gratitud. El último borde de su zapato terminé, para preguntar por la ubicación exacta, a lo que me contestó:

—Cambia de planes, igual que el viento rachea; por la mañana dirige a un sitio, en la tarde traslada y por la noche planta su fiesta sin consultas, ya que negocia solo con su única decisión. Expandiré el rumor de que posees la invitación para que vengan a recogerte, porque las habladurías te dirigirían a descampados vacíos, solares abandonados y casas desiertas. A plena noche, cuando el sereno repatríe a los holgazanes, apáñatelas para salir, un chico te pondrá en ruta. Gracias por el servicio, no olvide pintar el rostro, cubrirlo con un antifaz o desdibujarlo como prefiera, porque es el único requisito.

—Cumpliré la condición. Hasta esta noche.

Metía la cera, unos trapos ajados y la grasa en una tela de lona a modo de hatillo y me trasladaba al teatro de sombras, las calles oscuras, el olor de pescado hasta llegar a un desnivel del muelle que escondía unas escalerillas de piedra desgastadas por las que nadie osaba bajar. Una risa burlona, de sobra conocida, hizo su estelar aparición antes de hora. Alberto llegó con el sol apenas anaranjado que clareaba la sombra de la población cotorreando en torno al programa de baile oficiado por el conde no nombrado. El trasiego de un mapa correcto corría de boca en boca, avivado por el juego del teléfono confundían calles, plazas con apeaderos y vías, pero la expectación crecía sin visos de estar en contacto con el tope. Cortó la risa para felicitarme por la avidez en conseguir pasaporte directo calificando de aduanas las entradas de valor inferior a la mía, porque tenían todo tipo de restricciones además de una vigilancia rayana en lo obsesivo.

—Antonio, logré una máscara para ti. El *modus operandi* no importa, por lo que no admitiré preguntas al respecto. Unas vendas de más en mi rostro servirán para mí, pero no veras a quién te la otorgó a ti, porque sufre unas pequeñas molestias que le imposibilitarán asistir. Seré tu pareja, pero nada de baile.

—No danzaremos, tranquilo. Movámonos a mi puesto, que el encargado de acompañarme llegará en cualquier momento.

En efecto, concurrió vistiendo una camisa con ribetes de seda, medias blancas, pantalones blancos y unos zapatos con hebillas doradas. Contó con sus dedos para demostrar que su labor incluía uno excluyendo al dos. Mostró antipatía por la elección y la puso de manifiesto:

—Invitados de tercera categoría para una fiesta de primera, menuda tolerancia por el vulgo. Desembarázate de tu compadre de fechorías o no iremos al baile.

La amenaza truncó su efecto intimidatorio, porque dos ojos chirriaron cualquier atisbo de incumplir la obligación. Aun así, quiso eludirla con un intento de fuga, pero la acción de los molares en comentarios agrandó la irascibilidad de

Alberto, que lo dejo pétreo igual que Medusa. Viramos en círculos por piedra, coto de caza privado y sierra para dar con un jardín de ochos infinitos. Nuestro acompañante quedó a la espera de acercar al corral de diversión a los nombres que figuraban en una lista clavada en un roble que tachaba con un puñal. Sesgó todo rastro de nuestras denominaciones, una verdadera y otra suplantada. Entramos en arcos de musgo, helecho, eucalipto, zarzas y rosales. Olimos las fragancias del naranjo y la aspereza del limón, cautos con el pie para no pisar las orquídeas, margaritas o violetas que parecían brotar de la misma tierra. Paseamos perdidos en el olfato, tirando de un equilibrio precario para evitar la masacre de la flora. Podíamos ver a invitados al otro lado de nuestro pasillo, pero sin encontrarnos en ningún momento, porque las espinas, los matorrales y los espinos nos amurallaban. Nuestra senda terminó tras ocho vueltas al octavo número infinito repleto de vegetación. Hallamos un patio con fieras sueltas, el tigre lamió sus patas, la gacela corrió impávida ante su depredador, el mono en tierra comió manzanas mientras un león devoró plátanos, un oso despertó y un elefante hibernó. La jungla al aire libre no promovía el miedo, sino la sensación de un delirio que inquieta al visitante. Alberto exageró su zancada imitando una rana y no lo dejé solo, porque con los codos al costado y los pies juntos calqué el andar del pingüino. La no inhalación del aroma disipó nuestros comportamientos aparcando la selva para mostrarnos la botadura de jarras de vino contra la pared en la fachada de un palacio medieval, un castillo a medias sin torres de asedio reemplazadas por balcones con cortinas de oro y puerta levadiza de hierro con alberca en vez de foso. Las aguas salpicadas con cuerpos desnudos en juegos de atrapar, los miradores sombreados por figuras contoneándose, trajes salpicados de granate, ropa rasgada por manos, comida lanzada de comensal a comensal; guardando todos la identidad con las máscaras puestas. Contemplamos la liberación del instinto que, reacio en las sobrias sobremesas, aceptó a la dócil noche en que la carne vieja, joven, flácida, firme, fornida o débil que trepaba y saltaba en un juego sin vergüenza. Me vi instado a participar en tríos o cuartetos, pero decliné la oferta. Alberto agachó la cabeza esperando la carroza de cenicienta que nos trasladara a tierra de cordura.

Arlequines, rostros de color blanco o negro, antifaces con colas de faisán, careta de tejón, pintada la nariz como hocico de cerdo, rubíes por ojos, un desarrollo gigantesco para cubrir la faz. Encontrar al cerrajero, un enigma ante el despliegue de ingenio y pasiones desatadas; quizá estuviera encamado, nadando o llenando el gaznate junto a la puerta. Nos adentramos en un vestíbulo con una escalera cuarteada con agujeros en una particular partida de ajedrez, porque cada orificio representaba una figura. Preso de un presentimiento, sorteé las filas de peones, salté en «L» con el caballo, me moví en horizontal con la torre y ascendí con el alfil para dar jaque mate, pero en vez de a la figura, casi me lo propino yo si no es por la ayuda de Alberto, que me alzó por las axilas. Toqué la alfombra persa para erguirme frente a una puerta con el símbolo del rey. Giramos el pomo por turnos, por si las manos mojadas nos empantanaban, pero no obtuvimos recompensa. Enfadado, pegué una patada al emblema del monarca, que se desprendió, y agachados pasamos por la hendidura real. Una habitación moderna con una lámpara de mano que iluminaba un libro tendido en la cama equipada con dosel y mosquitera, un arcón de madera con cáncamos situado en la parte izquierda de la puerta que sostenía un serrucho, bobinas de puerta y bombines. Sobre el catre, un hombre enfundado en una bata blanca con el cinto desatado; su máscara, una faz de león sin cintas que la ciñeran a su rostro; el felino parecía su verdadera cara. Al vernos irrumpir en sus dominios, gruñó añadiendo un rugido voraz, levantó su cuerpo desgarrando la prenda que cubría su pecho y quedó en pantalón corto y pantuflas. El torso nervudo, fraguado por la pasión al hierro exento de vello corporal, unas piernas semejantes a bolas de cemento. La apariencia difería de acojonar por impacto, pese a lo hercúleo del hombre por sus complementos en los bíceps, pañuelos de seda rosa, un alacrán dorado como cinto y unos tirantes fluorescentes. Fugó la neblina del ridículo con una dentellada a un trozo de pared que dejó a la vista no cemento, yeso o ladrillo, sino el vacío. Enseguida percibí la entrada del viento por el agujero provocado. Una estrambótica criatura que en un descuido retiró la almohada para agarrar una pistola de clavos apuntándonos con pulso firme mientras le caía un reguero de baba por la comisura de los labios. Arrinconado contra la esquina derecha, perdí de vista a Alberto, maldije la supuesta camaradería por abandonarme en manos de una muerte prevista, porque contaba con un tenedor como arma, lo que suponía un sarcasmo, ya que le haría más provechosa mi digestión. Aun así, di estocadas con el cubierto igual que un boxeador tantea con el *jab* para alejar al rival. No amedrenté al león hombre. Cuando la bestia retiraba el dedo del percutor, escuché un clavo perforar el techo y vi a la fiera caer de espaldas con el hocico sangrando. Alberto apareció sobre el felino propinando puñetazos con las rodillas clavadas en sus brazos para entorpecer la defensa, funcionó porque se trataba solo de un contendiente. Hice la cuenta de diez para dar por finalizado el combate cuando la bestia lo apartó con un manotazo que le destripó parte de la venda del rostro. Furibundo, alzó el puño derecho para golpear... nada, porque detuvo la diestra y dijo:

—¡Alberto Ocaso Chicón!

Pasmado, el apelado respondió:

—Esa voz pertenece a Luis Candado Revuelta.

Los enemigos, por un momento, acabaron por perdonar los agravios físicos, aunque mi nuevo tutor suscitó la sospecha con una pregunta para confirmar la identidad de quien tenía enfrente:

—Mi compañero en la Orden fabricó llaves para un uso concreto. En particular una, ¿de qué se trata?

—Somos un poco mayores para jugar a las adivinanzas, pero te revelaré que nunca di mayor uso a las llaves que el de abrir puertas convencionales y una maestra destinada a cualquier tipo de cerradura. No las necesitas para irrumpir en distintas épocas. Te di por muerto, Alberto, pero esa mirada solitaria no puede olvidarse; al igual que tú, abandoné a los guardianes. Fundé estas fiestas para recabar información para entorpecer sus planes, fraguar sus misiones y hundir sus flotas. Como prueba de confianza, revelaré mi aspecto desactivando mi transformación en animal. Te muestro mi habilidad.

La corona melenuda caía sustituida por un pelo oxigenado, un rojo de herrumbre exento de brillo, las cejas del mismo color, la nariz como una chincheta pegada al tabique, una mandíbula fuerte de prietos labios y los ojos negros de pozos mal comunicados. No perdió ni pizca de fortaleza, pero colaboró en su favor el despeje de la bestia. Alberto elevaba la cabeza ante los cambios afirmando con la mirada deseosa de dar el vaticinio; en efecto, su compañero revelaba cual carrete la foto adecuada.

Mi consejero se metió en harina.

—Verificado tu aspecto, te contaré que las órdenes del cielo y la tierra compiten como antaño por ubicar su trasero encima del otro e incluso pretenden aniquilar toda resistencia. Cavan en tus creaciones ocasionando disrupciones temporales e interfiriendo con nuestra labor por equilibrar la armonía general. ¿Cerrarás los huecos para que no entren a tropel o atajarás la fuga de los marcos con nuevas contraseñas para que seamos los únicos usuarios?

Luis puso sus pulgares entre la segunda y tercera costilla combando las rodillas, giró su cabeza para enderezar el cuerpo y las ideas.

—La usurpación de mi arte constituye un delito que les devolveré con entusiasmo. Elaboraré para vosotros unos salvoconductos, y para ellos una penalización. No intentarán cruzar de nuevo.

—Te estamos agradecidos. Como último favor, ¿nos retornarías al momento actual, el mal nombrado presente?

—Esperad que configure los cambios en el sistema.

Nos dio la espalda para dibujar un cuadrado en el suelo deslizando el dedo sobre él, apareció una caja de cartón invadida de instrumentos extraños, unos monóculos tintados de oscuro, un lápiz prensil que se aferró a su mano, latón en láminas transparentes que permitían el paso de la materia y trozos de cuerda con piedras pómez. Colocó los anteojos en su rostro mientras xerografiaba el latón con la mano derecha y la izquierda afilaba la cuerda dejando un hilo casi invisible. Depositó en el cama dos círculos hendidos por una «E», atravesó el filamento para fabricar collares, que nos entregó diciendo:

—Bajo ningún concepto os los quitéis, y usadlos en toda circunstancia, porque preservarán vuestro acceso libre. Si sufren algún desperfecto, podéis clonar el que os quede tirándolo al aire tres veces. Alberto, este...

—Perfecto, Luis, no desoiremos tus consejos. Alecciona duro a los invasores, porque tanto tú como yo tenemos una deuda de sangre que hacer pagar.

—Recuerdo, nunca olvido las desgracias de quienes nos usaron como cobayas. Perdimos y sacaron fruto de nuestro extravío. Las chimeneas rebosarán, amigo.

El paréntesis de violencia patente en una mirada vendada con otra que tenía aún residuos de animal. Un breve diálogo de ojos que narraban pérdidas que cobrarían con la abolición del linaje celestial y terrestre. Ornamentados con los abalorios de marcha, recibimos las consignas:

—Presionad la letra para girar a la izquierda hasta que parezca el número tres, alineadlos en los corazones para viajar. Feliz vuelta.

Seguimos las instrucciones para sentir un desvarío.

Capítulo 24

Enredados en una bola de pelo sedosa que torcía el hilo de nuestra estabilidad, empujados en un columpio hasta dar vueltas con la cadena enganchada al poste superior, dormidos en pleno día para despertar en la actualidad. Las agujetas hincharon la rótula que apenas nos daba la consistencia de un flan traído varias veces por un camarero inexperto. Las manos probaron su utilidad como timón para dar con los puntos cardinales de una brújula averiada, pues caímos al suelo. Un sonoro «Gilipollas, quitad de en medio» con la ráfaga de luces de un camión, la bienvenida triunfal. Nos apartamos con un salto estrepitoso por la acera abombada de piedra.

Serenos con la mente clara, pudimos afirmar que estábamos en el Madrid moderno, el rugido de los coches, la vorágine consumidora de la calle Serrano, el ambiente caldeado por un sol de mediodía y una paz certera de pertenecer al ahora. Alberto, nervioso, probó a mezclarse con la gente, pero su soledad intrínseca a sus desafortunadas vivencias le imposibilitó un rápido acoplamiento como el que trabé en cuanto pise la ciudad. Escapó de su propia sombra sorteando al hormiguero de gente que salía de la oficina para tapear o descansar. Corrió por las vías esperando que lo siguiera como hice. Apartado de ojos y oídos, explayó su plan:

—El robo del reloj supone aún un problema, las piezas restantes permanecen escondidas en las guaridas de los dos grupos. Desconozco quién tiene cada una, pero con toda seguridad las almacenan por separado. Cambian su ubicación desorientado a los repartidores porque solo conocerán su paradero cuatro o cinco dirigentes de la cúpula directiva, incluyendo a los peces gordos. Usurparé la identidad de un transportista para meterme en el círculo de mercancías; mientras, quiero que protejas al heredero de nuestro pequeño relojero. Él te encontrará. Esta noche dejaré un arma especial para ti en tu antiguo lugar de reuniones. Dispara por el bien, aprendiste la lección. Llamaré a tu timbre cuando las campanas de la Puerta del Sol canten una Navidad anticipada. Hasta entonces, cuídate, Antonio.

La ropa acolchada, el abrigo largo, los guantes enfundados, los ojos desligados de la luz por la ocultación de los trapos a su alrededor no entorpecieron la visión de sus lágrimas. Conmovido por su preocupación y la pena de nuestra separación, lo Abracé levantándolo en vilo. Él, ante mi reacción, abandonó las lágrimas para reír.

—Tu soledad acaba por fin, amigo. Estaré para ti siempre. Tu llamada me pillará esperándote —dije.

Ambos recorrimos por separado distintos caminos, pero a la vez juntos.

Pasé la tarde en el Retiro, echado en el césped, complacido de los juegos malabares esporádicos, los deportistas asiduos y los paseos en barca de las parejas primerizas. El traje nada contemporáneo atraía miradas curiosas, indagadoras y burlonas, respondí a las últimas con la ignorancia. El atardecer bombeaba el sudor por la vestimenta nada adecuada y pensé en el modo de apropiarme de ropa veraniega. Por suerte, contaba con el hatillo de lustrar calzado. Mi oficio de limpiabotas me proporcionaría el dinero necesario e incluiría mi subsistencia. Recorrí medio Madrid para cambiar impresiones pasando la grasa de caballo por los zapatos de altos ejecutivos. Incluso accedí al senado custodiado por los leones, una habitación pequeña de él me permitió probar mi destreza, a la que accedieron encantados los mandatarios, que se quejaron de la falta de profesionales de mi tipo y vaticinaron que aquella perdida pero buena costumbre la ganaríamos de nuevo gente como yo. Escuché intercambiando chanzas, palmeando espaldas con un ensalzamiento desmedido. Dicté lo que la oreja vecina quería oír para llenar mis bolsillos. Conseguido un botín necesario, intercambié mi atuendo en una tienda de segunda mano, ropa informal para mí, una camiseta blanca, pantalón vaquero desgastado y unas zapatillas con velcro. Salí de la tienda para comprar un bocadillo y una lata de Coca-Cola en un puesto ambulante. Sentado en un banco, bebía y comía a partes iguales. Un trago igualaba a un bocado. Volver a casa sería lo lógico, pero entrar sin las llaves ocasionaría problemas, hablaría con algún vecino de la zona para que pudiera llamar a un cerrajero y dejaría a deber mi deuda con el buen samaritano.

Acorté por la calle Segundina y Orpedial y me introduje en la jungla del barrio de Pedrete; de nuevo asistí al estruendo de fregonas chocando con los rincones del balcón, los cubos lanzados y las chismosas vecinas escandalizadas con los sucesos de tal o cual residente. Por su parte, las pandillas en estado de vegetación aspiraban el nombre de la conocida galleta y aportaban a sus organismos los grados de alcohol necesarios para dejarlos igual que las colillas, chamuscados y ahogados en su propia desidia. El ladrido de Rashamov profería una urgencia, vi a Andréi con el rostro paralizado y apretándose el pecho. Un ataque al corazón con signos de embolia. Acuné al quiosquero y grité pidiendo ayuda:

—¡Llamad a una ambulancia, que se muere!

Un barrio de seguridad incierta donde los imprevistos ocurrían a menudo, las carteras pasaban de mano en mano, las navajas y los puñetazos podían saludarte el día menos pensando, pero el hecho de pertenecer a la comunidad te salva de su mala hospitalidad, amén de volcarse en un apoyo incondicional en caso de necesidad. Vecinas de palabras mugrosas, chicos de pintas sospechosas y vagos de edad avanzada respondieron a la petición de auxilio. La ambulancia con el clima de tensión temió por su integridad cuando las amenazas surgieron en «Si no lo devuelves vivo, atente a las consecuencias», «Si fallas, te rajo». Unos directos de campeón de boxeo al valor que mudaron el blanco del batín al resto del cuerpo de los enfermeros.

Caminé por Oldrido con el resopón del susto repitiéndome en la garganta. Mi ojo izquierdo bizqueó, la mano subió y bajó descontrolada. Mi cuerpo rotó como una peonza en dirección al suelo para mutar de joven a anciano. Intenté reprimirlo igual que aguantas la respiración, pero pronto adquirí el color morado y la insuflación del cambio que no puedes evitar. Miraba el banco de piedra con el que chocaría en breves segundos pidiéndole una mullida acogida, pero no me precipité sobre él porque tiraron la barrera del tren en dos brazos frágiles que me auparon descompuesto a la altura de un cuello. Perfume de fruta dulzón, cañas de carne bajo mis axilas arrastrándome por la calle Linde del Rey. El destino, mi casa, tercera finca, piso quinto al que no accederíamos con facilidad. Sobrepasamos la escalada a modo de carretilla, porque las piernas incordiaron, pero al mismo tiempo funcionaron de muelle para el ascenso. Depositado como un saco en la pared junto al botón de la luz, miré con decisión a mi conocida salvadora, Amanda. Ella observaba mi estado con preocupación mientras desenrollaba una horquilla para accionar el *clic* de la cerradura, desatrancar el seguro y poder entrar. Desenvuelta como una profesional, abrió lo justo para pasar junto a mí, que arrastraba los tobillos. Rápido, localizó el dormitorio, en el que me dejó sobre la cama con tanta suavidad que quedó encima de mí. Imaginé el sonido del oeste, pero en esta ocasión para el disparo del beso, porque parecía el momento propicio. El organismo presionó con una acupuntura para saciar el deseo, los ojos cerrados vieron, las manos tocaron llenas y los labios hablaron. Hubo un cese en la transformación, porque la interrupción prolongada por las bocas detallando ese instante logró manifestar una cura al trasiego de edades en mi cuerpo. Acaricié los contornos de sus párpados, repasé los hoyitos de su sonrisa alegrando el rostro y mi espíritu. El intercambio de información no requirió preguntas inconclusas por mi primera frase.

—Elegiste el momento perfecto.

Una oración que aglutinaba la necesidad del beso, la bienvenida ideal y el oportuno rescate.

—Antonio, me tacharás de majareta, pero mientras te hallabas fuera permanecí contigo. Escribía en un papel el año 1893. Incluso soñé que nos amábamos, pero yo residía en un cuerpo diferente. La fuerza de las fantasías nocturnas, aparte de asidua, colmaba mi corazón de felicidad por tenerte. No coartaré más mis sentimientos.

—Viajé a una época distinta y, en efecto, te amé a ti porque tu alma coexistía en ella. Te explicaré con detalles lo que pasó...

—Las palabras quedan para luego, que perdimos mucho tiempo.

Desde luego, no escatimé ni un segundo en desabrochar la pasión. La cesta de ropa, el suelo; la cerilla disparó el deseo del roce entre las sábanas; desnudos, ofrecimos vapor a la locomotora, vía al tren y unas curvas que coger. Pasé los dedos por su tersa piel lunar, peiné la melena negra de magenta, acaricié los botones de sus senos con la lengua para humedecer luego una pequeña pista de aterrizaje. Ella estribó mi mástil, lamió la erección para acompasarnos en la penetración. Cambié el ritmo, la profundidad e incluso la posición para escuchar mi nombre de su boca, y llovió por dentro para quedar relajados en un abrazo.

Amparados en el pecho del otro por turnos, aunque reclamaba el mío con demasiada rapidez, le conté mi adiestramiento, el descubrimiento del joven y genial relojero, los enfrentamientos con los payasos, el regreso de Alberto, la travesía a Barcelona para conocer el cerrajero y, por último, mostré mi extrañeza por la desaparición de Juan.

—Vi a Juan la semana pasada.

Capítulo 25

La selección en una empresa de mercancías no requiere una presencia grácil, un rostro primoroso o unos modales exquisitos; aun así, el mínimo exigido primaba la no ocultación de mis quemaduras. Me escondí en una casa okupa vacía con el símbolo de la anarquía retratado en cada tramo de pared. Dentro, junto a un bidón a modo de hoguera en el que un trozo de madera reutilizado (con múltiples reciclajes) no consumía el borde superior, me mentalicé a mostrar el rostro sin tapujos. Pensé en apósitos finos con la excusa de una quemadura reciente o tiritas en las cicatrices grandes, que al final taparían todo el conjunto. Desembarazarme de mi máscara asidua precisó una normalidad por adquirir. Ensayé con un espejo que compré en una tienda de antigüedades. El primer día logré cortar la zona de la frente, donde convivían el pelo chamuscado y las raíces carbonizadas. La segunda ocasión apuré hasta la nariz, contemplé hoyos, depresiones profundas bajo mis ojos en ríos negros que impedían mis lágrimas y golpes de estilete en la nariz oblicua. En el tercer intento le tocó el relevo al resto del rostro, la boca cincelada como puntos de sutura y la mandíbula con un rayo partiéndola. La apreciación completa de mi cara me oprimía el corazón por mi fealdad, que causaba rechazo. Nunca disfrutaría de una evolución como cisne o mariposa, porque el daño residía en mi aspecto además de en mi interior. Aceptar lo grotesco supone la maduración, poner delante el aspecto espiritual. Suena bonito, pero no lo oyes en la calle cuando te reciben con los apelativos de «Toquemao» (no es un familiar de Torquemada), «Freddy» (un villano famoso de terror) o el simple y más doloroso «Monstruo». Repetí la operación de desvendaje durante una semana entera hasta conseguir salir a la calle con mi aspecto natural. Rastreaba en los periódicos las ofertas de empleo redondeando un máximo de dos, porque encontrar uno conllevaba un sumo esfuerzo por los escasos trabajos disponibles. Tuve la tentación de trasladarme usando mi habilidad para que no me vieran, pero quería resarcirme de mi miedo para entablar conversación. No permanecería de nuevo en el catálogo del antisocial. Unas cagadas de paloma arruinaron mi chaqueta. Los insultos defecaron en mí, pero ambas mierdas no me afectaron porque usé tanto la papelera mental como la física.

Caminé hasta Mercamadrid para posicionarme en una labor de mozo de almacén. La actividad frenética podría desviar la atención en mí, pero mi singular *careto* atrajo miradas con curiosidad. Un encargado posó sus ojos con la desgracia reflejada en el rostro, me tomó como a un afligido por una pena o un descarriado, lo que me facilitó un puesto de trabajo. El trabajador veterano de barriga almidonada, brazos prietos, con los ojos del color de la avellana, me dijo:

—Pasa al almacén, tras un palé de cajas, verás una oficina; allí el jefe de personal te dará un contrato de fin de obra. Hoy, por lo menos, comerás caliente, amigo.

No quise sacar del engaño a mi nuevo compañero para introducirme en la empresa. Firmé por un sueldo que no era una ganga, pero servía a mis planes. Debía rodar para vencer los círculos que cerraban la Organización. Apilé cajas, conduje el montacargas, llené los camiones, pero sin ir a ningún punto más allá del de control. Transcurrieron semanas para ganarme una reputación de eficiencia, cumplimiento y, ante todo, velocidad. Competíamos entre los miembros de la empresa en un circuito enorme sin circulación vedada, *padock* o bonitas azafatas que nos tiraran champán por la cabeza cuando traspasáramos la verja del almacén, pero en cambio mi fama de conductor audaz la vi galardonada con tapas y unas birras gratis. Al jugar en el gran premio, conseguí un lugar en el podio; «Tucán», un chileno de rostro huidizo, ojos herméticos de color verde, nariz igual que el ave, con andares chulescos y una estatura superior a la media. Vestía su cabeza con un inseparable *pipo*[1] verde sin importar la estación. Él dominaba un subterfugio de las descargas no cifradas, un alimento para el mercado negro. Los jefes miraban al huerto mientras no dejaran huecas sus manos. Entré en esas otras carreras con un apretón de manos y un código de conducta breve.

—No miramos la carga, nos la quedamos ni preguntamos estupideces. Soltar y ganar pasta —dijo Tucán.

—Los automóviles me pillaron mayor para exigir nada. Soy como los monitos.

---

[1] En argot, sombrero de lana pequeño.

La primera excursión guiada por el jefe chileno del tráfico oculto tuvo consecuencias. Salimos desde Mercamadrid en los tráileres pasadas las dos de la madrugada. Disimulamos con una cena en la que reinaron las cartas trucadas, los amagos de guiños falsos, un barajador demasiado astuto junto a una mesa de patatillas, cacahuetes y la rubia espumosa. En el *parking* seleccionábamos al copiloto ajeno a la empresa, tipos que contaban con un arsenal de mercenario aparte de su mirada asesina; Tucán los comandaba. Cargados de respeto, hundían sus cabezas ante el que unos minutos antes bromeó e incluso se reía de sí mismo. Aceptaba las burlas por su apéndice nasal e incurría en tropezones con el aceite derramado. Apostaría por él para nominarlo a los Óscar.

Viajé en la cabina junto a un sicario de México, él mismo me presento sus fechorías:

—Reinaldo para usted, *güey*. Destripé muchos puercos con la sierra, disparé salpicándome sin apartarme. Si me desafían, no doy la espalda como un cobarde. En mi tierra me llaman el auténtico macho cabrón. Sicario de Veracruz, hermandad de los Coyotes, mi apellido de sangre. Corre aprisa y deja el bulto donde te diga.

Aparenté un miedo respetuoso, tragando saliva, abriendo los parpados y esbozando una sonrisa afirmativa. El orgullo ante mi terror anunciado lo relajó, porque desenfundó la lengua:

—Te preguntarás cómo Tucán es el jefe teniendo en sus filas a miembros de diversas razas y mafias. Saciaré tu curiosidad, porque estás adiestrado en la obediencia del palo y la zanahoria. En tu mirada, *joputa*, leo que acelerarás si te lo pido, frenarás o aparcarás para esperarme, porque de lo contrario en esa frente hundiré un petardo. Menearé el sobre pactado para que avances como el burro sumiso que eres. El chileno nos salvó de nuestras tierras por la persecución que sufrimos algunos por un fallo, líos de faldas con la mujer inadecuada o un intento fallido de usurpar la corona. Él nos proporciona dinero a espuertas, cambió nuestras nacionalidades, derrotó a los jefes de nuestros clanes hundiéndolos en el fango, incluyendo al que no se adhería a su fusión. Nos abasteceremos en el parque de San Isidro, en Carabanchel.

El rugido del Pegaso despegó las ruedas enormes. Conduje adelantando a la mínima oportunidad. El carril izquierdo, mi habitual, porque mejoré inclusive la permanencia en él a la de un móvil de contrato. Cegué con fogonazos cual linterna con los focos a cuanta tortuga encontré vallando mi velocidad de liebre. Reinaldo indicó:

—Callado, pero rápido, pendejo. Nos sobrara el tiempo y podré vaciar mis huevos en una hembra. Espero que no sueltes la canasta como pilotas, porque parecerás maricón.

Una atípica selva de árboles dominada por la sombra nocturna, un hueco abrupto en la tierra, la obstinación de un sabueso. Los secuaces desenterrando bolsas con guantes negros, azarosos trabajaban en cadena para depositar la mercancía en el tráiler. Reinaldo supervisó la entrada en las compuertas con un ojo tan avizor que propinó sonoros puñetazos a dos simulaciones de mozos de almacén. Ellos le pidieron disculpas, pero con eso cantaron línea para una nueva descarga en el rostro.

Las manos al volante para acelerar a la mínima señal. Nada de música o tamborileo de dedos que distraería una rápida reacción. Observé que aparte de mi vehículo ningún otro ocupó aquel parque para el consumo de botellas, inhalación de humo blanco o sexo. A buen seguro, las acciones violentas lo desalojaron para mi llegada. Ladeé el espejo retrovisor para reducir los ángulos muertos, escuché un par de golpes en la chapa del camión y miré en dirección al sonido. Cerraron los enganches junto a los pasadores con candados de triple cadena, esperé a que Reinaldo reclamara las llaves de estos, pero ordenó que se deshicieran de ellas advirtiendo «Nada de escupirles tierra por encima, pendejos, las tragáis, fundís o metéis por el culo, pero nadie debe encontrarlas, huevones». El mexicano abrió mi puerta contigua para abrochar su cinturón sin mediar palabra, señaló con el índice en un punto indeterminado del parque. Accioné el motor derrapando por la repentina salida. Salí del parque girando en ocho ocasiones a la izquierda, viré doce veces a la derecha, tomé la tercera salida de una rotonda en cinco oportunidades para circular por un coto de caza al que me insistió que accediera. Las verjas tiradas en la superficie, unas circunferencias raídas en el metal. Los letreros ocultaban las vocales y quedaron así «C T D C Z». Las luces largas enfocaron un barrizal con una pequeña casa de apero, las tejas competían entre sí amontonadas para situarse en lo alto de la torre, la piedra, su pilar y la estructura de la construcción.

—Entremos la merca, capullito.

Tiré del picaporte bajando de un salto mientras Reinaldo asía un cinturón del que desprendía las llaves de los candados; quise ayudarlo, pero negó con la cabeza aduciendo:

—El patrón manda. Tú cargas, yo abro.

Cuatro lonas tapaban una carretilla con cuerdas atadas a sus manillares, una bolsa de cuero blanca alargada a lo alto y siete de plástico forrando lo que supuse un mueble por su fisonomía. Accioné la rampa para bajar sin producir desperfectos. Primero, el trasportín con ruedas para agilizar la descarga. En cuanto apoyé los neumáticos, me dijo:

—Para la casucha.

El exterior parecía lamido por un vendaval, pero el interior variaba por el lujo; cristales adiamantados colgando cual estalactitas, columnas apiñadas de brillantes y arcos de oro con una alfombra desdibujada en la que leías «Bienvenido al subterráneo». Caminé por el recibidor lujoso para toparme con una cancela cerrada y a su lado izquierdo un portero automático. El mexicano me apartó de los botones para tocar el timbre con el soniquete de una ranchera, noté la verja debilitar su cerradura y entramos en una estancia sin ventanas, vacía de mobiliario o decoración, pero con una apertura horizontal a la altura de la cintura.

—Pasa por el hoyo. No temas, no me adentraré en tu carne blanda, poco hombre.

Receloso por si decidía darme carrete, me agaché cauto empujando la carretilla por delante, pero lo enfurecí.

—Retrocede, pisahuevos, siéntate agarrando la carretilla y arrástrate de espaldas. Al llegar abajo, deja la merca encima de la mesa. Sube después por las escaleras a tu derecha.

La extensión de piernas, un comando de trasero que poco me facilitarían imaginar que proferiría un grito por el deslizamiento repentino. Un tobogán de caída suave con una línea al nivel del suelo que preservó más la carga que mi cuerpo. El aguijón de la abeja en el trasero, zarpazos en los brazos y el revolcón de una vaquilla, todo junto de una vez. Afiancé la estabilidad del medio de transporte situándolo junto a la pata de la mesa. Con la reticencia de mi cuerpo a abandonar el dolor, me encaramé a los escalones cavados en la piedra (picados lo justo para colocar los pies). Saqué la cabeza por el pozo no vertical recibiendo una sonora carcajada a la que siguió:

—Vamos, puto, te embarraste bien, cochino. Ándale a por el próximo.

La condescendencia terminará, asfixiaré tus palabras y quemaré tu dinero para cercenar tu vida, no sin antes descubrir el paradero secreto de las piezas del reloj. Aguanta, el ocaso le llegará.

Desvié el raíl de mi locomoción bajando cual tobogán porque en el último segundo forcé los músculos y tendones en una presa constrictora sobre los bordes de la rampa. Golpeé el bulto grande anudado para desvelar la presencia de madera tras la tela. Lo ubiqué pegado en la pared contigua en vertical, ganando el juego de la torre de cartas, porque ni un viento poderoso volcaría la materia del árbol. El último tañido en conferencia de metal contra acero, la bolsa pequeña ligera en apariencia, pero la más pesada en contenido. Las manos escalaban cuando percibí el cosquilleo de un silencio que adelanta al sepulcro. Una risa distanciada del escondido opresor que batearía al transportista para sacar la bola fuera. Identifico la guarida con un signo positivo. La amenaza me aguarda con un intento de asesinato. Hora de ajustar cuentas. Adelanto los segundos e incluso los minutos, acelerando mi cuerpo físico en el espacio tiempo. El mexicano apunta con una metralleta M-16 mi posible salida, un iluso al que rebasé convirtiéndome en su sombra. Le dejo escuchar el *clic* metálico, la irrupción del gatillo y la ignición de la pólvora, que finaliza con una evasiva directa a su cerebro, a la que añado un epigrama: «Te cogí, machito».

La detonación no atrajo a guardias porque nadie coexistió en ese espacio, solo el cadáver y yo. Al hombro con Reinaldo, caminé entre matorrales para tirarle algo de tierra por encima; no merecía ni un funeral exiguo. Salpiqué de zarzas el ataúd de arena para que los perros no probaran carne malvada. Pensé en ocultar el tráiler, pero recapacité y lo dañé, escenifiqué así un ataque. Rompí las luces delanteras, traseras, la luna frontal más la de los lados, y pinché las ruedas con una navaja en puntos finos para semejarlos a clavos. Paciente, enrollé un cigarro para colar humo en la noche; los signos de un indio solitario que fuma en una pipa diferente a la de la paz. Las caladas profundas desnudaron el tabaco, pisoteé el filtro colocándolo entre las tejas para que pasaran por el aguinaldo. Una limusina daba las luces a la casa, ignorando el vacío dejado por el mexicano. El chofer miró a su copiloto para posar los ojos en el que viajaba en el asiento de atrás, que movió la mano derecha como un perro de sombra china. Un bocinazo, dos seguidos, una pausa, tres intervalos de sonido y silencio, pero nadie salió a recibirlos. Bajó el servil conductor para abrir la puerta al mandamás; a cámara lenta, reverenció al ocupante del vehículo, que parecía perdonar el hecho de que lo mirara directamente. El copiloto mostró su Uzi sacándola de una funda en sus pantalones, barrió con balas los alrededores de cintura para abajo. Pasó la mopa con disparos certeros a mi camión, detonándolo. No el hongo, sino una seta de la guerra manchó la visión de multitud de estrellas.

El chófer esperó dentro del vehículo con la radio puesta, pero aun con escaso volumen movía la cabeza con el ritmo de una canción electrónica. El guardaespaldas del jefe precedía a este con una camisa blanca de rayas azules cruzada por tirantes, pantalón de lino y botas camperas. El cabecilla, engominado, con un traje de pingüino, andaba con los brazos detrás de la espalda, olfateando de vez en cuando. Miré al dúo de idiotas calculando quién sería el primer incauto en recibir el beso de la bala. El secuaz andaba despreocupado con el arma mirando al suelo. Doblando mi rodilla, nivelé el punto de mira. Marcó la diana su cabeza ubicando el punto rojo en su frente, disparé. Un burro que perdía la caperuza. El jefe subió la nariz al cielo sorprendiéndome, porque clavó sus ojos en mi dirección; maldita brújula olfativa percibe el olor de la pólvora. Recargué para fulminar al sabueso, pero no lo encontré. Bajé de un salto justo a tiempo porque una ráfaga de Kalashnikov agujereó al árbol como una colmena. Un rival de poder, esto me recuerda a antaño, la academia, la muerte de mis amigos. Te incluyo en esa categoría, Calvino, aunque restituí tu honor con el asesinato. El conductor dio marcha atrás derrapando en un festival de barro que poco podía controlar, su iniciativa cobarde lo pagó con la luna amortajada, pues descansó sobre ella. Un disparo a punto estuvo de alcanzarme, así que me escabullí entre espinas pisando el cementerio improvisado de Reinaldo. Unté su sangre en mi rostro, embadurné mi piel con el hedor de la muerte reciente, adhiriéndome tierra. Clavé el rifle de francotirador humeando, al que sofoqué con fango. Vi muy próximo al perro dirigente, los plásticos tirando de su piel en arrugas y bolsas, una nariz picuda con pelos sobresaliendo junto a ojos cuasi cerrados con la boca plena de colmillos en la que no existía ninguna muela. Su mano estiraba el aire como tirando del perfume del fuego disparado para encontrarme. Esnifó el perfume rociado en mí para acercarse sin prever que el estado catatónico era una mentira a su idolatrada nariz. Su pie partía una rama que siguió con sus oídos para presentarme delante de él segando su vida con una navaja. Mi segunda vez con un arma personal. Mancharé con la sangre del culpable de mis desgracias a la tercera.

Registré toda la documentación de los perecidos con ahínco en el vestido de pingüino. Un ejercicio inservible, porque digerí aquellos papeles como basura reciclada. No confundieron a una vista experta porque la falsedad calaba en ellos. El vehículo contrajo un nacimiento inesperado, el alumbramiento de una verdad contrastada. Al tocar el mando de controles, quedaron registrados en el mapa interactivo los almacenes con una señal inequívoca una *rueda con alas*.

Capítulo 26

Mi maestro, silencioso, de paseo por la actualidad, sin escoltas ni perseguidores, una chanza, el disparate consumado, ¿por qué me abandonó a mi suerte? ¿Será un traidor o un aliado distraído? ¿Los vientos del cambio no le afectan y no acepta su papel? Maldecirlo, alegrarme por su supervivencia o encontrarlo para pedir explicaciones. Batiría las opciones para preguntarle y criticarlo sin olvidar el entusiasmo por verlo de nuevo. Apuré el desayuno con Amanda, que indagó en mi cabeza con una mirada reprobatoria. Deslicé mis dedos junto a los de ella, calmándola.

—Quizá te ponga en peligro, pero confío en ti. Te amo. No soporto el distanciamiento, aunque sea nimio, entre nosotros. Ayúdame con el relojero, por favor.

Rascó mis cejas delineándolas con el índice para bajarlo por mí nariz y darme un *gong* en ella; añadió:

—No necesitas súplicas conmigo. No me separaría de ti aunque adujeras riesgo para mi vida. La conexión de nuestras almas es demasiado estrecha. Te echaré un capote, pero no a puerta gayola. Armémonos y preparémonos para los tiempos difíciles. Al igual que sano, calibro en la atmosfera la tensión, el conflicto, la tristeza y el aliento último. Debo decirte que las previsiones de todo esto son muy certeras.

A pleno día, sin mayor arma en el cuerpo que la convicción de maniobrar según lo correcto, tomamos el rumbo a un almacén inesperado. La ceniza descansa. Los vivos prestan atención a la imagen grabada en las lápidas cuando muchos de ellos piensan en los caídos que no se levantan solo cuando tienen esa representación delante. Los ramos florales cambian de tumba a tumba por desaprensivos. Barre la calle el encargado del cementerio, obcecado en acaparar más hojas de las que da el recogedor, y ningún visitante llora entre las grises piedras. Camino hasta un árbol pelado, una «V» grabada en su pecho de madera. Miro a los alrededores para acreditar que no nos ven ojos extraños. Me agacho tras excavar con puntapiés en la parte trasera del manzano. Las manos rastrillan una tela salpicada de tierra que exhumo en tierra sagrada. Tanteo el peso y la longitud para adivinar el objeto «tras el escaparate número uno». Amanda se ofrece para descubrir el premio como una hermosa azafata, pero el añadido de especial por parte de Alberto me concierne de una manera que no logro entender. Destripo el embalaje de tela con el nerviosismo de un niño ante un regalo para hallar una espada, no un florete con la empuñadura en copa y el filo abotonado para la práctica. El arma, afilada como un hueso prehistórico; el filo, acerado fundido por lava y enfriado con hielo. Una reliquia olvidada, el objeto de homenaje de los escandinavos y germanos, la Eskermie. Un paso del dedo atolondrado me costó hilos de sangre, que ignoré por la maravilla de acero en mis manos. El peso se desajusta a mi capacidad física, pero esta espada bien merece la práctica intensiva. La tapé con el tejido disimulando en la mayor medida la figura para no perderla por una requisición policial u organizar un tumulto entre el gentío. Amanda trabó mi pérdida sanguínea colocando pulgar e índice en mi muñeca, igual que un río vuelve al cauce, el líquido rojizo retornó cerrando la herida tras de sí con un sellado invisible.

La falta de documentación al respecto no desapuntó mi sentir, porque al sostenerla el contenido de su historia se esparció en mí. Escuché el clamor de un rey vencido, la proclamación del nuevo, el traspaso entre generaciones, la nueva hornada no tan avezada como la vieja. Necesitaba un estuche para guardar el arte de la muerte y no pasearla. Caminamos sin idea premeditada, un maletín grueso, una maleta de viaje o incluso forrada con celo, o en la socorrida maleta de deporte. Al atravesar el cementerio, colindando con el Bar de Balada Triste, vimos una tienda de música en mi barrio. Órganos electrónicos, guitarras de la misma variedad, *samplers*, altavoces, micrófonos, una batería en el escaparate principal junto a un saxo y un violín Stradivarius que desacredité por considerarlo réplica. El rótulo recargado, Casa Musical de la Música, con bombillas led, y el conjunto de novedades disuadía de poder comprar el vendaje al arma, pero aun así entramos. Al atravesar la puerta, oímos un tronido musical, la estampida de platillos por parte de una baqueta enrabietada descontrolada en ritmo y tono. Miré al fondo de la sala para encontrar a un hombre de unos veinticinco años, desconectado del mundo a la par que de su clientela mientras durara la partitura que tenía delante. Expresaba con los martillazos a la batería un himno de batalla exaltado con poco de marcial. Blindaba su cuerpo con energía anárquica pese a leer un pentagrama.

El culmen del concierto lo alertó de nuestra visita, enjugó el sudor con su polo verde, dejando el órgano musical con un mimo especial, un espectáculo raro por sus maniobras al mando de la marcha nada melodiosa. Las chanclas hawaianas parrandearon como su dueño, que se aplaudía coreando su nombre: «Hugo, Hugo, Hugo». Al verlo de cerca, la melena castaña consistía en lacios bucles deshechos que no llegaban a la categoría de rastas y una cara amarillenta que manifestaba una enfermedad en primer grado. Si tuviera un boli, añadiría en una cama de hospital que padecía hepatitis. Unos ojos iguales a yemas rojinegras por el derrame de muchos capilares del iris, las orejas de elfo picudas y una boca apedreada por labios amoratados de consistencia desigual. Su cuerpo, a medio camino entre el deportista ocasional y el corredor que apura los kilómetros para comerse el próximo banquete convencido de que lo ganó.

—Tremenda canción, ¿verdad? Cuenta el invierno de los lobeznos en Alaska, una obra mía, por supuesto.

No quise herir el orgullo de Hugo, por lo que abrí la boca con la expresión de numerosos invitados a un concierto, la exclamación de la sexta palabra del abecedario, el círculo vocal:

—¡Ooooh! Original, casi oía el ululato.

—Un cliente que entiende de música; me hartan los clásicos, los modernistas y la impresión que tienen todos de que el solfeo no exime al genio. ¿Qué buscas, compadre?

—Una funda... —Paseé los ojos para cuadrar un receptáculo no demasiado holgado ni reducido; lo encontré en una protección para una guitarra—. Ese estuche con broche, el que cuelga junto a la puerta.

—Por tu buen gusto, ganaste una rebaja del diez por ciento; una ganga, amigo. Queda en veinte euros justos.

Pagué al contado con la impresión de deber un favor. Hugo cogió el dinero algo tenso, esperando una pregunta que por mi parte no llegaba. Él inquiría con los ojos el punto de la interrogación, movía los billetes en la caja demorando el cierre de esta y nuestra salida de la tienda. Nervioso, preguntó:

—Aún te falta algo, ¿verdad?

Lo miré como detenido en un paso de cebra con el semáforo en rojo, alertado. Saqué a relucir una cuestión práctica pero no razonada. Asalté mi desconfianza. La probabilidad de acierto no cabía en la palma de mi mano por la poca consistencia de hallarme frente al elegido. La prueba restaría complicación a los atisbos de duda. Saqué un trozo de tela con una esfera de cristal opaco, la ruedecilla de un reloj digital y uno de cuerda. El mecanismo de sonido artificial con un trozo de caja musical del cuco. Un batiburrillo para confundir a un inexperto o presentarme al genio. Lo deposité en las manos del músico autodidacta, que tarareó el *tic tac* con los dedos dispuestos a operar. Sentado, alejó las desiguales que no concordaban. A los instrumentos semejantes los compuso en una pequeña torre de babel para mí, pero en la que él hablaba muy fluido. El lenguaje del tiempo no entrañó ningún problema para Hugo. Miramos al autor de la canción de los lobos en Alaska con una alarma interrogante, incrédulos con el escepticismo hormigueando. Efectué un saque interrogando:

—Antes eras relojero, ¿verdad?

Me devolvió la bola rompiendo el servicio.

—Mi primera vez, aunque de lo otro aún no he inaugurado a mis colegas que cuelgan. —Tiró sin ojo de halcón porque olvidó la presencia de Amanda, y antes de cantar un *out*, dijo—. Ups qué guarro. Perdona, he estado tan entretenido que solo veía el reloj funcionando.

—¿Te lo imaginaste montándolo o solo con las piezas desperdigadas?

—¿Puedo confesarte algo?

—Adelante, Hugo.

—En cuanto superaste el dintel, aunque tocaba, oí un sonido de pájaro. Te vi viejo, y a la chica, con un bisturí etéreo, una especie de aura de curandera surgía de ella.

Al constatar sus retratos en una primera ojeada, caminé hasta la puerta para cerrar, dejando a la vista el cartel de no disponible, aunque preveía que la clientela no acudiría hoy. Hugo asintió y dijo:

—Soñé con salir de aquí, ¿es correcto?

—Mucho más que eso, mucho más que eso.

Expliqué en telarañas nada complejas los entramados de nuestra misión. No interrumpió en un descanso para ruegos o preguntas, permaneció callado y entusiasmado. Manifestó su deseo de embarcarse con nosotros apuntando que su tienda quedaría a la deriva en manos de un comercial que la pretendía, al que se la traspasaría sin dudarlo. Nos reveló que cuando dormía movía las puertas correderas de su mente en el reino de Morfeo y lo que allí veía sucedía en muchas ocasiones en la realidad. Intercambiamos números de teléfono, direcciones y le advertimos del peligro, por lo que no nos volveríamos a ver hasta que acordáramos una cita previa. Salimos de la tienda despidiéndonos como clientes ajenos a todo el plan, y Hugo volvió a aporrear la batería en su rutina habitual.

Regresé a casa con Amanda sorteando en la mente la decisión de no ejecutar una vigilancia sobre Hugo. Ella, cuasi bruja, adivinó el fallo de mis pensamientos, que caían en el mismo bache.

—Antonio, tranquilo por lo que me contaste, la presencia continúa junto al relojero joven, alerto a los cazadores. Confía en tu criterio. Lameré tus heridas y tus zonas sanas, ¿eso te distraerá?

—Ya no pienso en otra cosa.

La colcha destronó la cama, la madera crujía con los remates del cabecero, el muelle simuló la risa de una anciana constipada. Las sábanas de nuestra piel subían y bajaban con roces de cariño. Acerqué su rostro al mío para confesarle.

—Amanda, deberías llamarte amor. No paré de pensar en ti, por fin contigo de nuevo.

—Tus ojos hablan por ti, de tu boca deduje lo suficiente en nuestro primer encuentro. Te amo, Antonio.

Pasé mi mano circunvalando pezones y glúteos, detuve mi rotonda para fabricar un sendero llano, profundo en forma líquida. Un lago artificial en su vagina a la vez que igual que un rotulador ella bajó mi caperuza, besándola. Un sesenta y nueve perfecto. La jauría entró en la jungla de nuestros ojos, las bocas mordían, las manos palmeaban exigiendo un ritmo acalorado de potencia aproximada a la de nuestra pasión. Los gemidos sonaron en estéreo por los besos que ladeaban cuello y rostro. Apreté su cuerpo contra el mío con cambios de posición para acabar montando a la indómita jinete. Caímos exhaustos abrazándonos y mirándonos de iris a iris. Arrimado a su cuello, me escondía para preservar su perfume, ella rehuía mi picaresca ojeada con una vergüenza que la convertían aún más en deseable. Nos acomodamos las almohadas para hablar después de conversar los cuerpos.

—Pensé en abandonar la misión, pero contenía la respiración seguro de que no era el momento, como un deportista que no consume litros de agua antes de un esfuerzo por el flato. Tenía la seguridad de que si desertaba, no abanderarías mi regreso. Expliqué incluso mis sentimientos a Alberto, que rompió su posición de armadillo para expandirme un oído y una voz calmada para mí, pero irradiada de venganza para sí.

—El intermedio entre nosotros, el *impasse* solucionó mi aversión a entablar una relación, pese a que te vislumbré como pareja ideal. Alberto vive en el resentimiento, aunque contigo muestra una parte que solo el tiempo curará. Pese a todo mi poder, nunca le pude ayudar.

—Amanda, pasemos los días en pareja, atareados en la diversión, ocupados en amarnos para invertir semillas de futuro. Una pregunta, ¿cómo frenaste mi conversión?

—Lo desconozco, solo te besé por la necesidad de nuestros corazones. Antonio aceptó tu propuesta, aunque no he traído el cepillo de dientes.

—Completaremos la mudanza. ¿Quieres ya tu juego de llaves?

Las cosquillas y el sexo plagado de amor cerraron la disputa jocosa.

Capítulo 27

La marca de los guardianes del tiempo me señaló las ubicaciones de una decena de almacenes diseminados por Madrid, sin bloc de notas, como Juan; móvil o cámara de fotos, en honor de Antonio, grabé los datos en mi cerebro recordando mi instrucción en aquella jerarquía piramidal, obsoleta y dictatorial. Salí del parque limpiando la escena del crimen con tanta eficiencia que ni los grupos forenses ultraavanzados televisivos que solucionaban la prueba del ADN en apenas veinticuatro horas tuvieran un pelo, trozo de piel o gota de sudor que me incriminara. Extrañaba al muchacho que de inicio comenzó tenso, sujeto al disparador del arma, desconfiado y perdido en vicios. Truncó su racha negativa con Amanda. La visión sobre ella le cambió igual que me paso a mí con mi mujer. Relajado, alejado del percutor, seguro, con la abstinencia de licencias perniciosas, ahora parece un cristal reluciente. Juan dejó plantado al muchacho, lo atraparon o... Justo en medio de mi disertación, lo vi parado frente a mí. Volteaba una cadena de hierro igual que una onda con una mirada desorbitada mientras lanzaba el puño izquierdo en un arranque de motivación propia. Vaqueros raídos, su camiseta de calavera, el pelo rapado al cero, lo que eliminó sus púas erizadas, y los ojos no absueltos de una culpa por cumplir. Zafó la distancia corta que nos separaba con un ademán preciso de ira incontenida. Soltó los eslabones al aire, que voltearon igual que sombrillas poco apuntaladas en la playa. Confundido, no esquivé la bola de acero que me acertó a pocos centímetros por encima de la ceja derecha. Un flan no firme mis piernas, que equilibraron mi cuerpo para increparle:

—Suelta el látigo o te amaestraré como a un león famélico.

El hierro no emitió ningún silbido, lo que dificultó mi reacción; aun así, falló en la quiniela de impactos, el turno de la dialéctica terminó. ¿Amigo?

Pasé al modo de ataque con las manos abiertas mostrando la nada e interceptando una mirada directa. Juan coló su cadena cimbreando el aire, aunque demoró tanto el lanzamiento con movimientos propios de *cheerleader* para distraerme que consiguió justo advertirme de su manejo. Repetía un patrón característico, conté los giros como un bailarín una nueva coreografía y detuve su hierro oscilador con las manos. Tiramos de él para hacerlo regresar cada uno a sus manos en un quiero y no puedo. Miré sus ojos de hielo glacial, agachó la cabeza para no ofrecer una visión clara, por lo que deduje una estratagema. Relajé el agarre para que tirara con todas sus fuerzas, hinchó sus venas del cuello debido al esfuerzo, obviando que la presión por entero en un punto tensa los miembros. Ese anquilosamiento, la parálisis momentánea, me permitió aprovecharme de su fuerza para propinarle un puñetazo en la barbilla. Le afectó tanto que el espejismo ventiló su espejo reflector, sus ojos cambiaron a un tono violáceo, la fosa desigual de su nariz se igualó, el pelo cobró el color del platino e incitó a solventar una mudez fingida.

—Alberto, el traidor buscado, la punta de lanza de la rebelión, el enajenado, la mascota que obedecía sin chistar tiene un pupilo nuevo. Marcas en tus allegados una cruz sobre sus corazones, porque los mataremos al igual que hicimos con tu mu...

Su cuello torcido, mis manos agarrando las cuencas oculares para vaciarlas del espanto que me devolvía a un tiempo jamás olvidado. Un ilusionista cayó porque el payaso perdió su colorete. Terminé la pelea del chico. Rompí el péndulo del enemigo, aunque oí a mis espaldas un maullido desgañitador que me pareció una despedida del felino herido. Traté de disparar al gato negro, que se perdió en los arbustos con una agilidad y velocidad indignas de su naturaleza, porque las superó en el primer salto de tronco a tronco. Mi puntería, no tan fidedigna de muerte como la de Antonio, ayudó a dejar al ronroneador suelto. Supe en cuanto abandonó mi campo de acción que sus garras volverían a por nosotros. Me marché del parque corriendo para no perder la opción de prevenir su ataque. Odiaba la modernidad, el hecho de estar localizado en todo momento, por eso jamás portaba un móvil, aunque en este momento habría acelerado el mensaje. No conocía, tampoco, el número de teléfono de Amanda, porque secundaba mi afición a la desconexión del mundo, ni el de casa del chico, aunque estaba al tanto de su dirección. La distancia retrasaría demasiado mi aviso. La aflicción congeló mis pulmones para desmontar el mito del cansancio. Superé la barrera de este porque no soportaría su perdida. A medio camino, en el Bar de la Balada Triste, un grupo enviado en mi busca hizo aparición secundado por la voz del mamífero doméstico antagonista del perro. La clausura atípica del local, el circuito de seguridad montado para mí, los secuaces vistiendo la seña de los guardianes del cielo, todo preparado para mi ejecución. Un rápido vistazo a gomina, laca, fijador, ropa elegante y miradas de novato azuzadas por un veterano que los ponía en guardia con el pelo erizado y las garras prestas al combate. La partida de billar se inició desperdigando balas los iniciados con la mandíbula abierta por la excitación de ver por primera vez la sangre. No tendréis la fortuna de hacer caer a este ilustre. Los proyectiles caían con la pólvora quemada igual que mi rostro, y mi Kalasnikov prendió el fogonazo para aniquilarlos. Carne joven e inexperta, aprendices de todo y sabios de nada que morían incrédulos ante mi desaparición momentánea hasta que aparecía para su asombro con la guadaña rusa.

Los diseños de una guerra entre bandos confunden por la diseminación arbitraria en jungla, desierto o cemento, aunque todos ocupan su suelo con los derrotados en posturas eclécticas. Mano a pata, los dos últimos contendientes. Traslado mi materia para dar por finiquitado al gato sin tregua ni paz cuando soy asolado por una visión. Ella. Hijo de puta, mi mujer no. La imagen prediseñada por el felino detiene mi mano del arma, lo que facilita el lanzamiento de un dardo a mi rodilla. La rótula, por una vez mis pies son de cemento. El dolor debilita mi concentración y mi poder se resiente. Miro con compasión la pantalla creada para vencerme. Rubia, con tonos castaños, una flor de dorados y cobres su pelo, la cintura estrecha con un trasero respingón, la mirada tímida pero segura y una boca nada engañosa, porque sus palabras contenían verdad. Condenado por tu muerte, ¿vienes a castigarme en persona? La ilusión mueve su boca dándole una mueca de odio que nunca vi lo que da a mi cuerpo la ocasión para retrasar su final.

—Juega limpio, gato de mierda. Quítate el disfraz de mi esposa, sucio cabrón.

El mago del espejismo no varió su máscara corporal y repitió la virulenta sonrisa.

—Un traidor pidiendo un favor, qué acontecimiento tan inesperado, Alberto. Te destruiré por dentro un poco más antes de darte carpetazo. ¿Qué sientes al escuchar su voz cargada de odio? Tú la mataste igual que a los que diriges en esta nueva rebelión. No te bastó con una reprimenda, no, tú querías cambiar el orden establecido. Pelaré tu tristeza igual que una cebolla, capa a capa.

La frialdad, mi instinto crudo reculó porque la mirada de sus lágrimas me abrió heridas sin cauterizar. El ingenio e incluso el lenguaje sucio adoptado para suscitar una equivocación atrasan la posición, porque enfrente tengo a mi amor. Cierro los ojos predisponiéndome a un funeral temprano. La detonación, la dinamita de hierro volante no secciona mis neuronas, la canica galvanizada no rueda hacia mí, ¿por qué no hay explosión?

El maullido engullido por un rugido, el felino mayor cazando al animal doméstico. Abro los ojos con el miedo a ver a mi mujer entre las fauces del león, pero la cola del pequeño mamífero asoma por sus colmillos, por lo que respiro doble, me salvo el cuerpo y el alma.

—Abrí el contragolpe, Alberto. Cerremos sus ataques a la vieja usanza, amigo.

—Luis, tus llaves giran en el momento preciso. La rebelión continúa, pero primero salvemos a Antonio y a Amanda.

Le detallé la localización exacta mientras pulía el objeto para adentrarnos en una fisura temporal que crearía él. El quiosco, los bancos de piedra y el piso exacto constituían la base del diseño. El grabado relucía, pero desconocía el punto de entrada para utilizarla. Luis corrió hacia el bar y justo en su puerta giró la llave especial. El trago de ron sin hielo, la quemazón de la maquinilla al rasurar exenta de jabón, una deshidratación notoria en los músculos con vómitos de agua clara fueron solo el preludio de los síntomas por un viaje medido para no cambiar de época y traspasar las líneas enemigas antes de su llegada. Un perro con el aspecto de cancerbero corría hacia nosotros con la boca abierta, ambos temimos el mordisco, pero nos bañó a lengüetazos mientras un ruso le exigía la vuelta a su lado pidiéndonos perdón. El chucho regresó al quiosco regentado por el soviético con ganas de salir, impedidas por las cadenas que le colocaron en pecho y cuello. Con el *jet lag*, escuchamos retazos de insultos unidos a los cotilleos de la vida sentimental de media calle, pero permanecíamos atentos al vacío de fregonas por parte de las locutoras vecinales. La calle mixta de modernidad, antigüedad, dirigentes y obreros. Una comunidad variopinta reflejada en la arquitectura de los arcos de piedra, el mármol en adoquines, las columnas jónicas y unos pórticos recargados.

La probabilidad de frenar la avanzadilla la calculé en un veinticinco por ciento. Mi optimismo llenó el vaso al máximo. Resté la ventaja de usar nuestros dones porque no disponíamos de la concentración necesaria, el vahído duraría cuando menos quince minutos. La irrupción en el terreno de los enemigos no vino precedida de una marcha militar con un redoble de tambores, el sonido de la corneta o una refriega contra los vecinos a los que consideran basura. De una furgoneta de ebanistería bajaron trabajadores con monos negros con un logo apenas disimulado de la Orden de los guardianes, porque encerraron las alas en la rueda delantera de una moto. La jaqueca de las aerolíneas aún medraba nuestra participación, por lo que le indiqué a Luis que nos escondiéramos. Los rostros dobles cooperan para no centrar a los objetivos, pero igual que una corona distingue al monarca, sentí la presencia de uno de los señores. La sola mención a mi mente la estimuló como una inyección de adrenalina, el chute amplificó mi hambre de venganza, por lo que preparé el filo de mi puñal.

Luis extendió las garras, cambió sus caninos humanos por unos bestiales, adoptando la máscara del león. Las rencillas del mandamás con el cerrajero empezaron por una intromisión en su negocio. Un día, el señor Sótano le ordenó que clausurara ciertos conductos para su uso personal y el de sus allegados; lo amenazó, destrozó su mesa de trabajo e incluso le robó una llave maestra ante sus narices. La ofensa delante de sus ayudantes, la infravalorada perspectiva que tenían de él atrajo una súbita negación en un desafío directo hacia al jeque de las catacumbas. Facturó el incidente con la matanza de sus asistentes y la reclusión en el castillo, aunque usó este último como pasaporte a la venganza. Nuestra sonrisa carecía de bondad o humor, simpatía o apego. Reímos ante la exposición de un general en el campo de batalla, una oportunidad de pagar por adelantado. Lancé un petardo para espantar a los tordos, utilicé el canto de la codorniz para atraer a la pareja, soplé el silbato copiando al pato. Grité para desagruparlos:

—¡Llegó el momento de vaciar la arena de vuestros relojes, guardianes!

Los hombres extendieron sus filas y separaron su formación igual que un acordeón desengrasado. Chirriaron las piernas, nerviosas, el frenesí se apoderó de sus manos porque perturbé su orden. El equilibrio mal edificado en la pirámide suscitó que la cuña de los no guerreros se fragmentara ante un ataque inesperado. La sorpresa tentó a la estampida a unos, la evasión a otros, pero el jefe los serenó con el terror a una represalia mayor, una muerte en guerra. No aludió a torturas o eliminación de lazos familiares. Su voz no los dejó indiferentes:

—El que abandone ahora, sufrirá las consecuencias durante mucho tiempo.

Los círculos de prohibido, el semáforo en rojo o el pitido que anuncia la llegada del tren no obrarían el nivel de permisividad de aquellos hombres consternados. Anodinos de ojos ceniza, apuntando a la nada con la laca fijando su amargura. Suspendida la salida nada honrosa, mantenían un puesto fronterizo abierto por los costados. En cualquier libro de estrategia militar o plano de guerras antiguas avisaban de la fatalidad de descubrir los flancos, porque podían rodearte o infiltrarse en tus líneas, masacrándoos. Rebasó la bandera el sol dando el relevo a la luna, hecho que me preocupó, porque añadía problemas al chico.

Capítulo 28

El piso contaba con una ventaja primordial, la entrada de luz solar y un silencio que solo entorpecían, en ocasiones, los vecinos con alguna disputa doméstica. Acostumbrado a los decibelios, olí igual que un perro, rastro de miedo unido a problemas. El desembarco en el piso poseía visos al de Normandía por la cantidad de combatientes, pero en vez de pisar arena blanda como una apisonadora muda, subían los escalones marcando el paso con sus botas militares. La acumulación en el rellano entre piso y piso me proporcionaría la oportunidad de sacudirme un conjunto de enemigos de encima. Aislé cada subida para cerciorarme de la pausa ascendente. Quité la cerradura de la puerta intentando no hacer ruido porque eso conlleva lo contrario. A ras de suelo, recordé el juego del comando en el que, apoyándonos en los codos, avanzábamos. El divertimiento infantil servía al fin. Monté un rifle de francotirador y lo pasé por una rendija de la barandilla próxima a la escalera principal. Las cabezas pasaban por el punto de mira para apelotonarse en el paso de fuego. Mis balas cantaron línea atravesando seis blancos. El desconcierto inicial duró lo justo para que la fortuna me diera un bingo con una veintena de objetivos abatidos. Abandoné la no segura vivienda para acceder a la terraza, el beneficio de esta consistía en que su entrada debía realizarse uno a uno, por las dimensiones reducidas del portón metálico. Me parapeté tras una chimenea a medio construir, de la cual quedaban réplicas diseminadas por la azotea. Amanda se escondió en la inacabada rampa de Papá Noel. La calmé asegurándole en voz baja:

—Nadie nos dañará. Confía en mi pericia.

El estoicismo, igual que el humo que nunca coló su cuerpo en los conductos, fue evaporado por el cataclismo de mi cuerpo. Los ojos abiertos en una piscina de cloro, las manos y piernas dormidas sin sueño, el corazón en vuelo altiplano me avisaron con retraso del cambio. El rifle quedó a expensas del viento. No acerté a recuperarme y en mi descuido no purgué a tres invitados no deseados. Amanda corrió hacia mí para alejarme del purgatorio cíclico de mi anatomía. Agarró mi cabeza tendiéndome su boca para conferirme el barbitúrico, el somnífero, el narcótico, la droga legal de un beso. Desperté del letargo eufórico con lágrimas de agradecimiento en el corazón. De nuevo salvado por el alma elegida que ponía el tablero patas arriba con su sanación. La abracé de cuclillas cargando balas para desforestar a las tres plantas que cuchicheaban entre ellas. El que me figuré cabo, dijo:

—La noche lo trastorna, acabemos con él. Haced fuego de cobertura mientras avanzamos entre los pequeños muros.

Segundo error de toda contienda, jamás detalles tus maniobras, a excepción de que mientas. Grabé los matasellos en sus frentes con un surco de la carga explosiva. La salida a pecho del cargo más alto, un desastre por sus andares precoces. Inseguro en el transporte del arma como un jugador de *rugby* inexperto, sucumbió a la primera detonación porque el fuego de cobertura no ocupó ni un tercio de terreno. Una barrida insulsa sin arrastrar polvo en el recogedor, un manejo torpe de la escoba con gatillo. Los otros dos olvidaron la timidez para acaparar un protagonismo de típico héroe bélico que muere acribillado, aunque la diferencia radicó en el número de balas usadas por mí, una para cada uno. El tiempo de descanso por la no interrupción de nuevos compañeros de juego en puntería me extrañó por las confluencias de efectivos usados por la Organización. Marqué un segundero cerebral mirando la sombra del sol sobre la terraza, conté hasta sesenta en veinte ocasiones. La calculadora mental presentó su resultado, veinte minutos de inactividad. Adelanté posiciones respecto de la puerta metálica, a tres metros escasos repetí la operación numérica y cogí el pomo para abrirla. Un actor secundario, el mejor del reparto, la estrella invitada hizo acto de presencia. Mudo de asombro, copé su silencio acostumbrado.

—¿Juan, qué haces aquí?

La pregunta lo divirtió igual que un chiste del que sonsacas el humor al final. No mostró hostilidad ni amistad manifiesta. Un robot esquilado de sentimientos, el androide de gestos sobrios sacó su libreta para escribir en ella: «Acompáñame sin preguntas». La última letra despuntaba como una señal de emergencia, un piloto de gálibo coloreado que indicaba la distancia de seguridad. Traté de conversar en un clima cálido, pero su frialdad con la muestra de sus dedos en una señal de tráfico para detenerme lo ponía difícil. Desoyendo las palabras escritas, pregunté:

—¿Tan fácil y sencillo como seguirte? Desamparado y cubierto de heridas por el abandono, pretendes que confié en ti. Caminas por la ciudad despreocupado del nerviosismo de los demás y aspiras a una redención. Tiendes la mano primero para apretarla después, Juan. Dame una sola razón para continuar el camino que tú dictas, una sola.

Los garabatos sobre el papel, plenos de rabia, terminaron en apenas dos parpadeos. Abrigué un monosílabo o a lo sumo dos, pero rasgó la hoja en la que no entreví letras, sino un dibujo. Me tendió el diseño de un orbe alado. Luxé los ojos en un estrabismo por la desconfianza del artista que aludía a mi rendición cruzando puño sobre puño. Sacó unas esposas con total convicción, esperó el vasallaje repentino. Mi obstinación lo exasperó. Lo miré para sacar las siete diferencias entre el rígido experto hospitalario y el vendido que volteaba los grilletes. El pelo de punta, la boca amodorrada carente de pulso, la nariz con la falta de simetría entre derecha e izquierda, la camiseta interior negra para el torso y el pantalón militar con una cadena de calaveras. El escrutinio dio el premio porque incluso en sus ojos bailaban los copos de nieve. Amanda interpuso su cuerpo entre los dos y dijo:

—Es bonito tu nuevo collar. ¿Engañaste a la rebelión desde el principio o forma parte de un plan intrincado? Antonio, Alberto y yo misma nos devanamos los sesos buscando una respuesta a tu desaparición, y aunque aparecía la traición, jamás pensamos que la cumplirías tú en persona. ¿Te compró Calvino o uno de los reyes de la Orden? No puedo comprenderlo. ¿Por qué, Juan?

—Me devolvieron muchas cosas, entre otras la voz.

El giro inaudito, la acrobacia de los acontecimientos, el momento del volteo, el vuelco a la situación. Piedra, roca, granito e incluso cemento pegado en los rostros, no por la mirada de medusa, sino por el ahora conversador. Una compra, el intercambio, el trueque de lealtades completado. Un secuaz de envergadura, el tutor de un señuelo para el joven alocado que ayudaría a encontrar a los disidentes. Farfullé con los ojos anegados, balbucí apretando los puños y masullé la impotencia de no distinguir al amigo del enemigo. Delante de mí, con su carencia de emociones, el cero sacado en empatía con los ojos embalsamados en cubitos, cansado de la espera, volvió a hablar:

—El mundo no es plano ni bicolor. Una persona buena a la que tú colocas en el tono blanco tapa sus grises y oscuros, bien con tu ayuda porque no los ves o esconde todo rastro en tu presencia. La farsa no dura demasiado, porque al relacionar al mismo individuo con otro descubre otro tono. Te pone sobre aviso, pero lo omites, prescindes de otras opiniones para catalogarlo según tu experiencia con él. Nunca conoces a nadie del todo, solo posees tu parte cromática, la que tu subjetivismo te brinda. Te erigen como una pieza de valor, el líder, la única alternativa, el benefactor que enfrenta al mal, pero ¿no matas? ¿Qué te convierte en mejor que la otra elección? Detendré tu lucha. Quieres una razón que puedas entender... Me conviene.

La locuacidad de Juan, sin intermediarios. Sobresale de un bolsillo el papel arrugado en el que las frases contaban como un refuerzo, un auxilio que colabora ahora en mi contra. Huellas de sal en mis bolsas oculares, el odio acumulado en los bidones de visión. Preparo mi arma para encender el fuego en su pecho. Confiado, avanza hacia mi punto de mira, lo que me desconcierta, conoce mi habilidad y se expone con tanta facilidad, no me cuadra. Escucho la salida de la ficha acelerada, la munición emitida con el matasellos a su corazón, pero no derribo la correspondencia. Sin certificado ni acuse de recibo, no existe orificio, agujero o boquete en su torso. Dispenso mi debilidad por la pérdida de sangre para comprender mi fallo, porque erré. Quizá el disparo desvió su trayectoria por un arrepentimiento inconsciente de última hora, equivocó la meta por el asalto de malas noticias o falló mi poder porque no me recuperé de la interrupción de mi transformación. Mil hipótesis acuden, pero todas las desecha mi contrario revelándome:

—Conviniste que mi habilidad radica en mi impermutabilidad, y ahí tu diana no acertó.

Incendiado de rabia, apreté el gatillo en una traca de fallas, aunque el *ninot* no ardía. Salvado de la quema, Juan giró sobre sus talones ofreciéndome la espalda para un tiro sin defensa que no efectué. Las andanadas previas me convencieron para no desperdiciar nuevas que se solucionarían con el mismo dictamen del jurado. Convine con Amanda una directriz rauda:

—Lo entretendré; busca ayuda, no podre con él yo solo.

El nuevo miembro de los guardianes replicó:

—Ganaste en sensatez en mi ausencia, muchacho, aunque tu gallardía me preocupa. Ambos vendréis conmigo, os necesito a los dos.

Bailé sobre la punta de mis pies alternando el peso del cuerpo con constantes cambios entre posición ortodoxa e invertida. Juan mantuvo la guardia abierta, con lo que supuse que buscaba el agarre. Lancé un directo frenando para enseñarle la muñeca, al contemplar la articulación intentó aferrarse a ella, pero mi izquierda le impactó en la nariz negándole la oportunidad. Modifiqué mi postura a *soutpaw*, mis *jabs* de derecha lo retraían de un acercamiento, pero mi directo de izquierda le infligía poco castigo. La acumulación le afectaría. Acostumbrado a la velocidad de mis puños, derivó mis golpes al viento cansándome y frustrándome. Saqué una izquierda recta al mentón, que soportó para agarrarme. Sus manos sobre mi camiseta blanca me sitúan en su espalda, el cielo pasa demasiado deprisa sobre mí. Un latigazo en las vértebras, el azote para el dorso, su proyección fantástica, mi posición nada ventajosa. Estrangula mi carótida para cortarme el suministro de aire, trato de soltar el cepo...

Capítulo 29

Los estallidos alicatan las paredes de un rojo escarlata, piernas y brazos pasan de la animación a la frialdad. El campo de juego puede llamar la atención desatando un escándalo, por lo que acudo a mis queridas sombras. Oculto debajo de un balcón, en un toldo o junto a los cubos de basura de un callejón, siempre lejos de las cámaras de seguridad con que otea la Orden. Mi compañero entra en su versión animal para batir la zona espesa con los ojos dilatados en una cacería nocturna. Los jóvenes enemigos creen correr como antílopes, pero no pasan de gazapos de trapo a los que las mandíbulas de Luis alcanzan enseñándoosle las dotes de batida no de un galgo, sino del rey de la jungla. Paso de zona oscura a luz apuntando a un cuerpo en las garras de la muerte. El oligarca, la voz de mando, resonó con una frecuencia aguda:

—Polluelos de cascarón, de nada me servís. Entro en acción.

Una bola de piedra, el banco de madera barnizado a medias, el pavimento descascarillado, las hojas amarillentas y las flores maduras fluctuaron a un vacío. Un enorme gusano espacial, la roedura oronda, el agujero negro. La fuerza gravitatoria descontrolaría al mismo Newton por la atracción de la masa al cuerpo celeste. Los transeúntes quizá desorientados por un oasis, solo distinguían un huracán al que no partían, abocados por el trago discriminado de sus propios lacayos. Herirlo de cerca, una locura; solo queda el daño a largo alcance. Cargué la ametralladora con los cartuchos depositándolos con celeridad, aunque no la suficiente, porque escuché el rugido del león demasiado lejos. Rechinó cual pizarra contra el suelo dibujando una rayuela torcida, atisbé sus ojos aterrados por la pérdida de fuerzas, tracé la línea divisoria de salvación y condena, disparé. El casquillo despedía un humo similar al azufre, olí el retraso, la velocidad del proyectil no me convenció, por lo que le di una palmadita de mi habilidad acelerando la bala. Las piernas traseras de mi compañero se despegaron del suelo, la garra delantera no asía con fuerza; el hilo a punto de romperse, pero la munición desinfló el campo de atracción al dar en el blanco. Luis respiraba exhausto con la forma humana, porque perdió el aspecto bestial por el desgaste. El jefe rio dejándose ver en el claro de la luna, sacó la bala de su hombro con el bisturí imantado de su habilidad, el pequeño círculo la extrajo con facilidad. El impacto retrasó pero no dañó a un anciano con una casaca roja, pantalón de seda negro y unos náuticos. Los ojos fijos, sin movimientos espontáneos; su boca minada por la falta de dentadura; tú, el señor Cielo. No contuve mi boca:

—Los siglos te pesan, viejo. Un truquito nuevo el de chupar a la gente, pero no te emociones, sé que tienes ganas de comerme la polla con tu destreza, pero no me gustan tus perversiones. En mi cuchillo hay una muesca para ti, un lugar de honor para tu sangre. El filo quiere tu sangre y lo bañaré con ella.

—Irrespetuoso, soez. Las fanfarronerías gratuitas que derrochas no causan efecto en mí. Por fin asomas el rostro y yo borraré lo que unos negados inacabaron. Despedí a tu mujer con mucho cariño, Alberto, solo pensar en ello me excita.

—Hijo de puta.

Disparé a ráfagas cortas, accionando el gatillo deprisa, convencido de que la avalancha de fuego lo debilitaría, pero no funcionó porque desarticuló con pequeños orbes mi ataque. Desaparecieron mis ataques en un parpadeo y retiró el corcho de un agujero enorme. La fuerza de tracción nos empujaba como monigotes para borrarnos. Su goma de borrar lo conseguiría; los miembros, plomo; el corazón, yunque; la respiración, una losa. Cerré los ojos para no ver la derrota, el descaro del vencedor y mi propia humillación, cuando unas tarjetas al cuello unidas al sonido de un cerrojo abierto por una llave nos extrajeron de la absorción.

Desvencijados cual cerámica hecha trizas, nos revolcábamos en tierra caliza con piedras de canto rodado que montaban un colchón nada ergonómico. Ablución de desayuno, comida, merienda y cena para dejar un tapete nada apetitoso. Un cuadro desmejorado, Luis en posición de defensa y yo constreñido en cuasi postura fetal, con las rodillas tocando mi barbilla. La toma de tierra utilizada después de una borrachera no servía, el agua fría inexistente en el páramo seco y la bebida gaseosa para desalojar retraída en un punto de la civilización de la que nos encontrábamos muy lejos. La mejoría me permitió ponerme sobre la rótula derecha apoyando el codo izquierdo en un malabarismo propio de circense. Acorté terreno con un zigzag para nivelar la brújula de mi mente en una pequeña duna de roca y tierra blanca. Encendí los pilotos para catalizar el combustible de reserva, las fuerzas despertarían tras el cansancio extremo. Varias veces noté la caída del párpado, Morfeo gana la riña con mi vigía, pero me doy bofetadas, pellizco y estiro los ojos para engañar al sueño. Luis sigue inmóvil en la misma posición de la caída, el pecho no sube. ¡Mierda! Siempre tuve miedo de la reanimación cardiovascular, pues tenía la certeza de que al manipular el cuerpo herido partiría una costilla y perforaría el pulmón del convaleciente. En este caso el masaje que di comenzó como el de una casa de relax con final feliz por la suavidad de mi inicio, pero sin reacción. Dorso contra palma, bajo el esternón, fuerte, un, dos, tres; vamos. Un impulso eléctrico, la pequeña reacción del cuerpo combándose por la presión. De nuevo el rito de pulso manual que trastornó al entonces dormido. Los ojos abiertos, la boca igual, mostrando los incisivos, caninos, molares, campanilla y lengua, que jadean por la entrada de aire que no basta. Dejo que retorne el aire poco a poco, circula por su nariz inflamando sus fosas nasales e hinchando los pulmones antes vacíos.

—La retirada es de cobardes, compañero; nuestra venganza quedó sin resolver porque nos volvimos con el rabo entre las piernas. Sus trucos lo debilitaban. Una ráfaga de fuego cargado de pólvora más y lo derrocábamos. Te acojonaste, perdimos una oportunidad increíble.

Mi camarada, estupefacto, me recriminó:

—Respiras gracias a mí, desagradecido; reconócelo, nos pasó por encima. Nosotros encendemos varitas de chispa corta mientras que él prende cohetes. La diferencia es abismal, de uno a un millón. En cien enfrentamientos contra el soberano del Cielo lograríamos un centenar de derrotas.

—Ganar o perder no importa, el factor clave predomina, abandonamos a nuestro compañero, ni siquiera pensaste en ello, ¿verdad? Te ocupaste de no mojar nuestros culos antes que de echar una mano al muchacho. Si él muere, marcaré en el calendario una fecha para pagarte por la parte que te corresponde. El cobrador del frac es un puto aficionado a mi lado porque cobro en muerte.

Mi amenaza lo sacudió de su confinamiento de seguridad, abrió la escotilla para asomar con una disculpa:—Lo necesitan vivo. El rescate aún no ha acabado, Alberto. No me tildes de traidor por darme en retirada para vencer después en la batalla.

La inclusión de su vida para salvar al chico me calmó, por lo que puse fin a la disputa.

—Arreglado entonces, no demoremos la vuelta. Por cierto, ¿dónde estamos?

Caminamos apoyados con los brazos igual que jarrón alrededor del cuello. Un ejercicio de compañerismo altruista, porque nos reenganchábamos el uno del otro; fatigado yo, continuaba él, y a la inversa. Telas colgadas en palo delimitaban puestos de especies, ropa y pollo plagado de moscas.

Capítulo 30

El lazo de la horca se deslizó sobre mi cuello, seco el aullido del viento en mis pulmones, me desmayé. Movido aunque quieto, con velocidad en el viaje aunque parado sin caminar a ninguna parte. Chocó mi cabeza con un objeto de cuero, mullido cierto y capaz también de herir. Los ojos captaron la ocultación del cielo por un techo, los laterales cerrados por ventanas; oí el rumor entre pasajeros, la letanía de caballos exprimidos y una voz que conmovió mi vuelta al conocimiento.

—Antonio, despacio, recomponte poco a poco.

Alivió la migraña por el ahogamiento, sedó el dolor de tráquea, aclaró las cuerdas vocales, palió la pérdida de consciencia. La aspirina que, con efervescencia, desatascó la neuralgia, facilitó la entrada y salida de aire, dotó de voz a mi boca dándome la vida, tú, amada Amanda.

—La imagen que mis ojos anhelan, el cuadro que nunca dejo de admirar. Gracias a Dios que estás bien.

Pasó su brazo por debajo de mi nuca para formar un cojín provisional entre sus muslos y las extremidades superiores, mesó mi cabello con mimo, peinó mis cejas, lo que me hizo sonreír por la profesionalidad que ponía en ello, y ajustó mis labios estrechándolos para besarme. Pese a cerrar los ojos, no tapaba la luz que venía de ella. Inyectó en mi corazón la recuperación más milagrosa y beneficiosa que existe, el amor. Nos movíamos en un *impasse*, bocinazos, insultos a través de cristales cerrados, malas caras, dedos levantados, el semáforo pasó a rojo dejándonos un descanso. Por la longitud, capacidad, distribución de asientos y cabina, desenmarañé que circulábamos en una furgoneta. Antes de perpetrar un ataque sorpresivo desde la espalda, vi el mismo cristal de los taxis separando la parte delantera de la trasera del vehículo. Urdí el sabotaje de nuestras comunicaciones con un sistema que utilizamos por vez primera para declararnos, deslizamos las manos con un mensaje de tres letras «T. A. S.», no nos explicamos la nomenclatura porque la conocíamos desde mucho antes. Te amaré siempre, decía, dice y dirá. El lenguaje de dedos comenzó con una pregunta: «Somos rehenes para un objetivo concreto pero ¿te figuras cuál?». La respuesta, un monosílabo: «No». Una nueva pregunta: «¿Sabes en qué situación se encuentra Alberto?». Una réplica de mi amor: «Desconozco su paradero y condición actuales, no comentan nada, solo conducen». Nuestro idioma paró por una observación del traidor:

—Dejad las manitas.

La voz nueva de Juan la recibí como un perdigonazo de sal en el trasero, un pimiento de padrón atravesado en la muela, que no podía engullir con pan, o el aguijón de una avispa en los labios. Escoció, abrasó y picó mi rabia.

—El antes mudo habla con monedas de plata en la garganta. Diste lecciones, pero no te las aplicas. Tiras la honradez por deshonra, la simulación de paz por guerra. Te enterraste con tus valores. Sucumbes a la primera tentativa. ¡Qué desilusión!

Río con la ventaja de aventajarme en cuanto a expectativas, porque él miraba el mapa entero y yo apenas distinguía los puntos cardinales.

—Vendaos los ojos o nos tomaremos la molestia de amordazaros con poca delicadeza.

Abrió una trampilla en la que cabía una bandeja, dejó caer gamuza blanca sin raer, un tejido bueno y perfumado. Mordaz, incidió en la fragancia:

—A falta de una ducha para vosotros, hediondos, qué mejor baño que el del gato. ¿Disimulará el olor o lo acentuará? En cualquier caso, el venerado señor no quiere que lo miréis a los ojos. Rambo, ponte la cinta, pero olvídate de una acción heroica, pues ni siquiera el americano evitó que el país perdiera la guerra.

Nos fijamos los trapos aromáticos con doble nudo a un palmo por encima de la nuca. La técnica de lazos aprendida en el barco no se correspondía con el ballestrinque, pues marqué su vistosidad pero lo malogré al aflojar su presión, ya que con un solo dedo hubiera podido deshacerlo. Juan cayó en la apariencia y lo dio por bueno. La furgoneta aceleró con el final del vendaje, curvas, giros en rotonda para desorientar, rectas, semáforos, caminos de grava, polvo de tierra seca, charcos anegando alcantarillas y una empinada cuesta en la que nos detuvimos. A la apertura de la puerta lateral la secundó un transbordo a un vehículo menor pero alargado; sillones de cuero, por el tacto, tan espacioso que estirando los pies apenas toqué el asiento delantero. La impresión dictaminó que el nuevo carruaje era una limusina. Separados por hombres de la orden, apretados sin respingos de carne ajustada, observados e inmóviles quedamos para no animar una sanción violenta. Escuché un frenazo en medio de una fuente, el agua caía en un ritmo de cascada dirigida, aventuré el típico ángel con las manos en sus partes que apunta con el chorro a la concha que sitúan debajo del mensajero de Dios. Empujados al frente, iniciamos la excursión, partíamos ramas de abeto o fresno, pisamos césped cortado y subimos cuatro escalones con las manos de nuestros acomodadores particulares. Me clavó mi perro lazarillo sus dedos en la espalda con ahínco y restallé de rabia, porque pensé que el sabueso que llevaba a Amanda podría tocar su estupendo culo. Moqueta bajo los pies, un restallido de las puertas al cerrarlas. Nos dirigieron a unos treinta pasos para sentarnos en unas butacas.

—El cautiverio no os privará de la comodidad de un buen asiento. Desenfundo vuestras sospechas, llamadme señor. Mis piezas codiciadas urdieron un plan para derrocarme. Niños malos no os enseñaron que la autoridad manda. Adolescentes rebeldes veo pese a vuestra edad. Señaladme al relojero de esta época; si lo hacéis, nos ahorraremos disgustos.

La voz cavernosa, un pozo de aire viciado, el viento atrapado entre piedras, el liquen enraizado en las encías, el agua insalubre que navega con desperdicios, el sonido de un rehén de las profundidades, el señor Sótano.

—Os ilustraré con mi presencia física, quitaos las vendas.

Al dejar caer la venda, vi los ojos de un césped bañado por el rocío, la fisonomía como la de un pulgarcito con tallo de espárrago, un entrecejo poblado, las manos similares a guantes de por lo menos cinco tallas más, el mohín de enfado constante en su boca y una nariz tejida a medias, pues tal era el pequeño apéndice nasal. Ronca voz de cafetero y coñac, noches y días de aguardiente bajaron por su garganta dejándole un tufo que reconocía por mi adicción. Escuchándolo, comprendí al vecino que huía de mi rostro en una conversación y al que insultaba tras su marcha tachándolo de maleducado. La edad que mostraba rayaba entre los sesenta o los noventa años, un baremo confuso, porque las marcas de la edad cicatrizaban. El rostro desoía al curso normal con una arruga que palpitaba un segundo para desaparecer por completo y volvía a aparecer en otro lugar. Clavó sus índices en los músculos orbitales de mis ojos efectuando una presión de sacacorchos. El dolor casi me hizo lanzar una patada a lo que supuse la espinilla, pero su bastón se adelantó.

—Tu reacción divertiría mucho a un médico, porque te machacaría la rodilla con el martillo antes de que la levantaras por acto reflejo. No analices a quien te mira por primera vez, porque tu gesticulación te delata. Delata al fabricador de relojes actual y os dejaré marchar en paz.

—¿Igual que a Alberto? ¿Seguiréis el mismo *modus operandi* que con él? Aguardáis que lo eliminemos para vosotros, nos declaráis rebeldes e intentáis matarnos.

—Antonio, un replicador; Amanda, una sumisa encantadora; qué bonita pareja desigual. La posición de poder, el mango del cazo, la capa sobre los hombros, el laurel y la corona en la cabeza ostento desde hace tanto tiempo que ni recuerdo el nombramiento. Venera mi orden, acata mi decisión, porque de lo contrario echaré sal en tus heridas, hincaré palillos entre tus uñas y doblegaré tu resistencia con un dolor que sobrepase lo humano, te atacaré al corazón.

Miré en otra dirección obviando la premisa, la amenaza y el sentido común. Cuatro hombres me inmovilizaron antes de que tratara de desasirme. Ocultos como mantos oscuros, no detecté su manifestación. Me encadenaron con unos grilletes de carne que cambiaron por metálicos en un cierre fugacísimo. El transporte brutal difería del cuidado de una mercancía valiosa. Tachonaron con grapadoras eléctricas y golpearon mi cuerpo para asentarme en mi nueva condición de cuadro principal. No necesité mirar las gotas de sangre resecas porque él me aseveró:

—Una práctica habitual. Soy un hombre de costumbres que mal nombran arcaicas, pero que no carecen de imaginación. Prefieres el modernismo o el barroco, te represento en la bajada al infierno de Dante u optas por que te conserve como la calavera de Hamlet, de pisapapeles. Un dilema, un conflicto grave de gustos.

Amanda no consiguió mantener la máscara de normalidad, el jarrón de su rostro contrajo sus emociones en un llanto que ponía en su boca sin hablar una súplica. El verdugo principal reparó en la debilidad, ya que añadió humo a sus ojos cuando solicitó:

—Pinceladlo en los talones y las muñecas.

El señor Sótano lanzó un maletín de instrumentos de tortura. Los secuaces preparaban los filos con forma de guadaña para morder y desgarrar, pero Amanda los detuvo:

—Para, por favor, lo venderé a cambio de que no sufra ningún daño.

Incrédulo, reparé en la falta de pesadumbre de mi amada, un rasgo nuevo nada común, un despunte extraño en su traje de bondad. Ella radió con sus ojos la astucia, observé entonces el toque de atención, contó una mentira. El cordel de esta no podría estirarse demasiado, porque nos dejaría las vergüenzas al aire. Cazan al embustero por la falta de memoria para continuar ya que o bien la agranda, mengua o la difumina, pero nunca acaba de desaparecer. El jefe de las profundidades puso su cuerpo en medio de una claraboya, inspiró el aire en bocanadas con movimientos tan lentos que el caracol y la tortuga parecían bólidos de la naturaleza. Supervisé cualquier cambio, pero desatendí a mis verdugos, que multiplicaron su número. Dieciséis matones... Espera, no los describí porque carecen de rostros, las capuchas o ropa están ausentes, pero aun así sus golpes son dolorosos. Horrorizado, percibo un nexo común, una formación nada aleatoria; los secuaces ríen por igual, el sonido no proviene de la boca, sino de un altavoz que alarga su sombra; tú, señor Sótano. Réplicas de sí mismo probables, no *doppelgängers*, porque en su caso la imitación cabía solo en la risa y la fisonomía. Unas fotocopias sin color que, prófugas de la máquina, me apalean. Los estiletes, las ganzúas, bisturís y demás enseres de tortura apartaron para darme un tono morado sobre todo el cuerpo. Dedicaron especial atención a mi rostro. Amanda sollozaba insistiendo:

—Dejadlooo, dejadlooooo, traicionaré al relojero, pero dejadloo.

El aglutinador de reproducciones de sí mismo respondió con el eco de sus clones:

—Mientes, mientes, mientes, mientes...

El festival de la piñata que jugaban con mi cuerpo vivificó mi anormalidad; las arrugas asomaban, el cabello plateaba y mis ojos cambiaban de tonalidad. Una desventaja aún mayor por la resistencia del anciano corazón. Las heridas quebrantarían mi débil entereza, el dolor clamaría el apagón. El señor Sótano ordenó un aplazamiento espirando con gravedad, y las reproducciones incompletas cesaron sus acciones. Respiró con normalidad, puso su mano como megáfono añadiendo exabruptos de su boca para decir:

—Patrón manda a marinero, halcón regurgita sobre polluelo, león come primero, guardián original escupe encima de los relevos.

Me señaló jocoso, repicando con sorna el índice sobre su cara.

—Anciano, por fin te muestras como tal. Adoro no ser el viejo de una pandilla al que tildan de experto, loco o ambas cosas a la vez. Ya veo, tus rejuvenecimientos copan la noche. ¿Delata a tu protegido? No os une un lazo tan fuerte. Firmemos una tregua, consigo lo que quiero y olvido vuestra rebelión, me comprometo a daros diez días de ventaja en vez de los acostumbrados segundos para acabar con vosotros después. Testarudo, ¿aceptas?

La neblina de sangre corona mi vista, la presión de las coagulaciones pulsa como un cronómetro, pero mi voz, al igual que mi convicción, permanece firme:

—No delataré su paradero, no venderé mi liberación, no abandonaré mis pensamientos y mi corazón.

Aplaudía a medias sin restallar palma contra palma, un mono de juguete con platillos imaginarios que encogía los ojos por un odio que mascó sonriendo. La mitad de las sombras acólitas corrieron para atrapar a Amanda, lo lograron pese a la obstinación de mi amor, que arañó el suelo, golpeó con sus tacones y dio manotazos a las figuras, pero el intento de agresión solo logró raspar el aire. Temí el pago de mi valentía, temblé por mi arrojo, me azoré con la inclusión de tan alta factura. Los ojos padecían el horror del próximo maltrato, la violación o cualquier mortificación carnal o espiritual cuando el maestro de las cavernas pronunció:

—Cura partes de él, pero no del todo.

Capítulo 31

El comercio expuesto a bacterias en la percepción occidental nos maravilló por la diversidad de alimentados escampados, el olor al comino, el pimentón, las variantes de picante, el azúcar molido o el coco rallado. Desamparados en la incertidumbre, tras las telas vimos lavar ropa sucia en un río de un caudal poderoso en el que se daban baños la gente y... la muerte. Los cadáveres flotaban en embarcaciones o los sumergían con una ceremonia de respeto que, sin embargo, a pocos metros rompía el salpicón de un niño o la colada de una señora fregando a mano su ropa interior. El Ganges, el río sagrado de la India, un lugar de purificación masificado al que, dependiendo de la ruleta económica y de la salud, acudes para una labor u otra. La mascota oficial, el sacro animal, nos refrescó las ideas con una ducha inesperada y supimos que estábamos en la India. No la actual, porque pese a las actuales condiciones del país nos recorría una sensación antigua. Lidió con nuestras mentes un viento del pasado que desenmarañó el año crucial. Uno al que el ciclo vital nos pugna a regresar, el año 1893. El hindú que azuzó al mamífero terrestre para calarnos reía amistoso, falto de burla o sarcasmo, por lo que nuestras sonrisas esculpieron un lenguaje universal. Nos miramos con una fraternidad poco común. La dificultad del idioma saltó entre nosotros porque escuchamos su dialecto hindi y no entendimos ni una sílaba. El lugareño dio dos palmadas al lomo del *padre de Dumbo*, que se tumbó. Bajó del animal y caminó hasta nosotros con la boca alegre. Su proximidad separó las dificultades del habla, porque entendimos su corazón. Una mano a la boca y una señal de «seguidme» nos deparó una corriente de entusiasmo a la que no dimos razón. Nuestro refugio para una llovizna que ni el mejor pronosticador meteorólogo con toda su tecnología acertaría era una pequeña tienda a las orillas del río, construida con cañas, hojas de palmera y madera de cedro. En una mesa baja, el indio puso unos dátiles de los que no probó bocado; nos sirvió agua trasparente, lo que nos extrañó, pues esperamos el ocre, el tostado o un símil del barro del que no bebió ni un trago; nos tendió sendos pollos al curry cortados y continuó con una huelga de hambre autoimpuesta. Le hice señas para que comiera; Luis, abandonado a sus instintos, no mediaba palabra entre bocado y bocado, aunque tenía la delicadeza de taponar los eructos, que sopló durante la ingesta, pero él deslizó sus manos en horizontal indicando que no me preocupara. El diluvio no amagó con terminar, pero el hindú salía para el centro de la tempestad. Intenté retenerlo, le señalé el cielo y dije con pausas enormes, en voz alta, igual que cuando hablas a un extranjero aunque eres consciente de que no te entiende:

–PELIGRO, RAYO.

Su respuesta, un encogimiento de hombros. Abrió las manos para llenarlas con el agua y bebió de ella, tras varios sorbos, entró de nuevo con calma, sin sed, contento por gozar del abastecimiento de la naturaleza. El diluvio estacional finiquitó con un impacto de luz del cielo que quemó las hojas de un árbol. El pequeño incendio activó al hindi, que corrió para sofocarlo moviendo el agua que contenía la floresta. El servicio de bomberos no habría actuado más rápido o mejor, porque utilizó los recursos necesarios para ahogar las llamas. Admiré al hombre que, sereno, actuó para sí, pero que acudía raudo ayudando a los demás sin distinción de ser humano, planta o animal, porque igual acarició una piedra que levantó el pie para no quebrar una rama. En el caminar, transmitía delicadeza y compasión para no lastimar a la tierra. Quedé hechizado por sus actos nobles, a los que no dio importancia. Sonrió con un ojo abierto, ya que cerró el izquierdo en lo que intuí el entendimiento de nosotros dos. Entendí que le satisfacía la percepción que tenía de él, pero con ese guiño comprendí también que se quitó a sí mismo relevancia. Sacudió los pies después de juguetear con ellos pasando un trozo de rama entre sus dedos. Un malabarismo que no podría replicar siquiera con un boli sin usar los pulgares de las manos. Marchó al norte, anticipó toda premisa con un simple guiño y una mirada al frente. Solo con esas señas imprecisas lo seguimos. Detuvo la caminata frente a un baniano que vestía adornos rojos en su tronco, unos hilos bermellones que le conferían un aspecto sagrado. Una mujer atavió al productor de fruta con el tejido fino escarlata. Escuché de su rezo solo un nombre, Savitri. El acto de arropamiento de la mujer me recordó a mi esposa, la que anudaba mi corbata cerrándola con un beso. La ventana abierta al pasado no me desgarró porque choqué con una energía que subía desde el centro de mi estómago. El peregrinaje de nuestro amigo hindi no acabó aquí, porque destinó sus pasos a un árbol concreto. Sentí una emanación especial, la fluidez de los pistilos, el rumor que difundía el viento con su paso por las hojas. Corría por él una savia sacra porque escuché un cántico sin palabras en el espíritu. Apoyó su espalda contra la corteza, lo rodeó con un abrazo para sentarse tras la efusividad de su saludo. Aldeanos de toda clase lo miraron asombrados, tal y como lo hacíamos nosotros, lo señalé para dar a entender que necesitaba una explicación, la no ilustración de aquellos arribó con palabras sueltas, «Ashoka», «Shiva». Conocía al dios Shiva, pero no el contexto, por lo que resulté incapaz de asociar lo que ocurría, aunque lo que el cerebro rumió, el corazón resolvió. Ante mis ojos, no solo un humano, un habitante mundano de la india, un hindi de buen carácter o un ser simpático en extremo, yo veía a un elegido, un bienaventurado, un virtuoso.

La suma calma de contemplarlo en su quietud, la relajación de admirarlo en una respiración controlada, el sosiego de avistarlo desde una distancia, pero a la vez dentro de él, desbloqueó mi ansia de venganza. Perdió potencia la idea de pasar a navaja a quien me afrentó, y aletargó el odio por completo. Recibí un baño no en aguas del Ganges, sino de una pureza mayor, porque el agua que volcó en mí me sanó. Luis aspiró la misma ablución, porque al mirarlo lloró y no recuerdo otra ocasión en que mostrara las lágrimas con tal sonrisa en la boca. Una sola visión curó nuestras heridas antiguas.

Un hombre con un gorro de cazador, de paja; los ojos obtusos; una mandíbula dislocada y el labio leporino nos miró risueño. Vestía con una levita marrón cortada por las mangas, unos pantalones cortos y unas botas de caña altas que casi topaban con sus rodillas. La pinta propia de un explorador, un colono temprano perdido o un contemporáneo prófugo de una de las aperturas temporales sin cerrar de Luis. Decidido, caminó hasta nosotros con un cimbreo de su pierna derecha. El vaivén lo producía el adelantamiento a la izquierda, con lo que desequilibraba su eje central; parecía un pirata con una pata de palo. No concluyó su acercamiento, pues antes habló en un perfecto castellano:

—Tu pronunciación de las palabras místicas me convence de que sois españoles, ¿cierto?

La alegría de conocer un compatriota en un viaje, el escuchar tu lengua en un país donde no dominas la local te causa la amistad rápida y la aceptación por entablar conversación. No sueles rechazar a quien te acoge por considerarte paisano.

—Sí, de Madrid los dos. —Me convertí en el portavoz de Luis, porque su faceta salvaje le acarrea el dominio del espacio y la conservación de la seguridad, por lo que frente a extraños adopta una pose hostil.

—Al que veis es un yogui, un avanzado del yoga, diríase un maestro, aunque seguro que notasteis el aura que os sacude en su presencia y la paz que dispara en todas direcciones. Medita bajo el «árbol de Shiva», donde nació Buda. Os explicaré, escueto, que domina el Kriya Yoga, no se subordina a las funciones vitales porque las detiene. No escucharás su latido o notarás su respiración ahora, porque vive sin ellas. Su mente reposa, alcanzó el Nirvikalpa Samadhiuna, la realización suprema del espíritu. ¿Lo comprendéis?

—Nos percatamos desde dentro. —Luis gruñó, aunque con amabilidad, a modo de asentimiento.

—Menudo sermón, compatriotas. Disculpen mi intromisión y mi falta de presentación, Lucas Ratidme López. Tienen mucha suerte, porque no suele prestar el mínimo interés a los extranjeros, lo que me alerta de que poseen una anomalía, un aura que solo él comprende. ¿Establecemos un trato beneficioso para las tres partes? Traduciré para ustedes si quieren hablar con él o cualquier duda que tengan del idioma, y a cambio les pido que amenicen mi vida con la historia de sus vidas. Me hospedo cerca, la quinta cabaña a la izquierda; me encontrarán allí desde la salida del sol al atardecer.

Sopesé la balanza del pacto, de existir un desnivel le afectaría a él, por lo que acepté con la aprobación rugiente de Luis. Pasó el hombre bendecido días enteros sin una comida frugal o una bebida, sus costillas no subían por la entrada del aire y no lo comprobé, pero su pulso tampoco existía. Tras la meditación, emanaba un aura que distinguía pese a los nubarrones, la congregación que lo ocultaba o el propósito de este de transmitir un aire tranquilo. Hombres lloraron a sus pies, las mujeres lo reverenciaron tirando pétalos a cada paso y los niños lo seguían como al coche de los helados, el flautista o las sirenas que cantaban al barco. Dio una clase maestra sonriendo a cada postrado, inclinado y adulador, suplicándole que levantara su cuerpo, enderezara su cuerpo y vida, mientras él negaba las lisonjas. Estimé los detalles de su rostro porque nunca vi tal sonrisa de felicidad. Apresurado, corrí en busca de mi traductor para iniciar el tratado. Encontré a Lucas sentado, leyendo un libro de tomo grueso. Añadía él mismo el contenido porque escribía en las páginas blancas. Enfrascado en la rociada de tinta, no me avistó en la entrada. Golpeé las cañas y acto seguido lo vi cerrar su obra para recibirme.

—Regresó de su unión, supongo. Bien, solucionemos sus inquietudes.

No pregunté nada hasta que nos permitieron el paso los fieles del honorado yogui.

—Pregúntale. ¿Nos enseñaría la técnica?

Antes de trasladar mi cuestión, reía, por lo que supuse que era fácil adivinar mi primera intención. Empleó el lenguaje con maestría, subía el labio, redobló una vocal, usó demasiadas consonantes, un enigma para mí que desligó con soltura. El iluminado me atravesó desde las entrañas, punzó mi corazón con una mirada que investigó mis intenciones sin necesidad de análisis de voz o detector de mentiras. Contestó con una retahíla que, transcrita a mi idioma, decía:

Quieres aprender, lo leo en tu mirar, pero antes, una prueba de voluntad necesito. Despójate de los prejuicios, desvalija el materialismo, prívate de lo innecesario, arrebátate la negatividad. Acude a la montaña sin reservas de comida, bebida o cualquier medio de subsistencia; si logras subsistir, vuelve a mí. Tu amigo carece de tu voluntad. Preveo que te escoltaría, porque no despierta de sus instintos. Aún no está listo.

La fealdad de mi rostro nunca le afectó, ni me compadecía por la monstruosidad. Capté un brillo en su mirada mientras pensé en mi aspecto, dio rienda suelta a una alocución que comprendí gracias a Lucas.

El aspecto no engrandece o denigra. Supera la barrera que te pones al achacar a los demás lo que tú mismo no culminas. Acéptate. Las restantes aclaraciones las zanjarás tú mismo en tu retiro espiritual o a tu vuelta.

Nunca predije la adivinación de mis pensamientos por su parte. Él ve a través de sí mismo sin olvidarse de una perspectiva global.

—Le agradezco su ayuda, y así como dice, haré.

Lucas comenzó a descifrar mis palabras, pero le cortó, asintiendo con una sola sílaba:

—Om.

La experiencia de aquella conversación sacudió mi ser por completo, no expuse mis sentimientos, porque afloraron en oleadas que hundían al mismo mar. Sin petate, con lo puesto, partí no con rumbo a mi clausura, sino a mi iniciación, al arranque del yo verdadero. La excitación por conocer y acceder al completo conocimiento me sujetó la lengua, por lo que confié en Luis para que desempeñara nuestra parte del pacto. Me despedí de ambos con una sensación de abandono, porque no regresaría tal cual me iba.

La ascensión por los picos tanteó mi empeño. Una escarpada profusión en la que las manos aferraron cada risco con las heridas decididas en el rocío del tacto de la firme roca. Sufrieron mis pies sustos, respingos o resbalones que colocaron mi cuerpo en una manta de frío a la que llegó la sangre caliente. La nevisca destempló mi termostato, la temperatura de mi cuerpo quedó en apenas una cerilla a dos palmos de extinguir. Me comí la gaviota que, debilitada, no alzó el vuelo, el huevo que perdió el amparo de sus progenitores y la hierba que no se congeló. Bebí de la nieve estrujada por la acción de mis manos o la del sol con desesperación, hasta que la fruición de una gota calmó mi sed.

En la primera noche, me adentré en una cueva de aspecto trágico, porque los murciélagos parecían marionetas sin hilos, las estalactitas simulaban los balcones abandonados y el único a escena sin una luz que me iluminara era yo. Postulé un destello, rogué una ayuda que pensé desoiría el universo, pero hete aquí que la luna mostró su cara completa. El guiño de su rostro me bastó para localizar en la dureza de la superficie un recodo entre grietas para dormir en una postura no cómoda, pero tampoco ingrata. Descosió el viento helado mi descanso para tornarlo intermitente, por lo que permanecí rígido, a consecuencia de lo cual mi espalda se cimbró como una oruga, el cuello crujió igual que un elástico caducado y mis piernas entablillaron las rodillas, guardándome el honor de suceder al soldadito de plomo. Amanecí el segundo día tiritando, lo que amenizó mi malestar junto al deleite de las articulaciones apagadas y una desazón nada sorpresiva. Mentalicé a mi cuerpo porque la adversidad recitará mi derrota, exigirá mi renuncia y pospondrá el reto de alzarme, hendiéndome. Amontoné las cargas sucias, limpié los beneficios de las andanadas de mi corazón, me liberé de la marca del destruido. Rehusé la llegada de la contractura, el pinchazo o la jaqueca matutina, alimenté el buche sin remilgos, oprimí la mandíbula y proseguí.

Respirar en altitud requiere una concentración que raya en lo sublime, igual que en una calculadora la relación de números cada vez más altos mengua la reserva de espacio, ya que la opresión al pecho por la reducción de oxígeno insta un racionamiento que no todos pueden computar. El sacrificio de la ventilación propia me adiestró para la ingesta precaria y la absorción fugaz de líquidos. Modificar mi existencia varió mis conceptos, agradecía el cuajar de un copo, la grieta de mi mano solidificada, un silencio prolongado o la irrupción de un voluminoso alud. Pasé días, una semana, quizá un mes, no sabría definirlo con seguridad, en aquella altitud que elevó mi espíritu. Bajé de la montaña con una renovación no de vestuario o riqueza, sino la más benigna, la del ser.

Capítulo 32

La llamada a mi móvil nunca se producía, por ese motivo observaba la pantalla con asiduidad. Tanto obsesioné a mi cerebro con el acto de descolgar el teléfono, que despertaba en mitad de un sueño echando a mi mano la almohada, una sábana, el reloj despertador o el transistor. Contestaba con la misma retahíla:

—Estoy listo, voy para allá.

Imaginé la conversación: Antonio me proponía diferentes localizaciones, cambiaba en el último momento para no despertar suspicacias, y nos encontrábamos. Una aventura que superaba en mucho la de un agente secreto. Nada movió el hilo de su voz y mi oído. La situación personal que atravesé mientras el encierro continuó repercutió en mi vida diaria. Comprar comida suponía una misión de alto riesgo. No me enfundé por eso abrigos largos, porque con el calor del verano llamaría la atención. Miraba por la mirilla un total de diez veces de derecha a izquierda, ojeando hasta el rincón más ínfimo; atravesaba la calle sin andar, pero deprisa, al ritmo de un marchista de fondo, y cambiaba el itinerario en cada salida. Fisgoneaba a los transeúntes habituales en busca de una seña especial, una variación no espontánea de sus comidas o la desviación de sus paseos. Temía que velaran mi vigía los miembros de la temida Organización para secuestrarme o algo peor. Volqué mi actitud a la de un *hikikomori*, pero con cambios relevantes; recluía mis actividades, cierto, pero aproveché el tiempo para muscularme y acudía con irregularidad a gimnasios para aprender boxeo. No con un profesor que conociera mi nombre o mi atuendo, porque cambié ambos con la monotonía del paso de hojas del calendario; por ejemplo, el lunes me saludaron en un centro con «buenos días, Pedro»; el martes, «buenas tardes, Alejandro». Reemplacé el chándal apretado por los calzones y camisetas de tirantes. Organicé cada minucioso detalle como un juego de estrategia, por lo que jamás usé mi nombre o mis referencias antiguas.

Pensé en comprar un reloj en una tienda para no perder la destreza de aquel día, quise también recordar la sensación de ajustar las piezas, renovar el funcionamiento y coordinarlo todo con la maestría de mis dedos. Conocer mi potencial en ese ámbito me trastornó, porque recreé el reloj que construiría con una visión meridiana. Retrasé mis ganas de ocuparme de mi verdadera habilidad con pasatiempos, la televisión o el ordenador, pero con la suspicacia forzosa de no jugar en línea o internet. Pronto me aburrí y acudí a una relojería en principio solo para mirar. A un ludópata no le correspondería ingresar en un casino, el cleptómano no debería asociarse con joyeros, a un violento no le convendría alistarse en el ejército y a mí me perjudicaría el contacto con un reloj. ¿Hice caso a mi instinto? ¡No! Tentado por mi gusto extremo, la vanidad y mi habilidad, pedí un par de piezas sueltas. El encargado las trajo en un saquito para depositarlas en un mantelito, igual que aquella vez, por lo que removí los sentimientos de alegría. Excitado, no alcancé a controlar lo que mis manos atarearon. Monté el reloj con una rapidez tal que quiso contratarme el gerente, pero al mirar mi obra, corrí. Por décima vez modifiqué mi rutina. Me insté a no trabar un pie en la puerta de una relojería, porque la convertía en un cepo o la guillotina. Cada vez que el gusanillo por montar o arreglar un crono roía la hoja de la decisión, me imponía una multa. Reconozco que tengo, desde entonces, grandes ahorros.

El incidente de la relojería me agravó la sensación de persecución. Incluso la compra del pan resultaba una guerra de trincheras, ya que sudaba a chorro mientras vigilaba la entrada y posibles salidas del establecimiento. Añadí las tácticas del comando a mi función de agente secreto, pues me pinté la cara con franjas verdinegras para correr en un bosque por la noche. Repté por la tierra al atisbo de falsos sospechosos, de los que comprobé su falta de pruebas al tambalearse, babear y caminar ladeados, unos yonquis que acarrean más peligro en sus cuerpos que a los demás. En mi ejercicio nocturno, escuché el lamento de la damisela, aceleré para rescatarla y, por qué no decirlo, probar mi hombruna. Una joven rubia con el moño recogido, la blusa escotada y una falda rosa resistía los desgarrones con navaja de un desaprensivo. Una lacra de moral purulenta al que solo le urge la satisfacción sexual propia, un depredador de inocentes. No grité para espantarlo, sino que me coloqué a su espalda. La chica cesó en su renuncia, por lo que el violador captó la interferencia, pero no a tiempo, porque lo golpeé con un cruzado en la mandíbula que imposibilitó incluso la cuenta de un árbitro. Un fuera de combate repentino. El físico entró en mis ojos como modelo de calendario, una provocativa muñeca de rasgos finos y figura sinuosa. Aun en una situación tan adversa, conservo un porte de dignidad que no mancillaría nadie. Abotonó con sus manos lo que quedaba de tejido para tapar sus senos. Me miró cavilando si ocuparía el lugar del caído o merecía el título de salvador. Presté atención al verde caqui de sus ojos, las pecas diseminadas por debajo de ellos en un triángulo isósceles, la nariz diminuta y sus labios gruesos en el centro y afilados en el resto de la boca. El intercambio desigual lo rompió ella con una pregunta ingenua:

—¿No pretendes hacerme daño? ¿Viniste a rescatarme?

Antes de mi contestación, presa de los nervios, amenazó con una suavidad que no ahuyentaría a ningún delincuente.

—Si no es así, prepárate, porque me pilló desprevenida, pero a ti te veré venir.

Entendí su postura ante un gigantón de pelo largo castaño con tono amarillento que encima pintarrajeaba su careto para ir a correr por la noche. Emití el tono más bajo del que fui capaz para no asustarla y aporté confianza:

—Me llamo Hugo. Encantado de conocerte, aunque las circunstancias nos desagraden a ambos. ¿Puedes caminar o te llevo? —Señalé al conmocionado—. No tardará mucho en recuperar la consciencia.

Mi día de suerte, la tirada de rol de veinte puntos, el combo perfecto, la pantalla final relució ante mí, porque la princesa dijo:

—Me torcí el tobillo huyendo de él y lo tengo inflamado. ¿Me subo a caballito?

—Sí, pero antes cúbrete.

Le extendí mi sudadera de deporte, que atrapó arrebujándola contra ella, liberó la mano derecha del agarre para girarla cual egipcia y me solicitó que le diera la espalda para su cambio de vestuario. No intenté una rápida ojeada o mirarla aprovechando la típica pregunta: «¿Aún no has terminado?». Esperé con paciencia hasta que me golpeó en el hombro:

—Ya está, ¿te agachas un poco, por favor? No soy muy ágil.

Me coloqué a medio camino entre la carretilla y el perro, ella sujetó con fuerza mi cuello con ambos brazos, por lo que me ahogaba. El carraspeo y mis manos la desasieron, uniéndola en un cinturón bajo mis axilas. La cabalgata acabó en plena circulación de taxis que, como lobos, olían la necesidad de sus servicios. Subimos a uno por la puerta trasera, ella adujo:

—Llegaré bien a casa. No te preocupes.

Miré a nuestro benefactor, que cobraba la tarifa recargada para los turistas. Advertí la estafa por el suplemento de maletas para el aeropuerto señalado en el taxímetro. En previsión de un aprovechamiento mayor, indiqué:

—Te acompaño. Quiero verte abrir tu portal y despedirte a salvo; no me arriesgaré a que sufras daño alguno.

Una pequeña sonrisa derribó la posición de seguridad de la chica.

—Un caballero de los que no quedan, y como buena damisela te daré mi nombre para que conozcas a quién salvaste. Soy Lucrecia.

—Hugo, tu gentilhombre.

La conversación frenó de golpe, igual que el vehículo tasador de kilómetros, por una indicación de ella tan abrupta que indujo un rechistar apenas disimulado por la radio. Pagué su viaje y solicité al taxista que me esperara. Fijo que duplicaría el viaje con otra treta, pero no me importó. La porté en mi lomo para que pudiera abrir, pero el atento conserje de su edificio lo impidió y lo hizo él. Mediana edad, una constitución vigorosa, corpulento sin mollas, una nariz de grifería por la vastedad de sus cañerías, el pelo rapado al uno y vestido con un uniforme que pretendía copiar al de policía para una posible intimidación. Por su mirada decorosa, le computé un servicio a su familia desde pequeña y no me equivoqué, porque me dirigió un examen clínico de psicópata en una ojeada desaprobadora. Ignoró mi presencia para preguntarle a ella:

—¿Informo a las autoridades? ¿Lo retengo? ¿Te hizo daño?

Lucrecia le dedicó una zalamería, una caricia al mentón pronunciado, que debilitó la gresca del aspirante a miembro de seguridad. El servicio actuaba como un perro celoso, pero ella lo relajó:

—Trata bien a Hugo. Me protegió de lo peor.

Comenzó una llantina que cortó por el permiso que me dio el portero para ayudarla a situarla junto al elevador. Sin preguntarlo, me aseveró con una seña imperceptible para ella, no más arriba. Movió su índice mostrando la subida de ella y mi permanencia abajo con el pulgar al estilo de la muerte del gladiador. De espaldas a mí, Lucrecia pulsó el ascensor con rapidez, no la distraje de su seguimiento de la cuenta atrás entre piso y piso, cuatro, tres, dos, uno. Me preparé una despedida a medio camino entre sobria y cariñosa, pero ella desbarató mis planes con un fugaz beso tras el que cerró la puerta. Protegida en el habitáculo, me dictó su número de teléfono y piso. Envalentonado, repetí mi móvil hasta la saciedad. La cuenta regresó a su curso natural, pero entre los cambios luminosos escuchaba un emocionado «gracias» de Lucrecia. Para mi sorpresa, el atento ordenanza recapacitó pese a su cariño exacerbado por el servilismo desde la infancia.

—Gracias por librarla de su agresor... Pero —aquí relucirá de nuevo el collar del amo y la suspicacia— la visitarás con permiso expreso de ella, no merodees por aquí en caso contrario. Lucrecia me avisará al respecto.

Un paladín merece mayor consideración, pero aparqué las disputas:

—Entendido, señor; encantado de conocerlo.

Le extendí la mano para que la estrechara, capté el incordio de mi gesto de buena voluntad porque cercó mi extremidad con desgana, blanda y con un cronómetro adelantado, por la rapidez con que se soltó.

Volvía a casa recapitulando las escenas con asombro, porque nunca creí que vestiría la capucha del superhéroe. Me enfrasqué en la diapositiva del combate cuando un terremoto en el bolsillo del pantalón anunció el modo vibrador de mi móvil. Apresurado, lo saqué del pantalón casi tirándolo; en la pantalla, un mensaje nuevo de un número desconocido para la memoria del móvil, pero no la mía. Lucrecia. Un texto sencillo que contenía el fragor de una esperanza, la llama de una ilusión. En la pantalla rezaba: «Gracias por todo, Hugo; nunca conocí a un hombre como tú. Vuelve a verme. Muchos besos». Escueto aunque directo, sencillo pero provisto de gratitud. Unas líneas para mi utopía, ella y yo.

Tumbado en la cama, probé a obstruir el nacimiento del cosquilleo. Su belleza la alejaba a años luz. El mero hecho de tantear la posibilidad de suscitar en ella el simple «me gusta» suponía un fracaso a cumplimentar en mi larga lista. Pese a ello, respondí a toda velocidad marcando sin pensar frases que borraba para quitar carga sentimental o añadirla. Al final, mi texto enviado fue: «Lucrecia, no merezco tanta deferencia, me complaces con tu percepción sobre mí. Iré encantado a visitarte; eso sí, avisa a Cerbero para que no me estreche la cadena al cuello. Más besos para ti». Al enviarlo, contemplé mi mensaje una y otra vez como si lograra cambiarlo. Muy formal al principio, gracioso en extremo en el intermedio y demasiado emocionado al final. Avergonzado, puse el teléfono bocabajo cuando en realidad debería haber puesto la cabeza, igual que el avestruz. Temí una respuesta del tipo «No te confundas, solo te quise agradecer tu auxilio» o «Has malinterpretado mis palabras». Recogí el móvil desplazado por la agitación del aviso de entrada. Leí el mismo remitente numérico anterior, Lucrecia.

«Hugo, cree lo que te digo. Yo ato a Vicente, tranquilo (Cerbero para nosotros, pero que no se nos escape delante de él; considéralo nuestro primer secreto). Guapo, ¿puedes venir mañana sobre las diez de la mañana?».

Los dedos bailaron sobre las diminutas teclas, una demostración de mi cuelgue por ella y no por la tecnología. Olvidaba el rastro del aparato con una frecuencia que quisiera para sí cualquier tienda, porque pagaba uno nuevo como una costumbre secundaria a mis descuidos. «No te preocupes, nuestra confidencia está a salvo conmigo. Me sonrojarás, tú sí que mereces un aluvión de flores, millones de canciones y pretendientes a tus pies. Sin falta acudiré, bellísima. Buenas noches, Lucrecia». Me arrepentiría, pero no agoté el reloj de la lamentación cuando recibí «Buenas noches, Hugo. Dormiré pronto, aunque me costará porque los nervios no me abandonan. Hasta mañana, mi héroe».

Puse dos alarmas, la del reloj despertador y la del móvil, aunque vaticiné la cercanía de la hora y me desperté dos horas antes. Me preparé un desayuno no copioso, para cuidar una figura a la que di de por sí mayor importancia por la ansiada reunión con Lucrecia. Aseé con esmero mi cuerpo echando mano de la colonia, afeitándome y usando como ocasión especial la loción para el afeitado. Sentí no los nervios normales, sino unos agravados por la ocasión, porque asistía a «mi primera cita». Antes de la hora, paseé por delante en tantas ocasiones que Vicente salió para tranquilizarme, lo cual me extrañó, pero supuse que los encantos de Lucrecia habían amansado incluso al sabueso.

−Hugo, espera dentro. Que de tanto rodeo te confundo con un fórmula uno.

Una ninfa bajó los escalones del portal en vez de corretear por los bosques mientras el sátiro la esperó mirando sus patizambos pies. La torcedura irregular de los pies la exigió el nervio del saludo inicial, basculó entre la postura marcial y la desgarbada, pero a la postre su cuerpo demostró su inquietud. Cerbero, pese a su gesto amable, me observaba con un aire de paciencia, esperaba mi fallo con una mirada lasciva o un gesto de mayor atrevimiento, pero no le di carnaza a Vicente. Lucrecia, con un recatado vestido, no acertó a ocultar un cuerpo de escándalo que avergonzaría a tu madre pero encantaría a tu padre, el cual te palmearía en la espalda con el apelativo de «campeón». Utilizó el pasamanos para eternizar una espera que me corroía por dentro. Vicente acudió al final de las escaleras para tender su brazo, ella entrelazó su mano para dejarse llevar hasta mí. Miré al sabueso incitándolo a soltar a su dueña, provocándolo a soltar su férrea defensa, pero ella sacudió mi problema con una ternura exquisita, pues depositó un beso en el portero, que pese a sus fallidos intentos no contuvo la emoción y nos dejó un hueco de privacidad, aunque lo vi merodeando en las sombras. Lucrecia desarmó mi elocuente discurso preparado, que consistía en un clásico: «Hola,

¿pasaste buena noche?» con una caricia en mi barbilla por la que tembló mi cerebro cual gancho, pero que afectó también a mi corazón. La candidez de su voz a escasos centímetros me dejó fuera de combate por completo, y su mensaje me remató:

—Buenos días, guapo, salvador; salgamos fuera. No te besaré delante de la fiera, que seguro te morderá si lo ve.

Solté una risa tan ahogada que el sonido a los oídos del perro me asemejó a una niñita, este dejó que viera mi ridículo en sus ojos para esconderse de nuevo. En la calle recibí no un ósculo educado o un beso cordial, sino un suave contacto de sus labios en los míos no como recompensa, porque la vi cerrar los ojos entregada. No hice lo propio para cerciorarme de que no dormía. Las riendas del paseo las llevó ella:

—No me apetecen espacios abiertos por lo sucedido. ¿Qué te parece una heladería?

Me impactó su rostro flagelado por un miedo al que aún no podía enfrentar.

—Junto a mí, nada malo te sucederá. Me apetece mucho un helado, invito yo, por supuesto.

—Un caballero de la vieja escuela con toques muy modernos, porque...

Me preparé para la amortiguación de una crítica nada sana sobre mi indumentaria o una pulla a mi descuidado físico, porque a diferencia de los metrosexuales que afeitaban su cuerpo para dejarlo libre de bello como un delfín, renuncié a la moda con unos pelos que me salían por doquier. ¿Figuraría en su lista telefónica con un apodo que me gustaría fuera cariñoso como el osito? O con el desdeñoso yeti. Resquebrajó las grietas de mi pérdida de confianza al proseguir:

—Porque la espada y el escudo son tus enormes brazos. Anoche no pude fijarme bien, pero tienes, además de una cara preciosa, un cuerpo escultural. ¿Te matas mucho en el gimnasio?

Vendería en un periquete tomate a granel por la rojez de mi rostro.

—Gracias, no me acostumbro a los cumplidos. Los rayos de luz no dejaran de seguirte, porque el sol custodia a su sucesora. Entreno cada día y soy estricto con la dieta. No destaco tanto.

—¡Qué boniiiito! Humilde con tus talentos. ¡Me encantas!

Estiró sus dedos cual campanitas que tocaron mi mano para hormiguear mi sangre. Sentí la batería del corazón junto a la alegría de aferrar no el aire como acostumbro, sino su mano. La heladería aún no albergaba a los escolares o los trabajadores porque faltaba una hora para el descanso de las oficinas aledañas. Un toldo blanco con rayas azules daba un poco de reposo a las mesas y sillas de blanco metálico. En lugar de pedir en el exterior, accedimos dentro, nos dirigimos al mostrador donde la fresa competía con mango, coco, chocolate negro, tiramisú, frambuesa, pistacho, menta y plátano, sabores clásicos, pero Lucrecia elogió tanto su elaboración artesana que los miré con un regusto dulce a todos ellos. Su compañía mejoró cualquier lugar o situación, pero admito que el helado de fresa me transportó a las huertas, porque incluso en un descuido no usé la servilleta para chuparme los dedos con abierto placer.

Centró sus ojos en mí para dedicarme una sonrisa entre pícara y comedida.

—No te prives. Creo que te gusta, pero no más que mi beso, espero.

—Nada borrará el día de hoy, porque tú me has besado. Sin importar lo que ocurra en el futuro, jamás lo olvidaré.

—Apúntate otro más.

Abandonó su silla para girarme el rostro a su boca, nos encontramos en medio camino por el ímpetu de los dos. Mi adicción por ella aumentó.

La primera cita ocurrió cual un adolescente la sueña, pero a mi edad no esperé un beso que corriera en mis venas llenando mis labios de un pinzamiento alargado, un seísmo de grado alto y una adhesión a su cuerpo igual que el pegamento. Estiramos las piernas para bajar la digestión del helado por las cercanías por el resquemor de Lucrecia a sufrir otro accidente; al denominarlo así, su conciencia disidía del intento de violación. La arrimé contra mi hombro en un acto protector que agradeció, pero cometí una torpeza, desabroché la cinta de un reloj que portaba en la mano derecha. El broche cedió a mi acto repentino y el mecanismo del tiempo chocó contra la acera. Ella intentó restar importancia quitándole valor:

—Tranquilo, mi favorito lo tengo en un estuche, este es de paseo.

Me agaché para recoger las piezas, una por una: las manecillas, el tambor, la rosca para ajustar el minutero y la esfera, que permanecía intacta aunque desencajada. emití un dictamen aproximado de datos en mi mente para formular:

—Lo arreglaré en un periquete. Si me dejas llevármelo a casa, mañana lo tendrás listo. No supone ningún inconveniente, ¿verdad preciosa?

—Voy contigo, con mi presencia te esforzarás más, incluso lo tendrás antes para que podamos hablar... —el silencio prolongado junto a su mirada provocadora me facilitó la intención a la que ni mucho menos me negaría— en privado.

Simulé en el camino de vuelta una determinación a prueba de timidez, pero mi inexperiencia en el campo en el que me iba a adentrar hasta los cojones me suscitó las dudas de una primera vez que vaticiné calamitosa. ¿La satisfaría? ¿Acabaría antes de tocarla siquiera? ¿Decepcionaría mi actuación tanto como para restar todo lo conseguido? Abrí la puerta de casa junto a ella sin pedir un minuto para ordenar el caos. Ella detuvo mi recogida tardía de ropa con un gesto de desdén y añadió: «No importa, Hugo». Mi centro de operaciones lo anunciaba un cartel de alto voltaje con un «NO DISTURB» en letras rojas para espantar el polvo, porque desde que compré el piso nadie había entrado salvo yo. La cama deshecha; los libros colocados por orden de lectura en una estantería de madera sobre el lecho; una mesa de nogal justo enfrente de la habitación, junto a la ventana, para aprovechar la luz natural; un cuadro de un grupo *heavy* que ocupaba casi por completo la pared izquierda, y un armario sin puertas para acceder rápido a la ropa, en eso consistía mi laboratorio de inspiración musical, además de mi otra reciente habilidad. Expliqué en voz lastimosa la distribución de mi cuarto con una excusa:

—Me mudé hace poco, es provisional.

Lucrecia levantó una ceja, caminó hasta la ropa, volteó una camisa, pasó un dedo por el polvo de los muebles y desacreditó mi torpe alegato:

—El lavado me indica que usaste no menos de tres lavadoras, con tu nivel de limpieza le sumo tres semanas; el rastro de pelusa que puede caminar añade un mes, por lo que, Hugo, vives aquí desde hace un año cuando menos.

—Qué ojo clínico. —Desvié la atención absorbiendo la tarea que desplegaba en la mesa—. Mira trabajar al maestro.

Moví los pulgares y anulares al tiempo como un calentamiento previo a dar rosca, apretar, soldar o ajustar las piezas en una sincronía perfecta. Sorprendería a Lucrecia no solo arreglando su reloj, sino mejorándolo. Abrí un cajón junto a la cajonera que estaba a la altura de mi rodilla derecha, cogí un estilete, un destornillador, las piezas de recambio de mejor calidad para, a continuación, sacar el toque característico, unas láminas de oro que rasqué de relojes que había reparado. Imaginé el picado de un halcón, la cacería de un león y el salto de un delfín, porque me inhibí de cualquier estímulo o distracción, solo tú y yo, reloj. Concentrado, sajé las arterias del mecanismo, pero sin el frío proceder del médico. Entusiasmado, apilé las piezas, distribuí el orden correcto y *¡voilà!* Ella no reaccionó como me hubiera gustado; catatónica e incapaz de agradecer paró su parpadeo silencioso:

—Increíble, un talento espectacular. ¿Puedo llamar? He recordado un asunto urgente. Espera aquí, enseguida vuelvo, guapo.

—Utiliza el fijo, así no gastas.

—No, no, es un tema de chicas.

—Vuelve pronto, porque ya te echo de menos.

Me figuré que saldría al pasillo para más intimidad o incluso al balcón, nunca preví que fuera a abandonar mi casa con un portazo. Denoté en la actitud una extraña, no una casualidad. Tras un par de minutos, sonó el timbre; abrí la puerta. completé el crucigrama, rubia atractiva que engatusa a pardillo, encargada de localizar al relojero, obtiene éxito en su caza para entregarlo, solución: Lucrecia ausente y dos aprendices de mafiosos apuntando a mi cabeza.

Capítulo 33

Pisar tierra plana tras una sucesión de escaladas y descensos te quita la zozobra del marino, porque el oleaje apasiona, pero la superficie te relega a la paz. Repatriado a una paz duradera, atravesé el río Ganges no a nado, sino hundiéndome para caminar por él. No oía las exclamaciones de los nativos, no escuché la lógica de flotar. Busqué un punto central, di tres zambullidas para tocar su arena embadurnándome de ella, el fruto de una higiene mitad corporal y mitad espiritual. Enterré las raíces de mi procedencia, raza o cualquier distintivo para amontonar en mí la igualdad, me ungí como ser humano. Localicé la tienda de mi mentor, al que encontré vivaracho departiendo con Lucas y mi compañero Luis. Al semibestia lo vi con una graduación mayor de obediencia, dócil cual mascota, porque de sus fauces proyectando los colmillos nada atisbé. El investigador reía ante los comentarios del primero, y el yogui los seguía en sus bromas acuñando nuevas. Mi aspecto no suscitó dudas en cuanto a mi pésima alimentación e hidratación, a lo que intentaron poner remedio en el acto, pero aclaré:

—Maestro, mi mayor necesidad no radica en lo físico, sino en el aura. ¿Puede adoctrinarme ahora?

A colación de mis palabras (hablé en hindi pues dominaba el idioma), se despidió con una reverencia de mis camaradas para estudiar mi equilibrio de energías. Pasó del ojo derecho a la cicatriz de mi barbilla, cogió mis manos y les dio la vuelta para mirar mis líneas. Extrañado, repitió la operación de analizar dorso y palma en numerosas ocasiones.

—¿Qué anomalía detecta? —pregunté.

—Reescribiste tu línea de vida.

—¿En cuanto a la duración o la felicidad?

—No adivinaré igual que el oráculo, porque aún puedes cambiarlas. Olvida lo que aún no ha acontecido, porque el «árbol de Shiva» te espera.

Coloqué mi espalda en un hueco listo para meditar, pero antes el yogui me explicó:

—La última lección consiste en evadir el pensamiento por el blanco de las nubes, anúlalo después por completo. Apura tu respiración al mínimo igual que un pez fuera del agua hasta la inexistencia de movimiento en tus pulmones. Late con el tambor de una hormiga para frenar tus constantes vitales. Te serviré de soporte vital.

Completar los huecos de una pared con ladrillos, techar las alturas, definir en palabras o pintar sobre blanco nos es proporcionado como seres humanos. La curiosidad, el vestigio hallado, la huella impresa de nuestras manos en una superficie para denominarla nuestra, me dominó ante el relleno del tono níveo. Apenas concentrado, mi maestro susurró:

—Empieza por imágenes alegres para descansar luego en un colchón de nubes, por ejemplo.

Capturé mi propia imagen para proyectármela a mí mismo, me representé con la ropa actual, no como el solitario del pasado, porque reuní a mi vera en unos taburetes a Luis, Amanda, Antonio y al yogui. Nadie emitía juicios o veredictos. Deliberaron con sonrisas, aclararon con sus miradas cándidas que agradecían tanto mi nuevo yo como que los invitara a ellos en especial. Abracé a mi pequeño tribunal desprendiéndome de una venda que traída por un mal viento quería cubrirme con la aversión a mi aspecto. Vieron así mi apertura al mundo. Mi imagen alegre me permitió relajarme para reposar en el colchón de espuma salpicada en el cielo. Una goma de borrar desprendió la capa del color claro. Ralenticé la respiración oyendo solo mi expiración a cada minuto para ir alejándola más hasta que la extinguí. Anulé la alarma del corazón que exigía el fuelle de los pulmones y las brasas del latido potente. En tránsito, meditando con total falta de impunidad por parte de mi organismo, escuché antes de alcanzar el trance el «Om» de mi maestro.

Una prueba de cuánto tiempo quedé en hibernación temprana, inactividad corporal o mejor denominada restauración de mi espíritu fue el encogimiento de mis costillas y la pérdida de musculatura, pero las ganancias en energía primaron por encima de todo. Despierto para el mundo, el yogui quiso averiguar si solo tenía los ojos abiertos:

—¿Conoces un sentido del universo o varios?

—Tantos como criaturas existen.

—¿Una guerra puede mantenerla una idea?

—La suscita y alarga la ausencia de ellas.

—¿Alcanzaste la iluminación?

—No, porque siempre estoy en continuo crecimiento.

—Vuelve a tu vida cotidiana. Pretenderán que caigas en maquinaciones oxidadas, asaltes tus antiguos prejuicios y retomes el odio para deparar un futuro gobernado por mentes viles. Sin conocer de tu historia unos pocos retazos, te sorprenderán mis presentimientos. La explicación sencilla radica en que oigo a más de un viento, giro en multitud de sentidos y la energía canta, únicamente le presto oído.

—Gracias, tú promoviste que me despojara de mis propias cargas. Iniciaste la confrontación a mis temores además de originar mi renacer. ¿Puedo conocer tu nombre?

—Lo abandoné hace mucho, porque no ostento título siquiera de familia, así cualquiera puede engrosarme a la suya o incluirme entre sus amigos o conocidos con las palabras que él decida. ¿Con cuál me honrarás?

—Mahimas.

—Precioso, pero no creo milagros, solo rescato a los que se pierden para encauzarlos de nuevo. Regresa, Alberto.

La serenidad de Mahimas me concedió la templanza para lo venidero.

Capítulo 34

Sostenido en el marco como una pintura de dolor, recobré la vista por la unción sobre sanarme de Amanda. Mi violeta arrugado pasó a un blanco sin el violáceo de los moretones. Los brazos y el costillar hundido por cuchillos dejaron de sangrar, pero antes de desobedecer la orden del rey de las cavernas, un bofetón la retiró de mi cuerpo con una premonición:

—Un nuevo desacato caprichoso te conminará a la convivencia con los gusanos. Antonio, a ti te necesitamos, a ella no. ¿Te escuchará o le adelanto el capullo de seda del que no saldrá?

La doble interpelación a ambos surtió el efecto esperado, aunque presa de las lágrimas Amanda no calló la pregunta que la clavaba con mayor fuerza que las correas a mí.

—¿Por qué curarlo para pegarle a continuación? ¿Por qué?

Contrajo sus dedos en un chasquido que dio escalofríos a su propio esqueleto, las sombras animadas repitieron el movimiento con la cadencia de una ola en un estadio de fútbol. Hinchó su pecho en una contracción voluntaria exagerada para gritar:

—¡Una buena observacióóóóóóón por fiiiiin!

Redujo la potencia, con lo que el tufo del alcohol digerido escampó de su garganta a mi garganta. Mi sobriedad correría riesgo si vaciaran un trago en mi gaznate.

—Lo conoces como el condicionamiento clásico, aunque lo aplico a un humano, ya que no ladra, ¿o no? A partir de ahora, lo besarás antes de un golpe para que lo asocie al dolor, el solo reflejo de tus labios acabará por provocarle malestar. Amanda, tú nos prestas tus aptitudes para este experimento. Gracias, sin ti sería muy difícil. No patalees o recrudeceremos el método para diversión de todos.

Creí captar la juerga, por lo que dije:

—Amanda, no rechazaré tus labios. Bésame.

Caminó hasta mí con los ojos vidriosos, espaciando las lágrimas, aguantando la tortura junto a mí, pues nos herían a ambos. El beso que recibí incluyó un regalo que quedó oculto para los presentes menos para mí, me sanó y dio un vigor inesperado. Las copias me atacaron imitando los movimientos de su títere, hígado, mandíbula, labio y ceja derecha. Las dosis de curación aumentaron por el beso que, como un caramelo, se deshacía en mi boca; duplicó mi resistencia, crecí en fuerza. Solo faltaba un frasco de labios para contar el tercero.

Amanda alargó el fervor del último consciente del intercambio de mensajes que nos repartíamos en las miradas previas, durante y después del ósculo. Metí los pulgares en la cuerda para desatar los nudos nada perfectos, el gran capitán Eladio me mostró la forma de armar un buen nexo entre la cuerda y, por lo tanto, la manera de soltarlo. La primera de las cuatro sombras recibió mi puntapié, por lo que tanto el cavernoso amo como las tres restantes cayeron de espaldas. Aticé con el marco el foco que replicaba sus oscuridades. Este sufrió una brecha que Amanda no curó y se desmayó por la fuerza del impacto. Fugarnos sin comprobar el plan de huida nos devolvería a una situación peor, por lo que rebusqué en el señor Sótano una pistola para que nos sirviera de escudo. Encontré una Star de la serie S. Cavaría en el pecho de los quince destinatarios que osaran interponer sus cuerpos a nuestra salida. Cambié de cuadro mortuorio a secuestrador con rehén. Asomé a mi garantía de seguridad por el primer pasillo con la moqueta roja, ninguna celebridad pasó por ella ni ningún secuaz de su aún descolocado jefe. Corrimos con el lastre del amo del subterráneo que arrastraba los pies igual y vencía el cuerpo hacia delante, al modo de los niños pequeños cuando no quieren andar. El retroceso de sus acciones nos situó frente a una barrera humana, un africano de un metro noventa que superaba con facilidad los cien kilos, cuya alimentación radicaba en proteínas por lo apretado que llevaba el esmoquin. Al comprobar nuestra carga, enrojeció de rabia y pugnó por sacar su arma. Lo avisé:

—Aleja tus dedos de la pistola o tu jefe podría salir herido. ¿Quieres ser responsable de su muerte?

Un lacayo con aspiraciones *tiraría de pipa*, un don nadie recularía para no ofrecer un obstáculo a la salvación de su superior. Era de los segundos. Avancé de espaldas instando a Amanda a que me comunicara cualquier indicio de hombres armados para actuar con rapidez. El fornido africano quedó rezagado para dar a un pulsador pensado para una situación de emergencia. No rozó siquiera el aire de alrededor, porque detuve su vida con un disparo. La detonación avisó a unos tres guardias cercanos a la puerta de entrada y justo en su umbral, al cuarto, Juan. Habló con una gélida voz acorde con sus ojos helados:

—Suelta al señor Sótano sin cometer una sola memez para no ver truncado tu intento de fuga.

Recibí el tono de su voz con discordia entre su yo anterior y el actual. Rememoré su ausencia de habla, que no denotó, lo que puse de manifiesto en una sola frase.

—Tu mudez engañaba mejor, Juan.

Percibí en el aire el desacierto. Marqué en la quiniela un uno cuando debí tachar el dos, el visitante me ganó la jugada porque disparé una salva hacia su cabeza, pero el impacto lo recibió el techo. Un vuelo de otra bala a su corazón tocó la pared contigua a su cuerpo, y una descarga de munición apuntando a sus pies bailó entre ellos sin dañarlo. No movió su cuerpo a una velocidad exorbitada ni esquivó con la gracia de un artista marcial; fallé. Yo fallé. Juan indicaba los huecos riendo.

—Compréndelo, conmigo no sirve.

—Descerrajaré un tiro al que sostiene tu cadena. ¡Retírate, perro!

—Prueba de nuevo, vaquero. Calíbrala igual que la escopeta de balines en la feria si te sientes más a gusto, pero no acertarás.

—Aunque la apoye sin darle un centímetro desde el cerebro al orifico de expulsión, ¿te la jugarás?

—No voy de farol, muchacho.

En cuanto deslicé el dedo sobre el gatillo, noté una linterna enfocando a mi presa, una de las cuatro fotocopias sin rostro desvió mi pistola. Juan dijo en tono triunfal:

—As de picas.

Libré del agarre de mi Star, protegí a Amanda de cualquier represalia interponiéndome en el hostigamiento que recibiríamos de parte del recuperado cabecilla. El antiguo mudo aprovechó sus cuerdas vocales para reír mientras ganaba terreno respecto a nosotros y su jefe. Mermado de mi principal habilidad, cobraría íntegra una paliza en consecuencia por mi patético plan, heroico pero infructuoso. Escuché un claxon, vi una furgoneta derrapando que hizo apartarse de nuestro lado a nuestros enemigos. Miré al interior para cerciorarme de que el trío responsable no correspondía a un oasis de mi mente por la adversidad del momento. Hugo al volante, Luis abriendo la puerta lateral y Alberto ayudándonos a entrar en el vehículo. Andanadas de pólvora nos despidieron mientras con los ojos llorosos y no por culpa del polvo recibía el abrazo de mis amigos. Chirriaron las ruedas de ciclomotores que emprendieron la persecución, pero Hugo maniobró con fluidez para no ofrecer un blanco sencillo. Las metralletas gritaron fuego, los neumáticos voltearon con culatazos hasta que con una seña solicité que abrieran un poco la ventana del lado izquierdo para deshacernos de las moscas pegajosas con casco. Con un préstamo de fuego escupí acero propulsado sobre el caucho, desinflé los neumáticos con un pinchazo de metal, cerré la ventana dejando de mirar atrás. Traqueteó el vehículo a un ritmo mundano por la desaparición de los perseguidores. Vi a Amanda comprobando que ninguno hubiéramos sufrido el más mínimo rasguño, pero después de su análisis médico, fatigada, cabeceó hasta dar la vuelta al marrón de sus ojos por el blanco de la inconsciencia. Abusó de su poder por mí. ¿Cómo no reparé en su rostro desmejorado por la carga, la palidez de su piel y el ligero temblor de sus manos?

—¡Rápido, a un hospital! ¡Amanda, Amanda…!

Sufrir por el ser amado te imposibilita una reacción normal, en este caso afectó a mi habla. Alberto emanó relajación.

—No le ocurrirá nada, pero no podemos arriesgarnos a entrar en un centro médico ni contratar los servicios de un médico que use una tapadera. Hugo, sigue las coordenadas que te indique a partir de ahora.

Me fijé en el rumbo que tomábamos y aprecié que lindábamos casi con Getafe, por lo que expuse:

—Alberto, ¿adónde vamos?

—Al Ventorro de la Puñalá.

—No suena recomendado.

—Si miras sus construcciones, verás que carece de estructuras porque observarás a los niños jugando entre coches sin ruedas y corriendo por calles de cemento construido por los mismos vecinos. Los tacharás de salvajes, pero lo que guarda este lugar no lo encontrarás en ningún otro.

—¿Qué lo diferencia de una ciudad con un buen servicio médico? —pregunté enfadado.

—Esperanza, apego a su tierra y una mujer excepcional.

—¿Quién?

—Margarita, la bruja, una curandera; pero, ante todo, madre de Amanda.

Sopló un aire de navaja que afiló nuestras sonrisas, porque pese a la rápida ojeada televisiva, radiada o de un conductor accidental, pisar aquel barrio nos brindó un soplo de alegría. Pocos recursos, cierto, pero la camaradería oxigena a cualquier habitante, saludos gentiles, no con un tímido «Hola» que apenas oyes, sino con un movimiento de manos seguido de una hospitalidad que raya en lo paranormal. En la urbe, mi situación desesperada con Amanda herida se contaría como una anécdota para relatar, pero nadie nos ayudaría como estos «Hijos del Viento Seccionado» (a buen seguro no se denominan así, pero me parece un buen término). Encontramos una vivienda o una construcción que pretendía asemejar sus funciones a ello; el techo combado por la lluvia, las paredes rugosas con un verde mohín de humedad, unos barrotes oxidados en las ventanas y una puerta con tablones cortados en partes desiguales tachonados con nula habilidad. Una baldosa a modo de alerta rezaba: «Cuidado con el hurón». Lo achaqué a una broma para espantar a algún visitante indeseado, pero un roedor de pelaje blanco me mostró sus dientes antes de que aporreara la puerta. Retrocedí explicando mi visita:

—Traemos a Amanda; sálvela, Margarita, por favor.

La propietaria de aquella morada a punto quedó de derribar su morada al retirar exaltada el acceso a su vivienda con manotazos y patadas que temí repitiera al considerarme el culpable del estado de Amanda. Sentí dos agujas en los ojos, un escrutinio severo de mí como persona. Debí pasarlo, porque me apresuró a entrar. Vencido, el atardecer acarrearía un momento crónico para mí por la transformación pero lo soportaría por mi prioridad, Amanda. Una vela en un candelabro nos guio a un somier que curvaría la espalda a una roca, la coloqué con sumo cuidado apretándole la mano a mi amor para que notara mi presencia junto a ella. La mujer nos abandonó corriendo, obviando los interrogantes que abría. Apareció con una muñeca, fiel reflejo de Amanda, una miniatura con todos los detalles, incluido su propio pelo. Reverdecí películas de vudú, por lo que asocié rápido lo que ocurría a un acto de magia negra. Mostré mi oposición:

–Suture las heridas con aguja y fuego, véndela, pero de ninguna manera la controlará con esa muñeca.

Cuando un practicante de lo arcano te mira como si pisoteara a un mosquito, aseguro que los kilómetros te llaman para que los corras en opuesta dirección a la que este se dirija. Su mirada grave torciendo la boca, las manos abriendo y cerrando cual tenazas no me alertaron de lo que vino, un sopapo de campeonato.

–Imbécil, es su muñeca favorita. Abrazarla la calma. Facilitará mi curación.

Cero puntos para ganarme el favor de la suegra. –Os pido silencio total. Necesita un clima de nula hostilidad por, lo que si mi «guanta» te encabrona, sal.

Directa a la llaga, con una guindilla de escozor para el descontrol. Vendé a la justicia, obedecí mis designios para continuar con mi prioridad, por lo que respondí:

–Tranquila; cúrela, por favor.

Colocó el juguete de su infancia entre el omóplato derecho y su cara, por lo que el pelo del juguete regresaba a su cauce. Alisó las arrugas de la ropa de Amanda para poner su mano izquierda plena de varices en el corazón de mi amada. Inspiró con tal fuerza que temí que reventara igual que un globo o que cediera la estructura de la vivienda. Espiró después un aire que calentaría el mismo fuego. El riego sanguíneo de los ensanchamientos azules de Margarita alisó sus protuberancias pasando al blanco en numerosas ocasiones. Golpeó con el índice en la frente de Amanda con el sonido de un tambor arrítmico, porque no escuché sonido alguno. La sanadora, al observar que ponderábamos sus métodos como extraños, aclaró:

–Muevo la energía estancada que almaceno en mis dilataciones para impulsar su circulación. Doy orden a su cerebro en una onda corta que solo escuchan sus neuronas y volatilizó todo germen con el aire limpio de la montaña escanciándolo justo ahora. Para que no os lieis. Transfusión, reanimación cardíaca junto a saneamiento de la sala de operaciones.

Nuestros rostros asintieron al unísono, lo que me permitió entender una marca de Margarita en Amanda, una sonrisa bella, aunque la hija superó el gen de la madre, por lo menos a mi entender. Tres bocanadas de aire expulsadas con una reincorporación salvaje, tres movimientos de extremidades y tres espiraciones articuladas con la vocal «A» nos devolvieron a mi amada. Margarita, a punto del colapso, por poco dio de bruces con el suelo si no hubiera sido por Alberto, que la sostuvo para sentarla en una silla de mimbre; este movió una sábana a modo de abanico, a lo que la madre correspondió:

—Gracias, señor; abuso del don para curar con los vecinos, pero no iba a dejar herida a mi niña por el cansancio. ¿Me trae un vaso de agua? En cuanto a ti —giró la cabeza en mi dirección—, perdona mi mala lengua, pero en situaciones desesperadas no freno a la bribona de soltar lindezas.

—Sanó a mi amor, por lo que permanezco en deuda con usted.

En el sendero del enfado disimulado y la verdadera broma, asomó una sonrisa.

—Chavalín, no me trates de usted que no soy tan vieja.

—Perdone, como me dirijo a…

—A puntito de repetirlo, llámame, uuuuhm.

Amanda cogió su muñeca con la derecha, me aferró con la izquierda la mano y pilló su turno de palabra:

—Mamá, porque suegra no le gusta nada de nada.

Oportuna, crucial, enterró nuestras hachas de guerra, porque a partir de entonces el cariz de las conversaciones acogió el del respeto mutuo e incluso un acercamiento cariñoso más por mi parte que por la suya. Verla recuperada a mi lado, con sus ojos en busca de un supuesto daño en mí, convenció a Margarita del amor de su hija. Excluí a su madre y Alberto porque derramé la tensión de los momentos previos solventando las lágrimas con una respiración de casi ululato:

—Uuuu, si no despiertas, uuuuuu, yo, uuu, yo, uuu, me, uuu.

Regaliz de fresa, albaricoques recién cortados, moras prensadas en los bordes rosados, pulso suave de su labio inferior en el mío, un beso que doblegó por completo mi inquietud. Limpió con sus pulgares mis ojos cerrados mientras nos contábamos en la rivalidad jugosa de saliva lo mucho que nos añoramos en aquella momentánea separación. Abrí los ojos para juntar nuestras frentes, separando las bocas. Alberto adujo:

—Comprobaré los neumáticos.

Margarita indicó:

—Cuídamela, yerno.

Aislados por los paréntesis de un nexo que no movería ni un cataclismo, nos movimos al unísono, mudos, y hablamos en caricias que subían del peatón ámbar que pasa cauteloso al rojo que le prohíbe entrar. Fuego en las yemas, calderos en los labios, pasión en el corazón y la piel. Repujé la carne con un barniz de saliva, cubrí las copas de botones rosados, mordí las montañas traseras junto a la fuente de vida de un vampiro. Amanda me invitó al deseo con los ojos en un morse tantas veces usado por ambos, agarró mi cabeza para hincar el diente en mi yugular mientras alojaba en mi oído un gruñido de pantera. Palpó la carne trabajada deteniéndose en la dura que la apuntaba. Miró al osado que saludaba con interés en cavar en sus labios ubicados en la pelvis. Le advirtió:

—Primero una duchita, cochino.

Una descarga de enorme placer recogía los dedos de mis pies. Azuzado en grabar mi corazón en el suyo con el empuje en su interior, aparté su boca y le dije:

—Mi turno. Oí una réplica murmullada «te encanta dominar» a la que respondí hundiéndome en ella. Acometí despacio, con mordiscos en la oreja, besos alargados y mis manos sobre las frutas redondeadas bajo su cuello. Imprimí un ritmo alocado para verla transfigurada por el placer. Ella copó en mis oídos vocalizaciones de goce que me animaban a emplear el pico a mayor profundidad, y el reguero de gusto nos llegó a los dos.

Abrazados, desnudos, no escatimamos en carantoñas pese a que radiábamos a la ropa tendida. Reunidos de nuevo, nos vestimos. Salí primero para encontrar a mi futura suegra, a la que caía un poquito más en gracia, aunque después de haber mancillado su cama... Margarita me reveló una sonrisa que no aceptaba discusión, «he oído todo, campeón». Bajé la cabeza por vergüenza, pero ella me dio un ligero empujón con el codo que me prestó una pizca de impudor. Juntas, madre e hija tratarían muchos temas; uno seguro, yo. Me alejé a la zona de hombres instaurada junto a la furgoneta, presidida por Luis acompañado de Alberto y Hugo. No solicité la inclusión porque el hombre-bestia rápido disparó la cerbatana:

—Pasa, pasa, ahórrate los detalles, porque vuestra fogosidad ya sació nuestra curiosidad por cómo os recibiríais.

Al comentario mordaz le siguieron sendas risas de los compinches, que tironearon de mí despeinándome igual que limpian una escoba; sacudieron todos mis pelos mientras palmeaban mi espalda. Decidido a poner tierra de por medio, pregunté:

—¿Cómo nos encontrasteis?

Luis dispersó a sus aliados de bromas con un rostro no proclive a las chanzas, cerró por tanto la diversión y empezó:

—Pon atención, Alberto...

Capítulo 35

—Cogí un pasaje a la India junto a Alberto con nuestros vuelos temporales. ¿Adivina el año?

No perdí un segundo:

—1893.

Luis mostró uno de sus caninos bestiales, desairado, para continuar:

—Me exasperas; sí, exacto. En aquella época, conocimos a un yogui que modificó nuestros espíritus, aunque el efecto duradero lo representa Alberto. A mí me confinó a paliar ciertas conductas animales que dudo que pueda reprimir mucho tiempo. Mi compañero escaló, descendió y meditó incluso bajo un árbol sagrado sin probar gota de agua o ración de pan. Aprobó el examen del maestro. Nos disponíamos a volver, pero Alberto, con su nueva sensibilidad, trazó un camino distinto del que esperaba.

Frené la narración para mirar a Alberto. Fijé mis ojos queriendo atravesar sus antiguas fisuras, pero no hallé ninguna. Operaba un gran cambio en él. Desvié mi cabeza para volver al locutor, impacientado:

—Como decía, aquí tu compañero me guio como un perro lazarillo, porque no veía a dónde iríamos a parar. Intuía la época actual enfocando tu casa, la de Amanda, la vivienda de Hugo, pero no...

Hugo, consternado, puso su mano en el corazón sofocando sus lágrimas antes de que salieran y expresó:

—Deja que me libere contándolo.

Un silencio de asentimiento sentó las bases de un acuerdo tácito.

—Insensato de mí, burlaron mi inteligencia con una mujer escultural. Acepté sus embustes cuando su interés siempre radicó en mi habilidad. No la odio a ella, sino a mí mismo. Marcaron un plan de ruta itinerando a mi alrededor con los sucesos. Un falso violador propició la ventana a mi corazón, que luego ella pisoteó; aun ahora me resisto a nombrarla. La salvé convencido de mi nuevo traje de héroe hecho a medida por mis esfuerzos. Sin embargo, el tejer de la mentira hilaba muy lejos. Conocí a un portero que con el primer vistazo me dio la impresión de un perro, pero maldigo ese momento, porque ningún animal actuaría de forma tan grotesca para dañarme *a posteriori*. Salimos en una primera cita previos mensajes acaramelados, no emergía de mi asombro porque me enfangaron desde el inicio. Surtí de amor cada segundo para ella cuando en un nada accidental momento su reloj cayó medio estropeado al suelo. Pensé que debía mostrarme galán, arreglarlo en casa a solas, pero ella me acompañó para agradecérmelo después de una manera «especial» —movió los índices y anulares como una imitación de las comillas—. Manos en el trabajo, corazón listo para reparar y deseo preparado para entrar. Terminado el arreglo con numerosas mejoras, ella se excusó por una llamada; tocaron el timbre para destaparme los ojos a la traición, junto a ella miembros de la Organización. Me arrastraron por los brazos a punta de pistola, los miré sin esperar una renuncia, pero sí pretendí una respuesta de ella, un perdón fingido tal vez, que me desvelara una amenaza a su familia, una excusa que aunque fuera extravagante engulliría. Ella me miró como una cerilla a un témpano de hielo para decirme:

—Ni lo sueñes, majadero. Nunca tuviste oportunidad conmigo porque de habernos conocido en otras circunstancias no te habría besado.

Escupió recordando la unión de nuestros labios. Decepcionado, abatido por la fusta del desamor, no opuse reacción a los empujones para dirigirnos a la casa de la chica. La primera vez que recorrí aquellos metros brillé por la esperanza; en ese momento apagué mi propia vela. Triste, renuncié a rascar con una ofensa, maldecir o gritar cual loco. Entoné un rítmico, uno, dos, uno, dos, mi marcha al paredón. Agarrada al pasamanos, me invitó en un alfiler de dientes despectivos con una crítica sonrisa a bajar los escalones de su edificio. Cal blanca, mármol pisado, repique de tacones, ¿puerta de mimbre? De cobrar una apuesta, perdería, porque aposté todo por láminas de hierro, refuerzos de oro, plata, acero o cobre si me apuras. Ella empujó la visita al búnker. Un agujero con una mesilla metálica de radiografías, una bombilla en vez de foco y sin la máquina de rayos x. Cabizbajo, una mano que creí siempre atada me alzó de un puñetazo. El dolor no sobrevino por el golpe, sino por sus palabras:—Hugo, Hugo, saluda a tu enemigo Cerbero. Lucrecia es mi pareja; ambos, junto a una patrulla que te seguía, urdimos el montaje. Nos los pusiste complicado porque desapareciste, pero tu afición por las relojerías puso mi trufa de perro en tu busca. Capturado por una bella y torturado por una bestia. Magnífico final, pardillo.

Sangré por dentro al nombrarla aquel cretino. Equivoqué sus miradas, desprecié sus contactos, me quedé ciego por la exposición de cariño por mí. Harto de mi derrumbe, solté la cuerda que pretendían cercarme al orgullo:

—Bruja sucia, pulgoso de mierda, me cago en vosotros, cabrones.

Las dos alimañas rieron ante mis exabruptos. Vicente contestó:

—Caballero, cuidado, que pierdes la armadura.

Pegué mis pies al suelo como goma de mascar derretida, bajé el centro de gravedad para que no me movieran ni un palmo, pero me golpearon en la nuca con la culata de una pistola. Cuando volví en mí, estaba amarrado con unas correas de manicomio en los pies y la cintura, porque necesitaban mis manos. Trabajar bajo presión desciende o aumenta las capacidades dependiendo del propulsor que una persona necesite, mi zanahoria consistía en bastonazos de hierro en el estómago, chorros de agua a presión en el pecho y una mordaza con la que no podía respirar. Retiraban la caperuza para exigirme. No me propinaban golpes con la promesa de cooperar. Acababa de refugiarme en una cadena de montaje. Por lo que al final colaboré. Ejercicios sencillos de montaje de relojes para desayunar. Subieron un escalón la dificultad para merendar con construcciones desde cero. Saltaron la comida, pero prepararon el Everest para la cena, unos planos casi exactos al reloj original. Moví las manos, el destornillador, apuntalé los cierres con ánimo y no del todo ajeno a mi voluntad. ¿Dudó un pintor al colocar la brocha en los colores? ¿El compositor pone, acaso, objeciones a la interpretación de su obra terminada? Al igual que ellos, me obligue a mí mismo por la pasión que corre por mis manos al trastear con los mecanismos del tiempo, pero a medida que fui superando las pruebas de aquella, supuse, mi última cena, requerí a mis ojos un vistazo profundo a aquellos esquemas, un análisis exhaustivo. Tardé demasiado, porque finalizado el trabajo me di cuenta de que había fabricado una réplica exacta.

Cerbero ladró:

—Estúpido, ya no te necesitamos. Dile adiós a tu mísera vida.

Cerré los ojos a la espera de un castigo de balas por misericordia, pero abrí los ojos una última vez para verlo aproximarse con una bolsa de plástico:

—Pide un último deseo. Asegúrate, eso sí, de que no sea agua, porque te vas a hartar.

La caballería sonó con un rugido atronador, las zarpas desgarraron a los guardaespaldas, las fauces clavaron a otro nutrido grupo que intentó cerrarles el paso. Alberto desvió los ataques proyectándolos, aprovechó la violencia de sus adversarios. El remate lo cedía a Luis, que demostró que el rey de las bestias también domina el cemento. Vicente, que ya no Cerbero, buscaba a tientas la pared para accionar una salida, pero el león enterró a la criatura mitológica en su propia sangre tras atrapar su yugular. Repetí su nombre una y otra vez:

—Lucrecia, Lucrecia, Lucrecia, Lucrecia...

Me observaron con el pesar de perderme en el síndrome del secuestrado, pero aclaré mi reiteración:

—Fabriqué una copia idéntica al reloj original. Encontrémosla, se la han llevado.

Ella aprovechó el desorden, el caos. Perpetrada por el segundo equipo de refuerzo al que sacrificó, la trasladaron.

Astuta y cruel, qué terrorífica combinación. Alberto nos conminó a ir un paso por delante. La meditación le brinda el viaje temporal al lugar donde encuentre a personas queridas sin necesidad de conocer coordenadas o el emplazamiento exacto. Gracias a ello os rescatamos.

El apelado pidió calma al pesimismo que flotaba como nube gris en tiempo de estío. Aclaró su voz igual que un trovador con gorgoritos, a los que añadió la brusquedad del escupitajo para indicar:

—Te necesitan, Antonio. Conozco sus propósitos, pero no de qué manera te quieren utilizar como llave. Tus trastornos, la metamorfosis de tu cuerpo de joven a anciano quizá desencadene una brecha en el tiempo que pretendan estudiar para ensayar a continuación contigo como cobaya. No llenaremos sus manos con nuestra pasividad porque tu invención, Hugo, potencia su régimen autoritario. Antonio, cuelgan carteles de se busca en todas partes, pero a la par los miembros de la rebelión, si consiguen enhebrar la información dándote como clave, intentarán eliminarte. La situación requiere una medida irracional, daremos un salto de confianza a ciegas, contraatacaremos.

Capítulo 36

Aguardé opiniones en contra, argumentos a favor, discusiones enfervorecidas, apretones de manos, pero no un clima de compañerismo que dictaminó los asentimientos de ojos y corazón. Nos guarnecimos en un círculo humano, unidos por los brazos en los hombros al igual que un equipo de *rugby* que organiza una melé. Alberto enunció la consigna:

—Ningún soldadito único, iremos juntos, volveremos igual. Asestemos el golpe en su centro neurálgico. Sufrí como vosotros el dolor en sus manos, pero un resquicio de afecto repta en mi interior como una víbora que devora sus huevos. Gracias a eso, os mostraré la guarida de los jefes.

Tiempo de decisiones firmes, aplazar la despedida no conseguía mitigar los efectos. Caminé rumbo a la vivienda, mareado igual que un pirata con pierna de palo, porque aunque mi mente lo consideraba necesario, mi mente lo rechazaba. Verla allí sentada junto a su madre compartiendo confidencias con las manos unidas me urgió a no demorarme, porque de lo contrario fracasaría. Amanda apartó los ojos de

Margarita. Descifró la intención oculta de mis palabras aún no pronunciadas, pero presentes en mis movimientos corporales. Leyó el pesar en mis ojos, el intento de darle voz con el impulso de las manos que caían pesadas como mazos a los lados, los pies frenando y mi alma llorando. Ella le dijo a su progenitora:

—Mamá, espera fuera, vamos a despedirnos.

Su madre cruzó a mi lado, sabedora de mi difícil decisión, y proyectó un deseo:

—Vuelve pronto, yerno.

Frente al marfil perlado, la cumbre rosada, el manto de noche, la sonrisa de luna, delante de mi amada. No ahogar las palabras requiere bucear en ellas para sacarlas a flote en el barco de la lengua que navega en diferentes cauces, pero el mío tomó el corazón. Trabé confianza al agarrar sus deditos, en los que me detuve masajeándolos al igual que en los días de frío. Soplé el calor de mis sentimientos para expresarle:

—Amanda, mi partida contrae un peligro que temo. Llevo el miedo a perder tus besos, tus caricias, los días a tu lado con ese despertar de tu sonrisa plácida y los juegos de la carne. Me horroriza arriesgarte.

Resistía, estoica, mis palabras con los ojos a punto de desencallar el embalse de las lágrimas. Apretó mis manos para acercarme a su pecho:

—¿Lo escuchas? Apartarme de ti me apena, pero allá donde vayas estaré contigo, de una manera u otra nos comunicaremos. El peligro truncará los sueños que creemos seguros si no detenemos la amenaza. Desde que te vi por primera vez, supe que escondías la clave.

—¿La del tiempo?

—No, la de mi corazón.

Despejé su frente para efectuar un paseo de besos que desembocó en sus labios, donde me encallé con el ancla de un fervor infinito. Acaricié su rostro punteando sus hoyitos con mis pulgares. Le dibujé una sonrisa que nació después en mí. Fuerte por sus palabras, creí.—Espérame, porque pronto no me separaré de ti, verás las hojas caer en invierno, las agujas rodar y la vejez avanzar, pero nunca observarás que mi amor muera. Compartiré mi bastón, tú me prestaras tu delantal, quizá riamos desdentados o nos movamos con achaques, pero te aseguro que la felicidad no hará más que aumentar.

Liberada la presa, la cascada liberó su caudal con gotas de alegría saladas de los dos. Tracé en la palma de sus dedos nuestro mensaje secreto, lo verificamos al pronunciar ambos al unísono:

—Siempre, siempre, siempre.

Llegamos hasta la entrada, ahora salida, de la casa del Ventorro de la Puñalá juntos. Me fui junto a ella porque su espíritu aún me aferraba la mano. No eché la vista atrás porque sabía que nos debilitaría. Oí sus pasos adentrarse en la vivienda, por lo que nos mantuvimos fuertes. Alberto, Luis y Hugo permanecían apoyados en la furgoneta sobre la parte alta de los hombros, pero en cuanto acreditaron que mi despedida había acabado, comenzaron a entrar en el vehículo y me dejaron la puerta lateral abierta. Aquel receptáculo metálico transportaba la esperanza de un mundo, los sueños de un enamorado, la dualidad del hombre animal, un artista del tiempo y un hombre renovado. ¿Presentarnos a las puertas del enemigo los trastocaría o les serviríamos la ventaja en bandeja? Nadie disintió del plan original, pero no quedó clara la forma, por lo que abaniqué el aire con mi lengua curiosa:

—¿Atacamos a tropel? ¿En parejas de dos por los flancos? ¿Ganando su retaguardia? ¿A bocajarro?

Alberto, seguro como raíz profunda, matizó:

—Nos infiltraremos. Desde hoy estudiaremos sus guardias. Detallaremos informes sobre el guardián perezoso que no termina el recorrido, el borracho, el putero y los que cierran los ojos por un descuido que no admiten. Puedo localizarlos. Ellos tratarán de dar con nosotros, por lo que primero emboscaremos a miembros de su orden, pero nada de baja estofa; id directos a los de alta graduación. Os educaré en sus saludos, las normas...

—Conozco sus reglas —apunté.

—Las ampliaré, porque te di un pequeño resumen. Nada de confraternizar unos con otros en la busca de aliados dentro, tampoco mostréis vuestra amistad, ello trae recelos y no acaba en expulsión, sino en muerte. Caminad erguidos, nada de manos en los bolsillos. Hablad como autómatas con el registro que os pasaré de frases comunes de los servicios. Si cumplimos los puntos uno a uno, nos citarán a todos para una misión conjunta. Esa será nuestra oportunidad.

Saqué a la luz el punto menos esclarecedor:

—Juan y otros podrían descubrirnos.

Alberto esperaba la pregunta como la salida de la luna en la noche.

—Prepararé unas máscaras que nos mezclaran entre ellos, aunque no carecen de incomodidades y una flaqueza. Al ponérosla, nada de lavaros el rostro, por supuesto, rascaros o restregaros los ojos; no permitáis que el sol os dé directo en la base, por lo que cuando patrulléis los exteriores calaros bien las gorras. La costumbre de no mirar a los superiores o compañeros nos granjeará una delantera a este inconveniente.

Capítulo 37

Emboscar a los guardianes resultó un ejercicio de paciencia mayor que el de un pescador con un solo cebo en el anzuelo. Apunté en una libreta igual que el no mudo Juan, de mi caligrafía nada uniforme podías leer no solo los relevos, sino un componente almizclado, mi tortura; un añadido a mis heridas, el odio. Explicarle a un hombre que no deje sus decisiones en los arrebatos de furia debe partir de unos labios que vivieron la terrible experiencia. Entregué mi informe a Alberto y reaccionó:

—¿Mirada de hielo para ocultar la furia que llamea en tus entrañas?

Interpretó mis sentimientos cual hoja de ruta en un *rally* de emociones, porque viro a cada curva adelantándose a mis próximos pasos, lo admiré por ello.

—Quiero acabar con todos ellos, me destroza la quietud. Salgamos a por ellos en manada.

—Si actúas como un descerebrado, serás responsable de todas nuestras muertes, incluida la de Amanda. No frunzas el ceño para enfrentarte conmigo, da la cara a la verdad. ¿Crees que cuando tú caigas no irán a por ella? Serénate para cumplir el propósito que te guio a aceptar el caso. Tranquilízate con la idea que te lanzó a seguir pese a las adversidades. Relájate con el amor que ganaste y obtendrás la victoria.

Dar la razón a quien la tiene compensa si la ofreces seguro a un hombre que dirige tus pasos no con mano de hierro, te lacera con una fusta o con caramelos envenenados de codicia, sino con un corazón bueno. Alberto mostró sin tapujos tanto sus ideas como su rostro lastimado, aquello le granjeó ante nosotros el título de líder, que no aceptó, pero ejercía como tal. Quise indagar en su espíritu:

—¿Cómo te desprendiste de la máscara asesina que portabas en el corazón?

Centró su atención en todos mis aspectos, porque incluso me pidió que interrumpiera mi tamborileo de dedos sobre el suelo de la furgoneta. Hugo y Luis, que parecían ajenos a la conversación, prestaron más que oídos a su respuesta:

—¿Devolverá a la vida a mi esposa todo vivo que yo engrose en las huestes de la muerte? ¡No! ¿Reconstruiré mi rostro masacrando a mis enemigos? ¡No! ¿Sonreiré viendo rostros de viudas o hijos abandonados por una matanza sin escrúpulos? ¡No! ¡No actuaré igual que ellos! Solo retocaremos lo que fue manipulado. Tapar mi rostro oculto, también mi corazón en tinieblas de soledad, odio y dolor. Revelarlo junto a las enseñanzas me despertó.

—Vuelvo al trabajo, gracias por ocuparte de mí.

Alberto echó su asiento para atrás, su vigilancia terminó y empezó su descanso. Paramos junto a la Estación de Atocha. Las horas punta colaban a los miembros de los guardianes de las secciones cielo y tierra cual gusanos en un cadáver.

Disfrazados como gente de alcurnia, millonarios, malhechores, gánsteres e incluso lectores ávidos de prensa extemporánea (constatada por sus portadas del mundial de fútbol de España, el final de la guerra civil o un caso que salpicó la braqueta de cierto presidente americano), los conductores de ferrocarril y vendedores de taquilla hedían al ajo de una confabulación. Acudir allí en los momentos de mayor ajetreo los desorientó, por lo que nos proporcionó un paréntesis ideal para nuestros gráficos y estadísticas. Terminada la jornada, desaparecíamos en la furgoneta rumbo a un descampado que evitara el acecho de ojos ansiosos por echarnos el lazo.

Me tocó guardia nocturna junto a Luis, pero este optó por un divertimento que me espeluznó:

—Saldré a dar una vuelta corta a los alrededores, tengo que mat... el tiempo.

Aceleró en cuanto abrió la puerta alojando en la furgoneta al viento y despojándome de toda discusión. Desperté a nuestro líder para contarle la fuga de la bestia, a lo que contestó:

—Le encanta verte rechinar los dientes de miedo. Sabe que lo consideras un animal, conserva la fiereza, la fuerza indómita en combate, la agudeza visual, sonora y olfativa, además de una lealtad que ningún humano te entregará. Respecto a su humanidad, no asesina, solo caza animales, por eso aprovecha la oscuridad de la noche. Te daré un consejo: cuando regrese, míralo a los ojos sin miedo a desafiarlo, él te aceptará y te contará sus incursiones.

Alberto volvió a sus sueños cuando Luis entreabría la puerta, que yo sujeté para que no diera un portazo. Aglutinó la luz en sus cuencas con las pupilas de luna, por lo que forcé el encuentro con mis ojos pardos. Me obstiné en no apartarme de su trayectoria y conforme a la recomendación me habló de su cena. Un conejo sabroso al que le costó atrapar porque no abandonaba mucho rato la madriguera. Dimos un salto en nuestra relación, aunque el que lo comprendía mejor seguía siendo nuestro líder. Luis respaldaba a Hugo en sus desapasionadas diatribas al amor, quizá por ello el traicionado rehuía mi compañía, sabedor de mi suerte. No obstante, busqué acomodo para coincidir con él. Convencí a la fiera que me dejó su puesto a cambio de una cacería conjunta, la cual tuve que aceptar. Preparé el terreno con una pregunta liviana para empezar:

—Hugo, ¿no te tienta volver a intentarlo?

Obstruía sus palabras en una negación rotunda, pero que destripó:

—Lo pienso con asiduidad, pero no me considero un perro al que apaleen sin fecha de caducidad, así que desisto. Tú no entiendes la vileza de sus encantos porque aún la quiero. No como la primera vez. Pero ¿no es el odio una fase?

—Argumentas con la solidez del papel mojado, ni por asomo lo aceptes como paso de camino. Tu resentimiento te empuja a centrarte en un vertido negativo. Olvídala. Cuando salgamos de esta, encontrarás amor, no la farsa a la que te encomendó la arpía. Conozco las bondades del sentimiento, por lo que el cierre de tu corazón no te producirá más que amargura. ¿Reconsiderarás un avance tras la victoria?

—Quizá sepas de lo que hablas. Me encontraré mejor, sin duda, con el tiempo; además, un ladrón nunca aconseja sobre guardar, el policía no propone robar y el célibe no entiende de amar.

Coloqué mi puño en su hombro presionando lo justo, porque un abrazo sentido o una caricia compadeciéndole hundiría su ya denostada autoestima. El toque le mostró un apoyo al que acudir.

Me tocó compartir un canal de aventuras, la selva en pleno descampado. Cercanos a un monte, bestia y hombre directos a la persecución de un gazapo en pleno coto de caza. Traté de impedir la localización aseverando:

—Si nos pillan, ¿qué explico, que te escapaste de los carnavales? Escojamos entre los dos un lugar más recóndito.

Luis, con el molesto goteando entre los colmillos, repuso en tono sarcástico:

—¡Oh, solemne cazador, por favor guíame al oasis de las presas!

Cavilé un segundo para soltar:

—El zoo.

Activé la alarma de incendios, prendí fuego a las mangueras y ahogué con el humo toda salida digna, porque cometí una gran cagada que él me recriminó:

—Animales enjaulados, en cautividad...

Atajé antes del incendio:

—Lo siento, no quise ofenderte. Te resarciré, dispararé para ti.

Mencionar mi pistola a su servicio lo contentó:—Mejor no correré demasiado, jeje.

Saltamos la verja, aunque a punto habría estado de usurparme las joyas de la corona con el alambre de pinchos si no hubiera sido por el aviso de Luis, que aprovechó la anécdota el resto de la noche para apodarme el Casi sin Huevos. Caminamos entre robles sin pisar ramas o azuzando los matorrales. Olfateó el león el rastro de los gazapos ajustando el hocico a la tierra; al detectarlo, salivó y agarró el terreno con las zarpas para correr. Descubrimos unas pisadas. Azuzó la boca para rugir en una salida de la madriguera. Salió el conejo por otro que previamente me indicó Luis, solté la pólvora con un una sola bala certera y él recogió su premio. Le cedí mi parte. Agradecido, dijo:

—Buen tándem. Me comeré la carne a la vieja usanza, muuuy cruda. ¿Repetiremos?

—Dalo por hecho.

Verlo en acción rectificó mis prejuicios sobre él; su naturaleza lo asemeja a un animal, pero su parte humana gana por goleada. Lo calificaría como inmaduro, pero a su vez él nos superaría en adaptación y explotación de sus virtudes. Un niño grande con enormes colmillos.

Expoliamos las reservas de conejos como furtivos en menos de una semana, por lo que cambiamos de residencia temporal. El primer encargado de alistarse en las filas enemigas, nuestro salvaje domado. Al verlo bajar de la furgoneta, temí que en vez de aprehender al guardián lo mataría. Delatado por una muda salpicada de sangre, levantó sus hombros para rotar el cuello de un lado a otro. Se encaminó al interior haciendo caso omiso de una seguridad que lo confundió con un pasajero trastornado. Hasta ahí vimos nosotros.

Capítulo 38

No poseo la capacidad de engatusar como los felinos domésticos, pero mis ojos atraen un magnetismo especial capaz de provocar cierta admiración o pánico que nunca malgasto. Aquel cincuentón con la papada de sebo, la barriga con indicios claros de una ingesta de palomitas y la porra mal colocada en el cinturón no falló a mis expectativas. Cruzó la línea de su garita al distinguir el relampagueo de mis pupilas en la oscuridad. Atraído hacia mí, le pregunté por el último tren para distraerlo, pero no me hizo falta proseguir con la farsa, lo golpeé en el estómago retrayendo las uñas. Me cambié de ropa en su recinto, atándolo con cuerda de nailon y tapando su boca con esparadrapo, un clásico que nunca muere. Ataviado cual patrón de la Orden y la ley de la estación, coloqué visores en todas las cámaras. Corregí la desviación en el cálculo de nuestra previsión de los cambios de personal y monté en mi cabeza la ferretería. Entrar en el meollo de la acción carburó sin demasiado monóxido, por lo que respiré tranquilo. Sacar al lesionado llenaría mis vagones de carbón como un niño malísimo. Desatornillé el transmisor anulando la frecuencia anterior para instaurar una nueva. Imaginé el desconcierto de mis compañeros al escucharme en la emisora de la furgoneta sin siquiera encender la radio.

—León a pollos fritos, león a pollos fritos; la freidora suelta mucho aceite, hay que escurrirla.

Alberto acercó su boca al equipo sonoro modificado por mí, con lo que escuché su respuesta:

—¿Qué diantres? Habitante de la selva, aclara la garganta.

Pensé en cómo referirme al segurata con cierto misterio:

—A pesar de la hora, el búho duerme; depositaré sus heces a las tres.

Pillado el enigma, nuestro líder dijo:

—Higienizaremos la zona.

Amarré cual petate al antiguo empleado con los mismos orificios que pinchas en un corcho para el gusano de seda, con la salvedad de que su tapa constaba de plástico. Una bolsa de basura normal a la que no me privé de darle su verdadero uso para engañar a algún transeúnte o compañero demasiado curioso. Coloqué el contenido en la acera por la puerta que mira al sur y el servicio de limpieza encabezado por Alberto recogió la inmundicia. Libré del cargo por fuerza mayor, tocaba la inmersión en los niveles del complejo. A la garita vino un aliado de mi compinche no colaborador de bronceado en invierno, patillas demasiado cercanas a la comisura de la boca, con un corte de pelo a lo cacerola, gafas de sol en plena noche, torso fornido y piernas enclenques, que explicó con rotundidad:

—Pascual no cambia los turnos.

La fuerza de la aseveración la correspondí con:

—Ajustes en la empresa. Sisó un par de billetes en la caja. El resto, aquí lo tienes.

Comió mi mentira con un comentario sobre su antes camarada, al que desacreditó justo ahora (toda una casualidad):

—Los viajes, la ropa cara... andaba metido en algo raro. Bueno, soy Guillermo. Me encargo de la zona de abajo; ya sabes, la de la empresa subterránea.

Asentí como un muñeco que cabecea en el coche al mínimo movimiento.

—Pásate luego y quítate la gorra, que el reglamento no lo exige.

—No, tranquilo a mí me gusta; así acojono más.

—Buen profesional, nos vemos.

Usurpación de centro de destino conseguida. Ayudé a la infiltración de los demás con la fabricación de mis llaves especiales. Desasigné el marco temporal para que no cambiaran de época, pero mantuve un punto donde nadie pudiera detectarlos. Saqué los moldes, a los que limé las formas para que encajaran en los cierres de espacio concreto. Esperé al fin de turno para deleitar a las cámaras con un paseo a la luz de la luna en el que rocié de orín un contenedor de basura al que arrojé las llaves por debajo. Levantarlo y tirarlas dentro no funcionaría. Volví a usar mi *walkie* trucado:

—León a pajarillos mareados, león a pajarillos mareados. Abro un sendero en la jungla, seguidlo hasta la cueva de los Desperfectos.

Antonio recibió el mensaje:

—¿Debajo del chalé verde con ruedas?

Mi diestro cazador pilló el ave al vuelo:

—Exacto. Dejo la madriguera.

Paseé por mi ruta bostezando en los puntos exactos para asemejarme a mis nuevos colegas de gremio que cumplían con el mismo ritual. Del baño salió Guillermo, que aventó con la mano para que me acercara. Dirigí mis pasos a la cueva elegida, de la que no surgía el olor nauseabundo y claro de la mierda, sino un refrito de esta con naftalina, ambientador de fresa y un vaporizador de eucalipto. Los cristales limpios con bayetas marrones cuasi grisáceas, las pilas apoyadas en el lado izquierdo anegadas por unos tubos de desagüe a los que aplazaron demasiado la revisión, el embaldosado marrón seleccionado con cierto descaro porque supuse que el atolladero, la segunda entrada o el desvío de la principal solo la usa la considerada escoria. Apreté los dientes contra las mejillas presionando hasta tal extremo que el revisor de turnos curtido en los mohines de desagrado lo detectó:

—Nada de elegancia fuera, pero dentro...

Miré en torno a las puertas cerradas para adivinar la que imita al corcho y oculta un espacio contiguo digno de la Organización. Jugué a las siete diferencias con las cuatro posibles candidatas de madera, la situada en la izquierda no carecía de pomo redondo y goznes dorados. Lujoso, exagerado, no coincide con la correcta. Al lado de la mencionada, hachazos en plena carne de árbol junto a una inscripción: «Por aquí al matadero». Sangriento, brutal, lejos de los métodos de la orden. Justo en el centro, láminas de roble añadidas a una plancha de metal y cerradura con forma de mano. Buena propuesta, pero no exacta. La última en la esquina derecha tallada en madera innoble, los clavos perforando con la punta hacia fuera, pintura a casi ras de tierra con una simulación de alcantarilla rota, captó mi voto. Al entrar por ella, noté cómo coparon los techos con unas arañas de cristal. Atestado de mobiliario con sillas de alabastro, los sofás con piel de mantas marinas y unos manteles de martas en mesas de cristal opaco. Las televisiones de plasma interconectadas a ordenadores migraban los datos junto a un vórtice en el que todos pasaban, una puerta corredera escoltada por dos grandullones nada faltos de testosterona que rezumaban agresividad dispuesta al mínimo conato de enfrentamiento. Habituado a la parafernalia, mi hospitalario compañero me empujó para sacarme del aturdimiento mientras espetó:

—De primeras acojona, pero una actuación buena te llena los bolsillos.

No evité la pregunta codiciosa para no trenzar sospechas:

—¿De cuanta pasta hablamos? ¿Qué hay que ofrecer?

Mostró los dientes en una sonrisa de traficante igual a la que ocurre después de regalarte una papelina que te convertirá en su esclavo. Habló con la jerga del negocio:

—Ni todos tus dedos la podrían contar. Servir y callar. Simple.

Objetar un poco conllevaría menos riesgo que aceptar de primeras.

—Pero ¿en qué consiste?

A punto de sobrepasar la línea de tiza que rodea al incauto del precavido, mostré ojos de nulo entendimiento que Guillermo, por error, captó como de presa. Imbécil, tratas con el depredador. Comió de su engreído grado superior al de peón para decirme:

—No importa lo que te manden. ¡Escucha, en una noche ganarás más que en un año!

Reaccioné tal y como esperaba:

—Dame un trabajillo de esos.

—Así es, camarada, al tajo.

Abrió el desfile de mis pies en aquellas alfombras persas junto a las disecciones de mis verdaderos hermanos. Contemplar la cabeza del buey, al oso erguido por pegamento, las canicas en vez de ojos de mi primo el tigre me confraternizaron con los espíritus perdidos del reino animal a los que juré pagar la osadía de aquellos crímenes. Guillermo, maravillado por mi presto servicio, me Señaló el turno de paso por el arco de seguridad de los matones con traje de frac. Levantaron dos bastones de metal que implicaban doble función, detección de metales y castigo al que quebranta la norma. Sudé bajo la máscara aun con la gorra ajustada porque desconocía el material, aunque su elasticidad no me marcó las casillas del detectado en primera base. Recorrieron mi cuerpo desde los tobillos a la altura del pecho, y uno de ellos me requirió:

—Despójese de la gorra.

Guillermo actuó de cable de enchufe y dijo:

—Viene conmigo, respondo de él.

Los armatostes accionaron el botón que neutraliza la apertura de las puertas para que pudiéramos proseguir.

Capítulo 39

Luis se zambulló en la Organización con una inmersión que no soltó agua, por lo que no descubrió nuestra estratagema. El plan continuaba según lo estipulado y gracias a ello adelantamos el jaque con la torre (el símil a nuestro feroz compañero) que limpió nuestro camino. Alberto elegiría al segundo invasor con una sesión de meditación conjunta. Gastamos rueda hasta el aparcamiento del Puerto de los Cotos para terminar el camino asfaltado y empezar el de un señuelo del bosque situado en el inverso del corazón. Trazamos una gran curva en una carrera improvisada entre Hugo y yo a la que Alberto calificó de temeraria, porque las piedras nos observarían a su misma altura, ya que nos acomodaríamos a la posición de tumbados. Continuamos por el camino guiado a la Laguna Grande para hallarnos en medio de un puente de madera por el que discurre el arroyo de Peñalara. Daba tumbos el agua sobre las rocas que querían frenar nuestros pies. El viaducto tenía roídos sus pilares por el voraz ratón del líquido elemento. Tocaron el suelo mis manos cual garras, lo que encantaría a Luis, que subiría la empinada cuesta con una soltura que no poseíamos. En el Risco de los Claveles hundimos las picas de nuestras suelas con la bandera del sol y sin signos de sal en sus picos. A pesar del nombre, no olíamos más que el propio oxígeno, a excepción de Alberto, que coronaba cada cumbre alentándonos al esfuerzo que él no sentía, pues incluso saltaba. Puse los pies como en teas hirviendo por las ampollas que el desuso de caminatas infligió en mis pies, y en los de Hugo, porque caminó igual que yo. Lamenté no haber apostado por el líder en materia de avituallamiento, ya que me aprovisioné de unos calcetines tobilleros finos, las zapatillas de baloncesto y deseché cuanta rama veía para utilizarla como bastón. Buscamos un refugio entre rocas, una hendidura que nos ocultara del seguimiento del viento. Descubierto el aposento, toco alejar de la mente cuanta información cayera en nuestros oídos como los susurros de megáfono del viento, la que residía en otros o las canciones de un grupo de excursionistas que no nos veían por nuestro camuflaje, que consistía en quedar encajados cual piedras. Conseguir el silencio en un concierto de voces propias es una labor de titán, porque grabamos imágenes, sonido y experiencias. Retiré el enchufe de la corriente neuronal poco a poco, dormí la canción de Eolo, acosté las diapositivas de imágenes que tendí a encerrar, privé de voz a las gargantas tapando el conducto sonoro y me colé en el trance. Alberto me despertó con suavidad, recitando en el oído un mantra poderoso que oí como «Om». Miré a Hugo contrariado, por lo que supe a quién correspondía el segundo asalto.

Acudí al sector que nunca falla en una empresa, el que permanece cuando todos marchan, el que desvalija sin testigos, el que limpia los secretos en habladurías, el de la limpieza. Un hombre de pelo enmarañado, gafas oscuras y barba canosa contoneaba las caderas junto a la escoba al ritmo de su *walkman* anticuado. Retiró una capa de polvo para amontonarla después en un sincronizado disimulo de eficiencia que dista mucho de la real. No escatimé mi favor a las horas del sol por mi pequeño cambio en la nocturnidad, por lo que actué antes de que abrieran la puerta al público. Modifiqué una pistola con ayuda de Hugo para disparar aire comprimido con corchos como munición en lugar de las balas incendiadas de pólvora. Me coloqué la visera de medio lado al estilo rapero para no establecer una conexión con Luis y engrasé los tubos para abatir al próximo exempleado. Ocupado con los rincones, no agachó su cuerpo para no lastimarse la espalda mientras removía el palo de la escoba como un micrófono al que dedicó gallos tan lastimosos que solo el silencio consolaría a los oyentes que, por desgracia, pasaran por los alrededores. Para evitar una visión adelantada de mi imagen, cegamos las cámaras con grafiti inculpando así a los artistas del espray para distraerlos con esa pista falsa. Caminé hacia el marchoso con un mapa extendido, hablando *spanglish* con un acento horrible que por fortuna acertó a confundirlo. Se quitó los auriculares para indicarme en el mapa el Meseo del Pardo (así lo fraseé en un rudimentario español con tintes británicos). No tocó el baluarte de obras de arte porque el corcho le privó de aire justo en la boca del estómago. Cayó cual ovillo de lana despanzurrando las piernas y los brazos. Dormido, a la fuerza lo introduje en el furgón junto a su compañero de seguridad, desaparecido en las mismas circunstancias días antes por nuestra bestia; el anterior secuestrado recibió al nuevo apoyándolo contra sí. Golpeé las puertas tras cambiarme con la ropa de trabajo del limpiador para que partieran. Pasé el cepillo por el polvo recogiendo las esquinas atestadas de pelusas que rodaban como bolas de paja en el desierto. Ajusté mi mp3 a la cintura para concentrarme en el servicio al ritmo del opus 8, II Cimento dell ´Armonia e del´Inventione de Vivaldi. En concreto su concierto de invierno compuesto en fa menor. Agitado con las hojas marchitas, espolvoreado con la nieve que aún no viene, entré en las dependencias con el amortiguado sonido de la madera chocando con los recovecos de los sillones de madera de la estación. Aguardé una visita del encargado mostrando su desaprobación por mi contratación no mostrada de antemano. Nadie salió a mi encuentro, por lo que nos quedamos recogedor, basura y yo para receptar los secretos de unos labios presurosos por mandarlos volar. Bajé el volumen con la entrada de los primeros aspirantes a pasajeros, que boquearon cual peces información que separé en inútil, chafardeo y digna de anotar (cuánto mal hizo Juan en mis hábitos). Presioné el boli en un descanso que me impuse para merendar, igual que los propietarios de cepillos de otras zonas. Escribí con contraseñas de tal modo que solo yo entendería lo siguiente: «Murciélago bocabajo», «Periódicos con recompensa» y «Búsqueda de infames». El mamífero alado correspondía a la quinta planta, donde residía un destacamento del Cielo, los diarios incumbían la distribución de fotografías con nuestros rostros, ofrecían una suma de dinero muy generosa; respecto a la calificación de ultrajados, con esta premisa premian a cualquiera que dé nombres de familiares o amigos nuestros. El primer día de trabajo lo resolví sin incidentes, lo que aproveché para entrometer las narices en la ubicación de la rata alada con el pretexto de aderezar las instalaciones con un saneamiento a fondo. Entré sin escuchar las protestas de los guardianes alados que vestían ropa de oficina y tecleaban sin parar. El efecto sordera de mi aparato musical los apaciguó porque creyeron que no los oía, aumenté su confianza al respecto levantando los receptores de sonido tocándome la oreja. Un encargado o el responsable de la zona acalló las protestas diciéndome:

—Continúe, pero dese prisa.

Aparente normalidad, al igual que la que lucían los encargados de usar la información en los ordenadores, aunque capté sus nervios por la desaparición de los rebeldes (avisté un corcho con nuestras fotos antes de que lo taparan y pude mirar las pantallas de reojo). Farfullé:

—Hasta luego.

La respuesta, un incremento de actividad al cerrar la puerta tras de mí.

Al igual que el feroz león, utilicé una bolsa de basura que escondía las cartas, y como buzón, el contenedor. Las entregas capitulaban dos semanas. En un pequeño saco de tela en el interior de mi medio de correo me remitió una indicación: «Un par de botas calzarán al gato». Vendrían juntos. Hugo, con su inexperiencia, no maniobraría bien en un imprevisto, Alberto lo acordonaría o soltaría dependiendo de la situación.

Construí en la libreta un glosario de términos acuñados en la Organización para determinar ciertas maniobras cuasi militares como «Ahuecando alas», frase que recitaba el guardián que abandonaba un puesto por un relevo, «Vuelo raso», destinada a un seguimiento al sospechoso o «Garra en poste», que ordenaba un ataque. Dediqué numerosos blocs a su variación del morse, que componían con jeroglíficos basados en aves. Todos los mensajes sonoros hacían hincapié en la simulación de un aleteo para después solapar la información real. Los buitres significan «espera», y las águilas, «masacra a la carroña», un intercambio de papeles para confundir. Engrosé tres tomos cuando recibí un aviso de la cúpula directiva, sin previo aviso debía personarme en la planta quinta, el «Murciélago bocabajo». Rompí las encuadernaciones (las copias ya circulaban en la furgoneta) y las ahogué después en el desagüe del retrete. Subí las escaleras aparentando desagrado por interrumpir mi trabajo, el cual extendí a los trabajadores del Cielo:

—¿Queréis limpieza o no? El otro día no pude esmerarme porque no me dejasteis, si esa es la queja.

Una piel achicharrada de tomar rayos en exceso, los ojos vidriosos por las lentillas, una boca de fuerte maxilar con el labio superior en extremo grueso, la melena justo a la altura de los hombros, con la que se pavoneaba meciéndola con la mano en toqueteos a cada parpadeo, el jefe de las ratas voladoras. Presentó unas disculpas rancias:

—Perdona... ¿Te llamabas?

Paso dos de una infiltración: sostener una tapadera no consiste en inventar un nombre raro o estrafalario, porque te encañonas tú mismo, usa el tuyo cambiado, pero entónalo convencido hasta en la médula, como si te hubieran bautizado con él:

—Antonio Miralles.

—Rodrigo Gutiérrez, jefe de sección. Lamento la actitud nerviosa de mis hombres, pero no podemos exponer los itinerarios de los trenes o la seguridad de estos por las desgracias que ocurren con los desalmados hoy en día. ¿Cuánto tiempo necesita para dejar el despacho «limpio como una patena»? Así lo dicen, ¿no?

—Discúlpeme por entrar como un elefante en una cacharrería. Sí, usamos esa frase. Quince minutos, ¿le parece?

−Perfecto. Pase a las cinco y cuarto.

−Fenomenal. Me marcho, que la barriga llama al bocata.

−Vaya, vaya.

Corrí de aquel embuste de conversación, mentía él en sus pretensiones porque quería atraparme igual que a una perdiz incauta con el silbato. Dejaría por descuido informes de supuesto valor para aprisionarme por traidor. En vez de ello, relucirán sus suelos. Olvidé por la confianza apresurada el mostrarme menos atento a los ojos ajenos. Sirvió el toque de atención para abrir mis ojos al peligro de un desliz mortal. Fregué con tal esmero que dudo que otro sacara más lustre a las olvidadas baldosas blancas, desprovistas de lejía por el secretismo que no permitía llegar a los anteriores limpiadores. Con el cubo de la fregona en mano, abandoné el despacho cuando el murciélago mayor me frenó el paso con el somero pretexto de pasar revista a mi trabajo. Entré con él en su territorio mientras pasaba el dedo en busca de un rastro de polvo. No lo encontró sobre la mesa en la que desperdigó la información considerada valiosa, retiró los ojos de ella al comprobar que no desapareció igual que la suciedad. Me felicitó por mi trabajo y me dejó salir con una sonrisa tan falsa como su fachada de ejecutivo. Los papeles detallaban puntos de entrega y recogida. Intentó que saboteara uno de ellos para apresarme, pero omití lo leído a mis compañeros, no caeríamos por un simple alpiste coloreado. Continué con mi música, la escoba, el paño, la fregona y el trapo durante semanas sin aguardar un ascenso, porque entramos como una plaga en todos los sectores.

CAPÍTULO 40

Alisté a Hugo conmigo porque escondía en sí mismo temores e inseguridades que expondría al menor contratiempo, un atisbo de tormenta por un comentario no entrenado o una situación caldeada que él herviría. Confió en el indómito león, durante años acechó en las sombras cual contrabandista y fondeó en el puerto a la espera del silbato para revolverse. Antonio cuajó de inmediato entre ellos por la maleabilidad de su conducta en el peligro. Los dos presiden mi podio. Preparaos, que sonará la rebelión.

La falsificación de identidad nos comprometía en un grado mayor, porque no ocupábamos un puesto existente, sino uno creado por vía del medio apreciado por todos, el dinero. Un traje clásico de chaqueta negra, la camisa blanca, un pantalón liso y los zapatos de un oscuro tostado para ambos, cual gemelos o hermanos en edades infantiles que comparten la ropa de los mayores. Repasamos antes de entrar los puntos del día; yo hablo, tú asientes. Sencillo para el que no quiere acaparar protagonismo, pero el dilema radica ahí. La capa de héroe quedó atascada en el orgullo de Hugo, que aún tira de ella. Fulminé su esperanza de estrellato con una promesa antes de jugárnosla:

—Avanzando solo ganarás alguna casilla, pero acabarás por perder la partida. En el tablero estamos tus compañeros. No sacrificarás ninguna pieza por vanidad y arruinarás el futuro limpio de manos opresoras.

Hugo, consternado, expuso:

—Con todo lo pasado, ella me aduló, halagó mis habilidades, incluso me erigió en el podio como el primero. ¿Tengo que conformarme con actuar tras los telones?—Te engañó. Apreciaba tu poder, no a ti. Nosotros te queremos como persona, no como individuo sobrenatural, ¿entiendes la diferencia?

Rasqué el coche, gané el pleno al quince porque accedí a su interior, lo abrió para mí con sumo cuidado:

—Gracias, líder.

Refrendé el armisticio con un abrazo que intercambiamos con los silencios dotados de un significado claro como arena del desierto, en unos inmensos granos de emoción que repartimos por todo el cuerpo. Armados con un maletín, la pieza clave de un adinerado, aunque lo que desconocemos es que la mayoría de veces caminan vacíos. No corrimos, sino que desprendimos el aire aristocrático que esperan de uno de nuestra clase, los pasos cadenciosos de poseedores de dinero a espuertas y las miradas altivas soterrando los hombros ajenos junto a muecas de irritación al pasar por el vulgo. Caminar con dicha actitud resiente a los huesos y al ser, que padece el mal crónico de la moneda. Consiste en dar una cara cuando en realidad la cruz mancha el corazón. Precintados de soberbia, acudimos al mostrador. coloqué la cobertura de pintura metálica cromada, usé los pulgares para que sonara el clic que permitía un vistazo a la riqueza. Bajé de inmediato la ostentación para aclarar:

—Reúnanos con los directivos, tenemos asuntos que aclarar.

Ante un empleado normal, aquello acabaría en un tartamudeo seguido de una llamada de nulo malabarismo, porque caería el teléfono a buen seguro y unas disculpas repetidas hasta la saciedad por no conocer el protocolo. Gracias a las notas de Luis y Antonio obtuvimos una respuesta corta:

—Síganme.

Guiados cual bola de bolos por los rieles de seguridad, atravesamos la puerta de taquilla, unas persianas que tapiaban otras de cristal, las escaleras de caracol, además de un patio abierto sin tabiques, una ventana al cielo que no ocultaba un tejado retráctil que accionaban en un pulsador en el que una nube con rayos y lluvia exponía a las claras su uso. Un pestillo corrió desde el lado opuesto a la llanura artificial, el hombre de la taquilla curvó la espalda con la mano derecha extendida indicando la oficina que abría los brazos al dinero. Dentro, el verde contenía salpicaduras de mostaza en las caras sur y norte, libre de ellas en los demás puntos cardinales, el techo pintado de nubes igual que el suelo, que parecía un reflejo de la parte alta. Sentado en la mesa presidencial, un bigote de proporciones épicas, Barbarroja reencarnado con un ojo de cristal sin parche, las manos gruesas sostenían un puro; dos dientes de oro, las orejas de duende, un sombrero de pico alargado, la levita gris y una camisa negra. Un hombre digno de desconfianza, un sicario con afán recaudatorio. Destemplé al huraño corsario con un ofrecimiento:

—Invertiremos en la empresa de… ejem; bueno, ya sabe.

Un salto al hoyo, precipitados al desafío de una osadía.

—¿En qué gastarán sus euros?

—Parcelas del cielo.

Salió bien. Desocupó la silla estrechándonos las manos uno a uno con las piezas de oro alineadas en una sonrisa. Aguardó un momento para sacar un ordenador portátil y preguntó:

—Por motivos de seguridad, confeccionaré unas fichas con sus datos personales, pura parafernalia, pero necesaria. Empezaré por usted, caballero.

Hugo no apartó la línea divisada del control y respondió:

—Ramón Amancio Castillo, con DNI...

El exceso de información suscitado de antemano por mí aprobó el paso a un nivel mayor de confianza en nosotros, los inversores. Detallamos los domicilios y parentescos (la Orden maniata así al potro para que corra por sí solo, o de lo contrario sacrifica a la rama anterior empezando por la yegua) para toparnos con una barrera igual que la bandera a media asta hasta que divulgáramos nuestro enlace. Él formuló:

—Aquí solo entramos por recomendación, ¿por quién venís?

Dúo en coro:

—Humberto Dinger, al que apodan «Cosa Extranjera».

Borró sus reticencias con la pronunciación del sobrenombre, porque solo en los círculos íntimos próximos a la elite conocían el mote. Lo descubrimos gracias a su secuestro, Luis lo amenazó con los colmillos y cantó como gallina clueca, ya que incluso remontó a sus ancestros facilitándonos un pase VIP de listas de invitados con sus preferencias en comida, bebida, costumbres y apetencias sexuales; aunque quisimos desoír esto último, no paró hasta completar su singular tabla de multiplicar (dictó, por ejemplo: «Bernardo come carne, Bernardo bebe anís»). Acotó unas líneas de las próximas misiones para preservar el orden establecido, con lo que asentimos cual posesos levantando la voz y exigiendo un castigo a los insurrectos. Vaciamos el contenido del maletín para que contara nuestro generoso ingreso (obra de Dinger). Uno a uno, Barbarroja pasó los billetes por la máquina autentificadora. Hecho el recuento, tecleó la cantidad, nuestros nombres y nos extendió dos carnés con la rueda alada, el símbolo de los guardianes del tiempo. Nos despedimos con el encanto tatuado en la boca, pero no en el interior:

—Gracias por dejarnos formar parte del verdadero eje central.

—A ustedes.

Abandonamos la estación para entrar en un restaurante en el paseo de la Infanta Isabel. Un par de aperitivos amenizados con chatos de vino pusieron el lazo para el rodeo que montaríamos en el baño. Desprovistos de posibles chivatos, pues meamos solos, sacamos las tarjetas para desincrustar el monitor de seguimiento, lo que no afectó a estas para entrar o salir en las instalaciones reservadas a los socios. Separados de los rastreadores, los pegamos en chaquetas de consumidores del local con un porte lo más parecido al nuestro actual. Identidades suplantadas con éxito, dos aliados dentro de la guarida, nosotros fuera. Momento de dejar el ovillo para que el gato se entretenga.

Unas octavillas misteriosas menearon sus desafíos ante unos impávidos lectores, los altos cargos, ¿cómo llegaron? ¿Quién las puso aquí? ¿Tenemos un polizón? La solución a las dos primeras corría a nuestro gasto, la tercera también, pero desviamos la fogata a sus propios pies implicando a su propia gente. Montajes fotográficos de guardianes con miembros de la rebelión colearon cual cometas en despachos, el baño y las esquinas limpias de la estación. No comprobaron la noticia, ejecutaron a los sospechosos que nosotros marcamos con el dedo. Atribulamos cual buitres los escaños cercanos al orbe del poder para derrocar sus bases; ellos, como hienas, masacraron a sus competidores propios. Guerrearon en un conflicto interno con chivatazos espontáneos que ya no surgían de nosotros, desacreditaron a los tibios y poderosos para coger el timón hasta su puerto. Aportamos un monto generoso de dinero colocándonos fuera de toda intriga, pero me preocupaba el resto del grupo. Interrumpimos los mensajes entre todos porque así no nos apuntábamos con dardos, pintábamos diana o rodeábamos con un círculo la calavera, aunque no por ello me inquietara menos el devenir de los míos.

CAPÍTULO 41

Tecnología mezclada con Medievo, los caballeros de pesada armadura con ranuras para las tarjetas de crédito, unas tragaperras con moldes de castillo, los crupieres con sombrero de pluma barajando al viejo estilo, unas fichas de espadas holográficas (el que pretendiera correr con ellas lo tenía crudo), los ojos de cámaras escondidos en cuernos de guerra, unas camareras con pintas de cortesanas, los odres de cervezas solicitados por micrófonos atados a cintas atadas a la muñeca (pulseras de hotel modernas) y un coliseo para justas de robots con un aspecto humano aterrador, porque el realismo distaba mucho del de una película de acción. Rodeamos las atracciones por el borde exterior, pasamos al interior fuera de la diversión. Entramos en una tienda de campaña. Tumbado en una hamaca, un secuaz del señor Sótano, un aventajado granuja que promovía sangrías en mis fiestas, el fabricante de muñecas humanas. Acudía a mis desfases invitando a chicas que cambiaba cual piezas de rompecabezas, etnia, piel, ojos, labios; ninguna repetía los rasgos de las anteriores invitadas. Su aspecto no le confería el de un hombre cruel de cuerpo fornido que sometiera a las pobres indefensas; no, él las atraía con un magnetismo fuera de mi alcance, porque ni siquiera era atractivo o guapo. Rasurado el pelo del lado izquierdo, largo el de la derecha, un bigote ridículo que juraría pintaba con rotulador, el labio leporino dividido en cuatro por cicatrices, un cuerpo frágil como porcelana china y aquí podría radicar el encanto: dos rosas verdes por ojos; el iris y las pupilas aunados como los sépalos de hojas verdes en el perianto e incluso el color esmeralda sustituyendo a gran parte del globo ocular. Continuó tumbado pese a nuestra presencia, a la cual dio la importancia de un pedo en un barreño lleno de mierda. Mascaba un chicle que perdió todo sabor, porque al escupirlo estaba pálido como un hueso. Sin mirarnos, dijo:

—Acompáñalo al sector cuatro, salida quince. Traedme a dos jovencitas; nada de putas, las aborrezco.

Una vía abandonada servía de itinerario nada fortuito para que la Orden adentrara a sus guardianes en los distritos, barrios, calles, plazas, avenidas, caminos o polígonos de Madrid. Del centro neurálgico al límite marginal, del lujo a la pobreza. Señalizaban las salidas con picas de flecha y plumas escritas con sangre. Al autor lo conocí apenas diez minutos, lo apostaría con una probabilidad de éxito del cien por cien. Las alas olían a muchacha de virgo vencido mezclado con el uso forzado de aquel desgraciado. Entrecerré los ojos al salir por la irrupción del sol sobre ellos, encerrados durante casi una semana en aquella fosa. Contrasté el gris piedra con el dorado que clareaba el día. Apestaba a alcohol añejo en botellas de reciclaje imperfecto, el orín sulfataba la nariz junto a miradas lascivas de dinero y sexo. Sobre todos, las colonias de diario, una cabalga en la piel, demacra los ojos y corrompe al individuo situando al hombre en un jinete sin corcel, la droga reina en este lar. Las Barranquillas. Giró mirando a mi guía.

—¿Qué buscamos aquí, Guillermo? ¿No pretenderás darle rata en vez de solomillo?

—Simplón, incluso yo me coloco un poco, aunque hago acopio de saquitos para ganarme unos extras con los de abajo. Muchos de la Orden no salen nunca, así les facilito la vida de topos.

Al abrigo de un puente derrumbado, una pareja de yonquis cobraba por una merca. Al vernos aproximarnos, no ocultaron un pinzamiento en los ojos, un temblor que no procedía del mono, mi compañero les causaba pavor. No considero a Guillermo un santo, por lo que la visión de los ojos enfebrecidos de los asiduos a la droga en pleno terremoto de miedo me pintó una acuarela de mayor calado a su personalidad encubierta. Amenazó con los puños al hombre vendedor mientras la mujer adoptó la postura del perrito como un regalo que a muy a menudo ofrecía a mi explorador. Este la montó y escupió sobre ella, vilipendiándola mientras le tiraba de los pelos como a un caballo famélico al que quebrarle la espina dorsal o una costilla no suponía un gran esfuerzo. Apreté los dientes asqueado por la barbarie, rechiné los colmillos dentro de las mejillas provocándome un sangrado que imitaron mis garras en las palmas. Sacó el profiláctico de su miembro para tirarlo como un globo de agua a la mujer, la pateó cual saco para, a continuación, robarle diez dosis al hombre, que sonreía para no enfurecer a su molesto invitado asiduo. Guardó el botín en su bolsillo izquierdo socarroneando:

—Disfruto humillándolos, les quito todo cada día a los despojos, pero jamás se revuelven.

Acoté:

—Nunca, qué capullos.

—Por fin uno con cojones que los describe como son. Mañana te dejaré a ti.

—Perfecto, tío.

Abrasé mi lengua al denigrar a los enfermos. Me gané la confianza de Guillermo, pero juré que ellos no sufrirían de nuevo en mi espíritu. Mi boca reiría sus gracias, pero jamás compartiría los desmanes del majadero. Retomamos las vías cortadas para dirigirnos a la ubicación indicada. Al subir las escalerillas de la alcantarilla, denoté en el olfato un rastro de barro, la caña de verdín, un óxido residual. Mi mano sintió el cuchillo del viento. Los pies en tierra no generaron duda, el Ventorro de la Puñalá con los pequeños conductores de coches sin ruedas saltando entre los vehículos, jugando al escondite entre ellos, ancianos levantando la visera para saludar junto a un «Hola» afectuoso o la planicie salpicada de baches sin asfaltar. Sospechas retiradas de un carpetazo, por lo que recé: «Amanda, escóndete o sal de aquí». Guillermo marcado como un puntero láser emprendía un paso acelerado hacia la vivienda que no franquearía a ningún precio. No importa la misión, el depredador de débiles caerá engullido. Traté de persuadirlo:

—Menudo barrio, aquí no sirven caviar para el jefe. Conozco un barrio repleto de universitarias que te mojarán los pantalones con solo verlas. Vámonos de aquí.

Agrandó la boca como una ballena, carcajeó igual que un sátiro a punto de atrapar a una ninfa:

—El premio gordo de la rebelión reside aquí. La usaré un poco para cederla al descuartizador. Saborea su nombre: Amanda. Solo pronunciarlo me la pone dura.

Su pie no tocó la entrada, la mano no aferró el marco, los ojos no miraron dentro, porque acabé con él. Arramplé su ropa, carne y huesos con un grito de desahogo. Cerní mis garras en el cuello, derribándolo, pausé su muerte, no le eludí mi mirada de desprecio y hundí mis dientes sintiendo asco al obstruir el aire de un malnacido. Un cervatillo mostraba más arrojo u honor en el derribo que Guillermo. Gimoteó con los ojos, suplicó con las manos, pero no le concedí la compasión que él niega. Zarandeé su cuerpo lanzándolo lejos, al alcance de los perros callejeros; lo husmearon, le orinaron en el cuerpo, pero no colocaron ni un canino. Quedó abandonado como basura. Apareció en el dintel su objetivo. Desaprobó mi muerte al reparar en mi boca. Me hizo saber su postura:

—¿No podías neutralizarlo de otra manera?

Recité mi alegato:

—Su barbarie no concluía, él solo accionó la mecha de su destrucción. El león no mata por diversión, solo por la subsistencia o una amenaza. Guillermo constituía un peligro para los necesitados, los débiles y los exentos de voluntad. El mundo no lo echará de menos, te lo aseguro.

Atestiguó mi fuerte convicción, por lo que desistió de convencerme. Clarifiqué mi llegada a su morada instándola a marchar:

—Huye de este lugar. Te localizaron como un caramelo que regalar. Aquí no estás segura. Volveré sin el regalo prometido, por lo que te pido que me atices con todas tus fuerzas. Usa un tubo de hierro.

No causaría daño con una simple petición. Me esforcé:—Tu mejor golpe a mí me afectará como un golpe de abanico al viento. Págame la muerte innecesaria en el rostro. Si no me pegas, quedaré como un embustero que desmantelará el plan. Nos descubrirán...

El anuncio de las represalias (seguro que en su cabeza la diana giró sobre Antonio) le infundió el valor para propinarme un certero impacto en la sien sobre la ceja derecha. Manó un poco de sangre, que me desorientó, por lo que nunca menosprecies el poder del amor. De frágil como una mariposa a fuerte como una roca. Quiso atenderme en unos primeros auxilios, pero la convencí de que no resultaría creíble. Ayudé a que madre e hija desorientaran a los sabuesos de la Organización con huellas falsas, rastros dobles, e incluso las suplanté con muñecos de paja. Refugiadas en una casa de campo junto a un coto de caza, me dieron mensajes, una para el amado, otra para el suegro.

Titubeé frente a la tienda, pero un escarceo me distrajo, el creador de juguetes humanos aporreaba su miembro con fricción en un juego de sombras de lo más perturbador. Golpeé la lona en parte para evitarme un espectáculo asqueroso, pero el motivo principal fue estropearle su malvado placer. Utilizó una voz baja y tímida desacostumbrada:

—Pasa, pasa. Me preparaba para la diversión.

Bajo su hamaca, una cabeza cortada con restos de semen, no necesité sumar ningún cómputo para adivinar que se la había trajinado. Vio mis ojos fijos en la calavera con apenas carne, sin mostrar rubor alguno. Alzó su pantalón con los dedos índices estirando el elástico y se paseó por la estancia como conjurando a la lluvia. Cabeza de lechuza en ángulos dificilísimos, contorsionismo de oruga, intento de embestida de toro. Un baile (posterior a la masturbación) antes de mutilar a las jóvenes que creía que traía:

—¿Cómo son? ¿Jóvenes de pezones gordos? ¿Flaquitas manejables? ¿Caras de vicio o de pureza? —¿Primero la del rebelde o la guardo para después? La última pregunta la formuló para sí.

—Nada.

—¿A qué te refieres con nada?

—Cero beneficio.

Pasó la mano por el pelo largo de su diestra, rascó la parte rapada, pintó con el pulgar su minúsculo vello labial, declinó su labio seccionado por heridas mientras removía su cuerpo de caña de azúcar. Sus rosas verdes me miraron con un tinte rojo de furia a la vez que presionó un circuito de intercomunicaciones con un altavoz situado en el palo que sostenía la tienda:

—Un nuevo gladiador humano para la arena. A Guillermo le deparó la horca.

—Mataríais por segunda vez. Nos emboscaron. Solo yo logré sobrevivir.

—Lástima, él me entendía. Tú sufrirás por los dos el error de venir con las manos vacías.

Americanas, gafas oscuras y corbatas de seda negra con camisa blanca me rodearon como pompas de jabón. Las romperé todas con un estornudo, aunque aún no debo. Los cañones de metralleta AK-47 me instigaban a caminar al Medievo tecnológico. Justaría con robots de facciones humanas a los que vestían con atuendos de las diversas tribus urbanas, una camiseta de baloncesto holgada, las zapatillas de deporte, un pantalón cagado con gorra al revés para el rapero cibernético; una camisa almidonada con chaqueta de cachemira atada al cuello, el pantalón corto raso además de náuticos, el emblema del pijo eléctrico; la chupa de cuero, un pantalón ajustado de licra, la camisa negra, unas pulseras de clavos unida a una cresta mohicana para el *punk* de circuitos. Arrojarían las bolsas de plástico, un zurrón de tela o el vidrio con mayor cuidado que el que me dispensaron a mí en el coliseo informático. Una velada de ensueño digna de los aficionados, el hombre contra la máquina, la confrontación definitiva con un detalle, un pormenor, una particularidad, la bestia habita en mí, el dominador de la jungla, el león. Mis enemigos tecnológicos dispusieron sus posiciones, el rapero alternó entre mi espalda y la parte frontal, el *punk* giró como la rosca de un diestro al balón y el pijo tanteó el lado de mi corazón. Apostados igual que soldados en meticuloso orden, movían los deslizadores de sus pies; el general, contra pronóstico, resultó ser el *punk* que acababa o iniciaba un ataque. Limité mis esquivas procurando parecer torpe e indefenso, los resbalones evitaban un directo de hierro, un puñetazo fallido por mi culpa los empujaba para que chocaran entre ellos, un montón de desdichas afortunadas. Gritaron los espectadores porque mis despistadas maniobras ajustaban los cierres a un amaño de manual. Comprobé, asimismo, que la inteligencia artificial cosechada en laboratorios no germina en situaciones inesperadas, porque al recalar en aquel coliseo como espectador analicé los estilos de lucha que dominaban, un maestro de yudo, kárate, kung-fu, muay thai e incluso el manejo de armas con la esgrima clásica o el kendo; moriría sin opción a golpear. No caía con el estilo del borracho, pues lo conocían, o imité a la garza y al mono, liberé el instinto salvaje. Aguanté la farsa de paleto torpe limpiándome el sudor tras un ajustado pisotón del que salía indemne o un ataque de tres que ellos se infligían, porque desaparecía de su rango de acción en el momento justo con un desmayo crucial. Capté demasiada atención, porque de un círculo de asiduos a los combates pasamos a los espectadores de la mayoría del casino, que estimularon sus mejillas con tortazos, levantaron sus cejas con palillos imaginarios y boquearon con la compuerta abierta. Pensé en anonadarlos al extremo devolviendo la chatarra al almacén con mis garras, pero el plan me exigía no levarme en armas. Un león fustigado o amenazado muestra su ferocidad en cuanto siente animadversión o peligro, por todo ello luché en campo contrario.

Entraron en la arena ingenieros de gran estirpe con relojes de oro, unas túnicas plateadas con brillantes simulando la discoteca y zapatos de piel... Malditos, usáis animales vivos; recibí en el hocico el recibo a mi indagación con un olor a estanque, rajaron al cocodrilo sin matarlo primero. Conté siete asaltos a los que añadirían tantos como sobreviviera. Mandarían patrullas de acero programada mientras me sostuviera en pie. Coléricos, los diseñadores de mis adversarios retocaron las respuestas a mi conducta. Introdujeron las variables de mis soluciones mostradas con una previsión de las que inventara. Teclearon con dedos farragosos por soportar el peso de una humillación jamás observada hasta entonces. Sonó la campana del octavo *round*. Mis fauces percibieron el adiestramiento repentino, las garras pugnaron por irrumpir en auxilio, aunque fue una voz del exterior la que casi suelta los grilletes impuestos, el bozal colocado por mí y la red echada en mi lado bárbaro. Oí:

—Matad de una puñetera vez al inútil que no consiguió traerme mis muñecas.

Carraspeé por la inmunda saliva de quien había desembuchado la orden, atoré en mis pulmones el aire, ya que no quise una invasión del mismo oxígeno que él respiraba, y desenganché las pupilas de felino acechando al asqueroso fabricante en un receso necesario para mi salud mental. Mordí con mis colmillos la boca produciéndome sangre de impotencia, pero no taponé mi lengua:

—Sucio, vil, montón de estiércol. Coge un boleto para la carnicería, pues yo mismo te trincharé.

Gané abucheos y risas apenas contenidas de quienes profesan afecto a...

Corearon los pelotas su nombre:

—Jorge, Jorge, Jorge, Jorge.

Di marcha atrás, rebobiné, recogí carrete, recuperé contenido audiovisual y encendí la sinapsis cerebral en los lóbulos temporales.

Capítulo 42

Pasé el mocho igual que en un meridiano, frotando en las juntas que escondían mayor suciedad. Chorretones de aceite, huellas de suela mojada, constipados compartidos en el suelo, un espectáculo de mugre. Concienciado en mi papel de barrendero ocasional, incluso discutí con quienes arrojan el innecesario envoltorio al suelo en vez de a la papelera. Mi disposición al esfuerzo me acarreó mayor volumen de trabajo, además de responsabilidad y confianza con lo que veía hasta la última estalactita de madera en la cueva de los Murciélagos sin necesidad del radar del animal. Invitado de piedra en apariencia, camaleón espía en realidad. Compré en efectivo una cámara que coloqué en un reloj aparatoso de plástico duro con lucecitas y cronómetro, además de una débil luz para la pantalla, uno que muchos asiduos a mercadillo adquirimos alguna vez. Tomé capturas de notas manuscritas de oficinistas que marcaban en binario en sus ordenadores enredando en vez de programar, una finta que detecté con el rabillo del ojo. Rodrigo entabló una cordialidad apresurada con un fervor en el saludo que azuzó mi piel igual que a un gato la intención de echarlo al agua.

—Buenos días, Antonio, efectúa una labor increíble. Comería en el suelo sin miedo alguno a bacterias.

A menciones absurdas, respuestas del mismo calado:

—Ensucian poco, aquí me facilitan mucho el trabajo.

Sopesó sus palabras, porque lo figure maniatando la frase en el toque de sus yemas entrelazadas y tejiendo entre sus nudillos puntos de garbanzo. Moldeó con las tricotosas de sus dedos al ritmo de una base disco.

—Después de su turno, ¿le importaría tomar un café para charlar?

Negar la invitación remaría en mi contra, por lo que acepté.

—Por supuesto, don Rodrigo.

—Deje los formalismos, usemos el tú a tú. A las nueve de la noche en la plaza Cánovas del Castillo, entre los números siete o diez, ponen un carrito ambulante que sirve los mejores bocatas de calamares de Madrid. Identificarás el puesto por un dibujo de calamares con alas, te aseguro que volarás con el sabor, jajaja.

—Si te tengo que esperar mucho rato, lo mismo te dejo sin bocatas, jaja.

—Hasta la noche, Antonio, no me falle, ¿eh?

—Rodrigo, descuide, que verá cómo devoro panecillo a panecillo. Me invitará a una ronda por lo menos, ¿no?

—Sí, sí, cómo no.

Despedida formal, levantamiento de cejas y sorpresa, el alzamiento de una mano.

Una conversación exenta de las normas de protocolo entre superiores atraía el desatender mi tapadera, pero no vendería mi disfraz por una bagatela. Rodrigo, prepara tu botón de «me gusta» en el grupo «Engañados sin saberlo».

De antemano, revisé la calle buscando posibles salidas, sistemas de grabación ocultos, merodeadores con pintas de turista leyendo un plano, ancianos despistados salpicando granos de maíz a las palomas o deportistas no asiduos. Atemperé los nervios, que no la cautela, porque no hallé a los distinguidos desconocidos. Calculé mal el tiempo que restaba, por lo que me encomendaría un sabroso bocata para irle pillando el gustillo. Pintado del color del verdín de un estanque, con faltas de ortografía y rastros de aceite recalentado en la sartén, el garito móvil del Calamar Alado ahuyenta, pero la clientela venera los bocadillos. Esperé en la cola, ansioso igual que en la cola del cine cuando acudes justo de tiempo e imaginas que si tienes suerte solo te pierdes los avances. Una camiseta de Barcelona noventa y dos, Cobi sesgado por manchas de grasa, quemaduras a la altura de los pies de la mascota (la barriga del vendedor) diseminadas al lado de agujeros en los costados que rompían la figura del perro. Antes de solicitar nada, al no incluirme en los habituales, me recomendó:

—Un completo con cebolla, tomate, aceite y calamares tiernos es una gran elección, ¿o los prefieres locales, al uso, secos como la mojama?

—Dale el toque con todo.

A mi espalda, oí:

—Buena elección; otro para mí, Bernat.

En efecto, Rodrigo apareció, pero no con su atuendo de oficina, ni siquiera con su modo clásico de vestir; una sudadera con bolsillo delantero, sin capucha; unos pantalones de chándal largos; unas zapatillas de atletismo y unas gafas de sol no adecuadas para la franja horaria. Repartió una simpatía edulcorada con sacarina, porque aunque rozó el peloteo o la pantomima, nunca sobrepasó el sabor del azúcar empalagoso. Buen actor de reparto. Conversamos sobre las condiciones laborales; bueno, más bien me limité a asentir sobre sus quejas o reír los comentarios sarcásticos que propagó de sus superiores o compañeros. Reconocí mi aislamiento de los demás, porque así rendía más. Terminados los bocadillos, caminamos sin paso fijo o eso intuí hasta que atisbé un garaje cerrado al que nos acercamos paulatinamente, por lo que formulé:

—¿Me enseñas el carro?

Puso las cejas en diagonal con un ligero encogimiento obstinado, aguantó la mirada fija en mí y en ninguna parte para responderme:

—Te ganaste este derecho porque no caíste de bruces en la trampa.

Accionó el botón que levó la puerta mecánica con un chirrido igual al de dedos rechinando en una pizarra, a lo que comenté:

—Un poquito de tres en uno no vendría mal. Por cierto, ¿qué beneficio obtendré?

—No te cortas, enseguida hablas en plata.

Movido al asalto del lugar de estacionamiento, comprobé *in situ* que funcionaba como una tapadera. Imaginé un mapa a escala de las divisiones de la Orden, carteles de «Se busca» con nuestras recompensas debajo en una reunión clandestina en una timba. En vez de ello, un almacén de estantes repletos de granadas con anilla, minas antipersona, bombas C4, rifles de asalto Kalashnikov, m16, pistolas Desert Eagle, Baby Browning, CZ 75 Shadow Line y la Strike One de Arsenal Firearms, el paraíso del artillero, la despensa del tirador, la fábrica de pólvora de un asesino. Escondí mi afición e incluso mi manejo superior y pregunté lo superfluo, como los modelos y las características básicas.

—¿Esta es buena? —Señalé el arma mítica con el águila xerografiada.

Un ludópata enferma en un salón de juegos, el alcohólico en una bodega, yo ante la presión del cambio del tiempo. Me pincé los nervios desasociando mi conducta del manejo de armas a la de un novato, pero la irrupción de la luna atravesó la salud que solo los besos de Amanda sanan. Agachado, con la mano en el vientre, solicité:

—¿Dónde está el baño?

—Sigue recto, abre la primera puerta a la derecha, veras un salón vacío a excepción de un sofá en el centro; llega hasta él, encontrarás un pasillo que te dirige a la derecha, ahí lo tendrás. Comiste demasiado. Tranquilo si manchas, que para algo te sirve la práctica.

Mire atrás para asegurarme de que no me controlaba y poner así los dedos en las meninges. La cefalea de mis mutaciones deambula en migrañas, un dolor intenso de cabeza, la fiebre e incluso un temblor indisciplinado al que nada metía en vereda. Auspiciado por la desorientación, el sillón solitario parecía el santo grial, no lo encontraba de ninguna manera. Recorrí desde el salón al pasillo en numerosas ocasiones, una maratón de búsquedas sin éxito. Lo divisé al sentarme... en él. Saqué las posaderas del mullido instrumento de acomodo para escalar con los codos las paredes de gotelé, viré a la única dirección posible y entré al baño sofocado en niveles de concentración desarraigados. No articulaba palabra, evitaba el contorsionismo exagerado de mis miembros en espasmos o frenaba mi cambio. Una pregunta me rondaba como el cebo de la zanahoria al motor del tranvía de mula: ¿qué consecuencias acarrearía a mi máscara? Imaginé las peores situaciones, como el desprendimiento de esta destapando el pastel antes del convite o la transfiguración de los rasgos de mi rostro artificial, con lo que presentaría una tarjeta de visita falsa. Confié en un beneficio a mis intereses, cero cambios, cero problemas. Pasados los trámites previos de mi proceso de metamorfosis, noté bajo la piel de mi disfraz las novedades típicas en mi físico, pero para cerciorarme, me situé frente al espejo que todo lavabo tiene situado encima. Eché la vista y observé un vacío que acrecentó mi nerviosismo, porque la voz de Rodrigo se acercaba.

—Antonio, ¿estás bien? ¿Quieres un medicamento?

Sin intermedio para la comprobación en mi terreno, exento de palparme la cara, vi la puerta abierta con el rostro de la confusión cincelada, por lo que deduje que había aparecido el rostro del traidor, el mío. Tapé con pólvora su incredulidad. Antes de separarme de la armería, metí en mi bolsillo el arma con el dibujo de la rapaz de los cielos más distinguida, el águila. Irónico, un miembro del cielo eliminado por uno de los habitantes distinguidos de sus dominios. Encerré en el inodoro al jefe de la sección, concienciado de que pasaría de circular con cautela en carretera secundaria al feroz adelantamiento en la autopista. Arrasé con la armería igual que el paso de un ciclón, pero a diferencia de este, ordenado, seguro y limpio.

Mi mente proponía una clave o un modo de detonar la alarma en el grupo, avisarlos con unas bengalas que no los descubrieran por el color, un mensaje cifrado sin papel o un grito oculto en un susurro. Indagué en mi mente quién de mis amigos revelaría antes su papel de rebelde por descuido o astucia, no pensé mucho y eché a correr hacia la estación. Percibí el peligro de extinción de nuestro león.

Capítulo 43

La comitiva de guerra moderna fijó a sus pupilos en sendas batas de cirujano con el aplique de tornillos, la grasa en los rieles y conexiones inalámbricas junto a la introducción de nuevos programas de lucha. Recogí la multitud en mis ojos para tirarla a la basura, un solo individuo, el fabricante, ¡Jorge! El último nombre escupido por mi familia en las puertas de la muerte, el espumarajo de sílabas de un cobarde, la mano autora del crimen. ¡Tú, Jorge!

Cautela y precaución son las armas de Alberto. Porta Antonio en sus manos, como es costumbre, una pistola de munición poderosa. A mí se me escaparon las balas, rasgué la tela de seguridad y devoré la templanza. Pulgar, índice, corazón, anular y meñique destrozaron mi disfraz impuesto en el rostro, destripé la cáscara de mi faz. Rugí con la manada de mis ancestros que gritaron dentro de mí. Vociferé en la lengua de la bestia, un canto a la venganza. Los decibelios de un rey de la jungla junto a la nula respuesta al luchar contra un animal descolocaron a los robots que permanecieron a la espera de órdenes, igual que soldados entrenados para responder a las directrices del mando. Inútiles al desobedecer solo listos para cumplir. Inicié su destrucción. Arremetí con los colmillos en las fuentes de alimentación situadas en la yugular, por lo que los cacé igual que a una gacela. En efecto, corrieron despavoridos en estampida, los zancadilleé con las garras y hundí mis fauces en sus carótidas de cables apagándolos para siempre. Aniquilados los peones de hierro, me dirigí a mi verdadero adversario:

—Jorge, tú eres el siguiente.

Auguré una respuesta débil, se escabulló entre los invitados que corrían, a los que reemplazaron miembros de seguridad, pero quité la cuarta hoja del trébol. Contestó mirándome con el desafío en las marismas verdes, y los pétalos de sus ojos del color de la hierba enrojecieron con ira:

—Me canso de las muñecas, coleccionaré un ejemplar nuevo de león. ¡Ah, lo olvide! Aún conservo antiguos, los de tus hijos. Unos peluches disecados encantadores, aunque dan la sensación de muertos con mucha tristeza.

—¡Grooooooarrrrr!

Anoté en mi vocalización salvaje el dolor, la frustración por no salvarlos, la rabia incontenida y el pesar de sus cuerpos. Descargaré la mochila con este duelo aceptado. Respondió a mi rugido internándose en la arena y retándome:

—No te precipites en tus conclusiones, leoncito. Soy el buitre que reconstruyó los cadáveres, por lo que solo di belleza a la fealdad de sus muertes. ¡Venérame como artista, inculto!

Recuperé la lengua de la humanidad de manera torpe, sin sincronizar del todo las frases, presa de una congoja que me arrancó el pecho como un arpón ballenero:

—Tu nombre quedó grabado. Lo repetían. Tú. Tú. Tú.

—Mierda de salvaje. Abandonaste los cuerpos a mi merced, los recogí y confeccioné un diseño espectacular pese al desastre de la materia prima. Desplomaré tu confianza cazándote. El hombre corona la pirámide alimenticia, no tú, depredador de animales.

Jorge, desprovisto de armas, solicitó:

—Garras y colmillos contra puños y patadas, descompensado. Equilibremos las cosas, desde las tribunas lanzarán armas, te favoreceré también, escogerás primero.

Apuntó con su brazo derecho al cielo, cayó en la arena un destral de doble filo, un mandoble de dos manos, una pica con la punta ornamentada de lazos azul cielo y un arco junto a un carcaj con diez flechas.

—Basta mi fiereza para acabar contigo.

—Te desangraré con la lanza, entonces.

Rastrilló la arena de combate en un rango de alcance igual al de la pica con un círculo ominoso, porque añadía gotas de tierra semejantes a la sangre. Colocó la parte de madera detrás de su cuello y se aferró a ella con ambas manos, pero la que sostenía la mortal era la derecha. Trató de perforar mi sien al primer intento con un movimiento rápido casi efectivo, porque me rasguñó el cabello además de la zona superior del lóbulo de la oreja izquierda. No le concedí miedo a su habilidad, pero sí respeto. A primera vista, el enclenque de flequillo unilateral con pelusa facial insulsa ordenaría un ataque, pero jamás mancharía sus manos; él las ensuciaba con sus operaciones *post mortem*. En este combate lo pringaré derramando sobre su cuerpo su corazón caliente tras exprimirlo como una naranja. Retiró la pica de mi vista para restregar en su lengua el fruto de su roce, lamió el contenido disfrutando con esmero de su acierto. Saboreé la supresión de la barrera de sus acciones porque aquel sorbo lo enloqueció como al cerdo al probar la sangre.

—La fauna desaparecerá de la faz de la tierra por la contaminación, la explotación de los recursos naturales y la del ser humano. Cojo el testigo de los conservadores del antiguo Egipto. No me lo pongas difícil. Te expondré en un museo junto a los tuyos. Jujuju.

Los dientes mordían en una desincronizada nota musical de risa; sus ojos, atraídos por un imán en sentidos opuestos, convergieron en un estrabismo desaforado junto a una tilde de loco que conquistó sus actos. Ganó terreno con sus enigmáticas maniobras pillándome desprevenido por segunda vez, me laceró la mejilla cerca del final del labio, con lo que casi alargó mi sonrisa en un trazo definitivo. Repitió la ingesta lenta de mi ración de rubí líquido con la heráldica posición del catador de vinos. Almohadillé mis zarpas para limpiarme los pequeños pozos cavados por su lanza. Presioné a mi rival con una mirada astuta, guiñé mi ojo izquierdo para que atacara ese lado, usé, además de los melindres, una exagerada incitación, la de mi propia voz:

—Ataca al corazón con una estocada limpia, gran guerrero.

Giró la pica igual que un trompetista en un desfile del grupo de música de un colegio, aceleró con la destreza de un maestro oriental para terminar aferrando la pica como un jugador de billar. La bola negra no compite más que al final, Jorge.

—Salta por el aro, animal de circo.

El juego de falsos ataques consiguió lo que una partida de dados trucados, un resultado a favor del dueño de estos, en esta ocasión raspé carne con mis zarpas. Dudó por instantes en asestar el golpe a la izquierda, pero desprotegí tan en exceso dicho costado que acabó por azotar las patas del pedestal del león y no a mí por entero. Su doma fue un fracaso. Esquivé con un paso adelantado a la derecha, por lo que vio claro su golpeo hasta el último momento en que me aparté lacerando el antebrazo derecho del fabricante de muñecas humanas. Modifiqué la tirantez de la raqueta vocal, estiré y acorté cual chicle, di amplitud a la glotis e intensifiqué el esfuerzo espiratorio para producir un rugido de satisfacción. Una medalla de borlas escarlatas manchó mis dedos, ansié los cinco litros de golpe. Dos a uno a mi favor, los jueces me puntuarían alto por la dureza de mi ataque. Tomé la iniciativa corriendo a su alrededor pero evitando la internada en la zona circular algo desdibujada por nuestras maniobras. Mi zarpa cercenó la tierra, porque saltó y como recompensa a mi estupidez perforó mi hombro izquierdo. Apretó contra mi extremidad para incidir en la rotación sesgando los ligamentos, probé entonces a romper la fusta, pero la devolvió a su posición de defensa. Impedidos de un brazo ambos, colgábamos en la percha de músculos y huesos a la extremidad caída sin acomodarla en los giros, porque tenía voluntad propia. El manejo de su arma perdió en fuerza, ya que menguado su punto de apoyo de la mano dominadora apenas lanzó ataques. Esclarecí en sus actos que temía perder la lanza, ahora una pancarta «peligro, cuidado con el perro», en la que no existía la amenaza del cánido. Olí la oportunidad, rastreé el número premiado, canté venganza en vez de línea. Corrí hacia Jorge sin desviarme, directo igual que un choque de trenes, apretó con todas sus fuerzas la lanza, pero quebré su nada férrea voluntad y su asta a la par. Contemplé la súplica, que negué mordiéndole. No me sorprendí al sentir que su muerte no me aliviaba.

Capítulo 44

Joven tras la máscara, lozano el cuerpo oculto en la ropa. Disimulado el pardo de los ojos, enterrado en el disfraz del rostro la gama negra en vez de blanca del cabello. Acribillado por los cambios, tardé más de lo deseado en encontrar el camino de vuelta a la estación. Redirigido gracias a los remordimientos de conciencia, di sepultura ceremonial al otrora jefe de sección. Pausé el momento de su entrada en el baño para preguntarme, ¿dejarlo inconsciente ocasionará tantos problemas? Recé sin hipocresía, arrepentido, pero no dudé de que volvería a entrevistarme con el cura por nuevos pecados. Salí como una apisonadora, en línea recta, apartando a los peatones con mi carrocería de hueso y piel. Entré a la Estación de Atocha sin un itinerario fijo, desprovisto de mapa mental o físico, a tontas y a locas. Busqué una conducta anormal, una riada de personas con aspecto bélico, cazadores con aspecto de ejecutivos, médicos o cualquier imposta de oficio quebradiza. Un mensaje en la megafonía locuaz me dio la pista: «Los viajes de Madrid a

Sevilla quedan suspendidos por una avería. Los pasajeros de la línea ocho ocupen el andén cinco a la espera de que soluciones los desperfectos. Rogamos disculpen las molestias». Fallo oportuno que produjo la salida de las hormigas laboriosas que movían sus bultos a la dirección facilitada mientras los zánganos del cielo caminan en dirección contraria con atuendo de electricistas sin pinzas o alicates, el abecé de las herramientas del profesional. Desencadenaré un silbido eterno de balas para salvar a Luis (acaparé cuanta arma pude antes de salir del garaje del ahora difunto). A una distancia de seguridad mayor a la no usada en muchos casos por los dueños de automóviles, seguí a mis precursores en el sendero hacia mi amigo. Ellos con intenciones hostiles, yo agarrado a la salvación de mi compañero.

Túneles de escasa visibilidad con luces casi apagadas, un salón de juegos, el coliseo. Irrumpí como otra obrera en el hormiguero porque de él salían tantas que una despistada no suponía un invasor. Acosado por diversos tumultos, el león no permitía que lo arrinconaran. Herido en varios flancos, no desaprovechó la inocencia del que de explorador pasa a cazador activo, finiquitó su progreso de una categoría a la otra. Las imprudencias de los novatos las pagó con dentelladas y su zarpa izquierda. Me abrí paso como un exhibicionista, abriendo la chaqueta, pero en vez de desnudez enseñé muerte. Diestra recarga, siniestra ejecuta. Atemorizados, los espectadores de relleno huyen, por lo que me topo con los cazadores de electricidad. Monos azules y botas de plástico, el modelo favorito de los fontaneros para ellos. Sofoca el calor de los circuitos pelados además de las chispas reproducidas en tonos monocordes de voz. La confrontación pulsa el corazón. ¡Preparado!

Empuño un fusil de asalto para borrar con la goma de las balas a los acosadores de mi amigo, todos sucumben al primer tiro, sendas dianas de concurso, un triple veinte. Luis no esconde su victoria postergada, arranca de cuajo el corazón de un lancero (coloco la pica entre sus manos a modo de faraón) reduciéndolo a jugo de pomelo por la presión de su garra. Espero a que termine su conducta apache para sacarlo del coliseo. Muda de rictus a una sonrisa al comprobar que su compañero de caza lo rescata, ante lo que comenta:

—Fino en el tiro, cauto en los modales, mi cetrero ideal. Salgam...

Acortar la frase modificó mi mirada de sus ojos exorbitados a un regimiento completo con los seguros quitados. Medí con mi vara de precisión que la hidra contiene muchas cabezas, por lo que aflojé los cintos de munición, desarmé las manos, el pantalón e incluso los tobillos. El león cerró su mandíbula y retrajo las uñas a modo de rendición activa. Unos gorilas con varas de hierro nos golpearon en la parte blanda trasera de las rodillas, invitándonos con dureza a arrodillarnos o caer de bruces, a elegir según el aguante de cada uno. Las pantallas de la recreación romana enunciaron el próximo programa. Miramos atentos a los monitores viéndonos en primera persona, plano cenital, secuencia y un corto de los rostros a los que siguió la palabra «sacrificio» en el color no apto para los desvariados, el rojo. Operarios de construcción de altares colocaron en el centro del anfiteatro moderno abetos circuncidados, clavaron sus puntas en la tierra midiéndonos tras ello. Los carpinteros de holocausto cruzaron en los postes limados tablones de fresno cuadrados en tres alturas, baja a la altura de los pies, mediana sobre la cabeza y alta superando la estatura de un jugador de baloncesto. ¿Jugarían con nosotros al juego de adivinar palabras con la fatalidad de la soga? ¿Copiaríamos al rey homónimo al nombre de mi compañero?

Regresan los escapistas tempranos como si su descanso en vez de por silbidos de plata hubiera ocurrido porque compraron cartuchos de pipas. Evaporaron el susto de los rostros con la satisfacción de acudir en masa a un receso en la historia, el castigo al pecador sin juicio con la violencia como mazo. Sentados al lado de muertos no les importo más que mancharse las ropas o que les estorbaran los mejores asientos, por lo que los apartaron. Insensibilidad por costumbre al cien por cien. ¿Cuántas barbaries vieron esos ojos? Dirimirlos me costaría muchos cuadernos de Juan el traidor.

Esparcieron los carpinteros en el aire un pulverizador de plomo alrededor de nuestras extremidades. Adoptaron la profesión del herrero porque aparecieron unas cadenas con las que nos ataron a donde quiera que ellos continuaran esparciendo el bote. Pararon donde supuse, en el la «I» de madera. Una mordaza de hierro sintético que afectó a Luis sobremanera. Piensa en un animal enjaulado. Fíjate en el cambio de su actitud, la rebeldía de su corazón abnegada, el rugido deprimido de reinar en un espacio que nunca extenderá. No migra, depende de terceros para alimentar su estómago, quitan a las crías de su lado en caso de supuesto peligro, no permiten que las disputas entre rivales queden finalizadas porque a la primera escaramuza los separan. Aunó todo en su rostro, la mandíbula caída en un valle de agobio, las zarpas escondidas sin opción a salir por la propia decisión, los ojos bajos no en el suelo, sino en la vergüenza del enjaulamiento. Privarlo de libertad lo mataba segundo a segundo, por lo que musité a su lado:

—Bordea los eslabones, solo los clavan en la piel. No desistas. Nos van a salvar.

Respingó de esperanza con una pregunta dubitativa:

—¿Amanda o Alberto?

Lee su guion personalizado, aunque profetiza una conexión que nunca pierdo. Pido silencio como en la sala de espera de un hospital (tu cerebro compone el cuadro con el gorro de enfermera de años pasados con el índice sobre los labios casi en posición de beso. De no imaginarlo, lo pinté para ti). No hablan los piperos de la matanza o critican la seguridad igual que a su equipo de fútbol al encajar un gol. No parpadea el rojo con la palabra sacrificio en blanco sobre las pantallas, no zarandean las cadenas, me encuentro lejos. Mi mente saca la moneda del pantalón para introducirla en la cabina telepática, pero no tengo. Será una llamada a cobro revertido. Oigo a la operadora trastear con los cables de las sinapsis. Un chispazo activa la corriente del corazón y escucho el tono de llamada. ¡Amanda, contesta! Mantengo el auricular en las neuronas, pero no con la intervención de un tono polifónico o una canción de espera, sino que el latido sistemático de mi amada dispone una melodía conocida y amada. Descuelga al tercer tono, abre el clip de su conciencia a la mía, una mensajería instantánea. Divulgo la situación con un reportaje gráfico al que adjunto notas de sonido. Descarga la información absorta en los detalles e intercala el *collage* de nuestro amor. Escojo la nube redondeada del primer beso, arrejunto las piezas de las caricias, adhiero la promesa con el pegamento de la renovación, no por un año o dos con emolumentos, porque incluso supera lo vitalicio. Transmitimos en onda de corto alcance recortando las palabras: «Siempre juntos, aferrados a la eternidad de nuestro amor». El celo, la cola industrial o el fijador instantáneo no lograrían un modelaje como este con el que completamos nuestras almas. Ella añadió en un último mensaje: «Os salvaremos». Desconectar, colgar fue duro además de por perder un hilo directo con Amanda por la manera en que se produjo, un tirón del teléfono por medio de un puntapié en el rostro en el que casi lamí la bota.

Capítulo 45

Invertimos a lo grande. Conseguimos el respeto en la bolsa de sus acciones e informes secretos de finanzas que conllevan tratos sucios, extorsión, robos, favores y confabulaciones. Aunque las reservas al novel no se disipan en semanas o meses, por ello el cierre del mercado sin venta de acciones del cielo escamó nuestros presentimientos. Hugo anduvo cual pollo sin cabeza diciendo:

—Nos vigilan, seguro. Cierran el grifo de los billetes sin previo aviso. Nadie rechaza el dinero de buenas a primeras, aunque sospeche. Admitirían hasta el último céntimo de euro. ¡Lo saben!

Mal visto por el sistema educacional, denostado por leyes divinas, el guantazo en muchas ocasiones sacude al que cae en el bucle de sus fantasmas o paranoias. Debe administrarlo con solidez, seco cual cactus de desierto arañando moflete, unas gotitas de voz aumentan el resultado:

—¡Despierta!

El novato me miró solícito, igual que un perro con las orejas gachas, sumiso a la realidad y no a películas filmadas por su miedo. Entregar la receta me produjo malestar.

—Perdona mi golpe, pero de ninguna manera puedes perder los estribos, menos aquí, cerca de la estación. Nos darán explicaciones de medias verdades con mentiras soslayadas, pero ellos creerán que seguimos a pies juntillas sus explicaciones y premisas. No pierdas de vista el objetivo...

Corté el sermón porque noté el timbrazo de la telepatía, conozco la línea e incluso el número desde donde marcan. Localicé en el núcleo del cráneo la cabina de Calvino. Las ondas cerebrales colocaron en el tapiz de mi mente a la interlocutora, Amanda. Habló calmada, pese a la tristeza que pendía de sus vocales, dio relevancia a la comprensión del texto, no al diluvio que la asolaba. Recibí «Salvar a Antonio y a Luis» «Capturados» «Piensan sacrificarlos»; como respuesta mandé «Déjalo en mi mano, aunque necesito la localización de la Eskermie». Encripté la equis del tesoro pese a que nadie entrara en nuestras cabezas. Cortaron la línea de la cabina al morir Calvino. Un fin de servicio de la persona y sus propiedades que o bien heredan miembros de la Orden por jerarquía (no muy habitual) o se pierde el rastro hasta que un acólito de menor grado lo reclama como suyo al finiquitar el período de adquisición por botín (unos ocho años después, el bien escondido en los bolsillos, las paredes de tu hogar o tu propia mano te corresponde por derecho). Una norma establecida que beneficia los robos de guerra y contenta las acciones bélicas sin discusión. Movió los labios, lo que aprecié como una videollamada telepática para disertar: «A cambio del arma, te acompañaré». Apreté los dientes por no discutir y acepté con un escueto «Él no me perdonará». Ella contestó: «En caso contrario, él te derribaría a puñetazos, apuntaría a tu corazón consiguiendo lo mismo que yo». Tras esto, terminamos la conversación.

Conducir la furgoneta canta igual que una soprano en el aria de Mozart «Martern allen arten» por la espectacularidad de dos ejecutivos con percha diplomática que balbucen apenas mientras suena una cadena de éxitos musicales. Un concesionario ampliaría los kilómetros cero de segunda mano, lo que implicaría rellenar documentación oficial, por lo que lo compramos en un estacionamiento de una finca privada. Entramos con la furgoneta para divisar al aire libre el vehículo sin papeles de por medio, revisiones y demás. Me percaté de que el robo del automóvil había enfriado su rastro por los cúmulos de polvo de lluvias atrasadas junto al destripe de la matrícula ocasionado por manos inexpertas. Aproveché la torpeza, regateé la mofa del precio establecido hasta que conseguí un timo aceptable. Montados en una limusina, percibí un mantenimiento a prueba de reventones en las ruedas, pero atiborrado de deficiencias en la tapicería, con sietes en sus asientos que un experto en billar calificaría de nueves al menos, restos de un pegamento lechoso fabricado en las partes bajas de la anatomía, ambientador de vómito y licor, todo gracias a un alquiler asiduo además de barato, con nula responsabilidad entre las partes. El traqueteo en una caja de sardinas o un remolque con paja resultaría un paseo delicioso comparado con aquella alta gama desmantelada. Para colmo, no bajaban las ventanas pese a que minutos antes el vendedor había advertido que funcionaban si no abusábamos. La sudoración del tipo en la prueba me avisó de que cagó flores al accionar las ventanillas con acierto. Nos obligó a tragarnos la bazofia, porque un comprador necesitado acaba embaucado. Pisé el acelerador. Acorté un viaje que mi nariz jamás olvidara.

Sentada en el bordillo de la entrada del piso, una mirada sustentada por el valor, los ojos negros dictaminando decisión, unos labios bellos exprimidos en una refriega de coraje, las manos delicadas cerradas en torno a la muñeca, blanquecinas por la presión y en su regazo, mal disimulada, Eskermie lista para rescatar a su amor.

Conducíamos directos al pozo de nubes o a la alcantarilla elevada, dependiendo de qué facción nos encontrara primero, Tierra o Cielo. Desactivé el silencio girando la rosca del dial en busca de una emisora que me gustara hasta que unos acordes de piano trágicos me retrajeron a una noche de copas. Líder de la revolución seleccionado por unanimidad, seguido por convicción, arrastrando masas con un discurso fuerte al que desde esta perspectiva del pasado tacho de enérgico en ira. Alenté a que muchos contrajeran el odio por mi dolor. Un dictador en la oposición, un paramilitar exiliado por la traición de mis cabecillas, que temieron mi ascenso en sus filas. Un renegado de todo que soñaba con la nada, deseaba la muerte en combate. Antes de que un licor, un piano y... di un mitin incendiario, un pistoletazo de salida a un ataque en masa. Los enfervorecidos adeptos jalearon consignas como «Líder» o «Alberto, contigo a muerte», poco a poco desfiguré mi corazón en semejanza al rostro, un monstruo igual que Sótano y Cielo. El hambre, la sed, la camaradería de los rezagados en no regresar a casa me dirigió a un local de copas, El Ancestro de tu Abuelo, una redundancia de la mayoría de edad. Mesas redondas con un tapete blanco que sujeta con unas pinzas de ropa bajo la mesa estratégicamente colocadas, solo los clientes conocen el truco del anclaje de la mantelería; dos ceniceros de olivo por barba y ninguno por falda, ya que el dueño prohibía fumar a las mujeres para que la suya no cogiera malos vicios; un ventilador de hélice con un cordel como interruptor, tiras de él para que te aporte una autonomía de unos diez minutos pasados los cuales funciona igual que la dinamo, la recargas con tirones seguidos. Ventanales de cuadrícula de iglesia, barra con cinco escalones que la separan del mobiliario y una pequeña tarima sobre la que en un piano de cola solitario en el período exacto de higos a brevas un maestro jubilado toca una canción. Entre mis pupilos en aquella noche destacó una como la estrella polar, porque me orientó de continuo hacia ella. Asentía con una sonrisa a mis disertaciones sobre el poder establecido, colocó los pulgares debajo de su mandíbula en un lienzo de bella contemplación, porque igual que el pintor adoré aquella obra. Noté un distanciamiento de mi postura violenta hacia mares de paz, hecho que los compatriotas de mi causa común divulgaron en secreto con excusas irrisorias, pero que agradecí con un solemne: «Descansa el cuerpo, porque la lucha nunca termina». Toda mi verborrea, el dominio de mi dialéctica guerrillera se envolvió en una esterilla de mutismo que ella desenrolló con una pregunta directa como gancho al corazón:

—¿Tienes pareja?

Audaz, mostró una faz capaz de aguantar el palo de un rechazo, pero a la vez segura de mi aceptación a su proposición.

—No, ¿te considero candidata?

—El cortejo depende de los hombres, sorpréndeme y me presentaré a las elecciones.

Sedal corto y largo, sal y pimienta, una atracción fuera de lo común, el entendimiento en pocas frases provocó que me levantara para ocupar el taburete del pianista. En el camino me giré hacia ella para mostrarle con el dedo a dónde me dirigía, una obviedad algo tonta, pero una excusa perfecta para mirarla de nuevo. Sentado ante la caja resonadora de música, crují los dedos antes de poner un dedo en las de teclas de dominó. Cerré los ojos para no andar sobre el dominó sonoro sin carrerilla, porque por primera vez toqué con los latidos pese a que aprendí de oído. Final del tercer tempo, plumas musicales de pavo real, una marcha no militar, la puerta abierta a la esperanza, desanudó el miedo, la parte alegre de la *Sinfonía Patética* de Tchaikovsky. Cada nota compuso un beso o una caricia entre ella y yo. No alabó mi interpretación, sino que agarró mi mano encima de la mesa detenida en mi melodía, concentrada en mis palabras musicales.

Terminaba la parte que toqué en la radio, por lo que la apagué con un giro de muñeca brusco. Almacené el buen recuerdo, deseché lo demás.

Capítulo 46

¿Nos reciclarían los huesos, redondearían nuestra carne picada? ¿Nos matarían de un tajo limpio en el cuello sobre un altar o lapidados por piedras que entregarían como palomitas a los espectadores? La turba parlanchina calló de súbito cual animador con un panel que pide silencio a los espectadores. No escuchar insultos o maldiciones produce incertidumbre por lo que, aparte de por eslabones de plomo rociados, nos colgaron los nervios y no de acero. Desprovistos de las máscaras por los otrora carpinteros en un desgarrón que temí arrastrara piel natural, nos sentíamos desnudos en un examen sorpresa el primer día de instituto. Luis deambulaba con la mirada en todo y en nada. Al león le limaron las garras y arrancaron los colmillos consternándolo en una jaula de cautiverio al encadenarlo. Nos prohibieron los diálogos con porrazos en la boca a los pocos intentos de animarnos, pero no nos negaron las miradas que decían «aguanta». Un cambio de turno en el coliseo. Quienes mancharon sus zapatos de arena los identificaríamos en una rueda de reconocimiento entre millones de personas, Sótano, Cielo y Juan.

Dos ancianos relegan la decrepitud manejando las agujas del reloj a su favor junto al traidor de boca nueva que prefirió afinar sus cuerdas a la amistad. Sótano, el muñeco cortado por la mitad, nos miró con la aguamarina espumosa de un perro. Aferró con las manos de simio un punzón. Frunció la línea seguida de su única ceja con el labio plegado igual que un filtro de tabaco e inspiró antes de hablar:

—La reunión empieza con unos prolegómenos de sufrimiento, aunque el plato principal con los ingredientes sorpresa os revolverá el estómago y el corazón.

Oí el lamento de los espíritus en una mansión encantada, los cristales rechinando con las uñas, su voz de ultratumba añadía malas noticias.

Intervine sin pensar:

—Tienes lo que querías...

Ni un odontólogo recuperaría la muela que cayó en aquel desierto prefabricado donde la sangre lo pintaba de rojizo. Intervino el dueño de las alturas vestido con su casaca roja, pantalón de seda negro y los náuticos. Ausentó como de costumbre los parpadeos soltando entre los vacíos de tablillas dentales su voz de interrogador:

—Pregúntate si no lo sabes de antemano, necio.

El último intérprete de los guiñoles, el títere manejado por la voz, con el invierno sepultando sus ojos cual alud; el pelo desbarajustado con pinchos de gomina, inspirando por el hueco derecho de su nariz, ya que el izquierdo casi no aceptaba aire; cubría su cuerpo con el atuendo de sus principios, camiseta interior, pantalón corto, sin forro de tejido para sus pies más que unas botas altas militares. Emanó calor de su boca, quemándome:

–Tres terneritos mean en la paja del Águila, aunque no contentos escupen en los hoyos del topo; la consecuencia, el rapaz les pica y el roedor los adentra en su trampa.

Conocer de la boca de un vendido que prefijan nuestros avances como un dado trucado te desploma. Marcaron nuestros pasos adelante indicándonos cuántos y en qué momento. Error, fatalidad, fracaso. La derrota punzó mis sienes al escuchar que los tres tenores nos manejaron desde el inicio. Permitieron que saboreara el agrio de infravalorarlos, imponiéndome con credulidad las medallas de general cuando apenas era soldado raso. Luis, preso de un vacío en los ojos, cabeceaba para ahuyentar las malas nuevas. A un paso de la no cordura, el león protegía su necesidad de vencer aislándose del mundo real; por mi parte, no localicé en mi cerebro el mapa a ese otro punto, por lo que oí al señor Cielo de nuevo:

–Antonio, establezcamos un pacto de caballeros. Tú evitas la pequeña riña de jovenzuelos que pretenden un intercambio de balas que no nos favorece a ninguno. Átalos con el señuelo de que nos atrapaste y no dañaremos a la damisela, al líder ni al novato.

Un precio justo, el valor de mercado que nadie bate. La ausencia de temblor en los ojos y el grito que provino de los vaivenes del aire en sus dientes me convenció de que jamás cumpliría la promesa. Formulé mi respuesta:

–No, nunca les mentiré.

Sótano entonó su tétrico canto de pronunciación, una algarabía de sonidos ásperos, grotescos e inyectó el virus de la confusión:–¿Seguro? No pasas del papel a la tijera y la piedra con manos de pulpo. Cambiaste de maestro sin mayor indicio de prueba que las palabras. La revolución mata al igual que nosotros. ¿Eso les otorga mayor razón a sus argumentos? ¿No falseó Alberto su historia para que te unieras a él? ¿No incumbió en un lavado de cerebro del león para que lo siga como un animal doméstico? ¿No te escama su relación demasiado buena con Amanda?

Corrompido por la información, influenciado con una tragedia. Prorrumpí en una carcajada al librarme de su intento de envenenamiento contra ellos a la que siguió:

—No rompéis la amistad con unas dudas que introducís en el cerebro con tortura. El amor que me une a Amanda no derrumbáis, dañáis o destruís, porque nuestra alma es una y no se corrompe.

Sótano, Cielo y Juan, en una coincidencia de voces, cronometraron sus gargantas y emitieron la ruptura de negociaciones:

—Muerte o sacrificio, nada de redención.

Carraspean las pantallas que interrumpen su monocorde sacrificio con letras blancas y fondo rojo para la emisión del gris de las interferencias. El programa a continuación gustará a los espectadores de las gradas, pero en absoluto a nosotros. Vi su llegada a los túneles.

Capítulo 47

Piloté con pericia derribando a presuntos pasajeros, taquilleros, maquinistas e incluso un punto exacto de la fachada con un amasijo de cables e interruptores eléctricos. Inutilicé las cámaras de seguridad, con lo que su rastreo visual quedó inoperativo en cuanto a tecnología y siempre a tenor de los descuidos humanos. La máquina no descansa o pide pausa. El robot no merienda ni pierde la atención, aunque un punto a favor del humano, la intuición, tienden a no valorarla o a salpicarla con cualquier decisión sobre ella. Desbarajustamos sus mecanismos de defensa al frenar contra el edificio. Salían los guardianes de las bocas de metro al tiempo que los civiles abandonaban el recinto. Novatadas como no cerrar las escotillas de acceso, ir desarmado o atento a las curvas de una mujer nos beneficiaron tanto que entramos en un terreno de samuráis como ninjas. Restringimos el fuego cruzado con la opción de liberarlo en caso de quedar rodeados o atorados. Total de balas soltadas al aire, cero. Una incursión de campeonato, aunque el espinazo de la trampa cerró sus redes sobre mi cabeza. Amanda corría con la Eskermie, sin el maletín musical, aunque el golpeteo de la funda contra la vaina parecía cantar una oda a la guerra. El arma luchaba por saciar su acero de sangre con un anuncio sonoro que apenas podíamos disimular, por lo que cambiamos de túnel y vía con la misma asiduidad que una abeja va a la miel. Hugo apuntó a un mechón de rata, a una lata arrancada de la papelera, y por poco detona su pistola sobre un inocente. Calmé sus nervios con la manzanilla de una advertencia que secundó mi utensilio de pólvora. Nuestros pies corrían entre los raíles cuando escuchamos el traqueteo de un vagón fantasma, porque con las luces apagadas del techo, los quejidos del metal y las prendas blancas asomadas así lo parecía. El discípulo menos entrenado saltó al interior del tren por una ventana abierta; a hurtadillas, llegó a la espalda de los vigilantes del ferrocarril disparándoles a una distancia a la que jamás fallaría.

Espaciamos las carreras igual que un agente secreto, bordeamos las esquinas, señalamos con el puño en alto el «parar», agachamos los vientres para avanzar cual comando, burlamos cuanto faro o linterna iluminara, siempre precavidos. No descuidamos la retaguardia hasta que pasamos de un techo oscuro de piedra a uno de cristales, del suelo a la gravilla o el mármol, de los tablones de madera a un control similar a la aduana, pero sin personal que lo atienda. Un casino ultramoderno con animales disecados que enfurecerían a Luis. Pasamos los tornos metálicos, la puerta giratoria y la antigua Roma nos aclamó. Las manos delicadas soltaron el basto acero, la espada truncó su amarre a los brazos al igual que la esperanza de Amanda de encontrar a Antonio a salvo. Experimenté la caída de la montaña escarpada, el baño ácido de lluvia contaminada, el redoble de las campanas señalándome como mal instructor, maestro o líder. Encadenados el León y el muchacho, oían el aliento de montones de gargantas desaprensivas que corearon «sacrificio, sacrificio, sacrificio, Sacrificio». Miré a las pantallas que mostraron el reflejo de un perdedor, a mí con una máscara translúcida por las lágrimas. Destripé mi disfraz sin apartar los ojos de la pantalla, que giró su enfoque hacia tres personas junto a los atados. Rociaron las cadenas que los ataron con un espray del que aún permanecían los restos de una mano torpe por la forma de clip cuasi abiertas de los eslabones. Cielo, Sótano y Juan, un primer plano que aterra no por el miedo que me infunden sino por el significado de su presencia. Siempre aparecían con el dado trucado, las cartas contadas además de barajadas por ellos y con la certeza de verse ganadores. Sonó la activación de un reloj.

Capítulo 48

Amasados cual levadura por rodillo, contemplamos la partición de la tierra, casi una cita bíblica, pero con la salvedad de compuertas, acero y una plataforma que nos bajó a las profundidades. El seísmo nos brindó el despiste de su choque de copas y el mareo de la celebración anticipada por parte del trío de tenores, aunque cautos nos mostraron su ventaja ciñeron las cadenas a las gargantas de los apresados. Un descenso tenso en el que la conversación del tiempo no tiene cabida, el fútbol no importa ni el cotilleo interesa. Aflojar el arco de la voz costó. Un líder debe anteponer los intereses del grupo, aunque en esta ocasión ligan con los míos:

—Intercambiadme por los rehenes. Sofocaréis cualquier rebelión, porque me comprometo a leer cualquier panfleto propagandístico a los que oponen resistencia. Doblegaréis su voluntad de luchar al comprobar que el estandarte cae. ¡Trato hecho!

Forcé demasiado el acuerdo, porque me adelanté para cambiar mi puesto por el de Antonio en un intento de liberarlo de las cadenas. Mostré mi premura con lupa de aumento, enseñé mi debilidad jugando al descubierto. Lo alejó el señor Cielo sin contemplaciones con las terminaciones de los dedos granates por la presión en los eslabones que cimbreó hasta acostarlo como a un perro. «Subsuelo» pintado en la parte trasera del ascensor que no consta de cajonera nos indicó que el trayecto había finalizado. Ataron los hilos de esclavitud a la pared en unos rieles que chirriaron alertando de un movimiento con el que perdimos a Antonio y Luis colgados como jamones. Bien contra mal, aunque los emparejamientos nos aseguran la contundencia de una goleada por tres a cero para el equipo local. Nosotros, los visitantes, jugábamos con un recién ascendido a la liga (Hugo), una enfermera que no practicaba la acción (Amanda) y un viejo veterano que necesitaba un goleador (Antonio). Firmaría el empate en un amistoso. Pero quedó claro que no al oír a Sótano.

—Bienvenidos a mi entorno natal, los yacimientos de nuestra construcción, el pilar de la prolongación de la vida. ¿Preferís un combate perdido de antemano o una rendición sin beneficios? No os prestaremos más oídos que a este Joker sacado por mí.

Amanda, obstinada, sacó su versión arrolladora, la de una mujer que alza el mentón ante un golpe porque prepara el suyo. Acorde de laúd, una dactilografía de notas metálicas, las raspaduras del acero en un soplo que alivia la empuñadura. Suelta las cinchas cromadas de la vaina, sostiene la Eskermie. Imagina al aracnofóbico con una tarántula tejiendo en su boca, un nictófobo viviendo en una tierra con la noche como única compañía, un niño afectado de coulrofobia internado en un circo integrado solo por payasos, solo así entiendes la cara de pávido del dueño de la altura, el suelo y el traidor. Gravitaron sus ojos hasta fijar la espada en sus miradas y corazones, los restringió el miedo, les paralizó el terror. Un despunte de desazón traspasó sus espinas dorsales cual peces que colean fuera del agua en busca de oxígeno. Escuché la salida del caparazón de las balas, el amartillamiento de una pistola. Encontré una sonrisa donde antes figuró el horror. Volteé rumbo a la cadencia de la bala en el tambor lista para su actuación, entonces vi a un joven que mintió desde el inicio. Bucólico, apretó los dientes en una risa no entrenada, me mostró su verdadero rostro. Hugo reaccionó a mi incredulidad explicando con el sarcasmo de quien engaña sin ser descubierto:

—Alberto, la historia del desvalido, el paria con problemas amorosos que no conjetura la deslealtad, ubícala en los dramones, pero no en mí. Fabrico relojes porque poseo la habilidad, verdad. Sufrí un desengaño, cierto, aunque en Antonio y Juan reparto la culpa, no en una mujer inventada.

Bramó como tormenta de verano. Azotó las palabras sin controlar la saliva a propósito. Mordió su labio por la impotencia de lo que le ocurrió:

—Viajaron los dos a mi época, el año 1893, para medir con exactitud en la relojería con el rótulo E. P. giratorio. Desaparecieron los dos negándome la seguridad que les imploré. Leí en la mente de Antonio que me protegería al igual que lo escuché de su voz. Fallaron mis poderes. Una equivocación el prescindir de un «No» delante de su frase. Me acosaron grupos que seguidos por los dos entrometidos en el tiempo, pensaron que eliminarme tacharía la ecuación. Despejarían la x del problema. Muerto el relojero, no existe reloj. Asesinaron a mi madre con incisiones de olas en su pecho, colgaron a Ezequiel con una red de pesca y sardinas en su boca. Los miembros de «Mar» casi sacan del agua el botín con la única oposición de una guardia con su perro destentado, aún lloro al viejo que no contó con la colaboración de nadie más, pues Esmeralda no pisó la tienda desde la desaparición de su amado.

Fulminó con la mirada a Amanda como si con las palabras royera la relación con los agujeros de los celos. Aplastó la boca de la pistola contra mi espalda para seguir relatando:

—Cambiad los papeles de la película que otorgáis con un árbitro comprado, los guardianes representan a los buenos, aceptadlo, y vosotros a los malos. Ellos me acunaron, protegieron y mimaron. La Organización me amamantó como madre, me adoctrinó como padre e incluso me valoró como amigo.

Amanda le apuntó con la espada en una línea directa a su cuello, ofendida por su pintura maltrecha. Un cascabillo de disgusto e impotencia y ralentizó su respuesta con agudos suspiros:

—Mi antepasada no asistió porque enfermó y murió de Adisson. ¿No te fijaste en su cuerpo de paja, el descolorido de su piel de perla, el cansancio repentino que la inducía a sentarse tras un paseo, los vómitos que achacó a malas ingestas? No, seguro que no, tú te preocupaste por ti, si bien eras un niño no indagaste en su mente.

Hugo penalizó aquellas disertaciones:

—Excusas, válidas para tu memoria, pero no para mí. Yo sufrí su ausencia.

Cielo aprovechó para sacar punta con su grisácea voz:

—Injustificados los escoltas que sin argumentos utilizan la tragedia. Tristes los ojos del niño al verse abandonado con un trébol al que arrancan sus hojas. Tardamos semanas en que recuperase la motricidad. Durante meses emitió gruñidos y no palabras. Esperamos años para que revelara alguna emoción. La primera palabra, «solo»; la segunda, «odio».

Capítulo 49

Tratados como mercaderías, balanceados en unos ganchos que nos manejaban como marionetas de papel, llegamos a una fábrica de tiempo. Figuras descarnadas salían como el cuco a dar su recorrido alrededor de las agujas del reloj, un trayecto que repetían cada hora. Jeringas repletas de sangre conducían los esqueléticos ruiseñores que no cantaban igual que la gasolina mueve los coches. Giraban las ruedas dentadas en el centro con mayor aceleración, porque la maquinaria principal radicaba allí, las pesas bajaban y subían con la ausencia de justicia porque los pesos muertos ocuparon el puesto de los pájaros. Forcejeé con el metal agarrando la última argolla y aplicando palanca con los pies. Pocos minutos después, mis dedos burbujearon, la carne ardía junto a un pesimismo que arraigó cada vez más hondo. El león perdió el rugido, los zarpazos, hasta la fuerte mandíbula, porque no probó a liberarse ni una vez. Itineraban los cadáveres como piezas de cante o contrapeso según la descomposición, los repletos aún de líquido rojo activaban el funcionamiento con sus ascensos o descensos mientras los desangraban con punciones que hacían navegar por los rieles a los huesudos. Sonó el segundo timbre, las dos en punto de la madrugada, un grito desgarrador de súplica, una mujer atada pasó como un obús por delante y cual rayo sus ojos activaron un fantasma del hombre-bestia. Luis radió la situación atrapado por el pasado:

—¡Vuelve, Carmeeeeen!

Retrocedió a su tragedia en un vuelo sin motor, pero a diferencia de lo esperado lo despertó, dentelladas y garras abrieron su cerrojo e impidió que ella continuara su recorrido de muerte. Desnuda, apretó su cuerpo no contra sí misma, sino que se encaramó a Luis con besos desesperados, la interferencia en el proceso de la cuerda trajo consigo una voz de alarma. La bombilla cenital de bajo consumo varió de su blanco amarillento a un ocre broncíneo hasta adquirir el color del fango. Bocinas de claxon, sonidos antirrobo o megáfonos de policía no igualan el alargado pitido que nos obligó a taparnos las orejas sin mitigar la estridencia en gran medida. Aumentó la sonorización de prevención cuando el león rompió mis cadenas. Sacados de la cadena del crono macabro, le pregunté a la mujer con delicadeza:

—¿Por dónde salimos?

Ella sacudió la cabeza alterada por la urgencia, acosada por palabras de un extraño. Reconocí la tortura de guardias previa y el rey de la Selva clavó sus ojos, atravesó su coraza golpeada y traspasó sus defensas con nitidez. El salvador feroz dijo:

—Hora de irnos.

Un mensaje simple que transcribió en sus neuronas porque ella le mostró con el índice la esquina superior izquierda del reloj, una cápsula que suelta el aire por un conducto y libera el mecanismo de los esqueletos. Me pareció un robot que evadiera de su corazón a los humanos para ganar tiempo; al dibujarlo en mi mente, lo confirmé con mi espíritu, no me equivoqué.

Capítulo 50

Apresado Hugo por la espada y yo por su pistola en un chotis de compases afilados, peligrosos e incendiarios, no fallamos en ningún pase. La sordera de nuestro joven, ahora no aliado, aumentó con el recordatorio sesgado, porque al igual que a mí lo adoctrinaron en el exilio de los sentimientos. Siempre atento a la orden, nunca negando un castigo y pensando que lo bueno para la Organización es lo más importante. Sótano desplegó sus copias con el escáner de una claraboya situada con estrategia, pues pese a encontrarnos en un subterráneo los rayos de luz entran como gusanos en la tierra; además, los puntos de fotocopia para sus sombras diseminaban gran parte de las profundidades.

—Ventaja numérica reducida. Aparta la espada a las buenas, porque a las malas colgaré a Antonio de mi cuadro y lo expondré en una galería a la que asistirás toda tu vida.

Cielo, con un ostentoso pestañeo, ridiculizó la salida de lágrimas de Amanda frotando sus ojos con la boca semidentada. Cacareó el tucán con su pico limado:

—Alberto, abandona el plan, no te queda ni una sola posibilidad.

De los tres autores de aquella encerrona, uno no habló. La vuelta a su mudez disimulada por el protagonismo cedido a sus compañeros no desveló la llegada del último tren de la esperanza. Eskermie pinzó carne, la pistola apuntó a la nada, porque me trasladé en una de mis carreras por el espacio tiempo, las sombras quisieron buscarme y uno de los agujeros negros intentó la activación, pero Juan lo anuló. Sendos puñetazos más la habilidad escondida y al final destapada abolió los ataques de Cielo, Sótano y Hugo. Reuní a parte de mi verdadero grupo con excepción del traidor real, el joven. Aglutiné mi poder para seguir el rastro de Antonio y Luis. Quedó un vacío a nuestras espaldas llenado por una reprimenda brutal, el escarmiento definitivo, los maestros de dos alturas desiguales mataron al pupilo con un estrangulamiento del reflejo de la figura y un lanzamiento al vacío sideral. El viaje de tres agotó mis reservas de poder, por lo que quedamos a trescientos metros del objetivo. Observé el ir y venir de cadenas con una mercancía que no distinguía, pero que presentía, porque mi estómago reaccionó al dolor con un estertor de muerte gritado por uno de los paquetes. Amanda y Juan me arrastraban con las puntas de mis pies como ruedas de maleta que traqueteaban por toda la superficie. Los ancianos, con una edad que supera a la muerte, no corrían demasiado, por lo que mi atraso debido a mi falta de fuerzas compensó la lentitud de los primeros. Una carrera vertiginosa de caracoles en busca de lechuga.

Ella con Eskermie, que rebosa de energía, miró al traidor resarcido con un suspenso en el aire, presta a dictaminar con la hoja de la espada cuanta verdad esconde. Su voz atacó en vez del arma:

—¿Por qué desapareciste?

El apelado rescató del bolsillo de sus pantalones cortos una libreta con un bolígrafo enroscado en las anillas, sacó la capucha y escribió: «La única manera de engañarlos consistía en mentiros al tiempo».

No satisfecha con una porción del pastel, ella reclamó:

—¿Avisarnos suponía tanto?

La tinta impregnó el papel: «Mi refugio en su seno, las confrontaciones con vosotros, la animadversión fingida por mi parte figuro en una mente, la suya». Las últimas palabras las acompañó señalándome a mí, por lo que expliqué:

—Vuestra sorpresa ante su paso al otro bando encajó la última pieza para que podamos dar el golpe definitivo. Dejadme en el suelo, que mi físico ya vuelve en sí.

Cargado igual que una batería por un chispazo, desfilé en lugar de correr junto a mis compañeros. Atraje sobre mí la responsabilidad de cerrar brecha respecto a la retaguardia, pero antes de que me cerciorara atisbé un autómata relojero, una máquina de crono horrenda. Difuminé con el dedo las barbaries de forma similar a los borrones de Juan sobre su libreta, cerré el párpado del lado del corazón con objeto de no captar en el último la vida que canjeó para su funcionamiento, una carnicería que detendré a toda costa.

—Atentos, buscad el centro de aprovisionamiento, las cadenas siguen un recorrido de laberinto. Solucionémoslo sin mirar la página de respuestas, cortemos la entrada de sangre e inutilicémosla.

Eskermie zumbó como una abeja en un panal de miel, percibí cierta consciencia en ella y juro que cortó alegre. Bañó su hoja en un festival de cables, tuercas y cadenas. Frenó con mucho apuro gracias a la mano de Amanda al desempozar a un moribundo. Juan golpeó con saña las cápsulas en las que el vital elemento fluía. Calibré mi Star otrora de Calvino, con la que efectué sendos disparos a centros clave de la estructura que no caía. Mitad fusilamiento, mitad desvalijamiento, oí en medio del fragor de nuestra tarea de deconstrucción un rugido.

—Alto el fuego —grité.

Miré en lo que distinguía como el pecho del terrorífico crono al león que sostenía en un abrazo digno de caverna a una mujer junto a Antonio. Desde arriba, sonó la voz de mi aprendiz especial:

—Este conducto de aspiración nos llevara a la única salida.

Estudié sin los conocimientos del malogrado Hugo o el asesinado Ezequiel (sobre mis espaldas porto demasiadas losas) la distribución del peso, la carburación de sangre y aire, los anclajes al suelo, el péndulo, la esfera, la flauta codorniz, lateral, trasera y con fuelles trapezoidal para hallar el águila del reloj temporal situado en la cabeza del armatoste. Quitarlo a las bravas supone un desnivel del mar, la vigía continúa por la desaparición de la luna, un calentamiento excesivo del sol que abrasará neuronas junto a catástrofes mentales como la no ubicación en el cuándo por los continuos saltos en el tiempo. Mi disyuntiva perdió el fuelle al tantear nuestra espalda por primera vez. Sótano y Cielo aparecieron como invitados de piedra no ruidosos, como roca de mar que habla del oleaje, el pedrusco de montaña que vocifera en un alud o un guijarro del desierto que sopla igual que la tormenta de arena. Desgastó el dueño de las alturas al mineral con sus palabras:

—Amparados por Saturno os devoraremos como Cronos, hijos del tiempo.

Capítulo 51

Desarmado, oteé a los ancianos, agazapado entre hierros mientras el orgulloso Luis mostró los dientes en una repulsa furiosa. Su amenaza caníbal rasgó mi córtex cerebral porque vaticiné una nueva campanada. Viraron las agujas con las últimas reservas de sangre para ofrecer el espectáculo dantesco, las pesas humanas a centímetros de la muerte y los cucos de personas fallecidas, asco que pugnó por salir en una regurgitación violenta, pero que ni intercedida a su favor con ayuda de los dedos logré, pues un ataque nada inesperado pero desacostumbrado comenzó. Espumarajos iguales a la rabia salían de mí como una manguera de gasolina sin acotaciones, los temblores redujeron mi estatura y postura a la de una lombriz además de una ceguera blanca porque el color lo llenó todo. Comprimido por las garras, escuché su preocupación:

—Antonio, frena tu cambio. No describo las situaciones como tú, pero imagina los labios de Amanda en los tuyos.

El receso no ocurrió. Con lo que regresé a mi decrepitud física, aunque gané en agudeza mental y puntería.

—Luis, como depredador infundes respeto, pero como narrador ni siquiera te contrato como cuentacuentos.

Próximos a una guerra sin cuartel, no estallamos en carcajadas, pero distendimos la boca en una sonrisa. El proceso de transformación me ocultó una variación significativa en nuestro entorno, porque debajo de nosotros, a los pies del reloj robótico, conté tres esferas abiertas a la espera de un contenido. El tamaño, la forma redondeada, lo alejaba del chocolate con regalo, aunque adherí esa imagen porque no adiviné la sorpresa que había que encajar en aquellos recipientes. A mi estupor agregué en nuestro bando a Juan, que parecía en buenos términos junto a Amanda y Alberto; miré inquisidor a Luis para que me explicara aquel trueque de traidor a aliado, pero este hundió sus hombros como respuesta. Lanzar un alarido nos descubriría, pero no importó, porque Cielo sondeó nuestra posición y dijo:

—Contaros también como banquete, aunque quizá escupa el pelaje del minino.

Ofendido por la degradación en la escala animal, contestó:

—Son las tres. Tiempo de morir, anciano.

Transcurrió el intermedio de las provocaciones con una difusión de copias negras que subió la estructura y cargó contra nuestros compañeros. Odié permanecer a una altura diferente de mi Amanda por no protegerla, pero ella sacudió mi instinto de hombre sobreprotector con estocadas de samurái que desintegraban las sombras. Alberto disparaba cambiando de plano, intentando enmarcar una bala en la frente del productor de *doppelgängers* y esquivando las aspiraciones de las brechas en la oscuridad. Juan lanzaba una cadena al igual que su débil imitación cómica, aunque con mayor elegancia y fuerza directa a los líderes de los guardianes. El ataque ahorró cualquier esclarecimiento por su parte. Envejecido, mermado en cuanto a una violencia física, no amparado por una pistola, convertí a Luis en mi terrón de azúcar en este juego, porque él me salvaba con zarpazos a la yugular que cercenaban a los oscuros replicados. Descuidó, por tanto, a la mujer rescatada, que sucumbió al pánico arrojándose a una muerte rápida por caída en picado. Revivió la pérdida de su esposa aumentando una furia que en olas de garras decapitaba a los entrometidos en su descenso en pos de la mujer. Lo alerté:

—¡No me dejes a merced del enemigo!

De oírme borró las palabras, de no entenderme las repasó con líquido corrector rectificándolas por «Adelante, culmina tu venganza». Impactó con el suelo tras numerosos escarceos con la patrulla negra, recogió el cadáver perdido en un desastre anterior, porque aunque emitió un rugido yo oí «¡Carmeeen!», Sótano dirigió una sonrisa a conciencia al león, que, picado igual que un toro, embistió furibundo con la atención a un contragolpe, desvanecida por el capote de una instigación perfecta. Alberto disparó a mansalva contra un muro improvisto porque los agujeros negros tragaban sus bolas de acero como los paquidermos. Amanda trepanaba los clones, inmersa en un ciclón de ellos que no frenaba, sino que aumentaba con cada movimiento de viento de Eskermie. Señor de las profundidades contra rey de la jungla, separados de los demás por una manifestación del cosmos succionadora y el escaneo del primero. Un testigo presencial inactivo, un árbitro sin silbato ni poder de decisión. No me acosaron los adversarios de la oscuridad nacida de Sótano, porque las distribuía en mis compañeros. Luis saltó contra él para recibir un placaje de sus aliados, que dañaron su brazo punzándolo con manos picudas, arañó el aire y a unos cuantos integrantes de la turba, con lo que obtuvo una evasión a una zona de alcance menor de ella. Mordió con iracunda potencia el suelo para socavar piedras, que lanzó a unos potentes difusores de luz, perdió ventaja numérica y volvió al ataque, aunque acechó el flanco débil. El golpe a su deceso de calcos repercutió en el costado izquierdo en el que el fiero hombre bestia asestó un zarpazo en el que dejó parte de sus garras clavadas y propinó un mordisco de refilón. Insuficiente para acabar con él, pero lo dañó de consideración. La tuerca giró en sentido inverso con el desconcierto de todos al observar que la representación del cosmos aspiró a Luis. Consternado por su pérdida, aproveché mi nulo cerco para bajar a una batalla en inferioridad de condiciones. Exaltado por la tragedia, casi desconyunté mi cuerpo frágil en un descenso cuasi *rappel* con la única cuerda de mis manos aferradas a los salientes. Un fogonazo de acero surgía de la oscuridad permitiéndome otear en ella a Amanda, con lo que comprendí que al igual que a Alberto, la barrera de sombras les tapó la desdicha del felino humano cazado. Recordé el coto de caza, sus modales ariscos plenos de sinceridad, la lealtad incuestionada a Alberto y esa mirada limpia, salvaje, unida a su corazón ahora desaparecido. Las siluetas sin rostro actuaron como paramédicos remolcando a su amo junto a Cielo. Tragado como una bola de polvo, no tuve el consuelo de llorar su cuerpo, por lo que las guardé bajo la llave de un ojo por ojo. El guardián del techo azul abrió sus manos en horizontal tejiendo un agujero negro de una estatura y corpulencia idénticas a...

Capítulo 52

Una tracción superior a las cuatro ruedas situada a mi espalda con un marco de negrura preparó mi silueta a un trayecto sin retorno, por lo que accioné el gatillo casi sin interrupciones, con la diana puesta en el guardián de las alturas. Repelidas por sus perforaciones en el espacio, desmoronadas por un fallo en la puntería o impactadas en las copias de Sótano acababan las balas. A situaciones desesperadas, un acto de fe; en medio de tanta errata, lancé la munición junto a la estrella que masca pólvora con acero escupiéndolas luego al tirador ideal. Cerré los ojos para no verme arrastrado a la nada, pero las detonaciones dirigieron mi vista cual rayo de sol a un horizonte reconocido. Alberto contuvo a Cielo con una andanada que me salvó de un itinerario con ida certera, pero no vuelta. Mi sensación de a salvo término al percatarme de que el señor de los subterráneos había acumulado sus sombras y despojado a Amanda de su torbellino, transformándolas en un tigre, una burla al caído que dirigió contra mí. Trasladé mi cuerpo a la distancia de un cuchillo con el que apuñale a Sótano, el bien herido por la necesidad de agraviar a aquel guardián a caer en el mismo pozo que su amada. Suena contradictorio, pero por punzar al autor de aquel crimen retrocedí en la bobina de su memoria. Ella acunando en los brazos a su retoño tarareando una canción de buenas noches, sin cocos ni hombres del saco que se lo fueran a llevar, sino con estrofas de celo materno:

Baila, pequeño, en este jardín todas las flores son para ti,
gatea en las nubes que te arropan sin fin,
sonríe porque ni en los sueños te dejo ir,
te quiero Antonio gracias por existir.

La melodía de cuna relevó a mi pasado por el presente porque miré con atención a mi hijo, que detonó el arma contra Cielo. Probó este el tiro al plato certero en sus carnes, porque la bala fracturó huesos en su muñeca derecha. Anuló la formación de agujeros negros de esa mano. Te contaré que el padre lo abandonó, aun punteando los motivos racionales, estos suscitaron entre ambos un alejamiento del que quizás el hijo no retroceda. Mentira piadosa la de una amistad fraguada en un tibio encontronazo planeado. Una instrucción con la apertura parcial y una alianza que acabó en amistad con un calor poderoso en el corazón. Desechó en el contenedor la verdad a bocajarro, porque escupirá sobre mojado con probabilidad de un chubasco aciago de decepción en vez de la admiración que obtenía como su líder.

Acabé el discurso moral para cerciorarme de que la voz de pantano sonara ahogada cual ciénaga seca de sangre que menguara a la altura de mis tobillos, variara la mirada de azul cabreado a blanco desvaído, soltara su vida con las manos de primate y con su boca abierta desplegara los labios pusilánimes. Atravesé con mi hoja un conato de fallo, porque aunque maté una de sus sombras, lo mantuvo con latidos en un cordel fino que sostenía cual gato con ovillo a la espera del zarandeo para jugar y dejarlo en un lado aburrido. El resquicio de existencia le permitió un último ataque antes de expirar:

—Cabrón, me servirás como aguja del reloj.

Portado a cuestas, pese a mis tajos me introdujeron en una de las esferas, que cerró su protección de cristal, hierro y oro. Mis puños golpearon barrotes de una celda que no se movía ni un ápice; insonorizado, no escuché mi voz en el interior, por lo que aduje que tampoco en el exterior. Sótano hundió el subterráneo, desplomó la bóveda y entró directo a las catacumbas. Hablé con el balido del cordero que sabe de su sacrificio, dije en voz alta:

—Antonio, hijo, te quiero.

Capítulo 53

Detrás de una canica oronda, encerrado en una bola que subió al corazón del reloj, Alberto me nombró no su sucesor, sino su progenie. Repasó la fecha de nacimiento que consta en mi expediente con un recurso cerebral estupendo, el de la fotografía neuronal, comparó su apariencia con los datos y entró de nuevo en el orfanato. Aconteció según contó el portero en una noche de junio, pegajosa como pocas. Los mosquitos inyectarían sus jeringas llevando en sus juergas nocturnas de aprovisionamiento, sudor, sangre y algún compañero herido por un manotazo al aire que les atinaría con mucha suerte. Mis preguntas sobre mi padre o mi llegada cambiaban según mi edad, de los tres a los diez años la versión oficial era que un cesto de mimbre con un mensaje anónimo pedía que me trataran como a un hijo. La adolescencia truncó la madera por una bolsa de plástico de un centro comercial, aterido de frío en manos de un hombre con capucha que no dejo más rastro que el de sus zapatillas con manchas de barro en la entrada. En mi mayoría de edad, desoí las versiones porque sentencié a muerte al recuerdo de un padre siempre ausente.

Su grito se topó con mi cara de profundo desconcierto, no me aleccioné en fisonomía, pero sus ojos, la boca en incluso sus manos relatan un cuento inesperado, pensó que no le oía. A orillas de la muerte, en remos de una desaparición, subió a la boya de la valentía. Sus duras lecciones del principio con aspecto de monstruo férreo por su conducta (nunca juzgué su aspecto), la confianza que depositó gramo a gramo, que fermentó como la levadura en confidencias, los gestos de cariño; espera casi una declaración con una frase que no recuerdo, aunque el silencio prolongado, la pausa entre palabras habló más que un testigo con opciones de salvar su culo de la cárcel. Juntó los grupos de tal manera que quedáramos emparejados, me prestó especial atención con una vigilancia que ni los sistemas de seguridad de El Escorial. Taponé mis oídos, no parpadeé con los ojos cerrados y atranqué mi corazón en un contrachapado de resentimiento que ahora desmoronas con tu voz. Herí los cristales que lo encerraban con sendos tiros para llenar de aire sus pulmones, a la vez que contesté a su valor:

—Padre, respira.

Nombrarlo como el cabeza de familia destruyó las sombras del pasado, porque iniciamos un sendero de luz para descubrirnos mutuamente. Cacé las mariposas de mis tormentos infantiles con un pretexto, él no me colmó de atenciones, meció mi cuna, partió el pan o eliminó mis lágrimas con una sonrisa por un motivo, temía ponerme en peligro. PUM, la caja del banco desbloqueada, los pestillos corridos, la razón esclarecida, porque un pinzamiento en la nuca nos conectó no a través de la telepatía, sino por la sangre.

Amanda sesgaba las bocas devoradoras de materia con el aspecto geométrico del círculo y la pintura de la noche. Alternando de mano, lidió una batalla que sus movimientos convertían en arte. Cielo frenó su producción de aspiradoras a distancia para entrometer su ropa de jinete perdido en un baile de aristocracia, la dentadura con un pasillo enorme para el agua en el que la pasta no encontraría molde de yeso para aguantar, un parpadeo a modo de guiño doble y una comunicación desde las tumbas salida de su boca:

–El árbol genealógico echa raíces, pero creo que pronto talaremos una de tus ramas, Antonio; la reconciliación permanecerá a medias, porque no te propondré ningún pacto. Muerto el señor de los bajos fondos, acapararé las ventajas de un rejuvenecimiento además de un chute de años por vivir. En tu cabeza rememoras las palabras del malo antes de que el bueno gane, pero para nosotros supone un martirio. El tañido de la campana en la próxima hora contendrá un elemento nuevo.

Subrepticio, un agujero negro formó su vórtice a los pies de Amanda, alcé la voz:

–Salta, aléjate de...

El miedo a perderla completado como una tarta de cumpleaños agorera, mi mayor temor no soplado por mis labios, sino por el último bastión de los guardianes. Ella trató de zafar la absorción con mandobles a la nada que solo lograban la visión parcial del acero, probó a clavar en el centro y obtuvo el mismo resultado, y cuando las arenas movedizas de la galaxia casi cerraron su puño, arrojó la espada a mis pies. El caballo ganador en mis suelas, formulé mi apuesta al rojo impar y la recogí en medio de un fuego de cobertura para inmovilizar al anciano con ganas de prolongar su larga vida. Tomé a Eskermie con la izquierda y la pistola con la derecha. Un clásico moderno de combate. Conseguida la papeleta de la rifa, desfiguré el llano de mi alegría con la depresión de no mantener a mi lado a mi amor. Dirigida como suciedad por el conducto de tubos, apareció en una cápsula junto a Alberto, a la que añadí aire acondicionado con dos balas para que respirara. El itinerario de vísceras, sangre y restos humanos lo adecuó para enfurecerme. Añadió palabras de su ponzoñosa boca para rematar:

—¿Tu resistencia loarán en un cantar en el que te dejaré mal parado? ¿Te sentarás avergonzado? El camino no se bifurca a otras salidas, rendición o derrota. Antes de colocarte, cometeré un acto de benevolencia, podrás besar a la novia cadáver, jajaja.

Una burla a la mujer que amo, descomponerla antes que a mí, enfrentarme a su rostro sin vida aún yo con el corazón cálido.

—No celebraremos las nupcias, sino que oficiaré un funeral demasiado atrasado, el tuyo.

Traquetearon las vías del reloj con unos vagones pares que tomaron la salida rumbo al motor principal. Dos escotillas de barco aumentadas como camarotes de un robot al que alimentar. Busqué la manguera que regaría de vida a Cielo, un cable que condujera la energía o una sonda para el anciano. Husmear cual lupa le molestó:

—La fuente reside en mí, no necesito cachivaches. Construimos el reloj temporal con las generaciones anteriores, lo perfeccionaremos con las venideras. Nos remontamos en las copas de los concebidos muchos años atrás y los podamos hasta talarlos.

Efectué el lanzamiento preciso, como un *pitcher* al receptor, una rápida directa al corazón, pero bateó absorbiendo el impacto de la bala con su poder. Mi habilidad no fallaba, sino que anulaba su efecto. Aumenté la cadencia de disparos a puntos vitales cual ametralladora, movía el dedo índice sin apartar del gatillo cuasi con espasmos, aunque los controló por completo. Dirigí los conos de acero con el olor de la pólvora quemada a multitud de puntos de impacto, aunque no acerté a vislumbrar la fatiga. Gracias a Amanda, en un solo brazo concentraba el poder con una consecuencia doble, esfuerzo y aumento de cansancio, sin olvidar que el apiñamiento de energía lo volvía más peligroso. Cargar la munición requería un movimiento acelerado, pues reposar la carga de Eskermie en el suelo conllevaba el robo. Rodé los cartuchos igual que un bolígrafo sin agarrarlo con el pulgar. Jugó sin mi consentimiento a hundir el navío, porque rodeaba con un círculo mis pies. Disparaba alejándome para encontrarme con otro en una partida en la que bien la escasez de fuerzas o la falta de armamento la desbalancearían a un lado u otro. Recorté la distancia con un fusilamiento directo a su cabeza que penetró en la red de oscuridad con insistencia, tan ocupado quedó que pude asestarle un corte con la espada. Bloqueó el daño con su escudo/aspirador y contrarrestó con un derechazo a mi mandíbula que me desestabilizó lo justo para enyesar mis piernas en sus cavidades espaciales. Movía los brazos con fuego y acero a la vez, impidiendo mi succión completa aunque sin desmembrar las raíces plantadas hasta un poco por encima de las rodillas, unas medias compresoras que me debilitaban.

—Cuestión del *tic tac*. Una vez echado el lazo, el vacuno acaba en tierra. Tu caso lo cierro aquí, Antonio, el porcentaje de aciertos cercano al noventa por ciento disminuye con este fallo. Contraré tus servicios para que acabarais aquí no del modo que ideé, pero sí muy aproximado. Superaste mis expectativas al libraros de los peligros con tanta soltura, pero mírate, preso de mi trampa desde el comienzo. Ahora puedo relajarme porque ese cepo en tu cuerpo no te soltará hasta arrastrarte al interior de esa esfera vacía. Dime, ¿cómo te sientes al confabular conmigo sin percibirlo siquiera? El encuentro con Calvino, su repentina muerte por nuestra falta de protección, el trasvase de poder del primero. Tu búsqueda del relojero nos libró de pesquisas...

Juan apresó a Cielo con un abrazo de oso constriñéndolo por los hombros y con las piernas enrevesadas en las suyas como unas tijeras. Trabado en toda acción, perdió la creación pero no las imprecaciones:

—Mudo de mierda. Apresas mi cuerpo por un momento, pero ¿cuánto aguantarás? No le das más opciones que antes. Tú bautizado en aguas de traición sufrirás todos los procesos del crono, te secaré la vida como a un pañuelo mojado.

Lancé el disparo contra el atracador que sostiene a la chica contra su cuerpo dejando un resquicio en el que la bala no hiera o dañe lo mínimo, pero antes de llegar un muro diminuto de oscuridad la detuvo. Repetí el gesto con pequeños cambios, un giro a la bala, una trayectoria difícil, a través de un rebote, pero no culminé el asalto. Agoté el depósito de pólvora sin más surtidor disponible, porque el único ataque que me restó de la pistola era el culatazo.

—Jajaja, como cabía esperar, el gusano no aguanta la presión del cielo. Un mequetrefe junto a un consejero incapaz de darlos, otra broma a mi favor.

Hería con sus palabras, pero no le faltó el peso de la realidad. El refrán de los niños pequeños ante una pelea desigual, «dos contra uno, mierda para cada uno», incurría en mayor verdad que los cientos con autoría de adultos. A corta distancia me eliminaría del tablero tapándome con el cubo que expulsaba su mano; desde lejos, quede impedido porque no encontré ningún proyectil útil en los alrededores. Juan lo sostenía agarrotado, sudando en canal, agolpando la sangre en las sienes, exhausto, y solícito a un relevo que no le otorgaba por mi parte. Impartió mi primer maestro una ecuación de símbolos en la que despejó la incógnita a cómo entendernos sin palabras; usó las acciones. Soltó de su mano izquierda una cadena que hizo oscilar con el sonido de la oportunidad, cimbreó alrededor de Eskermie en un compromiso de ayuda al metal, me miró para que diera asenso a un lanzamiento que tumbaría a Cielo. Expliqué mi duda:

—Mi puntería abarca a las armas de fuego, si fallo...

Un tirón a la espada vocalizó su respuesta, que traduje en mi mente: «No me importa». Inseguro, dije:

—Morirás con él. ¿Vale la pena salvar el tiempo? ¿Soy un enterrador para mis seres queridos?

Una sonrisa de agradecimiento pasó por sus ojos como una estrella fugaz junto a una lágrima que permaneció como informadora del avistamiento. Asintió con la cabeza aferrando la cadena con un impulso tal que casi me la arranca de la mano izquierda. Cerré los ojos, abrí el corazón proyectando a Eskermie sin remordimientos, creí en mí. Voló sin la turbulencia de la cadena, porque oí cómo la desenroscó justo antes de dirigirla hacia ellos; me confió su vida. Miré con detenimiento las fracciones de segundo, empecé la cuenta regresiva, 3, 2, 1, impacto. Brotó un agujero nada negro, una incisión calculada cual cirujano. Escuché la voz distorsionada por la falta de fuelle en la vida de Cielo:

—Nooo... reparé... en vuestros lazos... afectivos...

Observé el desplomamiento del gran líder con el suspense de un fallo que jamás me perdonaré. Juan tenía la camiseta interior empapada de sangre, pero antes de que sollozara como un niño abandonado, él pasó los dedos por el jugo rojo negando con ellos que le perteneciera. Turncó mi alegría un chillido mecánico, el reloj seguía en marcha. Saqué el acero del cuerpo inactivo sin el menor vistazo a los ojos del antes insertado en ella, una manera de encender un dispositivo de alejamiento e indiferencia a un monstruo por el aspecto que mostró de su corazón. La emprendí a espadazos con las esferas con el frenesí de un enajenado, rompí los cubículos de aquel engendro en apenas segundos, pero aún duró mi ira, tres manos se posaron en mi hombro, sentí un resorte emocional porque liberé el dolor acumulado en una victoria que no vislumbré como tal. Un abrazo conjunto secó mis lágrimas, pero ni siquiera los fuegos artificiales por la explosión del engendro mecánico mitigaron mi tristeza. Separamos la carcasa del reloj temporal y ubicamos las piezas según un boceto de Juan, que fue nuestro maestro de obras, arquitecto y aparejador en funciones. Salimos con una tranquilidad pasmosa, pues derrocados los reyes, los siervos no gobiernan, porque rompimos su propósito.

Capítulo 54

Enterramos a Luis sin funeral, porque ningún párroco quiso oficiar el sepelio, pues lo calificaban de engendro maléfico o de posesión animal. El león conservó su rostro animal como un epitafio a su vida: «Siempre mostrando su verdadero yo». Cubrimos de tierra su cuerpo, pero no su espíritu en las llanuras del valle del Tajo, lo más cercano a una sabana que encontramos. Un enclave de tierra escarpada tras la planicie, el verdor de los árboles y el agua contienen ahora a un rey. Fiel como amigo, compañero e incluso instructor, nos brindó una oportunidad para el reencuentro de los supervivientes en el año posterior a su muerte, pues acudimos todos. Mi padre recitó el mantra sagrado «Om», Juan cinceló en una piedra una palabra que lo definía: «Libre», Amanda y yo paseamos con nuestro hijo en el lugar exacto, y le dije:

—Aquí corre un león, tapa tus oídos y podrás oírlo.

El pequeño puso sus manos en las orejas durante un breve lapso para mirarme admirado, no respondió con palabras, sino que imitó el rugido.

—¡Grrrooooargh!

No vencí el achique de una lágrima ante la que Amanda pasó su dedo índice izquierdo para eliminarla con un beso. Acogió mi rostro en sus manos señalando al imitador de la fiera:

—Merece su nombre, no solo como homenaje a Luis, sino porque parte de él vive en nuestro niño.

Lloró ella e intercambiamos el papel del consuelo hasta que Luis vino a nosotros para darnos un abrazo que nos hizo reír, el más frágil mostró mayor fortaleza.

Tres años pasaron aconteciendo diversas mejoras, la relación con Alberto se sostuvo no ya como la del líder carismático, sino que cambió a la de un padre y un hijo. Adora a su nieto al igual que este a su abuelo, por lo que añadía más veracidad al hecho de que parte de la energía del mayor de los felinos anida en nuestro hijo. Supe del romance entre mi padre y mi madre, la describió en aquel bar con tal lujo de detalles que creía escuchar las notas del piano tocadas por mi progenitor. No nos escondimos secretos, salvo uno a mi pregunta:

—¿Por qué pasé de unas manos a otras en orfanatos?

—No escoges bien al que puede responderla, formúlasela a tu abuelo. Te liberó de tus secuestradores y te escondió de cualquier mal hasta que llegara el momento en que pudieras librar esta guerra. Antes de que lo busques, con desesperación te diré que tripula un barco.

Juan, por su parte, regentó una biblioteca e incluso escribió novelas de ficción con gran éxito; sin optar por disfrazar nuestra historia, la reservó para nosotros en tres tomos que aun conservamos Amanda, mi padre y yo. Luis lo llamaba «Tito», y él actúa como tal.

No encontré el barco, pero sí al capitán sentado en una de las barcas del retiro invitándome a un paseo por el lago en vez del mar. Acepté distinguiendo en sus facciones una semejanza a mi padre que pasé inadvertida en nuestro sabotaje. De su gorra salían unos bucles blancos, en sus ojos negros vislumbra el mar, el rostro afeitado y una barbilla fuerte me recuerdan a mi padre, a un velero joven que acabara en este navío de sensatez. Braceó lejos de la multitud para declarar:

—Tu padre no quiso contarte lo del secuestro por vergüenza, aún se culpa por ello. Al nacer, todo parecía normal, nadie detectó nada, salvo un infiltrado de los guardianes, un doctor. Dictaminó tu muerte, pero ni tu padre ni yo creímos aquella versión. Revolvimos el mundo en tu busca, pero al encontrarte tomé una decisión sin contar con nadie. Oculté tu supervivencia a todos hasta que cumpliste los dieciocho, la edad de la madurez, aunque tú la enfrentaste antes. Nunca dejé de supervisar tus avances, con disimulo para no despertar sospechas, pues monté una farsa de velatorio. Os alejé, pero cree que aún me culpo. Mi hijo te dio por desaparecido, jamás por muerto. ¿Entiendes ahora vuestro primer encuentro en el que guardó las distancias? Si me odias, lo entenderé.

No di tiempo para desanudar un cariño por quien quería desde que lo conocí como capitán, así que lo abracé y le dije:

—Abuelo, gracias por protegernos a todos.

En aquel año acortamos distancias entre el linaje, mi padre y abuelo reconciliaron sus diferencias.

Ahora sigo feliz con Amanda, nuestro hijo y rodeado de nuestra peculiar familia. La estirpe de Cielo y Tierra terminó con sus defunciones, ningún grupo ondeó el signo de alas e incluso la bandera del mar acabó, porque no había enemigo contra el que luchar. Aún me encargo de casos, pero nada tienen que ver con la remodelación del tiempo ahora normal. Hoy soy guardián de la felicidad.

SOBRE MÍ

Nací en una isla preciosa, Mallorca, un idilio para los turistas y una delicia para los lugareños. Mi pasión por la escritura comenzó cuando era jovencito donde ya componía poemas y canciones varias. Años después, compaginé mi vida laboral, especialmente centrada en labores administrativas, con la continuación de mi afán por la escritura.

Hace algunos años estrené mi afición por los relatos cortos y compuse varios, más tarde me adentré en la novela. En tus manos tienes un compendio de letras, una llave para un mundo imaginario el cual yo describo y tú le das la forma que gustes.

www.ingramcontent.com/pod-product-compliance
Lightning Source LLC
Chambersburg PA
CBHW070353260626
47161CB00001B/120